リアル 日本有事

麻生幾

Iku ASO

角川春樹事務所

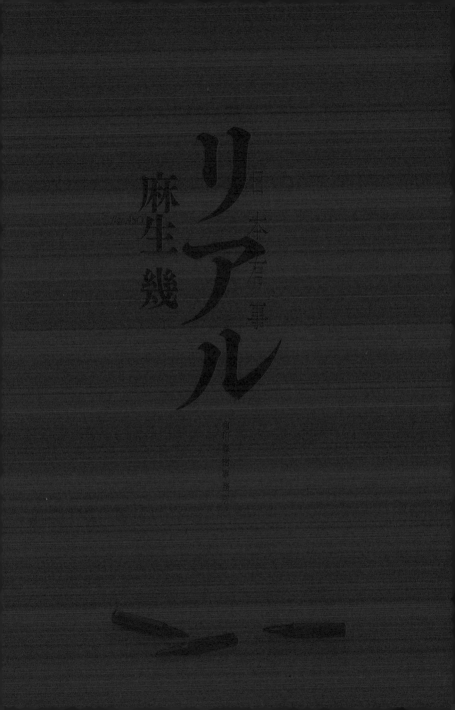

リアル　日本有事

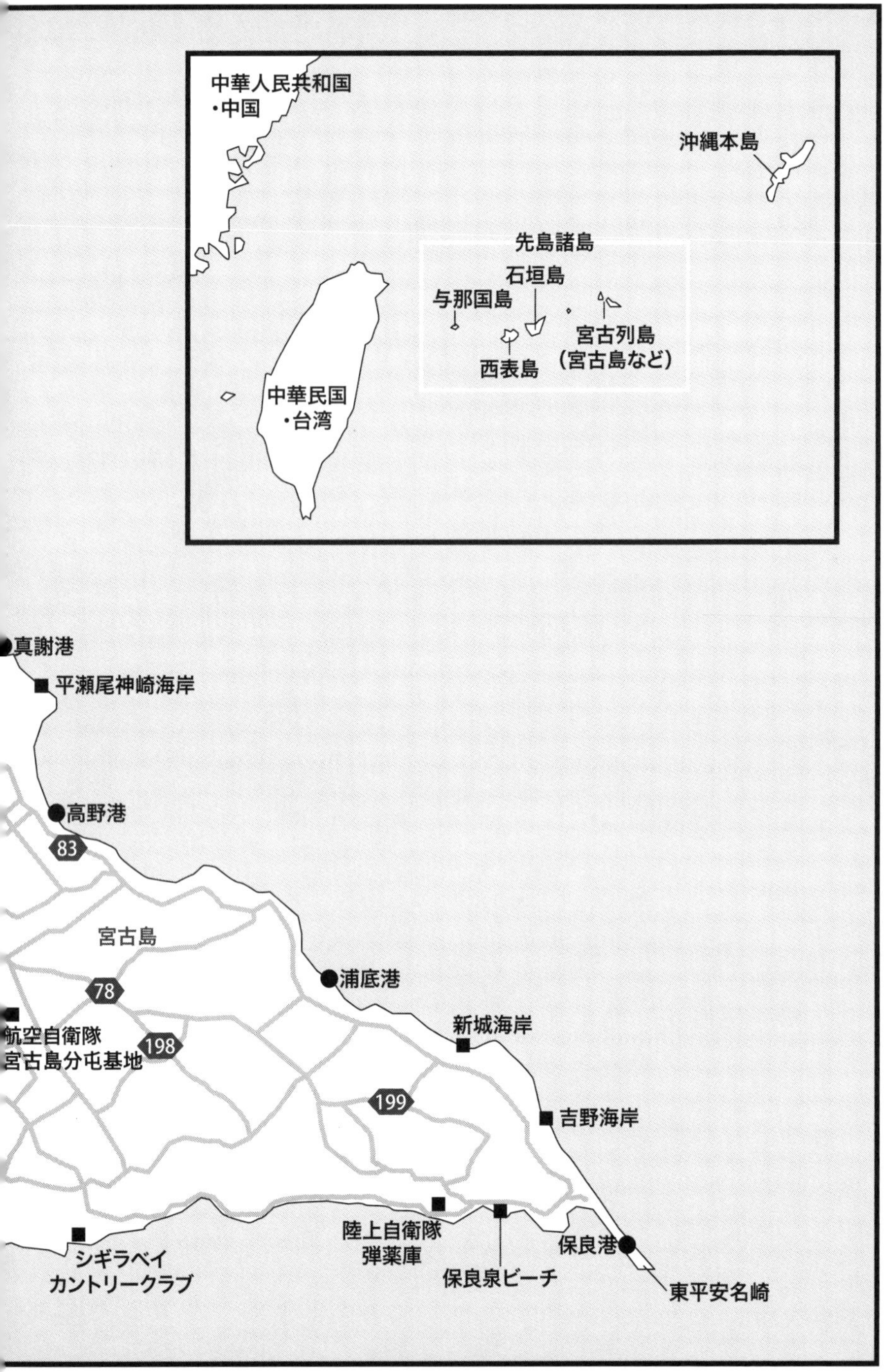
中華人民共和国
・中国
沖縄本島
先島諸島
石垣島
与那国島
宮古列島
（宮古島など）
西表島
中華民国
・台湾
真謝港
平瀬尾神崎海岸
高野港
83
宮古島
浦底港
78
航空自衛隊
宮古島分屯基地
198
新城海岸
199
吉野海岸
陸上自衛隊
弾薬庫
保良泉ビーチ
保良港
シギラベイ
カントリークラブ
東平安名崎

宮古列島

池間島
池間港
池間大橋
神ノ島
西平安名崎
狩俣地区
島尻港
230
間那津海岸
伊良部島
佐和田の浜
砂山ビーチ
下地島空港
下地島
中の島ビーチ
渡口の浜
荷川取港
平良東
小学校
伊良部大橋
平良港
192
宮古島
市役所
190
久松港
宮古空港
390
西浜崎
陸上自衛隊
宮古島駐屯地
与那覇前浜
ビーチ
来間港
来間島
来間大橋

主要登場人物

宮古島

糸村友香……平良東小学校教師　神ノ島での巡回授業を担当　28歳
西銘遙花……友香の後輩教師　26歳
西田大駕……マリンスポーツ店のインストラクター　友香と交際
佐藤　豊……ホテルのフロント係主任　西銘遙花の婚約者

神ノ島

与座亜美……神ノ島住民　友香の幼なじみ　31歳
与座奈菜……亜美の長女　小学3年生　友香の生徒　8歳
与座莉緒……亜美の次女　小学1年生　友香の生徒　6歳
与座トミ……亜美の母　ウヤガン(祖神祭)神官　70歳

第8師団

［第12普通科連隊　情報小隊(鹿児島県霧島市国分)］

冷泉克俊……小隊長　2尉　37歳
沖田天馬……小隊陸曹　41歳
鬼怒川駿輔……2曹　39歳　分隊長
原　海都……陸士長　21歳
野村優吾……陸士長　21歳

特殊作戦群

伊織……群長　1佐　46歳
《アルファ》……チームリーダー　1尉　32歳
《ズール》……小隊陸曹　39歳
《フォックス》……情報・斥候　2曹　38歳

水陸機動団［長崎県佐世保市相浦］

椎名辰彦……第1水陸機動連隊長　1等陸佐　45歳
星野 勝……団長　陸将補

陸上自衛隊

神宮寺斗真……JTF―SS（先島諸島防衛統合任務部隊）総指揮官　兼　陸上総隊司令官　陸将
相川蒼馬……JTG（統合戦術作戦グループ）指揮官　兼　西部方面総監　陸将
岩瀬秀斗……第8師団長　陸将
緑山楓雅……西部方面総監部　防衛副長　陸将補
相馬健史……JETROニューヨーク支部　2等陸佐

官邸・内閣

荻原凜太朗……内閣総理大臣
深田美紅……官房長官
千野和彦……NSS（国家安全保障局）　局長
伊達宗光……内閣危機管理監
如月聖也……事態室　事態調整担当参事官　1等陸佐

防衛省

宗像智之……防衛局長　キャリア官僚
三雲琉星……情報本部　情報総括課長　2等陸佐

その他

木崎雅紀……グローバル造船　艦船・特機事業本部開発課係長　39歳
内海真美……海洋環境総合調査会社コンサルタンツ・リサーチ・マリン社員　42歳

装幀　五十嵐徹
（芦澤泰偉事務所）
装画　寺西晃
地図　中村文
（tt-office）

プロローグ

三月九日

凄まじく猛烈な雨と風が水面を破壊している。昂ぶる波は怒濤し巨大な獣が唸り声を上げたかに聞こえた。だが長時間の潜水を可能とする黒い特殊な潜水具を使う十名の男たちはナビゲーションボードに誘導されていたし、そもそも海面下十メートルを進んでいたので速い潮の流れを堪えさえすれば過酷な訓練のお陰で前進行動にそれほどの影響は受けなかった。

だから目的の島の海岸までは、計画より四十分は遅れたがそれでも二時間の秘匿《ひとく》潜水によって着上陸ポイントに到達した。彼らにとって何より重要だったのは、空が白《しら》む前に到着できたことだった。姿を晒《さら》すことこそ任務の失敗を意味するからだ。しかしそれもこれも、二年という長い歳月をかけて、この海岸をそっくり再現したモックアップ施設を使って訓練してきた成果だという自信をあらためて自覚することとなった。

岩だらけの海岸へはまず二眼の暗視ゴーグルを頭にマウント（装着）した先頭の男が上陸し、周囲の脅威対象を精緻に確認してから判断し、ハンドサインによって仲間を岩だらけの海岸の中で数メートルだけ砂地となっているポイントから揚《あ》がらせた。

その小さな島の西側から上陸を果たした男たちは潜水具を抱えたまま縦列となって背を低くして慎重な足取りで灌木の中をゆっくりと上がった。

三十メートルほど上がった時だった。人間の声が聞こえた。女の声だと認識した。だがそれが間違いだと潜入チームのリーダーは安堵した。子供の声のように聞こえたからだ。つまり脅威でないと判断したのである。

男たちは先を急いだ。本隊が来るまでやらなければならないことがヤマほどあるからだ。しかもそいつらを迎えるのはこの島の反対側である。それも着上陸にはまったく相応しくないときている。だからこそこれからの準備こそが本来の任務なのだ。

だからといって不安に思うことはなかった。なぜならこの日のための訓練は死ぬほどやってきた。いや実際、一人の仲間が死んでもいる。だからこそ、我々はやり遂げなければならない——

リーダーはニヤッと笑った。失敗することは有り得ない。なぜなら我々は、被选中心人《ベイシエアンチヨンダレン》（選ばれし者）なのだ。

東京・新宿区《しんじゅくく》　防衛省

防衛省の広大な敷地の中にそびえる幾つもの庁舎のうち、「Ａ棟」と呼ばれる庁舎には、北畠《きたばたけ》智久《ともひさ》防衛大臣のほか防衛官僚の行政官などで構成されている内部部局《ナイキヨク》、そして陸海空自衛隊の作戦を統率する統合幕僚監部《とうごうばくりょうかんぶ》、また陸海空自衛隊の「本部」とも言うべき陸上幕僚監部、海上幕僚監部と航空幕僚監部が入居している。

その「Ａ棟」の地下に、「ＣＣＰ《シーシーピー》」（中央指揮所）という名の場所が存在していることはよく知られた事実である。

ＣＣＰは、自衛隊の治安出動や防衛出動が行われた場合、各自衛隊の動きが〝描写〟される「情報表示室」の巨大なディスプレイの前に防衛大臣が陣取り、その周りに各自衛隊の幕僚たちが大臣を補佐すべく勢揃いするエリア、ということが広く説明されている。実際、二〇〇一年の能登半島沖における北朝鮮工作船事件発生時、速射砲で威嚇射撃を加える海上自衛隊の護衛艦、並びに哨戒機による爆弾投下を行うそれぞれの作戦の状況を知るために、当時の防衛庁長官（防衛大臣の前身）が詰めたこともあった。

しかし、ＣＣＰの〝真の姿〟とその最も重大な任務は公《おおやけ》にされることはほとんどない。

そもそも、ひとくちにＣＣＰと言っても、防衛大臣が「ご苦労！」と自衛隊の説明要員たちに語気強く声をかけ、泰然《たいぜん》として腰掛ける「情報表示室」と呼ばれるエリアはＣＣＰのごく一部である。しかもその情報表示室は、実際に戦争を行う指揮センターではない。だから政治部記者たちの一部には「防衛大臣のオモチャ」と口さがない者もいる。

地下の一階からさらに地下深く地下四階まで築き上げられた延べ数百平米にも及ぶＣＣＰの構造のすべてが事実上、「存在秘」とされている。そこにはまさに〝巨大な迷路〟であり〝地下都市〟である。無数の通路、数え切れないほどの小部屋が密集《みっしゅう》し、案内人がいなければ即座に迷子となる。そこに出入りする厳しい資格《クレアランス》を持った者たちの大多数は〝巨大な迷路〟と呼ぶが、中には〝地下都市〟と表現する者たちもいる。実際、その空間はそのどちらでもあった。

だが、統幕ならびに陸海空自衛隊でオペレーションを統括するエリート自衛官、「運用第1課長」と、三名の「運用支援課長」たちにとって、一週間に一度、必ずその一角にある小部屋に足を踏み入れていることで、当然迷うことはなく、余裕をもったゆったりとした足取りで向かうことがルーティーンとなっていた。

だが今日は特別だった。統合幕僚監部から、「大至急、参集せよ」といつにない緊迫した言葉で命じられたことで、会議中の者は急いで席を立ち、食堂で遅い食事中であった者はカレーライスを慌ててかっ込み、また外出中であった者は運転手に対して早口で近道を指示することとなった。

各自衛隊のエリートたちがエレベーターを降りて、灰色に囲まれた無機質な通路の先にある曲がり角を右や左に何度か折れて、最後にその小部屋の前に到着すると、そこには白いヘルメットを被り、オリーブ色の制服を着た、隙のない雰囲気の二人の中央警務隊員がおり、体をさっと動かして真正面に対面し、直立不動の敬礼でもって迎えた。

運用支援課長たちがまず官品と私物のスマートフォンを中央警務隊員に手渡した後、顔写真入りの身分証明書を翳《かざ》すと、中央警務隊員たちはじっくりと観察してから、全身をボディチェックして初めて小さく頷いた。だが手続きはそれで終わらなかった。アルファベットと数字だけが書かれた部屋のドアの中央から突き出た黒くて丸い小さなドームの下に運用支援課長たちが右手の人差し指を滑らせ、非接触モードの指紋照合器のランプが緑色に点灯するのを用心深く確認してから、上官らしき中央警務隊員がドアノブを回し、中へと誘った。

「陸幕運用支援課長」である越智龍生《おちりゅうせい》1等陸佐が2DKアパートにある居間ほどの広さの小部屋に足を踏み入れると、すでに自衛隊の制服組トップである統合幕僚長の北大路《きたおおじ》海将の姿があった。

その後、海幕と空幕の運用支援課長が姿を見せると、何の調度品も置かれていない殺風景な小部屋のドアは固く閉ざされた。

その約五分後、再びドアが開いたが、姿を見せたのは、いつもの情報本部のブリーファー（説明要員）ではなかった。〈三雲《みくも》2等陸佐〉とだけ名乗る無愛想な一人の男が姿を現した。

「要回収です」

三雲は、いきなりそう口にしてから、自らそこにいる全員のもとへ足を運び一枚の資料を配付した。

そして三雲が真っ先に説明した内容は、「オーダー・オブ・バトル《O B》」と呼ばれる、リアル（有事）が勃発し、防衛出動が下令された時、自衛隊のターゲティング（火力発揮対象選定）となる人民解放軍の部隊ごとの平時における配置情報だった。

さらに三雲は、部屋に置かれたディスプレイの中で「カレント・インテリジェンス」と呼ばれるデータを映し出した。そこには、中国全土の人民解放軍陸上部隊の中隊レベルまでの、一時間前の細かい配置と動き、さらに人民解放軍海軍のパトロール船も含むすべての艦船の港への出入りや海上での最新の航跡が記されていた。

三雲は、ディスプレイの横にある椅子に座るとそこに置かれたパソコンを自ら操作し、パワーポイント資料を映写した。それは冒頭、〈台湾侵攻に備えた部隊についての緊急報告〉と表題があるもので、二枚目以降に、日本の真正面の敵と台湾のそれとが書かれている。

前者については、中国浙江省の人民解放軍《じんみんかいほうぐん》第72集団軍第72特殊作戦旅団の隷下《れいか》の陸軍船艇《せんてい》連隊と水陸両用混成《こんせい》旅団の水陸両用機械化歩兵連隊が明記されており、後者については、台湾《たいわん》に最も近い福建省厦門《アモイ》市の第73集団軍基地に前進配備され、さらにその集団軍隷下の二つの水陸両用混成旅団、並びに特殊作戦旅団が台湾海峡に面する福建省の海軍基地に集結していることが詳細に書かれている。

三雲はそれらの一つ一つを丁寧に説明した後、特に留意すべきものとして、第72特殊作戦旅団と第１６１空中強襲旅団の名を取り上げ、これら部隊は強襲揚陸作戦に先んじて投入されるであろうと推測されていますが、現在、台湾海峡近くの陸軍基地へ移動し、無線封止を開始している、と続けた。

三雲はパソコンをさらに操って、ディスプレイに福建省の地図を映し出した上で、小型ハーピー無人偵察攻撃機部隊と河南省開封市を本拠地とする第43空挺師団、また広東省湛江市に基地があり兵員五千名を保有し水陸両用作戦を行う第１海軍陸戦旅団のいずれでも特異な命令系の通信が把握されたことを報告した。

そして三雲は、急に声のトーンを落とし、ディスプレイも消灯した上で、アメリカ軍と共有した情報の中に極めて高い脅威のものが含まれていた、とその内容の一部を披露した。

「で、君の結論はなんだ？」

腕を組んだまましばらく沈黙していた統合幕僚長の北大路海将が初めて口を開いた。

「人民解放軍が台湾への全面侵攻の電撃作戦《スタンディングスタート》を間もなく開始する可能性が高い、と見積もっております」

三雲は躊躇わずに即答した。

北大路は怪訝な表情で睨み付け、急いで訊いた。

「その判断には推測は入っていないのだろうな？」

三雲は身を正した上で口を開いた。

「『事実』と書かれた部屋から進み出て、『事実』をお話しすること、それに対して、意志決定者《デイシジヨンメーカー》の情報関心があれば、さらに『事実』を突き止める——。それがインテリジェンス（情報収集活動）を指揮するタスキング・オフィサーとしての私の任務であり、それ以上でもそれ以下でもございません」

大きく頷いた北大路はさらに訊いた。

「政治には伝えるべきか？」

「二週間、お待ちください」

三雲がきっぱり言った。

北大路は右肩を上げて三雲の言葉を待った。

「こちらの能力が露呈します。よって我々は粛々と準備をすべきです」

第1章

3月22日　神奈川県横浜市《かながわけんよこはまし》

　パソコンの電源を切って大きく息を吐き出した男は、数週間に及ぶ激務《げきむ》のせいで酷《ひど》い睡眠不足と強い疲労感に襲《おそ》われてはいたが、心療内科医《しんりょう》がそこにいたのならば、タワーマンションから飛び降りて自殺を試みるほどまでに心が傷《いた》んではいないと診断されたはずである。実際、彼よりも先に帰宅していく後輩社員たちに軽口を投げかけて見送り、また快活な笑い声を上げるなど誰が見ても元気な姿そのものだった。

　しかしその翌朝、男は、自宅がある東京都江東区《こうとうく》東雲《しののめ》のタワーマンション一階敷地内の自転車置き場の傍らで、高所から落下して全身を地面に叩き付けられたと思われる状態の変死体として発見されることになった。

　その夜、午後十一時過ぎにやっと仕事のキリをつけて机の前から立ち上がった男は、机の一番上の引き出しの中で充電していたスマートフォンを取り出し、チケットを使えるいつものタクシー会社に電話を入れて配車予約をとりつけた。深夜に及ぶ残業を連日強いている会社側はタクシーの乗車チケットの束を一ヶ月ごとに渡してくれている。ただ、会社側が仏《ほとけ》のような慈悲《じひ》深い心を持っているわけではない。男が、今、没頭《ぼっとう》している業務が売り上げ数百億円のビッグビジネスであり、しかも上手くゆけば十年以上、同じ規模の商売を続けることができるという期待があったからだ。

エレベーターで一階に降りた男は、所狭しと通路壁に貼られた社内行事のポスターを横目にしながら右手の通路を進み、広大な工場敷地の片隅にある五階建ての、外壁のコンクリートにヘビの動きのようなヒビ割れが無数に走る年季の入った事業所ビルの夜間通用口から外へ出た。

男は、外国船舶が横浜港《よこはまこう》に入港する汽笛を遠くで耳にしながらふと足を止めた。仄《ほの》かに温かい、まったりとしたどこか甘い香り。ひんやりとした空気が襟元から忍び込んだことで男は一度体をぶるっとさせたが、春の訪れを確かに感じていた。

気分を軽くした男は、ずらっと並ぶのこぎり屋根の工場の脇を通り過ぎ、大きな門の脇にある警備詰所にいる民間警備員に軽く会釈してから舗道へと足を踏み出すと、門の先に到着しているタクシーへ真っ直ぐ足を向け、予約時に伝えた自分の名前を名乗って後部座席に収まった。

運転手に行き先を告げた男は、スマートフォンを取り出して動画アプリを立ち上げ、昨日、三歳になったばかりの娘の誕生日に、ケーキを前にして撮影した動画を流し始めた。男の顔が思わず緩んだ。

目的地のコンビニエンスストアの前に着いたことを運転手が告げた時、男はハッとした表情となって窓を覗き、右手の先にある高層タワーマンション「キャナルパークガーデン」を確認すると、メーターへ視線を送ってからタクシーチケットを取り出した。

タクシーを降りた男は自宅マンションへ向かわず、コンビニエンスストアへと足を向けた。つい二時間ほど前、妻から送られてきたメッセージを思い出したからだ。それは、〝ごめん、今日買い物に行けなかったの。だから、冷蔵庫にビールがないので自分の呑む分はどこかで買ってきて〟という内容だった。

しかし男がコンビニエンスストアへ入った目的はそれだけではなかった。妻にこっぴどく叱られるのが分かっているのだが、娘の笑顔を見たいがためだけに、チョコレートスナック菓子のカプリコも一緒に買い求めようと思ったのだった。

コンビニエンスストアを後にした男は、風格ある優美なエントランスゲートを通り過ぎてマンションの玄関へと向かい、ロックがかかったエントランスドアの横にある非接触型センサに専用アプリがインストールされているスマートフォンを翳《かざ》して解錠《かいじょう》すると、ゆっくりと足を進め、明るいダウンライトが床を照らすエレベーターホールに立った。

エレベーターから十二階の外廊下《そとろうか》に降り立った時、男はまた体を一度ぶるっと震わせた。花冷《はなび》えという言葉が思わず頭に浮かんだ。

右手に持ったビニール袋を頬にあててまだまだ冷えていることを確認した男は相好を崩して、共有スペースである通路を進み、自宅のドアの前で足を止めると、左手で胸の内ポケットに入れていたスマートフォンをドアのスマートロックセンサに翳そうと手を伸ばした。だがドアが開けられることはなかった。


血だまりの中に突《つ》っ伏《ぷ》した男がマンション一階敷地内の自転車置き場の傍らで発見されたのは、空が白《しら》む前の、三月中旬の早朝、午前五時過ぎのことだった。第一発見者で、かつ一一九番架電《かでん》者は、剣道の朝練《あされん》のため早めに家を出た、同じマンションの四階に両親と小学生の弟と共に暮らす高校二年の女性であった。

男の身元が明らかになったのは、第一臨場《りんじょう》した交番勤務員が現場保存を徹底する中、少し遅れて到着した機動捜査隊副隊長が男の持ち物を調べたことによってだった。

上着の内ポケットに入っていた会社発行の身分証明書と、特定の建物への入館時に使用されると思われるストラップ付きのカードから、男の氏名は、木崎雅紀《きざきまさき》、三十九歳。東京・港区に本社機能がある日本最大手の造船企業「グローバル造船」の「艦船・特機《とっき》事業本部　開発課」に属し横浜事業所にデスクを持つ「特殊船舶係長」という肩書きの社員であることがわかった。

さらに続いて東雲警察署の当直責任者である生活安全課課長代理が現場に臨場《りんじよう》した時には、木崎雅紀はすでに大学附属病院の救急救命医療センターへ搬送されていた。生活安全課課長代理は、木崎雅紀が倒れていた場所に印されたチョークアウトラインと血だまりの前にしばらくしゃがみ込み、何度かマンションの上層部と見比べた後、エレベーターで十二階に足を向けた。

十二階の廊下に立って生活安全課課長代理が真っ先に頭に浮かべたことは、仏《ほとけ》さんは自殺を図った、という言葉だった。

その時、課長代理がじっと見つめていたのは、落下したと思われる通路の壁の下に並べて揃えられている黒い一足の革靴だった。


横浜港を見渡すエリアの一角に位置する根岸《ねぎし》警察署の副署長である吉見《よしみ》泰典《やすのり》警視は、その日の朝出勤して制服に着替え、一階の広い執務フロアーの一番奥まったところにある自席に座るや否や、ズボンのポケットに入れていた携帯電話のバイブレーションが駆動したのがわかった。

ズボンから取りだしてディスプレイをみると、五年前から一年前までの四年間、神奈川県警察本部外事課《がいじ》「事件係」の係長であった吉見の直属の部下で、現在は、昇任してその後を継いで事件係長となっている風間純一《かざまじゆんいち》の名前があった。

ディスプレイをタップした吉見が口にした第一声は、昇任祝い、まだやってねえな、という暢《のん》気《き》な言葉だったが、すぐに真剣な表情となった。ご機嫌伺いだけで事件係長が電話をかけてくるなど有り得ないことに気づいたからだ。

受話器の向こうで風間は、吉見の第一声に直接は応えず、根岸署庁舎の裏手にある駐車場でお待ちしてます、とだけ言って通話を切った。

近くにいる警務《けいむ》課長に、しばらく席を空けることを告げた吉見は、署長室での朝の訓示へ向かう署員たちを掻《か》き分けるようにして裏口へ急いだ。

目指す車は一発でわかった。吉見が事件係にいた頃、視察作業《しさつさぎょう》（行動、人的関係や生活形態を把握するための張り込みや追尾《ついび》など一連の公安外事警察の手法）において頻繁に使用していた白色のトヨタ・タウンエースのナンバーを忘れるはずもなかった。

後部座席の電動ドアを開け、垂れ下がる黒いカーテンを押し分けて中に入ると、目の前のセカンドシートに風間が待っており、背後のサードシートには、かつて事件係で部下だった懐かしい顔があった。その男、神田《かんだ》は「御無沙汰しております！」と背筋を伸ばして語気強く言って深々と頭を下げた。

運転席とセカンドシートの間に張られている黒いカーテンを開いた風間は、ハンドルを握る男について、最近、配置された小僧です、と説明すると、その運転手は機敏な動きで上半身をさっと九十度反転させ、吉見に向かって深々と頭を垂れた。

風間は挨拶抜きで本題に入った。

「オヤジさん、奴です」

風間は、新聞の小さな記事の切り抜きをA5用紙にコピーしたものを手渡した。

それは、五日前、一人の男が東京都江東区の自宅マンションの敷地内で変死体として発見された、という五行一段の短い記事だった。

愕然とした表情でゆっくりと顔を上げた吉見は、大きく見開いた目で風間を見つめた。

吉見はそのニュースを知らなかった。四日前に管内で発生した強盗殺人事件の特別捜査本部が根岸署に立ち上がり、その後方支援業務に忙殺されていたので新聞もテレビのニュース番組も見る余裕がほとんどなかったことを思い出した。

吉見はまず、木崎雅紀の死は本当なのか、と念を押して確認した後、事件性があるのかどうか、その答えを風間に急《せ》かした。

風間は、調べにあたった東雲署は自宅があるタワーマンション十二階の通路から身を投げた自殺とみているようです、とまず答えた。そして、木崎雅紀は最近、残業がつづいていてストレスが溜まっていた、と東雲署が調べた結果をそのまま説明した上で、自殺の見立てで捜査を畳《たた》むための見極めの捜査を最後にやっている、そんな模様です、と付け加えた。

「なんてことだ……」

そう呟《つぶや》いた吉見は、シートの背もたれに体を預けて呆然としたまましばらく身動きできなかった。

その時、吉見の脳裡《のうり》に蘇《よみがえ》ったのは約三年前の様々な映像だった。


当時、警部であった吉見が仕切っていた外事課事件係は、「経済安保」関連の調査に重点を置く中で、横浜市内に存在する中国人民解放軍《ちゆうごくじんみんかいほうぐん》が実質的に経営するある組織の実態解明作業を二年以上にわたって密やかに継続していた。

その組織は、横浜市中区の、横浜でも有数の繁華街である関内《かんない》にある雑居ビル四階に「国際文化相互交流友好協会」という名前の看板を上げて事務所を構えていた。だが実態は、中国人民解放軍総参謀《さんぼう》政治部直轄の情報機関である「連絡部」が海外で非合法《イリーガル》な活動をする時に使うカバーであり、海外の最先端技術を非合法に奪取するのが任務だと吉見は認識していた。事件係が、国際文化相互交流友好協会のメンバーが来日して神奈川県内を頻繁《ひんぱん》に訪れているとの端緒《たんちよ》情報を入手したことで、視察《しさつ》作業とH《エイチ》作業（宿泊先での調査）を秘匿《ひとく》で実施し実態解明作業を進めていたところ、横浜市内にある複数の日本の電子部品メーカー役員と飲食店でそれぞれ接触している事実を把握するに至った。

吉見たち事件係が色めき立ったのは、それらのメーカーがいずれも防衛省と契約を結んでいる日本の防衛産業の下請《したう》け会社であることにだった。

国際文化相互交流友好協会が最近行った中国への送金について外国為替法に抵触する事実を摑んだ事件係は、それを端緒として、それまでの実態解明作業から本格的な容疑解明作業に切り換え、日本の防衛産業に中国人民解放軍の諜報組織が手を出す企みを破壊するための作業を進めていた。

そして、その作業の過程で、ここ数ヶ月、上海《シャンハイ》から定期的に来日し、国際文化相互交流友好協会に出入りする中国国籍の男を発見。その者を視察下に置き始めた事件係は、みなとみらい地区にある横浜ロイヤルパークホテルのラウンジで東洋系の女と接触するのを視認《しにん》した。

事件係がその女を追尾したところ、川崎市内に本社があって、地盤や地質の情報取得および解析から設計、施工管理まで行う海洋環境総合調査会社「コンサルタンツ・リサーチ・マリン」に勤務する日本人社員、内海真美《うつみまみ》、四十二歳と判明。その後の三ヶ月におよぶ基礎調査《キチヨウ》（生活全般並びに行動パターン調査）の結果、京浜急行電鉄の金沢文庫駅の近くにあるマンションに一人で暮らしていて、前科前歴、個人カード（警備公安が対象とする者であることを示す記録）も存在せず、並びに「LOリスト《エルオー》」（警察が対象とする危険人物の一覧）の中にもその名前はなく、行動確認によっても特異動向《とくいどうこう》は認められなかった。

だが、内海真美と国際文化相互交流友好協会と関係する中国人とのホテルでの接触状況に、微かだが尾行点検をするなどの諜報形態があったことが気になった吉見は、内海真美に対して本格的な視察を行うための班編制を行い、その班長に風間を抜擢した。

さっそくその翌日から固定、流動《りゅうどう》、遊撃《ゆうげき》の組織的な視察作業が開始された。

だが、内海真美の業務は多忙を極め、毎週全国を飛び回り、追尾するだけでも困難を極めた。

しかもその間、中国人との接触はなく特異動向も認めることはなかった。

そして、視察を開始して半年ほどした頃だった。

吉見は、内海真美が接触した一人の男に注目することとなる。それが、当時、グローバル造船の艦船・特機事業本部で「特殊船舶係長」を務めていた木崎雅紀だった。

グローバル造船の起源は大正時代に起業した旧財閥系企業の造船部門である。第二次世界大戦中、海防艦を大量に建造した実績があるが、終戦後、GHQによる財閥解体命令の後、幾多の合併を繰り返しながら、一九九〇年代、商船やタンカーを主とする海洋事業本部と自衛隊の艦船部門を受け持つ特機事業本部の二事業部制をとり、社名もグローバル造船に変更して新たに発足した。

現在は、大型原油タンカーやスエズマックス型タンカーなどの世界有数のメーカーとして有名であるほか、自衛隊の艦船建造においても護衛艦建造を受託する最大手の一つとして発展し、海上保安庁の巡視艇も建造している。

二〇一〇年代に入って中国が軍事力を使って勝手に領海を決めるなどいわゆる「現状変更」を行うことが露骨になった時、四方を海に囲まれる海洋国家で、かつ中国や台湾《たいわん》に近いエリアに膨《ぼう》大《だい》な離島《りとう》を抱えながら、日本の自衛隊の装備体系に重大な欠陥がある実態が、台湾危機という国際情勢の前でクローズアップされることとなった。つまり、潜在的な危機を抱えている――「海上輸送作戦による上陸作戦」及び「限定的な水陸両用戦」が予期される状況下、普通科部隊等を海上機動により、離島の目標上陸地点に無事上陸させることは極めて困難であり、しかも強襲《きょうしゅう》上陸に引き続き、離島の目標の海岸堡《かいがんほ》（上陸作戦の際に海岸に築く拠点）確保のための装甲偵察及び警戒部隊の機能を有していないことが長年、日本防衛の〝弱点〟とされていることにあらためて焦点が当たったのである。

海岸堡を確保するための人員、装備、作戦用資材などを作戦地域の海岸や離島などにビーチング（海岸への着上陸）させる際には、海上自衛隊の輸送艦「おおすみ」型に搭載されている「ＬＣＡＣ《エルキャック》」（エア・クッション型揚陸艇）の存在があり、陸上自衛隊の広報ビデオが大々的に紹介している。

しかし、エルキャックは、操舵《そうだ》性能が通常の船舶より悪く、先島諸島《さきしましょとう》などの離島への進入路は、サンゴ礁《しょう》で溢れており、そこへの走行性が非常に悪いことからビーチング可能な海岸に極端な制約がある。しかも何よりプロペラ推進ゆえ強音を発して、図体も大きく、敵からの格好のターゲットとなる。ゆえに、エルキャックは、完全に安全が確保されてからの作戦運用であるとのコンセンサスが陸上自衛隊の中では広まっているのだ。

比較するまでもなく防衛省が導入を予定している「水陸両用装甲車《すいりくりょうようそうこうしゃ》」に対する「要求性能《ようきゅうせいのう》」は、サンゴ礁を越えて上陸可能な車両であるとともに、敵からの攻撃に対する一定の抗堪性《こうたんせい》がある上に、１個小銃《しょうじゅう》を一気に殲滅《せんめつ》できるという攻撃能力もあることである。

中国情報機関が協力者である内海真美を運営して日本の防衛産業へのアクセスを開拓しようとしている兆候を摑み、その容疑解明作業で吉見が注目したのは、内海真美が頻繁に接触する――それも諜報形態で――木崎雅紀が、防衛省との契約で水陸両用装甲車の国産化事業を推進《すいしん》するプロジェクトチームの責任者だった点である。

水陸両用装甲車が、先島諸島を含む日本の南西諸島が〝敵〟に占領された時、それを奪還《だっかん》するために最前線に投入される防衛装備品であることを知った吉見は、その〝敵〟とは紛れもなく中国の人民解放軍兵士であることから、内海真美を介して人民解放軍系の組織と木崎雅紀が繋《つな》がったことに強い関心を寄せた。

情報ベースの段階である実態解明作業から、事件立件を目指す容疑解明作業へ移行を行うのに際し、吉見は部下たちとともに人的相関図《チャート》（人物の関係図）をあらためて作成した。

吉見は、十数人の人物が太い線や点線で結ばれた図を見つめながら、容疑解明作業へとレベルアップするための容疑者を選定し、事件の構図を推定してみた。

つまり、中国人民解放軍の情報機関は、内海真美をエージェントとして使い、木崎雅紀から日本国産の水陸両用装甲車の性能要目《せいのうようもく》を入手しようとしている、と見立てたのである。

グローバル造船にとって、最終的なコンペ相手は国内最大手の機械メーカー「丸ノ内重工《じゅうこう》」だった。丸ノ内重工が開発した車輪ベルト式の水陸両用装甲車の性能要目とスペックに対しても中国が触手を伸ばしていることは容易に想像できたことから、今回の作業を仕切る警察庁警備局警備企画課の、公安・外事警察の中だけで密かに「0係官《ゼロガカリカン》」と呼ばれる協力者獲得作業指導ならびに特別作業指導組織は、丸ノ内重工へ仕掛けている中国情報機関の工作についての実態解明作業は中国担当の警視庁外事2課作業班に任せ、それと並行して、グローバル造船への工作の実態解明作業も吉見が率いる神奈川県警察本部外事課事件係に担当させた。

吉見は、事件係から六名を抜擢し、内海真美と木崎雅紀に対する完全秘匿での視察を同時並行で開始させた。作業名は、内海真美と木崎雅紀の英語の頭文字からとって「KU《ケーユー》作業」と吉見は命名した。

そして吉見が部下たちに次に命じたことは、内海真美と木崎雅紀の周辺にモニター（協力者）を「獲得《カクトク》」することだった。だが、二人とも業務内容はほとんど同僚に明かさず、上司もごく限られた者にしか話しておらず、しかも開発そのものが防衛秘に指定されていたことから二人の周辺に三人のモニターを獲得しても得られる情報はほとんどなかった。

だがそれでも、二人を視察下に置く中で入手した断片的な情報をつなぎ合わせることで、中国情報機関が仕掛ける工作の一端が吉見たち事件係の視線内に入ってきた。

内海真美と木崎雅紀との関係は、あるビジネスに関するものだった。

クライアントである木崎雅紀が、ホストにあたるコンサルタンツ・リサーチ・マリンの内海真美にオーダーしたビジネスとは、先島諸島を構成する有人島《ゆうじんとう》のうち、宮古島《みやこじま》を含む宮古列島の主要な港の海岸の地勢《ちせい》（土地のありさま、地表の起伏や深浅などの状態）、海底地形と地質、そしてサンゴ礁に関するデータの調査だった。

木崎雅紀が、この調査を行うホストとしてコンサルタンツ・リサーチ・マリンを選んだのは、グローバル造船の特別顧問である陸上自衛隊東北《とうほく》方面総監《そうかん》で退役した元陸将《りくしょう》から、彼の二期後輩で陸上自衛隊の教育訓練機関である富士《ふじ》学校の元校長を紹介され、当時その元校長が顧問として迎えられていたコンサルタンツ・リサーチ・マリンを強く推薦されたからである。

しかし、その元校長はコンサルタンツ・リサーチ・マリンの業務にまったく関心を示さず、半年後に迫った参議院議員選挙に出馬する別の陸上自衛隊ＯＢのために全国の隊友会《たいゆうかい》（自衛官のＯＢ組織）支部を廻っては票固めに奔走していた。

木崎雅紀がコンサルタンツ・リサーチ・マリンにそれらを依頼した理由は、陸上自衛隊で海上から陸地への「上陸作戦」を専門とする水陸機動団《すいりくきどうだん》で現在、作戦運用されているアメリカ製の水陸両用装甲車ＡＡＶ７の後続装備として自社開発の装備品を防衛省から受注するためだった。そのために離島奪還作戦の将来の主力装備となる「国産の水陸両用装甲車」の開発に木崎雅紀は没頭していたのである。

しかし島全体を厚くて広大なサンゴ礁が囲み、海岸も琉球《りゅうきゅう》石灰岩である南西諸島の島々の海岸環境を走破するための装備を防衛省の要求通りに開発するには、まず海岸のデータが必須だった。

防衛省も台湾に最も近い先島諸島の防衛は最重要テーマだと認識しているからこそ、本来ならこのような大型プロジェクトは十年ほどかけて、業界で言う最初の段階である〝カワカミ〟（基本的な事業計画）から始まるところ、与党保守派からの強い要求によって、いきなり設計段階という〝カワシモ〟から国産水陸両用装甲車開発の選定事業が複数の防衛産業会社で開始されるという異例の形で始まったのだった。

その中で、いち早く飛びついたのはグローバル造船の木崎雅紀だった。

〝水上の高速性〟なら、造船技術のノウハウに蓄積があるグローバル造船こそ、日本の防衛産業の中での熾烈な争いに有利であると確信した木崎雅紀が上層部に積極的にプレゼンテーションしたからだった。

このビジネスによって、木崎雅紀と内海真美の関係は深まった。後になっての吉見が率いる事件係の調査では、二人の間に男女の関係はないと認識していたが、二人だけの食事の機会を重ねていくうちに、木崎雅紀が当初伏せていた開発中の水陸両用装甲車についての話題をするようになったことを摑んでいた。それによって事件係では、内海真美の狙いが、その背後に存在する中国情報機関のスパイ計画を担《にな》って、陸上自衛隊に納入される水陸両用装甲車の性能要目を奪うことにある、との心証を益々強くした。

ところが、予想外のことが起きた。丸ノ内重工よりも優勢にあると思われていた木崎雅紀が開発した水陸両用装甲車は防衛省の最終コンペで選定されず、次期国産の水陸両用装甲車として選ばれたのは丸ノ内重工の水陸両用装甲車だった。

後になってわかったことだが、その選定手続きの背景に、丸ノ内重工の特別顧問である一人の陸上自衛隊ＯＢの存在があり、そのことは陸上自衛隊のごく限られた幹部の中では公然の秘密となっていた。その陸上自衛隊ＯＢは、グローバル造船の装輪はパンクの危険性が常に付きまとうと主張するとともに、グローバル造船の水陸両用装甲車のフロント部分が流線型の船首形をしているというデザインが歪《いびつ》であり、兵器としての欠陥が出現するものだという荒唐無稽な理論で陸上自衛隊の幹部たちを説得し続け、最後には、丸ノ内重工の水陸両用装甲車が選ばれないと腹を切る、とまで言い切ったのだった。

神奈川県警察本部外事課では、意図せず中国情報機関の計画が頓挫したことで、もはや内海真美にとって木崎雅紀の〝使い道〟がなくなったと判断。間もなく二人の関係は消滅するであろうことから、外事課長は、内海真美に対する基礎《キチヨウ》調査から始めた二年間にも及んだKU作業を閉じることを決めた。

ただそれでも吉見が率いる事件係では、一週間、視察は続行された。だが、二人の接触はピタッと止まり、その他の特異動向もなくなった。一ヶ月が経過しても二人の接触を事件係は視線内に入れることはできなかった。

吉見は、二人が警戒している可能性を考え、敢えて視察を中断させ、一ヶ月の空白を作った。しかし、その後に再開した三日間の視察でも、二人は会うことはなく内海真美にしても特異動向を認めることはなかった。

ところが、事件係がKU作業を完全撤退させた二日後だった。意気消沈したままの木崎雅紀の前にタイミングよく内海真美が現れたのである。

彼女は、その日の夕刻、緑ナンバーのハイヤーに自ら乗ってグローバル造船横浜事業所まで木崎雅紀を自ら迎えに来た。首都高速道路湾岸線のレインボーブリッジの向こうに見える船の灯火を見つめながらハイヤーは進み、木崎雅紀が案内されたのは、東京・赤坂《あかさか》にある鰻《うなぎ》料理専門の老舗《しにせ》「重箱《じゅうばこ》」の個室だった。

二階にある個室で木崎雅紀と向かい合った内海真美は、今回のビジネスの御礼を言葉を尽くして述べた後で満面の笑みのまま続けた。

「実は、木崎さんから頂いたお仕事でノウハウが得られまして、弊社の系列として先島諸島での観光をビジネスとする会社を新しく興《おこ》すことになりました。ついては、是非ともご協力を賜りたいことがありまして――」

そして、その新会社の三種類のパンフレットや詳細な事業計画書を見せた上で、ついては、木崎さんが、他社に発注して集められたり、また政府関係の機関から提供を受けたりされた――例えば自衛隊などからの宮古島のデータがあれば、新しいマリンスポーツの施設や海岸沿いのリゾートホテルを設立する参考にさせてもらいたいので提供して頂けませんか、もちろん弊社限りで厳重に保管します、と一気に捲《まく》し立てた直後、木崎雅紀の反応を待たずに自分の椅子の傍らに置いていた三越百貨店の紙袋をテーブルの下で木崎雅紀の足元にそっと移動させた。

紙袋の中に目をやった木崎雅紀は、一番上にふわっと被された光沢のあるグリーンのスカーフを捲《めく》ると一万円の札束に目が吸い込まれた。

木崎雅紀は袋の中身と内海真美の顔を何度も見比べた。だが、内海真美は微笑みだけを返した。しばらく考える風にしていた木崎雅紀は、紙袋へ片手をやって自分の椅子の傍らへと引き寄せた。

翌日の土曜日の午後七時半ちょうどに、内海真美がグローバル造船の横浜事業所を訪ねたことも、吉見を始めとする事件係は知る由もなかった。


一年の月日を経て、木崎雅紀の名前を久しぶりに聞いたことで、体の奥に仕舞い込んできたはずの重くて苦い思いが図らずも強い衝撃となって吉見の全身を貫いた。しかも、木崎雅紀の死という思いもしない知らせであったことも、吉見の心を激しく震わせた。

「この五日間、背面《はいめん》捜査（捜査主体の刑事捜査とは別に秘密裏に動く公安・外事の捜査手法）を行い、幾つかわかったことがありましたので、いち早くご報告したいと思い参りました」

後部座席で向かい合った風間が、吉見の顔を覗き込むようにして言った。

「もったいぶらないで早く言え」

吉見は苛立《いらだ》った。悪い予感がしたからだ。

「二年前のKU作業で、グローバル造船で木崎雅紀の部下である社員、岬山雅也《みさきやままさや》という男を協力者《モニター》として獲得しながら、結局は役に立たなかったことを憶えてらっしゃると思いますが、その岬山雅也が二日前、ある事実を私たちに提報《ていほう》してきました」

吉見は黙ってその言葉の先を待った。

険しい表情のまま風間は、上着の内ポケットから取りだしたノートに目を落としながらモニターから得た情報の説明を始めた。

木崎雅紀の死後、メインサーバーに保存されている彼のデータを艦船・特機事業本部横浜事業所で社員たちが整理していたところ、グローバル造船が行う水陸両用装甲車の公試験に資するために自衛隊が独自の調査で作成した、コンサルタンツ・リサーチ・マリンが集めたのとは桁違《けたちが》いの詳細なるデータが、一年前、新しく証明書が発行された第三者のUSBメモリーにコピーされていた事実と、それが実行された日時が記録されていた。

そのデータとは、宮古列島を陸上自衛隊が独自に調査して作成したPDFファイルで、表紙の右上には〈注意〉という文字を四角に囲んだ赤い刻印が捺《お》されている。

表紙の中央には、〈地誌《ちし》〉という文字が明朝書体で印字され、その下には〈上陸適地《てきち》〉とゴシックのフォントで記載されている。

一番下中央には、これら地誌の作成者として〈西部《せいぶ》方面隊　情報隊本部　地誌班〉の名があり、左下に〈分類番号：K-K6-K57（全部注意　件名除く）〉とあった。

表紙を捲って二ページから十五ページには、宮古列島の島々——宮古島、池間島《いけまじま》、伊良部島《いらぶじま》、下地島《しもじじま》、来間島《くるまじま》など——のそれぞれを代表する港、サンゴ礁の様子と海岸の状況などの海岸地形のデータが細かく書き込まれていた。

また、十六ページから四十二ページまでは、海岸データとは異質なものが膨大に含まれていた。漁港、砂浜、ビーチ、海岸と商業港のすべてにおける、そこから車などを揚陸できるスロープ、国道や県道へのアプローチに関する距離、道路幅、最も狭い道の数値に関する調査結果で、写真付きの極めて詳細な内容だった。

しかも、海上自衛隊のエルキャックのビーチングに適したLZ（上陸地点）を示す地図や、陸上自衛隊が集結《しゅうけつ》したり、宿営《しゅくえい》するに適した場所の地図だけでなく、着上陸適地、ヘリコプターの降着適地や宿泊適地という項目があったほか、海上自衛隊の艦艇ごとの排水量と港の排水量とそのバース数も記載。さらに、通信関連の鉄塔やアンテナの位置も詳述してあり、島々の海岸を空撮した写真まで膨大に含まれていた。

また、七十五ページから最後のページまでには、「VA《ヴイエー》」（重要施設）と名付けられたカテゴリーの中に、宮古島の行政組織、警察署、航空自衛隊分屯地、海上保安庁の保安部や駐在所、宮古空港、ならびに下地島空港、上下水道と電気の施設、二ヶ所の発電所、生活飲料用の地下ダムのほか、沖縄《おきなわ》本島との間にある電話やインターネットの二本の海底ケーブルの陸揚《りくあ》げ地点——海底から延びたケーブルが地上施設と繋がるために露出している部分——の位置とその施設の詳細を記した項目もあった。

パソコンから顔を上げた吉見に風間は、グローバル造船の法務部は、木崎雅紀の行為を懲戒処分に相当する社内規則違反と認定したが本人が死亡しているため握り潰《つぶ》す腹づもりだと語ってから、それより重要なことは、と前置きしてからこう語り始めた。

「グローバル造船のメインサーバーに残されていた、コピーが実行されたその日時と、グローバル造船横浜事業所の警備詰所に内海真美と木崎雅紀がサインした日時とが、ほぼ一致しているんです」

吉見は体の奥から突き上げた衝動《しょうどう》に逆らえなかった。

吉見は、時間はあるか、と風間に訊いて、もちろんです、との応えが返ってきたのを確認しただけでタウンエースを発進させた。

金沢文庫駅近くにあるマンション前に到着するまで沈黙したままだった吉見は、到着したことを告げられると、真っ先に車から飛び出た。

あの頃と辺りがほとんど変わっていないと思った吉見の記憶の中に、朝から晩まで視察を行っていた頃の光景が彩《いろど》りとともに鮮明に蘇った。

だが、マンションの郵便ポストには彼女の苗字とは別のものがあった。

吉見の衝動はそれで収まらなかった。風間に言って、川崎市にあるコンサルタンツ・リサーチ・マリン本社へとタウンエースを向けさせた。本社が入居する高層ビル近くで停めさせた吉見はひとり車から外へ出た。風間たちは〝裏《ウラ》〟にいる者ゆえ、〝表《オモテ》〟には晒したくなかった。

回転式ドアからビルに入り、一階の総合受付へと足を向けた吉見は、警察章を翳《かざ》して身分を明らかにした上で、十階から十五階まで入居するコンサルタンツ・リサーチ・マリン本社の内海真美との面会を求めた。どこかへ電話をかけていた受付係の女性がしばらくして口にしたのは、そのような社員はおりません、というマニュアルを諳《そら》んじるかのようなそっけない言葉だった。

それでも吉見は、コンサルタンツ・リサーチ・マリンの人事担当者との面談を強引に要求した。一階の応接フロアまで面倒くさそうな表情を浮かべて姿を見せた人事課員と称する男は応接セットの椅子に座って吉見に対面するなり、弊社《へいしゃ》には現在、内海真美は在籍していないと、受付嬢と同じ説明を口にし、転職先を教えて欲しいという吉見の質問にも、把握していないと一蹴《いっしゅう》した。

食い下がる吉見の問いかけに根負けしたように顔を歪《ゆが》めた男性社員が、仕方がないといった雰囲気で口にしたのは、内海真美が退職したのは約三ヶ月前で、その後、結婚して中国の浙江省の省都、杭州市で暮らしているらしいという風の噂なら聞いたことがある、という素っ気ない言葉だった。

呆然とした表情で高層ビルを後にして風間が待つタウンエースに戻った時、吉見は先ほどのやりとりを説明した後、大きく息を吐き出して髪の毛を乱暴に掻き上げた。

「今、内海真美が暮らしている中国の都市名を、浙江省杭州市とおっしゃいましたか？」

風見が自分のパソコンを操作しながら急いで訊いた。

「浙江省杭州市には、日本の安全保障にとっての『正面』の脅威である人民解放軍の第90混成《こんせい》旅団が存在します」

風間がそう告げた時、吉見は瞬《まばた》きを止めて虚空《こくう》を凝視《ぎょうし》した。

目を見開いた風間が口を開いた。

「まさか……我々は、木崎雅紀を視線内に入れてから二年間、重大なミスを犯しつづけていたと……」

吉見はそれには応えず、真剣な眼差しで風間を見つめたままだった。

風間がつづける。

「中国の狙いは、日本国産の水陸両用装甲車の性能要目やスペックではなかった——」

吉見の顔はさらに醜《みにく》く歪んでいった。

「内海真美のＵＳＢメモリーにコピーされたこれらデータは、そもそも自衛隊の水陸両用部隊に資するものとして収集されましたが、裏を返せば、宮古列島への上陸作戦を図る人民解放軍にとっては垂涎《すいぜん》の的《まと》であると言えます」

風間が低い声で言った。

「深刻な事態だ……」

吉見が掠れた声で独り言のようにそう言った。

夕方になり急に降り始めた雨は今や激しいゲリラ豪雨となって、吉見たちを乗せたタウンエースのボンネットに激しい音をたてて打ちつけている。三月下旬という今の季節の午後五時過ぎという時間ならばまだ辺りに明るさがあるはずなのだが、不気味なディムグレー色の厚い雲から激しい雨が降りしきっていて、暗闇に覆われている。

「確かに――。これらデータを必要とする時がきた、そういう見方があってもおかしくありません」

吉見は、風間の言葉をもはや聞いていなかった。突然、空気を吸い込めない気分に陥った。降りしきる雨を見つめたまま、大きく息を吸おうと思ってもそれができなかった。

3月23日　東京・永田町《ながたちょう》　首相官邸

午前中までは弥生《やよい》の季節特有のどこか生暖《なまあたた》かい雨だったが、午後になり時間が経つとともに雨は冷たさと激しさを増していった。午前中の風景が余りにも美しく、また欧州からの賓客が訪れたことで開閉式の分厚い屋根が開け放たれたままになっていたが、現在は広大な天井のガラス窓を打つ滝のような雨の激しい音が、博物館のように静まりかえった官邸じゅうに響いている。

官邸本館の溜池《ためいけ》側、つまり南側に位置する「南ゾーン」と呼ばれるエリアにある出入口は正玄関とは呼ばれず通用口と称されているが、そこは郵便や宅配物を届けたり、清掃員、メンテナンス要員や備品を納入する業者たちの専用入り口となっており、「東ゾーン」の三階「正玄関」から入ってくる者たちに押し寄せる記者たちからは完全に〝死角〟である。朝刊で報じられる前日の《首相の動静》は、官邸事務所があらかじめ決まっているスケジュールを制作して内閣事務官が内閣記者会に配布するＰＭ予定表（首相予定表）に基づき、その正玄関から入っていく政府高官関係者のみをターゲットとして、内閣記者会の記者の質問攻めにあって身分が曝露される者たちがカウントされるだけだ。

だからこそ南ゾーンの通用口の存在は、官邸に詰める内閣記者会の記者たちには何も気づかれず、官邸訪問を知られないままセンシティブな報告を行ったり、秘めやかな協議を行ったりすることを求める政府関係者にとって好都合となっている。

国家のオペレーションを統括する内閣危機管理監、伊達《だて》宗光《むねみつ》は、自分の執務デスクがある、内閣官房で「別館《べっかん》」という隠語で呼ばれる赤坂エリアの民間商業ビルから徒歩で官邸へ向かうまでの間、ずっと傘を差し通しで――しかも強い風雨に傘を破壊されないように苦労しながら――南ゾーンまでいつものように歩いて到着したが、官邸に着いた時には全身がびしょ濡れとなっていた。

ようやく南ゾーンの門衛所に辿り着いた伊達はびしょ濡れとなった上着を脱いで雨水をハンカチで拭き取ってから身分チェックを受けなければならなかった。腕時計を見つめた伊達は慌てて門衛所を通過し、その先の右手にあるエレベーターを四階で降りると、晴れた日中なら広い空間に天窓から降り注ぐ陽光で明るく、木色の壁が柔らかな雰囲気で、かつスタイリッシュな博物館をイメージさせる光景を思い出しながら、ダウンライトが照らす薄暗い空間を急いだ。

閣僚懇談会室のドアの右隣にある木製の大きなドアの横に設置された非接触型カードリーダー

にICカードを翳《かざ》してセキュリティを解除した伊達は、木目調《もくめちょう》の壁で囲まれたまっすぐに延びる狭い通路に足を踏み入れた。

通路の奥に向かって右手に並ぶ、官房副長官補室、内閣広報官室、さらに左手のトイレや給湯室をすんなり通り過ぎた伊達は、廊下の一番奥の右手にある階段を登って五階に辿り着くと、一旦、政務担当内閣副官房長官室の方向へ向かうフリをしてから二重の通路に入るとすぐに踵を返し、内閣官房長官室の前の応接室へと足を踏み入れた。

NSS（国家安全保障局）局長級会合が召集された部屋の中央に置かれた大きな机の周りにはすでに、荻原凜太朗《おぎわらりんたろう》政権の中核である深田美紅《ふかだみく》官房長官の他に、国家安全保障戦略を策定するNSSの千野和彦《ちのかずひこ》局長、全国都道府県警察本部警備公安部門を指導する警察庁の城ヶ崎《じょうさき》警備局長、防衛出動における事務に関与する防衛省の宗像智之《むなかたともゆき》防衛局長、また、外務省で最も政治に近い松《まつ》本猛《もとたける》総合外交政策局長の姿があった。

NSS局長級会合へ招集をかけた深田美紅は、関心事は一つです、という言葉を真っ先に口にした。今、我々は、いかなる事態と向き合っているのか――。

まず応えたのは、深田美紅の一番近くに座る国家安全保障局《NSS》の千野和彦局長だった。元外務次官の彼は、内外のメディアが中国が台湾周辺で今までにない規模で演習を行っていると報じているのは、中国人民解放軍による台湾侵攻が急迫している可能性が高い、それを示唆していると持って廻った言い方をした上で、他方、日本については、中国からいきなり攻撃される武力攻撃事態どころか重要影響事態に認定するにもあたらないと一蹴してから、日本にとって重要となるのは、いわゆる〝台湾戦争〟の勃発《ぼっぱつ》後に巻き込まれると表現すべき事態であり、それは、日本政府が重要影響事態もしくは存立危機事態に認定してアメリカ軍の作戦を支援する場合と考えるのが合理的であることから、現在は、冷静に受け止めて慎重なる行動が必要だと付け加えた。

頷いた深田美紅が宗像防衛局長へ視線をやった。

「関連する重要な報告があると？」

深田美紅の言葉に頷いた宗像防衛局長は、深田美紅の脇に立つ官房長官秘書官へ険しい表情を向けた。

「これからお話しすることは、機密事項に関わることなので退室を」

秘書官が出て行って執務室のドアが完全に閉められたのを見届けた宗像は、手にしていたアタッシュケースの五重鍵式ロックを解除し、中にあるパソコンを取り出し、公用車の中ですでに立ち上げていたホーム画面を見つめた。ホーム画面に並ぶ「A」、「B」、「C」と書かれたファイルのうち、宗像が選んだのは「C」のファイルだった。

もし、ここに官房長官しかいなければ宗像は躊躇《ちゅうちょ》なく「A」を選んだであろう。しかし、すでに最高レベルの機密を知ることができるクレアランスを持っている政府高官はともかく、それがない総合外交政策局長がここに存在することが宗像は気に喰わなかった。

前職として外務省のトップである事務次官であったことから一般的な政府機密情報にアクセスできるクレアランスを持った千野NSS局長であっても、動態情報に関する最高度の機密情報を知ることは許されない。

ゆえに「A」をサニタイズ（秘密レベルを落とす加工）をした「C」を見せることが相応だと宗像は咄嗟に判断したのだった。

手持ちのパソコンの中でファイル「C」を立ち上げた宗像がまず指摘したのは、三日前から先島諸島沖約六十キロの海域で開始されている軍事演習が、これまでの最大規模なものに変化したという最新情報だった。

「ルッキングオンリー（視《み》るのみ）にてお願いいたします」

そのことを告げてから宗像はパソコン画面を深田美紅に向け、
そう言った宗像がつづけたのは、

「アメリカのインド太平洋軍から共有《シエア》されたものです」

さらに宗像が説明したのは、シークレット・センシティブ（機密）に属する情報であり、日米秘密軍事情報保護協定に基づいた情報が含まれておりますことをご留意頂き、ここでの限りでお願い申し上げますと強調した上で、これに関するお話は今後、ここにいらっしゃるメンバー限りとしてください。防衛大臣ともお話をされないでください、と念を押すことだった。

深田美紅は、台湾の周辺海域の海図で、十色の十本線が書き込まれているものを見つめた。うち五本の線は台湾海域で円を描いていて、また五本の線は台湾を囲むような円を縁取っている。また、それぞれの円を南北から挟むようにしたところでも細かい線描写があった。

宗像がつづけた説明によれば、この十本の線はいずれも中国海軍に所属する潜水艦のトラフィッククレーン、つまり潜行しての動きだとした。

深田美紅は、いったい何を見せられているんだ、という風に怪訝な表情をして宗像の顔と画面を見比べた。

腰を浮かして身を乗り出した宗像はパソコンのエンターキーを一度押した。パワーポイントでアニメーションが稼働し、台湾を囲む十本の線の周りに、十隻の船のイラストが出現した。宗像が説明を再開し、さきほどの図に新たなレイヤーを重ねたものであるとして、さらにこれをご覧ください、とパソコンの画面を示すと、船のイラストの間に、赤い枠で作られた幾つかの不整形の図形が出現した。宗像は、先週より中国海軍は『三大艦隊合同演習』と称して強襲揚陸艦《きようしゆうようりくかん》と陸戦隊の水陸両用部隊も参加し、これまでのうち最大規模の軍事演習を現在も行っている、とした上で解説した。

軍事演習を行う直前、中国が近隣国の関連機関へ提示した『訓練海域に伴う航行制限海域』が赤い四つの図形で表され、この図形の配置と大きさは、台湾とその周辺の島々のそれらと完全に一致していると冷静な口調で言い切った。

「つづけて」

深田美紅が無表情に促した。

淀みない宗像の言葉がさらにつづけられた。中国の十隻の潜水艦が台湾を取り囲んでから、一周した後、昨日の午前五時頃より午後十時頃までの約十七時間、台湾の南北の海域に張り付いたと語気強く付け加えた。

だが、選択しなかったファイル「A」に、それら中国の潜水艦の真後ろをそれぞれ一隻ずつ海上自衛隊の潜水艦がステルスで追尾《トラッキング》し、攻撃システムに魚雷攻撃のデータを打ち込んでいたとの記載があることは口にしなかった。

黙って宗像の話を聞いていた深田美紅は、十年もの間、アメリカ・ワシントン州の南西部にある名門大学ウィットマン・カレッジでアジア情勢を専門とする准教授として働いてきた時のことが脳裡に蘇っていた。

その時代、深田美紅は多くの専門家たちとのミーティングを行ってきた。

かねてよりの人脈をフルに発揮し、国務省や軍統合参謀部を始め、アメリカ軍の高官たちとのワーキングモーニングやランチを精力的にこなし、そこでアメリカ議会の民主党と共和党を問わず議員たちの中に潜む安全保障の現実論《リアル》を脳裡に叩き込むこととなった。現実論《リアル》の専門家たちは、チャイナ7《セブン》（中国の国家最高指導部＝共産党中央政治局常務委員の七名）の〝本音〟をこう分析した。欧米日によるハイレベルな半導体サプライチェーンから中国を排除する決定で、これによって中国経済が奈落の底に落ちることへの恐怖は、王浩然《ワンハオラン》中国国家主席やチャイナ7には西側が想像するより遥かに深刻なものがあり、中国はそのため、表向きは、念願の民族統一を標榜しながら、台湾にある半導体工場とその技術者の確保を行うことを隠された目的として、ハイレベルな半導体生産の完全自立だけでなく、半導体の世界覇権、ひいては世界経済をコントロールするための台湾侵攻を開始する――。その場合、日本が存立危機事態や重大影響事態を認定してアメリカへの軍事支援かつ共同作戦を実施したとすると、日本はその戦闘において、自衛隊は二百機の航空機、十数隻の護衛艦を失い、一万人近い自衛官と民間人が死亡する、という最近のアメリカのシンクタンクのシミュレーションを引き合いに出した上で、時間が経てば経つほど、中国は軍備を強化し、日米の犠牲者はもっと多くなる、とアメリカの現実論《リアル》の専門家たちは予想していた。

深田はその現実論《リアル》に心が奪われた。その思いは母国である日本の政府への忸怩たる思いへと昇華した。そしてCNNを始めとするメディアで発言を行うこととなった。深田美紅に大きな人生の転機が訪れたのは、今から八年前のことだった。

現在の荻原総理が外務大臣として渡米する直前、アメリカ軍関係者との会合を希望した際に、在米の日本大使館政治担当公使からの密かな依頼を受けた深田が、それらをすべて短時間で実現させ、通訳まで買って出たことで荻原の感激を呼び、いわゆる、お眼鏡に適った、ということになった。荻原は、二年後の参議院議員選挙で党公認で比例区のトップグループに入れるという密約のもと、都内にある有名市立大学の教授の職に推挙してくれた。深田はかねてより日米外交の中核に存在することに大いなる野望を持っていたし、独身でもあったので身も軽くその申し出を受け入れることとなった。

十数年ぶりに帰国した深田美紅は、才媛としての実績に加え、日本の外交官の父と旧東欧の内陸国であるベラルーシ生まれの母を持つという家系を生かし、国家安全保障の論客としてテレビの出演も多くなったことから知名度を一気に上げ、六年前の参議院議員選挙の比例区で初当選した。

その後も、もって生まれた細かい心配りを発揮し〝老人キラー〟としてSNSで〝炎上〟するのもまったく気にも止めず、派閥の長老たちに可愛がられて新人ながら環境庁長官に抜擢された。そして、その一年後、荻原が与党総裁選挙での決選投票で劇的な逆転勝利を勝ち取った時の功労者として政治的評価が最高潮となり、荻原政権発足とともに、異例な出世で内閣官房長官に大抜擢されたのだった。

一部のマスコミやSNSでは、荻原政権の〝人寄せパンダ〟、〝ホステスを政権の顔にして女性票が離脱〟と批判されたが、深田はまったく意に介さなかった。なぜなら深田美紅には野心があるからだ。憲政史上初の女性首相は自分しかいないという強烈な野心である。

「この際、私は、明確に『現実論』、つまり『リアル』をおうかがいしたいんです。今、PLA（人民解放軍）と戦って自衛隊は勝てるんですか？」

口調が強いものとなった深田美紅は、再び、男たちを見渡しながらさらにつづけた。

「PLAとの交戦《エンゲージメント》で、よしんばすぐに負けないとしても、戦闘の継続性《サステイナビリティ》はどうなんです？」

深田美紅は自分よりも一回り以上年上の男たちを見つめてさらに畳み掛けた。

「さらに言えば、PLAと戦った時に求める最終任務目標《エンドステート》はどのようにお考え？　人的被害なのか、経済損失なのか、領土の損失なのか、それらのエンドステートをどこまで描いてらっしゃるの？」

余裕を持って説明を始めたのは宗像だった。彼は、軍事的合理性と政治的妥当性との言葉を駆使しながら果敢に説明した。

「ただ、それもこれも、事前配置《プレデイプロイメン》という前提での話ですね？」

「おっしゃる通りです」

宗像防衛局長が肯定した。

「緊急対処事態は事態室で調整をお願いします。しかし、政治は現実論《リアル》を求めます」

宗像以外の政府高官たちは思わず視線を交わし合った。深田美紅が口にした政治というのがいったい誰を指しているのか分からなかったからだ。

「防衛省は案を作成しております」

タイミングを待っていたかのように慎重に言葉を選びながらそう口にした宗像は、《機動展開《きどうてんかい》能力を迅速《じんそく》かつ最大限発揮《はっき》した抑止《よくし》態勢《たいせい》の確立訓練》と表紙にある、パワーポイントで作成した五枚綴《つづ》りの資料をバッグから取り出し、深田美紅だけに手渡した。

深田美紅が表紙を捲ると、《特定機密　先島諸島防衛警備計画――Σ《シグマ》計画　前方展開部隊配置表》と題された下に、それぞれの島に配置される部隊を示した《兵力規準》の項目があり、その中に石垣島の防衛警備を担任する北海道旭川市の第2師団、宮古島を担任する熊本県健軍の第8師団、西表島と与那国島を担任する香川県善通寺《かがわけんぜんつうじ》の第14旅団、さらに沖縄県の第15師団が先島諸島での戦闘支援で抜けた場合の替わりに北海道帯広《おびひろ》の第5師団、また第8師団の空白を埋める北海道札幌《さっぽろ》市の第11師団などの具体的な部隊名が並べられ、三枚目からは配置部隊の編制として、装備と資機材の配置状況が具体的にカラーのイラスト入りで示されていた。

深田美紅はパラパラと捲った後、

「つまり石垣島と与那国島への陸上自衛隊の事前配置《プレデイプロイメン》、まずそれを急げということね？」

「おっしゃる通りです」

そう応じた宗像防衛局長は、大臣にはすでにご案内しております「Σ《シグマ》計画」で示されている所要部隊を先島諸島へ推進した場合、それに伴い空白となる防衛警備区への替わりの部隊として山形県の第6師団を、転地《てんち》訓練という名目で九州まで前進配備したい、とも要請した。

深田美紅は大きく頷いた。ただ、大部隊を出動させることで戦争に〝巻き込まれる〟トリガーは引かない、と口にした後、第2師団の先遣は沖縄県那覇基地までの前進配備とする。石垣島と与那国島への事前配置《プレディプロイメン》は、師団隷下《れいか》の第3即応機動《そくおうきどう》連隊から普通科、化学科と特科《とっか》からの二個混《こん》成《せい》の小規模な「脅威削減《きょういさくげん》チーム」として特別に編成し、装備品の海上自衛隊艦艇への「搭載《とうさい》訓練」ならびに全国展開する「転地訓練」の名目において行って頂きたい、と言った。

宗像は驚いた表情で深田美紅を見つめた。宗像は、彼女に関する防衛省内でのある噂を思い出した。陸上自衛隊の〝沼の底〟のような情報系の中に特別な人脈があるのだということを――。

だが深田美紅は、宗像の反応に気づかない風に、以上、次回のこの会合までに台湾情勢を注視して頂きたい、という言葉で緊急会合を締《し》め括《くく》った。

立ち上がった深田美紅の隣で、伊達はつい先ほど警察庁入庁の後輩にあたる警備局長から聞かされた、神奈川県警外事課が追及中の中国スパイ事件の概要を思い出した。しかし、ここでそれを報告するのはタイミングではない、と判断していた。ここで関心があることは石垣島と与那国島であって、宮古島ではないのだ。

3月23日　沖縄県・宮古島

糸村友香《いとむらゆうか》は、駆け出してきた勢いのままに曲がりくねった細くて急な、雑草で覆われた石造りの階段を一気に駆け登った。

息を切らして辿《たど》り着いたのは、視界が大きく開かれた空間にある遠見台《トゥンパラ》と地元で呼ばれる石積みの高さ一メートル、幅が二メートルほどの岩の塊でできた自然の展望台だ。

友香にしてみれば、宮古島の最北端に位置するここに遠足で来たのは小学生の頃で、もう十五年以上も前のことになる。だが、これまでの無数に襲来した台風でもびくともせず、昔の記憶そのままの姿がそこにあった。

友香は、トゥンパラのてっぺんに、ひょいっと登ってみてから、額から汗が滴るのも気にせず、子供のように足を広げて仁王立ちして腰に両手をあてて胸を張った。本来ならこの岩は〈神の岩〉とされ登ってはいけない。どこかのおばぁに見られたら、酷くどやしつけられるところだ。だが、小学生の頃の悪戯心《いたずらごころ》はいまだに抜けていなかった。

雲ひとつないまっ青な空を仰ぎ見た友香は、目をつぶって潮の香りが溶け込んだ空気を胸一杯に吸い込んで微笑んだ。

目を開けた友香が首を伸ばすようにしてまっすぐ先に見つめたものは、コーラルグリーンなど様々なパステル調の色が溶け込んだ、美《ちゅ》ら（美しい）海とダークグリーンのリーフ、そして宮古《みやこ》島本島《じまほんとう》から、わずか北東約四キロ先に浮かぶ、きれいな稜線をもった二等辺三角形の小さな島だ。

一般的には「神《かみの》ノ島《しま》」と呼ばれているその島は、宮古島では「ウガンズマ」とも呼ばれているほか、美しい稜線から〝宮古富士《みやこふじ》〟と呼ぶ者も多い。

神ノ島の東西は四百メートル、南北は六百メートルほどで、島の周囲はわずか約二キロ。最も新しい二〇一九年一月一日現在の住民基本台帳の記録では人口が十二世帯、二十二人である。

神ノ島の最大の特徴は、時代の文明に浴しながらも、今なお、森羅万象や祖先への祈りを失わず、毎年一回、御嶽《うたき》で行われる、厳しく非公開とした秘密の祖神祭「ウヤガン」を日々の生活の中に持ち続けている孤島であることだ。神ノ島の住人たちは、その神事によって神ノ島のみならず、沖縄も含む南西諸島に暮らすすべての人々の安息を保っていると信じている。

宮古島を始めとする宮古島市に含まれる六つの島は神ノ島を除いて立派な橋脚がかかっている。二〇一五年に完成した宮古島と伊良部島《いらぶじま》とを結ぶ伊良部大橋は全長約三・五キロにも及ぶ、車のコマーシャルに出て来そうなコーラルブルーの美しい海を走る壮大なものだ。

しかし宮古島市にある六つの有人島のうち神ノ島だけが唯一、宮古島と架橋されておらず、島《しま》尻《じり》港からの定期連絡船が神ノ島の島民の唯一の足である。その理由は、「ウヤガン」の秘祭を何百年と守り継ぐために、できるだけよそ者を入れないために他ならないと、昔、父が言っていた記憶がある。事実、外部からの文化調査や移住を固く拒んできたほどである。

突然、海上から吹き上げてきた強い風に、友香はバランスを崩しそうになって足を踏ん張った。そうしたのは風の影響だけではない、と友香はすぐにわかった。希望と不安に揺れる緊張感が体の中で増幅したからだ。

長い髪を風のなすがままに遊ばせながら友香は、じっと神ノ島を見据えた。

――あの島に、私を待っていてくれる子供たちがいる！

新年度を前にして春休みに入ったその日に毎年発表される人事辞令――次の年度の新しいクラスを言い渡される時はいつも緊張した。しかし今回の辞令は余りにも特別だった。

つい数日前のこと。春休みの一週間も前に校長室に呼ばれ、新しい人事を言い渡された時の光景を友香は脳裡に蘇らせた。

「糸村先生は、確か、神ノ島小中学校の最後の卒業生だったさいが？」

校長の上間《うえま》英明《ひであき》の言葉に友香は一瞬、戸惑った。友香にとってそれはもう十五年以上も前の話だからだ。

「はい。小学生として最後の卒業生でした」

「じゃあ、その時の三歳年上で、与座亜美《よざあみ》さんという方のこと、わかるぅ？」

「えっ、ああ、それって、まさか、あねえちゃんのこと……」

その名前を聞いてすぐに遠い記憶が頭に蘇った。それも徐々に鮮明となって、その顔もはっきりと思い出した。

なにしろ同じ神ノ島で生まれ育った友香と亜美は幼い頃から姉妹のように育ち、いつもいつも一緒に遊んでいた仲だったからだ。三歳年上の亜美は、友香にとってはお姉さん的な存在で、亜美姉ちゃんと呼ぶところを、最初舌足らずで〝あねえちゃん〟という言葉が口から出てからずっとそう呼んでいた。

神ノ島で唯一の学校だった神ノ島小中学校に小学生として入ったのは彼女が先で、その三年後に友香も入学した。神ノ島小中学校という名の通り、授業の一部と体育は小学生と中学生が一つのクラスだったので、帰宅すればまた一緒に遊ぶということで、神ノ島小中学校で一緒であった六年間は一日のほとんどを共有していたと言ってもおかしくなかったのだ。

神ノ島で唯一の小学校が開校したのは、昭和八年、一九三三年に遡《さかのぼ》ることまで友香は思い出した。当時はまだ、宮古島の狩俣《かりまた》小学校の分校教場《きょうじょう》として立ち上がり、戦後の学制改革で新制中学校が創設されたことで、一九四八年、狩俣中学校神ノ島分教場も併設されて島内で義務教育を終了できる環境が整ったのだった。そしてその約十年後、神ノ島小中学校として独立して歩み始めたのである。

しかし、全国的な過疎化の波はこんな小さな島にまで押し寄せ、時代の趨勢《すうせい》に倣い、一九五九年の小学生が計五十三名、一九六一年の中学生計二十三名をそれぞれピークとして児童と生徒は年々減少。二〇〇六年には最後の中学生二名が卒業し、三年後にはたった一人の在校生だった小学生が宮古島の中学校へ旅立っていった。そして、二〇一一年に廃校となり、校舎も解体されてしまったのである。

その時の宮古島の中学校へ入学した〝たった一人の在校生〟というのが友香のことで、さらに〝二〇〇六年に卒業した最後の中学生二名〟のうち一人が与座亜美なのだ。そして、亜美が宮古高校を卒業するまで、二人は神ノ島で暮らし、毎朝、神ノ島から同じ連絡船に乗ってそれぞれの学校に通っていたのである。

しかし、友香が同じ宮古高校に入学した年、与座亜美は高校を卒業し沖縄本島で就職した。その三年後に友香が沖縄本島の大学に通い始めてから、那覇で一度食事をご馳走してもらった後は、メールやメッセージでのやりとりも徐々に途絶えて行き、数年前に耳にした風の便りでは、結婚して二児の母親になっているということだった。

「実は、その与座亜美さんが二人のお子さんを連れて、新学期から神ノ島で暮らされるんです」

「神ノ島で?」

「ええ。下のお子さんが酷い喘息《ぜんそく》持ちで通学もままならなくなり、空気がきれいな環境での暮らしを求められた、ということらしいんです。神ノ島には、お母さんの母親、お子さんからすればお祖母さんが住んでいらっしゃるらしく、そこで一緒に暮らされることになったとか――」

「お子さんって何歳ですか?」

友香が訊いた。

「新年度から小学三年生に進級するお姉さんと、新一年生になる妹さんです」

上間が答えた。

「でも、神ノ島にはもう――」

そこまで言ってから友香は、上間校長が何を言おうとしているのかに気づいた。

「ということは……」

驚いた表情を向ける友香に、上間は大きく頷いた。

「そこで、糸村先生、聞いてもいいですか？」

上間は座り直してつづけた。

「与座さんの方からのご相談もあり、市の教育委員会とも話し合ったんですが、小さな姉妹を毎日、連絡船で通わせるというのも不安であるので、こちらから通《かよ》いで教師を派遣すべきじゃないかという意見が出ましてね」

「それを私にと？」

「気心も知れていらっしゃる糸村先生なら——。あっ、いえ、糸村先生も色々ご事情がおありでしょうから、まずは率直なご意見を伺《うかが》ってからということに——」

しばらく考える風な態度をしている友香に上間が慌てて付け加えた。

「何もずっとというわけじゃありません。当面、一年限りということで——」

「是非、私にやらせてください」

友香は元気な声で言った。実際、躊躇《ためら》いはなかった。

それは、正直言って、〝あねえちゃん〟の子供だからというんじゃない。今や一《ひと》クラス平均二十人の児童に教えるのと、二人の児童に教えるのとで、教師が注ぎ込む教育の理念と資源は同じだと友香はすぐに前向きに考えた。しかも二人だからこそ、彼女たちの今後の人生に自分が大きく関わっていくんだという自負や教師としての高揚感が強くあったのだ。

ただ、学年が違う二人をどうやって教育していけばいいかということについて早くも考えを巡らせた。しかしその不安もすぐに頭の中から拭い去った。友香が小学生の頃、同じ教室で、高学年や低学年が交ざり合った授業で教師たちが「複式授業《ふくしき》」というアイデアに富んだ方式を取り入れていたことを思い出したからだ。しかしそれでも複数学年の授業をひとつの教室で同時に展開するので、困難は想像を絶しただろうと今となっては理解できた。

しかし今回は二人だけである。それなら一年生と三年生の授業でも併せてできるとすぐに自信が湧くこととなったのである。

神ノ島に引っ越して来た二人の小学生の姉妹に対する巡回授業を担当することになった平良《ひらら》東小学校の教員、糸村友香は、沖縄本島の大学を卒業した後、沖縄県の公立学校教員候補者選考試験の小学校の採用枠に合格。東京の多摩川大学での初任者研修を経て、四年前、宮古島市立平良東小学校に赴任し、小学二年生の担任を任された。

生まれ育った島での巡回授業をすんなりと承諾した訳は、小さい頃から憧れていたことを実現するためだった。神ノ島のあの美しい自然環境の中で子供たちに教育をするというのは、どれほど素晴らしいことか!


友香は遠見台《トウンパラ》の上から神ノ島を真っ直ぐ見据えた。

——さあ、今日からだ!

大きく深呼吸をした友香は、遠見台《トウンパラ》から飛び降りて急斜面の階段を脱兎の如く駆け下りた。停めてあったスクーターに乗って、すぐ近くの島尻港を目指した。

二週間の春休みが終わって明日から新学期は始まるのだが、今日から新しい児童を迎える教師としての生活が始まるんだ、と思った友香は腹に力を込める気分となった。

そのためにもこれから姉妹たちに会って、彼女たちの状況を直に把握しなければならないし、授業をどこで行うかの設定と準備をする必要があった。また二人の母親である与座亜美から、これまでの姉妹の様子や健康面などいろんな話を聞く必要性があるし、同居している祖母がいると上間校長から聞かされていたので彼女への挨拶も兼ねて、懐かしい神ノ島へこれから渡るのだ。

友香の記憶が正しければ、神ノ島はそもそも昔、島民以外は立ち入り禁止であったような気がする。神が住む島として畏敬の念でもって宮古島では受け止められている、と亡くなった祖父が話してくれた記憶があった。

島尻港の桟橋では、白いボディの定期連絡船『ウカンかりゆす』が軽やかなエンジン音を響かせて出港間近だった。友香は、自分を待っていてくれたんだわと勝手にそう考えた。

だだっ広い空き地にスクーターを駐車した友香は、腕時計へ目をやって午前八時ちょうどの出港時刻が間もないことを知ると、ウカンかりゆすへ急ぎ、回数券を一枚ちぎり船長に手渡して船内に入った。十席ほどの客室に他に客はおらず、がらんとした客室に一旦腰を落とした友香は、出航を告げる船長の酒に灼《や》けただみ声でのアナウンスが始まり、ゆっくりと岸壁から離れてゆくと船尾にあるデッキに出てみた。

潮風になびく髪をかきあげた友香は、船首方向に少し顔を出し、鏡のようなべた凪《なぎ》の海の先から近づいて来る神ノ島を見つめた。

島尻港を出航してから十五分ほどで神ノ島で唯一の港である神ノ《かみの》漁港《ぎょこう》の船着き場に到着した。船着き場に一歩足を踏み入れた直後、大きく息を吸って辺りを見渡した。懐かしい香りがした。いやそれだけじゃない。神々が奉られたこの島が持つエネルギーにも似た雰囲気が全身を奮い立たせてくれるような気がして思わず笑みが溢《こぼ》れた。

記憶が鮮明に蘇った。

この小さな島の中を忙しく行き交う老若男女の姿が目の前に広がった。そして聞こえてきたのは、多くの子供たちの重なり合う声だった。その声に導かれるようにして、友香が直ぐに目指したのは、船着き場から北側にある島の集落へと延びる一本道だった。

その道に入ってすぐ右側に大きな校門が見えた。その瞬間、友香の頭の中に堰《せき》を切ったように二十年前の様々な映像が溢《あふ》れ返った。

門の奥に広がっていたのは、平良東小学校にも負けない広さの運動場で、休み時間だからだろうか、十数人の小中の児童と生徒たちが歓声を上げながら走り回る賑やかな光景があった。運動場の向こう左手には、三階建てと二階建ての立派なコンクリート造りの二棟の校舎が海を見下ろして聳《そび》えている。

小規模の学校であったが、先生方は、学習指導、生活指導と学校行事を、まるで親のように熱心にやってくださった。

給食用の薪採《たきぎと》り、自家発電によるランプの下での教材研究、放課後の潮干狩《しおひが》り、鰹漁《かつおりょう》実習の引率《いんそつ》。夜のしじまに流れる、本島から通ってきている先生のピアノ伴奏で口ずさんだ民謡「宮良《みやら》長抱《ちょうほう》」のメロディ――。

学校行事にしても楽しい思い出が多い。島の学校らしく、サニツ（伝統行事の一つ）、海神祭、釣り大会、島の探検、給食週間で「島の昔の食べ物」を口にしたこともあった。運動会になるともう大変で島ぐるみで盛り上がったし、どの行事も、子供と職員が心を一つにして楽しんだ記憶があった。

突然、目がくらむ思いがした直後、ハッとして現実に戻った友香の目に入ったのは、赤く錆び付いた門柱と、その向こうにある雑草が生え放題となっただだっ広い空地だった。今にも朽ち果てそうな門柱には、「神ノ島小中学校」という文字が消えかかった看板が無造作に掛けられていた。

学校の跡地を過ぎると急勾配となった一本道の坂道。周りにはタブノ木やアコウ木が生育し、その中に石造りの家々が立ち並んでいる。ちょうど樹木のようにその一本道から細い路地が分かれ、各家は木々の枝のように細い路地で繋がっている。

道沿いの家には網やガラスの浮きが掛けられており、懐かしいのどかな漁村の風景が広がっている。その周りには、丘陵地での狭小の段々畑があり、パパイヤ、芋、野菜などを栽培し、その他、沿岸漁業でも島民たちは生計を立てているのだ。

沖縄本島の大学への入学とともにこの島を離れた友香にとっては、十年ぶりの〝帰郷〟だった。だが、昔ならへっちゃらでここを何度も何度も上り下りしていたが、今の友香は息が切れて額に汗が出ることとなった。

坂道が緩やかになったところで立ち止まった友香は、ふと島の頂上を見上げた。真っ青に澄みきった空とは余りにもアンバランスな世界があった。頂上付近は、ガジュマルやアダンが群生し、密生林となっている。そこは鳥や昆虫などの生物も呑み込むような深遠な闇に満ちている気がした。

坂を登りきった友香が、プレハブ造りの小さな消防ポンプ小屋の先のどんつきを右に曲がって次の角を左折しさらに曲がりくねった坂道を登った先に辿り着いたときのことだった。ひんやりとした空気が、熱気がこもる首をぐるっと一周した。友香は思わず鳥肌がたった。それは冷気からではなかった。

友香の左手に見えたのは手摺りのある幅の狭い小さな坂道だった。その坂道の一番手前の手摺りには、肉筆で〝警告〟が書かれた看板が掲げられている。

〈祭祀《さいし》の為、ここより先は立入禁止です。ご協力お願いします〉

遠見台《トウンパラ》へ向かう途中で左に分岐する道の先にある神聖なる御獄《うたき》の場で、秘祭とも評される神ノ島の神儀《しんぎ》である『ウヤガン』（祖神祭《そしんさい》）が行われるからだ。数百年もの間、代々受け継がれているこの神儀は多くの秘密に包まれており、宮古島の関係者や旅行客はもとより島民であってさえも見学することは絶対に許されていないのである。

ふと視線を右手へ向けた。今まで見てきた民家と比べると、ひと回り大きな平屋建ての石造りの家がある。そこが与座亜美と二人の娘たちが祖母と暮らす自宅だった。島の祖先神が祀られている「ウフヤー」（大家）と呼ばれる家である。

一人の女性がその家の庭から姿を現した。

「友香ちゃん、うわり～（すごく）久しぶりやね～」

にこやかな表情で現れたのは与座亜美だった。

しかしその時、友香は、亜美の笑顔がぎこちなく思えた。はっきりと何かを感じたわけではない。最初は、長らく会ってないので、そりゃ互いに歳も取ったし、面影も違っていると思った。だが、彼女の顔に、どこか蔭《かげ》りのようなものを感じたのだ。例えば、生活の疲れとか、大きな悩みを抱えているとか――。

「元気だった？」

「だいずよ～（大丈夫よ）」

友香は明るく答えた。

亜美の後ろから、一人の少女が一度顔を出したがすぐに引っ込めた。

「こんにちは――」

友香は亜美の足元にしゃがみ込んで微笑みながら声を掛けた。

「私はね、春休みが終わって新しい学期が始まったら、毎日ここに通って来て授業をする先生です。名前は、イトムラ、ユウカ、です」

「イトムラ先生？」

亜美の背後で少女が消え入るような声で言った。

「そうよ。あなたが、お姉さんの奈菜《なな》さんね」

友香が柔らかな言葉を投げかけた。

「はい」

小さな声で返事が返ってきた。

「今度は三年生。楽しく一緒にやりましょうね」

奈菜から返事はなかったが、その後ろに、ひと回り小さな女の子が立っているのがわかった。

友香は体を少し斜めにして亜美の背後を覗き込むようにした。

姉妹は手を繋ぎ合って、友香が覗き込むのとは逆の方に一緒に体をずらした。友香は二人の右側から近づいた。

「妹の莉緒《りお》さんね、イトムラです。こんにちは」

莉緒からの反応はなかった。

友香はしばらくそのままにしていたが、姉妹は母親の後ろから出て来て友香と相対することはなかった。

人見知りする子たちなんだな、と思って友香が溜息を堪えて立ち上がった時だった。

「あなたはアイツの仲間？」

奈菜の声だとわかった。

「えっ？　今、なんて？」

友香は思わずそんな言葉が口に出た。

「昨日の夜も、アイツ、追いかけて来たの……」

その言葉は一語一語、友香の耳にハッキリと聞こえた。

亜美は慌てたように背後を振り返って奈菜に何かを囁いている。だが、姉の奈菜は母親の言葉を振り切るようにして妹と連れだって亜美の後ろから離れ、母屋に向かって駆け出していった。

振り返った亜美は、友香と目を合わせないまま、姉妹の今の様子には一切触れることなく、自宅の傍らにある畑に友香を案内し、そこで働いている七十歳だという母、与座トミと久しぶりに再会させてくれた。

トミが、数百年もの間、神ノ島で代々受け継がれてきた『祖神祭《ウヤガン》』の神官であることは島育ちの中で知らない者はいない。

「おかぁ、カーミの家の友香ちゃん、憶えてるでしょ？」

神ノ島には、戸籍上の本名とは別に〝屋号〟ともいわれる島独自の別名がある。神ノ島の人たちは〝神さまからもらった名前〟だと遥か昔から伝えている。だから、亜美が口にした《カーミ》とは、友香の祖母の〝屋号〟だった。別名の風習は、他の離島にもあるが、今や若い人は使わなくなったようだ。

家の前にある畑で仕事をしているはずのトミに、友香は挨拶の言葉をかけたが、トミはまったく反応せずに坂道の方へ急ぎ足で向かいながら叫んだ。

「西の道は、神だけのお通り道ど！」

《西の道》が島民にとって何なのかをここで生まれ育った友香が知らないはずもなかった。どうやら、おばぁは、自分のことを憶えていないらしい。年寄りに十五年以上も前のことを思い出せ、という方が酷な話かもしれない。

神ノ漁港の船着き場の近くに立てられている観光案内のイラスト図には、島の道として、集落の中央へ真っ直ぐ登るものと、東側の多目的広場から集落へと繋がる二つの道路だけが描かれている。

だが実は、島民以外にはほとんど知られていないが、島の西側に位置するところに、もう一本、舗装された道がある。船着き場から島の西側へ延びる、海岸線沿いに半周する道路の北の端から、島尻マージと呼ばれる赤土に囲まれてその道は集落へと延びている。その道は、神ノ島では《神の道》として代々伝わり、島民の中でもトミのような神官だけに立ち入りが許されている――そんな風習を友香は遠い記憶の中で思い出した。

さらに友香は、小学生の頃、母から聞かされた《西の道》にまつわるある話を思い出した。それは今から五十年以上も前の出来事である。

現在、船着き場からは左右に延びる舗装された道路があるが、島の東と北の端で行き止まりになっている。それは工事が中断したままの姿なのだ。

最初は、「島一周道路」として建設が始まった。しかし途中でストップした。これは友香が小さい頃に母から聞いた〝伝説〟だが、工事の途中、ブルドーザーのリッパーの歯が折れたり、機械が故障したりと不可解なことが連続した。それだけじゃない。工事関係者が次々と原因不明の病気にかかるなどの異変も続いたという。友香のおじぃはその〝伝説〟を信じ切っていて、「神ノ島を犯す者に、神が怒ったからじゃ」と言っていた。

突然振り向いたトミは、カッと見開いた目を友香に向けた。吹き出していた汗が急激に体温を奪い、友香は思わずぶるっと体を震わせた。

その時、友香の耳に、坂の下から叫ぶ声が聞こえた。七十歳ほどの男が何かを叫びながら駆け上がってくる。友香は、それが神ノ島の方言だとわかった。これが、ほんの近くの宮古島ではもう理解できないのだと思い出すと懐かしかった。宮古島市の六つの島には数百もの方言があるとされ、特に、そのひとつである伊良部島《いらぶじま》では地区ごとにそれぞれ違った方言が数十もあり、隣の地区に入っただけでも聴き取れないのだ。

トミもまた神ノ島弁でそれに答え、家の中に入って行った。

「《西の道》に侵入した人がいるらしいの」

亜美が標準語で言った。

家から出てきたトミが手にしたものに目がいった友香は息が止まった。トミが両手に抱えているものは長い柄の先に大きな刃がついた伐採斧《ばっさいおの》だったからだ。

勢い良く自宅の敷地から飛び出したトミが何かを叫んだ。

友香は急いで亜美を振り向いた。

〝神様の道が侵された〟——トミのその言葉は友香にもさすがに理解できた。

娘たちに家で待つように言った亜美は、友香とともに急いでトミを追いかけた。伐採斧を手にしたトミの殺気だった雰囲気が異様だったからだ。

左に折れれば神ノ島港へ降りる一本道に繋がるところを曲がらずにトミは真っ直ぐ島の西の方へ走っていく。《西の道》に入る手前で、トミがそこに倒れ込んで何かを叫びながら伐採斧を振り回すのが見えた。

慌ててトミのもとへ走った友香と亜美はトミを抱きかかえた。

「おかぁ、何があったの⁉」

亜美が急いで訊いた。

トミは腰に手をやりながら顔を歪めただけだった。

「この神ノ島のルールを知らないナイチ（九州、四国、本州と北海道）の観光客じゃないの？」

友香は独り言のようにそう言ってから、ふと亜美へ視線をやった。

目を見開いた亜美は、恐ろしいものを見たように顔を強ばらせて両腕で自分の体を抱き締めながら、辺りへ激しく首を振っている。明らかに何かを探しているような雰囲気で、しかもその探しているものに怯えているように友香には思えた。

見てはいけないものを見てしまったという思いに襲われた友香が、ふと目を逸らした時だった。気配を感じて友香は背後を振り返った。

奈菜と莉緒の二人の姉妹が今にも泣き出しそうな表情で立っている。

突然、奈菜が大きな悲鳴を上げ、何かから頭を守るようにして両手で抱えたかと思うと、来た道を全速力で駆け戻った。べそをかいた風に莉緒が慌てて姉を追いかけていった。

友香はその姿を見て、数年前の、平良東小学校の二年生の女の子の児童のことを思い出した。その時の彼女の様子とよく似ているのだ。当時、教師と児童の家族との連絡帳でのやりとりが半年間もなくなった後、プールの時間に彼女の上腕《じようわん》に幾つもの痣《あざ》を見つけた時、ドメスティックバイオレンスを疑った友香は自宅を何度も訪問した。最初は会うのも嫌がった母親だったが五回目で渋々話をした時、彼女は認めた。友香が怖れていたとおり、父親が娘に暴力を振るっていて、彼女は同じくその夫からの暴力に怯え、娘への暴力を止められなかったと泣き崩れながら明かした。

友香は、校長や児童相談所と相談の上、母親と娘を保護したが、母親とともに深夜、自宅のアパートから駆け出してきた時の、女の子の児童の怯えた顔が今でも忘れられないでいた。

友香が二人の姿を追うと、奈菜は家の中から画用紙と色鉛筆セットを持ってきて、与座家の小さな庭の一角にある石造りの椅子に腰を落とし何かを描き始めた。

騒ぎを聞いた一人の老人が、トミの肩を抱いて家に送り届けてくれた。

亜美に聞くと、与座家のすぐ近くに自宅があって与座家の分家筋にあたる、志喜屋八雲《しきややぐも》という一人暮らしの男性だという。

そうするうちに、昔の記憶にある懐かしい顔の年配の男女が三人ほど心配そうな表情で集まってきた。そして、あれよあれよという間に十人ほどの島民が集まって来ていた。この島では、ひとつの家の心配事は、島じゅうの心配事となるのだ。二〇一九年の宮古島市の記録ではこの島の人口は二十二人と知っていた友香は、今、ここに半分ほどの人たちが集まったんだと理解したが、昔は二百人以上は住んでいたのに、と急に胸が締めつけられた。

島民たちは、トミに飲み物を持ってきたり、座布団を担いできたりと世話を焼き始めている。誰もが、大丈夫か、といった風に声をかけているようだが、トミはいたって元気そうで笑顔もみせていた。

「平良《ひらら》（宮古島の中心地）の警察に言おう！」

亜美が力強く言った。

「んなまぁまち（やめろ）。《西の道》へはたるまいいりじゃん（誰も立ち入らせない）」

トミはそれだけ言うと二人の手を借りて立ち上がろうとしたが、すぐに顔を歪めてその場にへたり込んだ。

「アイツ、追いかけてきた……」

友香の後ろから奈菜が声を掛けた。

「さっきから、アイツっていったい誰のこと？」

友香が莉緒と奈菜の顔を急いで見比べながら訊いた。

奈菜はうなだれて黙り込んだ。

「変なこと聞いたかなぁ？」

友香は優しく語りかけた。

「分かっているの……」

亜美が近くに寄ってきて友香の背後から言った。

ふと振り返った友香には、亜美の顔が暗く沈んでいるように思えた。

「その話はまた今度ね……」

友香は、亜美のその言葉に小さく頷いただけで、それ以上、詮索《せんさく》すべきじゃない、と思った。


「お母さん、大丈夫みたいね」

「あれ見てよ。全然、平気よ」

亜美の視線を追うと、すっくと立ち上がったトミは島民たちと大声で笑い合っている。

「今はそんなことを気にしている場合じゃないっ、て大声で言ってるくらいだからね」

亜美は笑った。

「〝今は〟って、それ、この先にある御嶽《うたき》で十二日後に始まる『ウヤガン』のことよね？」

友香が訊いた。

頷いた亜美が遠くを見るような様子で口を開いた。

「数百年もの間、高齢の〝おばぁ〟たちが一週間、飲まず喰わずで御嶽《うたき》に籠《こ》もり、神への歌を唄い続けてきたの。今や、その〝おばぁ〟も母ひとりになってしまってね……」

「一週間も何も飲まず何も食べず……そうだった――」

「母はそれで数日前から酷く神経質になっていてね。さっきの伐採斧を振り回したのもたぶんそれが原因だったと思うわ……」

「それで、一週間後にはどうなるんだっけ？」

友香は身を乗り出して尋ねた。

「忘れたの？　その時にはね――」

亜美が詳しく説明しようとした時、女の子の泣き声が聞こえた。

亜美と友香が急いで振り向くと、地面に尻餅をついた莉緒が腕を目にあてて泣いている。その傍らで妹の頭を擦って、だいずよ、と優しく声をかけている奈菜の姿があった。

奈菜は、一旦、家の中へ入って行った後、任天堂のゲーム機スイッチを片手に戻ってきた。そして庭の中にある石造りの椅子に妹を座らせると、その横でコントローラーを握って遊び始めた。莉緒はゲーム機の画面にかぶりつくようにして見つめた。

「また、ゲーム？　制限時間、守ってよ」

そう言って立ち上がった亜美に友香が心配そうな表情で声をかけた。

「ウチの校長から、莉緒ちゃんはかつて酷い喘息だったと聞いてるけど、どんな状態？」

「そう、そう、それなんだけど――」

「やっぱりまだ？」

「逆よ」

友香は暗い表情を作った。

亜美が明るい顔で言った。

「逆？」

「すごいのよ。ここに来てまだ三日目なのに、ヒーヒー、ゼーゼーがピタッと止まったの。環境って大事なんだって気づいたわ」

「それは良かった！」

友香は自分のことのように喜んだ。

だが亜美は急に暗い顔をつくった。

「早くここに戻ってくれれば良かった。莉緒にも奈菜にも辛いことばかりだったから……」

亜美は再び笑顔となって莉緒に近寄った。だがその途中で、ハッとした表情となって友香を急いで振り返った。

「連絡船の最終便、もう出るんじゃない？」

慌てて身支度を始めた時、その光景が目に飛び込んできた。

「あ〜、あれだわ」

友香は海の方へ目をやった。そこからは船着き場の先が見下ろせる。定期連絡船『ウカンかりゆす』は陽光にキラキラと照らされた海をゆっくりと出航したばかりだった。

「何なら漁船に頼む？」

亜美が提案した。

「漁船？」

「昔のことだから友香ちゃんもさすがに忘れたのね。それこそ昔、神ノ島小中学校の父兄の漁師が持つ『サバニ』（木製の小船）が沖縄本島とを結ぶ唯一の交通だったじゃない。少しでも天気が悪いともう行けない。波があるときは頭からカッパを被ったり、そりゃもう緊張の時間だった。その時と比べるとね――」

そう言って亜美は声に出して笑った。

東京・赤坂

首相官邸から一キロと離れていない「別館」と隠語で呼ぶビルにオフィスを構える「事態室」の自室に戻った伊達は、二つのデスクの内線番号にすぐさま電話を入れた。その数分後、非常階段を上がって伊達のデスクの前に立ったうちの一人は、「緊急事態」や「テロリズム」への対応を分掌《ぶんしょう》する「対処調整第1担当」を統括する内閣参事官《さんじかん》で警察庁から出向中の警察キャリア、内《ない》藤孝太郎《とうこうたろう》警視。もう一人は、〝建前上〟は「事態対処訓練」などを担当する「事態調整担当」の同じく参事官で、陸上自衛隊の如月聖也《きさらぎせいや》1等陸佐だった。

　伊達は二人に対して陸上自衛隊部隊の一部の事前配置が決定したことを受けての調整を急げ、と指示した上で、神奈川県警警備部外事課から警察庁警備局へ極秘に報告された内容を説明した。人民解放軍水陸両用部隊の来襲前に中国のＳＦ（特殊部隊）や工作員が石垣島や与那国島においてテロや破壊工作を行う「緊急対処事態」に備えた対処方針を急ぎ作成、訓練《ドリル》を行う必要がある、と語気強く指示した。また、「武力攻撃事態」と認定するような「情勢」ではないが、事態が急激にエスカレートする場合に備え、この際、武力攻撃事態を想定した準備をしておくことこそ必須である、と付け加えた。

　さらに伊達は、神奈川県警からの資料が間もなく二人のもとに届くよう、緊急に手配したとも説明した。

「ではさっそくに」

　真っ先にそう答えた如月は、自分のデスクに戻ると、自らが指揮を執る「事態調整担当」のもとへ関係省庁から出向している係長級のスタッフたちを急ぎ集め、伊達の指示を踏まえてさらに細かな任務を伝えた。それは本来、事態対処の所掌では、警察庁の内藤が仕切る「対処調整第1担当」が行うこととなっている。また、もう一つ「武力攻撃事態を想定した準備」は本来なら防衛省キャリアが参事官を務める「安保対処調整担当」が分掌すると決められている。

　だが、如月は自分の出番が回ってきたことを自覚していた。何しろ、陸上自衛隊が現場において何ができて、何ができないのか、それを事態室の――各対処担当の参事官の中で一番よく知っている、いや唯一知り得る立場にいるのは自分以外には存在しないからだ。

　如月は、机の前にある小豆《あずき》色をした秘話装置付きの「統合《とうごう》電話」と呼ばれるシステム電話機タイプの受話器をとってから――秘の話をする時にいつも行う――目の前のパソコンの画面を覗き込むように前のめりとなった。これから先の相手と「秘」にあたることを話すのだが、だからといって口を手で被《おお》ったり、腕で被ったりすることはかえって目立って人の目を引きつけるから、それは避けたいのだ。しかし、伊達危機管理監が官邸から戻ってきてからというもの、事態室は一気に騒然となっていたので、如月が何をしていようが誰も気にするはずもなかった。

如月は、今、自分に必要なのは、とびきりにアンダー（非公式）で、ダイレクトな「情報」だと確信していた。なぜなら、事態室に来てまず愕然としたことは、ここは〝need to know《ニードツーノウ》の原則〟（情報を知るべき者のみ知る）から遮断されているという実態だった。そのためにアンダーの人脈で高度な情報がとれる人材が、どうしても必要だったのである。

如月は迷わずその男を選んだ。かつて如月が陸上幕僚監部の「指揮通信システム・情報部」の企画班長をしていた時、運命的に出会った男だった。当時、日本政府内では、南イエメンへの陸上自衛隊ＰＫＯ派遣の機運が与党内で高まり、派遣のための特措法成立を政府は目論んだ。ところが、現地で政府軍と反政府軍との間で勃発した内戦が激しくなる兆候があったにもかかわらず、ぶら下がり取材での首相の安易な言葉によって、自衛隊派遣が先にありきとなってしまい、当時の政権は政治的に追い込まれた。

急遽、現地の情報を集める必要に迫られた。だが、陸上自衛隊は正式に法案が通らない限り、先遣隊や現地情報隊とて一歩たりとも動かせない。そもそも現地の状況から外務省職員とて危険過ぎて行かせられなかった。

そんな頃、先任陸曹からあることを耳打ちされた。富士学校教導団の企画班に、暇にしている2等陸佐がおります。外国の軍事部門にアンダーでの深い人脈を持っている男なのでお役に立つかと――。そして彼、「相馬」は大いなる成果を出してくれた。

それ以来、如月は、いくつかの任務で「業務統制《ぎょうむとうせい》」という名の下「相馬」を密かに運用してきた。

「相馬」がアンダーの協力者《アセット》から入手する情報は、いずれもとびきりに重要なものだった。だがそれらはすべて極秘であったにもかかわらず、日本政府内や防衛省で秘密指定にされたことは一度としてない。なぜなら、彼が入手する情報は、〝存在しない〟ものであるからだ。最も厳しい秘密扱いとなる特定秘密は〝存在〟するからこそ、そう指定されるのである。

「相馬」の〝現在地〟は、ＪＥＴＲＯ《ジェトロ》職員という身分をアンダーカバーとして、アメリカ国防総省とＣＩＡとの間にバックドアを設定し、そのドアの先に存在する人脈を使っての非公然ルート《セカンドトラック》での情報入手である。

日米間のミリミリ（軍部隊どうし）におけるクリティカルでクラシファイド（極秘）な情報共有は、日本側の「汎用型多国間相互情報交換システム《セントリックスJ》」を始めとするオンラインで相当なレベルのものがなされている。しかしそれらのほとんどはリアル（戦争）における部隊が必要な戦術情報である。

だが、それら〝システム〟では、温かい血が流れる人間の心の奥深くに沈み込ませたインテリジェンスの〝本質〟は入手できない。「相馬」は、それらをアンダーの人脈を駆使しセカンドトラックで手に入れることができる日本でも希有な存在だった。

ところが、いつもの暗号通信アプリを使ったごく短いメッセージで連絡をとったところ、「相馬」から意外な回答が打ち返された。

〈ご要望の当該の件は、すでに別系統よりの『業務統制』を受けております。よって今回は誠に残念ではございますがご要望には沿いかねます〉

平然とその言葉を受け止めた如月は、また平然と「相馬」に返信した。

《本《ほん》チャンだ》

「相馬」からの回答が寄せられたのは三十分後のことで、ごく短い言葉が返ってきた。

「失礼しました。ご要望の件、確かに承りました」

「相馬」からの〝応え〟に満足した如月だったが、さらに急がなければならないことがあった。

如月の脳裡に浮かんだのは、陸上総隊司令官、神宮寺《じんぐうじ》斗真《とうま》陸将の顔だった。深田官房長官は、情勢が切迫すれば「石垣島と与那国島に少数規模の脅威削減チーム派遣」という指示を下したが、たとえ少数部隊とて、実際の運用となるとどれだけの支援部隊や装備品が同時に投入されるのかを政治家たちは知らない。つまりは陸上自衛隊の全国運用の準備が今から必要であり、それを指揮する神宮寺の耳に——いつもの通り陸上自衛隊の厳格な指揮系統を無視して——いち早く入れておくことは、神宮寺によって「草《くさ》」として密やかに〝運用〟されていることを自認する如月にとっては必須だった。

防衛戦闘や災害派遣における陸上自衛隊の全作戦を指揮統制する権限を持つ陸上総隊司令官の神宮寺陸将は、二〇一一年の東日本大震災で、〝陸上自衛隊本部〟とも言える陸上幕僚監部《ばくりょうかんぶ》で装備課長をしていた時、原子力災害を起こした福島第一原子力発電所を冷却するため、CH47ヘリコプターからの冷却水放水作戦で、搭乗する隊員たちの生命を放射線から守るための床に敷き詰める防護シートの調達に苦悩していた。しかもCH47の任務遂行が二日後に迫っても解決できずにいた。その時、直属の部下であった如月が、放射線に防護効果があるタングステンを使ったシートを扱っている会社を突き止めたことで、その緊急輸送作戦を任せて以来、如月がどの部隊に配属になろうが——しかも指揮関係にないにもかかわらず——秘かに使ってきた男だった。如月はそれを甘受してすべてに応えてきた。神宮寺が「第一選抜《イッセンバツ》」（防衛大学校卒業同期で最も早く

1等陸佐に昇任したグループ）になった時より、必ずやメジャーコマンダー（実質的な総指揮官）になるとの確信があったからで、彼に応えることはすなわち日本国家の安全保障に寄与することとイコールであるとの大いなる自負を持ち続けてきたからである。

ゆえに、如月自身、戦国の世に君臨した御屋形様《おやかたさま》のために地べたを這い回って情報を掻《か》き集める「草《くさ》」であると自覚していたし、その役割に大いに満足していた。神宮寺陸将は、如月に対して階級を笠《かさ》に着て露骨《ろこつ》な命令めいたことを行うことは一度としてなかった。

如月は伊達から伝えられた情報を「統合電話」を使って要約して神宮寺に伝えた。

「如月よ、今後、たとえ万人がそうじゃないと言っても、石垣島と与那国島において、お前が国家危急《ききゆう》の時だと判断したのなら、必ずオレに知らせろ。破ってみろ、オレがのたれ死ぬ時、一緒に引き摺《ず》り込んでやる」

神ノ島

友香は結局、与座亜美の厚意に甘え、その夜、与座家に泊まることとなった。

最初は人見知りしていた姉妹も、しばらく一緒に遊んでいるとようやく友香に打ち解けた。二人は、ご飯を食べたら浜に行ってこんなこともしよう、あんなこともしよう、と二人で競い合って友香に言ってきた。

夕食の支度を待つ間に友香が姉妹と亜美に連れて行かれたのは、神ノ島にもある遠見台《トゥンバラ》だった。島で暮らし始めてまだ三日目だというのに、姉妹はこの島に君臨する〝王様〟のごとく自由自在に先導して道を進んでゆく。

与座家から、ほんのわずか五十メートルほど先にある道――祭祀が始まる、この先は通れないと警告した看板がぶら下がった――を少し行くと、左右に道が分かれている。

「西の道、ダメ！」

妹の莉緒が言った。

「その道の先には神様がいらっしゃる。おばぁがそう言っていたけど……」

そう言って友香はちらっと左の道の先へ目をやった。荒々しい姿の木々が生い茂るその先には、『ウヤガン』、つまり祖神祭《ウヤガン》が行われる御嶽《うたき》がある。

「そうじゃないよ……」

姉の奈菜が言い淀んだ。

「そうじゃない？」

怪訝な表情でそう訊いた友香がさらに質問を投げ掛けようとした時、それを亜美が遮った。

「さあさあ、先生を遠見台《トウンパラ》に案内しなきゃ。今ならウヤガンはまだだからね。友香ちゃんも、あっ、違った！　糸村先生、夕飯食べていってね」

姉妹が先へ進んだ右の道は曲がりくねった狭い階段で、それを進んだ先にある、ジャングルで見かけるようなガジュマルの樹で被われている上り階段を最後に登って辿り着いたのが友香にとっても懐かしい神ノ島の遠見台だった。

「ここは海から七十五メートルの高さにあります！」

胸を張るようにしてそう言ったのは奈菜だった。

奈菜に向かって笑顔で頷いた友香が海に向かって一歩踏み出した時のことだった。

「思い出したわ……」

友香はそれ以上、言葉が出なかった。

目の前に百八十度の懐かしい絶景パノラマがあった。ひらべったい地形が延々と続く宮古島で、その向こうに臨んで見えるのが、三分の一ほどの大きさの伊良部島と、さらにその半分ほどの面積の下地島だ。右手へ目をやると、小船で向かっても十分ほどで着く距離に、全長が一千四百二十五メートルもある池間大橋で繋がる池間島の長細い陸地がつづいている。そしてそれら島々を取り囲むのが、スプリンググリーン、ディープスカイブルーやライムグリーンのパステル調のアクリル絵の具を溶かしたような美しい海と夕日のオレンジとが溶けあった、他では決して見ることができない、記憶の通りの幻想的な光景だった。

姉妹のもとにしゃがみ込んだ友香は二つの小さな体を抱き締めて言った。

「あなたたちはとっても素晴らしいところに住んでいるのよ」

だが、表情をさっと変えた奈菜から返ってきたのは予想もしない言葉だった。

「怖いの……」

「怖い?」

友香は驚いて奈菜の顔を覗き込むようにして言った。

「アイツがいるの……」

「アイツ?」

そう聞きながらも友香にはある想像ができていた。奈菜はさっきから自分で毛を抜いたり、爪を嚙んだり自分をつねったりする癖がある。そして、ふと髪の毛を撫でたとき、後頭部に円形脱毛症の痕跡を認めた。

友香は、奈菜に近づいて何気なしに手を上げて自分の髪を撫でた。すると奈菜は咄嗟《とっさ》に両手で頭を庇《かば》ったのである。

友香は、一クラスの担任をしていた時、こういった子供を何人か受けもったことがあった。猜疑心の強そうな表情から常に暴力を怖れていることがわかる。彼女の場合、その対象は父親だろう。母親との接触では恐怖心を抱いていないからだ。

彼女は恐らく、父親の理不尽さを「私が悪いんだ」と思い、父親の怒りを誘わないよう、これまでの怒りをパターン化し、そのきっかけを作らないよう頑張ってきたのだろう。しかし、まったく理不尽なことに、その思いを上回る滅茶苦茶なパターンで暴力が降ってくる。それで疲れやすく、こうした子はふとした拍子に過呼吸になることもしばしばある。

「亜美姉ちゃん」

友香は、近くにやってきた亜美に声を掛けた。だがその姿に友香は驚いた。彼女は涙を浮かべていたからだ。

友香は、奈菜と莉緒に、ちょっとの時間、二人で大丈夫ね、と声を掛けて、姉妹から同時に頷きが返ってきたのを確認すると、亜美に目配せして、御嶽《うたき》へ登る道の前にある井戸のところまで連れだした。

「あなたならもうわかったでしょ？　あの子、離婚した父親の私へのＤＶを見て育ったんで、それに、莉緒にも手を上げたことがあって、だから私と妹を守らなくてはいけない、という思いから、強い心の持ち主になった。母親のために頑張らなければならない、という思いが強くなったの」

亜美は頰を伝う涙を拭おうとはしなかった。

「でも、ある日、見たの。そんな気丈な奈菜が――」

亜美が目撃したというのは、母親や妹の前では弱音を吐かない奈菜が、お風呂場でシャワーを浴びながら一人泣いている姿だった。普段は堪えているけど、父親のＤＶや、私がパートに出ていたものだから妹の面倒をずっとみていて、私が残業の時は奈菜が妹のために夕食も作って食べさせることもあって、それらが余りにも辛くて、シャワーで一人になった時にそんな感情が一気に溢れ、シャワーのお湯と一緒にわからないようにして涙を流したんだと思う、と言った亜美は目に涙を溢れさせた。

「ＤＶ、そんなに酷かった？」

亜美は黙ったまま、服をたくし上げ、腹と背中をみせた。そこには無数の黒ずんだ痣があった。

「奈菜ちゃんと莉緒ちゃんにも？」

「私が必死に庇った。それでも庇いきれなかったことも――」

「変な言い方だけど、そこで亜美姉ちゃんが庇ったことを二人はずっと覚えているから、正義感に溢れ、母親を信頼しているし、人を信じるという思いがきちんと存在していると思う。それって彼女たちのこれからの人生にとって大事なことだよ」

「でも……莉緒が……」

亜美は目を瞑《つぶ》って激しく頭を振った。

「莉緒ちゃん、右の耳、聞こえにくいんじゃない？」

友香は言った。

亜美は、涙を流しながら黙って頷いた。

亜美は、シャツの袖で涙を拭って話し始めた。

莉緒がまだ幼い時だった。父親のＤＶで亜美が殴る蹴るの暴力を受け続けていた時、母を守ろうとした莉緒が父親の腕に飛びついた。しかし、小さな体は父親に簡単に撥ね飛ばされて、近くの鏡台の角に右側頭部を打ちつけ、それ以来、右耳の聴覚に障害をもち、ほとんど聞こえない状態になった。性格も殻に閉じこもるようになり、姉の奈菜以外にはほとんど口を利かなくなった。しかも、最近、小さな虫や小動物が、たまたまのたうち回って死ぬところを見たことが刺激となったようで、弱いものいじめや、動物を虐待することを母親に隠れてするようになったという。

「それで肝心なことを率直に聞くけど、ご主人、いや前のご主人、もしかして、まさか、神ノ島《ここ》まで追いかけてきてるの？　だから奈菜ちゃんは、アイツ、とか、あんな言葉を？」

「わからない……」

亜美の体が一瞬、震えたかのように友香には思えた。

「でも、奈菜ちゃんと莉緒ちゃんの様子から――」

友香は言い淀んだ。

亜美が両手で頭を抱えてその場にしゃがみ込んだのだ。

友香は、亜美の余りに激しい反応に驚いた。もしかして元夫のＤＶによるＰＴＳＤだろうか……。

「もしかして亜美姉ちゃんも、まだ恐怖感が？　だから父親のことをアイツって？」

友香は亜美に寄り添い、その肩にそっと手を触れた。

しばらくして亜美は顔を上げて口を開いたが、その声は明らかに震えていた。

「前の夫は……オバケやへんてこなモノに変装して……娘たちが喜ぶ顔を見るのが好きだった……。暴力を振るう一方で、そんな子煩悩なところもあったんで別れきれずにズルズルと……」

「大変だったのね……」

友香が言えたのはそれだけだった。


おばぁが用意してくれた、食卓に並べられた料理の中で、友香が真っ先に口にしたのは、神ノ島ではカーキダコと呼ぶタコを茹でて燻製にした料理だった。昔、母も作ってくれた懐かしい味だった。

食事を終えて、少しほろ酔い気分のまま亜美と姉妹とで海辺に足を向けた友香は、高さ三メートルもあろうかというキノコ状に奇形となった大小様々なノッチ岩が海から突き出ている辺りまで行ってから夜空を仰ぎ見た。

夜空を埋め尽くす満天の星に友香は、昔、ここで同じことをしたのを思い出し、懐かしい思いで胸がいっぱいとなった。

離島の一つである宮古島といえども市内の明るさからして、こんなすばらしい天空のドラマは目にすることはできない。小船で十分もすれば着ける池間島からの灯火がちらほら揺れているだけであとは真っ暗と思いきや、頭上にはこの億万の星の光が煌々と降り注いでいるのだ。

沖縄本島という都会暮らしが長かった姉妹にしてみれば尚更だろう。

浜辺に来てからは、二人は地面に体育座りで体を寄せ合ってちょこんと並び、口を開けてずっと黙り込んで星空を見つめたままだ。

しかし、友香が、童謡の「きらきら星」を繰り返し歌うと、しばらくして姉の奈菜と妹の莉緒も小さな声で歌い出し、そのうち大きな声で合唱をはじめた。

友香はその姿を見て初めて安心した。食事の前に出かけた遠見台《トゥンパラ》で見せた二人の暗くて硬い表情はもはやなかった。しかも、トゥンパラからの帰り道でずっと無言だった姿は消えていた。

ところがである。さあ、おうちに帰ろうと亜美が言って、二人の娘と手を繋ごうとした時のことだ。妹の莉緒が、亜美の手を払って姉の奈菜に抱きつき、突然、大声で泣き出したのだ。

「お家に……帰ったら……《西の道》から……アイツがやってくる……」

莉緒がたどたどしく言った。

戸惑いながらも莉緒のもとへ歩み寄った友香に、莉緒は何度かしゃくりあげた後、昨日、おばぁから行ってはいけないと言われている御嶽《うたき》がある《西の道》へ姉の奈菜とともに入ってしまい、その時、アイツに会ったということを堰を切ったように口にした。

月明かりを全身に浴びる莉緒は涙ながらに同じ言葉をつづけた。

「アイツって前のパパのことね？」

友香が優しい口調で訊いた。

「そう！　変な黒いモノを持って私たちをヒドい目にあわせるために！」

友香は口を開けたまま、そう叫んだ奈菜の顔を驚いて見つめた。

「亜美姉ちゃんも見たの？」

友香は思わず訊いた。

亜美は激しく頭を振って二人の娘を呼びよせた。

「さっ、奈菜、莉緒、早くウチへ帰るのよ！」

「ちょ、ちょっと待って。本当に、奈菜ちゃんたちはお父さんを見たの？」

友香は慌てて尋ねた。奈菜の言葉が本当ならば、父親がこの島までやってきて姉妹たちに危険が迫っていることになる……。

与座家に亜美親子とともに戻った友香は、子供の安全に責任を持つべき立場にいることをあらためて感じた。

神ノ島の中心を走る一本道まで戻るとスマートフォンを取りだして、通話の発信履歴から〈タイガ〉という名前の横にある電話マークをタップした。〈タイガ〉とは、友香が付き合っている、マリンスポーツ店でインストラクターでもある西田大駕《にしだたいが》のことである。

友香は西田に頼んで、あの〝仙人〟を通じて警察に通報してもらった。

〝仙人〟とは、池間島で海に面したカフェと宿泊施設を兼ねた「ハウオリマウロア（＝ハワイ語で〝永遠の幸せ〟）・テラス」を経営している傍らで、マリンスポーツ店も営んでいる磯島完爾《いそじまかんじ》のことであり、長くて白髪と、飄々《ひょうひょう》とした雰囲気から友香と西田がおもしろがって勝手に付けたニックネームだった。

そこで働く西田は、東京でのサラリーマン生活をなげうって二年前に宮古島に移住してきたのだが、彼によれば、磯島は那覇にある貿易会社を早期退職して、今の施設を小さなカフェをやっていた持ち主から譲《ゆず》り受け、幼なじみの家族が昔から所有しながら遊ばせていた敷地を買い求めてさらに隣接した土地も退職金をつぎ込んで手にした上で、海と空に溶け込むパステルカラー調のコテージが並ぶリゾート感満載の空間に造り替え、ハウオリマウロア・テラスという名称に変えてからずっとそこで観光客を相手に商売をしているという。家族はなく、ずっと独身を貫いているという噂もあった。

そんな磯島は、沖縄県警に知り合いが多いと言っていたことを思い出した友香が、磯島を通せば、一般人が通報するよりはずっと宮古島警察は迅速に動いてくれると期待したのだった。

与座家の家の中へと足を踏み入れた友香の目の前で、亜美が溜息をついていた。

帰宅したらすぐに娘たちを風呂に入れるつもりだったが、友香の登場ではしゃいだことで疲れたのか、浜辺から家に戻ると三十分もせず二人とも同時に床の絨毯の上で眠ってしまったと言って苦笑した。何とか歯磨きだけはさせたが、二人とも朦朧《もうろう》とする中でそれを終えるとすぐさま布団に入っていったという。

友香は襖《ふすま》を開けて、寄り添って寝込む姉妹の顔をそっと覗き込んだ。小さくて白く綺麗な二つの顔は微笑んでいるように思えた。

「二人ともとってもかわいくて――」

そう言いながら亜美を振り返った友香の言葉が途中で止まった。

虚空をじっと見つめるその顔の下で、亜美が、皮膚に爪が食い込んで血が滲むほどに両手を力強く握り締めている。友香はじっと亜美を見つめた。

3月24日　宮古島

宮古島で唯一の商業港である平良港《ひららこう》から近い高台に位置し、公的機関が集まり、繁華街にも近い、文字通りのハイタウンにある市役所通りに面した宮古島警察署の庁舎の正玄関には、黒い制服姿の「まもる君」と赤い制服を着た「まる子ちゃん」と呼ばれるご当地キャラの人形が立って睨みを利かせている——という表現は実は相応しくなく、約五万人の島民たちを毎日温かく見守っているという方が相応しいだろう。

幾たびの台風にもびくともしなかった頑強な構造物である宮古島警察署庁舎の裏にある駐車場の隅は、全国どの警察署でもお馴染みの通り、生息地を奪われた喫煙族たちのたまり場となっていた。

「よっ、小僧」

紙巻きタバコの二本目を小野寺《おのでら》が取りだした時、加熱式タバコを口にくわえながら、この喫煙エリアの常連で、毎日の肩身の狭い思いを愚痴り合っている、十年先輩の生活安全課長の林田守《はやしだまもる》警部がそう軽く言って姿を見せた。

今日もまた妻から浴びせかけられる罵詈雑言の披露を二人でしあったが、その後、林田はふとこんなことを口にした。

「そういえばさぁ、なんか地域《チイキ》課から上がってきた話で、神ノ島に密猟者《みつりょうしゃ》か何かいるんじゃないかみたいな不審者情報があってさぁ。まったく今の時期に密猟者なんていないいってのにな。生活安全課にどうしろっていうんだよ、まったく——」

林田は顔を歪めてつづけた。

「海から不法に上陸してきた金稼ぎの密入国者だろう。小野寺、警備課《そっち》で対応しろよ。あっ、冗談だよ、冗談」

林田は軽く笑い飛ばしたが、林田が心底面倒臭がっていることが小野寺にはわかった。

適当に相槌を打ってその場を先に後にした小野寺は、エレベーターで三階に上がって警備課の大部屋に入ると、まっすぐ警備課長のもとへ足を向けた。その時、小野寺の脳裡に蘇っていたのは、一年前、宮古島警察署に初めて配置された時、警備課長から教えられた言葉だった。

——署内の情報は、たとえ噂話であっても、あらゆるものを他の課員から集めておくように。それも警備課員の仕事の一つであり、一人前の情報マンになるためのプロセスだぞ。

小野寺からの報告を受けた警備課長の伊佐《いさ》警部は強い関心を持った。若い署員の噂話や幹部の悪口、署員同士のゴシップネタ等を他の課員から警戒をされずに聞くことができるという観点から、日頃から、小野寺には期待していた。

伊佐課長は、外事係長の西里要《にしざとかなめ》を呼びつけると、すぐに神ノ島まで視察に行ってくれ、と指示した。

西里係長は小野寺を連れて直ちに島尻港まで捜査車両で向かい、定刻発の定期連絡船『ウカンかりゆす』に乗り換えて神ノ島へ渡った。船着き場から村落へつづく一本道の坂道を登って二人は与座家に辿り着いてみたものの、不審者を目撃したという与座トミは、事情聴取どころか西里たちに会うことすら頑《かたく》なに拒絶した。

神ノ島

神ノ島に辿り着いて与座家に足を向けた西里は、与座トミにしつこく迫ったが、血相を変えた亜美が駆け寄って間に入り、近日中に近くの御嶽《うたき》で極めて重要な神儀があり、その準備に集中しているので邪魔しないで欲しい、と大きな声を出して強い調子で訴えた。帰り支度をしていた友香も騒ぎを駆け付けてそこに駆け寄り、与座トミに代わって聴取を受けると告げた。

亜美と友香は、記憶を辿《たど》りながら不審者に関するトミの証言を二人の刑事の前で行ったが、その背後で、奈菜と莉緒が一枚の紙を引っ張りあって言い争っているのに気づいたのは友香だった。そっと友香が近寄ったところ、気づいた奈菜がその紙を莉緒の手から奪って一目散に自宅の裏側へと走り出して行った。その光景に刑事たちは気づいていなかったが、奈菜の様子が異様だったことが気になった友香はその後を追った。

さっきの紙を胸の前で必死に抱くようにしていた奈菜に友香はそっと声を掛けた。

「もしかして、そこに描いたのって、アイツっていう人？」

奈菜が何かを言おうと口を開きかけた時、莉緒が追いついてきた。そして、二人は、見せる、見せない、と一枚の紙を巡っての言い争いを始めた。

何とか二人を落ち着かせた友香は、莉緒にまず優しく声を掛けてから、次に、奈菜に微笑みながらさっきと同じことをもう一度尋ねてみた。

奈菜はゆっくりと頷いた。

「そしたら、これが、そのお巡りさんに捕まる人なの？」

奈菜は胸に抱いていた紙をそっと友香に手渡した。莉緒と奪い合いをしていたので紙は端っこがボロボロになっていたが、描いたものはすぐに判別できた。

友香は思わず言葉を失った。想像していたものとは余りにも違っていたからだ。

友香は、一人の男が、魚釣りをしていたり、鮮やかな彩りのウエットスーツを着ていたりという姿がそこにあると思った。しかし色鉛筆を使って描かれているのは、確かに一人の男だったが、ごつごつとした岩の塊と、海の波打ち際と思われる水色で色をつけた手前で、茶色の地面の中に、黒く塗りつぶした大きな四角い塊——それも洗濯機のような蛇腹の太いホースが付いた——と、観光客のダイバーが身につけるよりも大きな黒いフィン、そして同じく真っ黒のウエットスーツを埋め込んでいるような光景だった。

「これ、いつ見たの？」

友香が訊いた。

「一昨日……」

奈菜が小さな声で言った。

「何時頃？」

友香が訊いた。だが二人の少女は黙り込んだ。

友香はできるだけ優しい表情を心掛けながら頭を振った。

「これ、もしかしたら、オバケじゃないのかな？」

友香は声に出して笑ってみせた。

奈菜も釣られて笑った。その傍らで、奈菜のワンピースの裾をしっかりと握りながら莉緒もケラケラと笑い声を上げた。

だが友香は、その表情とは裏腹に、内心、戦慄が走っていた。

——これって麻薬の密輸業者が良からぬ物を隠しているんじゃ……。

そして友香は姉妹の顔をまじまじと見つめた。もし、そうなら、そんなところを見つけられたと知れたら、二人は殺されるかも……。いや、もしかしたら、おばぁの前に現れたのは姉妹を殺しに……。

とにかく、今、ここに来ている警察の人に、このスケッチ画に描かれた不審者と洞窟らしき場所の話を伝える必要があると友香は確信した。

　悪い人を捕まえるためにどうしても必要なの、と姉妹を納得させてからスケッチ画を預かった友香は、姉妹とともに家の前にまだいて亜美の聴取を続けていた二人の刑事のうち、西里と名乗った年上の方に歩み寄った。

「これが？」

　友香から説明を受けた西里と小野寺の二人の刑事は怪訝な表情で互いの顔を見合わせた。

「この女の子が描いたと？」

　西里が訊いた。

「そうです」

　西里は姉妹の前にしゃがみ込んで、スケッチ画の一点を指さした。

「お嬢ちゃん、この黒くて四角いの、これを土の中に埋めようとしていたんだよね。何を埋めようとしているのかな？」

「なんかの宇宙人みたいだった……」

　奈菜はそれだけを答えた。

「なるほど」

　西里は顔を歪めて小野寺とともに苦笑するだけだった。

宮古島

　宮古島警察署に戻った西里に、伊佐警備課長は隣の会議室へ入るよう顎をしゃくった。

　会議室のドアを小野寺が閉めるのを確認した伊佐警備課長は、スケッチ画を受け取りながら、

「いや、ちょっと待てよ……本部（沖縄県警）から最近しきりに送ってくる通達との関連でちーちゃんさ～（気づいた）……これさ、ひょっとして、いわゆるアンテナが立つ情報を仕入れてきやがった、そういうことあるんな？」

伊佐警備課長は興奮気味にそう言ってニヤついた。

「西里、本部公安課の〈はばひろ〉と、外事課補佐の二ヶ所へこの情報を上げろ」

黙って頷いた西里係長は、その意味をもちろんすぐに理解した。警察庁警備局の筆頭課である警備企画課に属する「統合情報室」は、全国都道府県警察本部では〈はばひろ〉との隠語で呼ばれており、刑事、公安、外事、地域、生活安全、交通などの警察官が入手した〝専門分野に限らず有意義と判断した幅広いあらゆる情報〟を統括する部門である。そこへ窓口である沖縄県警本部を通じて報告せよ、というわけである。

特に西里が思い出したのは、ここ十年間で軍事的な緊張が高まっている台湾と中国に少しでも関係すると思われる情報があれば即刻報告せよ、という通達が来ていたことだ――。

「了解です。では――」

西里係長は怪訝な表情でスケッチ画を見つめた後、その場を立ち去ろうとした。

「ちょっと待て」

伊佐警備課長が西里の背中に声を掛けた。

「万が一、万が一だ。オレたちだけで扱えないシロモノで、本部外事課から来てもらう事態にならないとも限らない――」

しばらく沈黙した後、意を決したような表情を作った伊佐課長は口を開いた。

「よし、オレがまず本部の外事課補佐と公安課の〈はばひろ〉に電話で一報を入れる。その後、情報をメールにして送ってくれ」

伊佐警備課長が二ヶ所に電話を入れたのを見届けてから、西里係長は、刑事課や生活安全課のような一般のラインではない警備課だけの独立したネットメールを使って、沖縄県警本部警備部公安課の〈はばひろ〉担当者と外事課補佐に神ノ島での一件についての事案概要を書き記したものと、与座奈菜が描いたスケッチ画と経緯を記した報告書とを添付ファイルにして送信した。

沖縄県警本部公安課の〈はばひろ〉担当者は、事案概要書の中身を理解するよりも先にスケッチ画を目にして声に出して笑った。

また、同じスケッチ画を受け取った同じ警備部の外事課補佐にしても、最初、スケッチ画に怪訝な表情を向けるだけで困惑したが、それでも〈はばひろ〉のラインで警察庁に届けられた。

《神ノ島における不気味な器材を所持する不審なダイバー情報》に意識が集中したことで、スケッチ画に関する報告書の右上にある閲覧済みの欄にレ点を書き込むことなく、〈未済〉と印字された木箱に放り込んだ。つまり、優先順位から外れることとなったのだった。

東京都港区《みなとく》・霞ヶ関

警察庁の文書規定とはまったく異質な、発信元も秘密区分もなく、短い題名だけで、発信日付と宛先は黒く塗りつぶされ――しかも至急の印もなく――届けられた報告書と子供の絵のようなスケッチ画の存在に、石清水《いわしみず》警備企画課長はさっきから手が止まったままだった。

短い題名には、

《神ノ島における不気味な器材を所持する不審なダイバーの目撃情報》とあり、「提報者」の欄には、宮古島平良東小学校の教師の糸村友香という名前があった。その下にあるノート（説明）では、宮古列島を構成する神ノ島で、島民が〝不気味な〟と表現する何かしらの器材を抱えるダイバーが出現したと記載されている。

しばらくスケッチ画を凝視していた石清水は、自分の判断は間違いないと慎重に考えを巡らせた上で、警察庁警備第３課長の田辺剛《たなべつよし》の在室を確認すると急ぎ足でそこへ駆け込んだ。

田辺警備第３課長の前で石清水は、田辺の一人の部下を同席させることを要請した。彼は半年前まで、突入制圧班を統率するＳＡＴ第３中隊長を務め、現在、警察庁に出向し、警備第３課で補佐をしている南條渉《なんじようわたる》警視庁警部であった。

姿をみせた南條は、スケッチ画を見るなり即座に言った。

「ご推察のモノに間違いありません」

南條が続けるには、スケッチ画に描かれた男が隠そうとしているこの器材は「閉回路《へいかいろ》式水中呼《しきすいちゅうこ》吸器《きゅうき》」（呼吸で吐く二酸化炭素を酸素に転換して循環することで長時間に及ぶ海中での行動が可能となる器材）であると言い切った上で、それを作戦運用しているのは高度に訓練された特殊部隊《ＳＦ》のコンバットダイバーでしか有り得なく、しかもドイツ・ドレガー社の「ＬＡＲ《ラー》８０００」という最新式の装備だと迷わずに続けた。

また、北朝鮮海軍の特殊部隊《ＳＦ》とロシア太平洋艦隊の本拠地ウラジオストクからほど近いルースキー島にあるＵＤＴ（海軍水中破壊工作部隊）はこのような高価な装備品は所有しておらず、中国の特殊部隊が保有するものであることは疑いようもなく、つまり中国の特殊部隊が神ノ島に潜入した、と考えるのが合理的です、ともキッパリと言い放った。

警察庁警備局長の城ヶ崎は、執務室に参集させた担当幹部たちを緊張した面持ちで見渡した。

「神奈川（県警）の外事《がいじ》及び沖縄県警からの二つの情報は、看過《かんか》できないどころか、国家緊急対処事態に相当する極めて重要な事実を示唆《しさ》していると判断する」

城ヶ崎は会議机の右隣に座る警備運用部長の蒲生啓太《がもうけいた》へ視線を向けた。

「直ちに先島諸島における総合警備計画をまとめろ。それと並行して、沖縄県警機動隊の対銃器部隊と国境離島警備隊の宮古島への配備計画の作成を急げ。もちろん本件は秘匿とする。住民への広報は『訓練』とせよ」

そう指示した城ヶ崎はつづけて、警備企画課内に、宮古島の英語表記の頭文字をとった「M対策室」というプロジェクトチームを秘匿で設置し、警備局のすべての担当課から人員を集めろ、と命令した。

戦後、警察庁に警備局が設置されて以来、この種のプロジェクトは、これまで一九九三年から一九九四年にかけての「ＮＫ（北朝鮮）対策室」、一九九五年の「Ａ（オウム真理教）対策室」と一九九六年の「警備局列車妨害事案等情報集約班」、二〇〇一年の「アメリカ同時多発テロ発生に伴う重要テロ事案対策班」、そして二〇一八年から二〇一九年にかけての「北朝鮮クライシス対策班」の五件があるのみで、事の重大性を城ヶ崎自身、強く確信しての決断だった。

足早に立ち去っていく部下の姿を見つめながら、城ヶ崎の頭の中に浮かぶ一つの顔があった。

国家の危機管理オペレーションの最高責任者として総理を支える、四年先輩の伊達危機管理監のいつもの癖で、眉間に深い皺《しわ》を寄せているその顔であった。

本来なら同時に、国家情報コミュニティである内閣情報調査室を中心とした情報の把握、そこからの関係省庁への報告連絡がなされるべきところ、城ヶ崎がそれを除外したのは、警備実施の世界で緊急事態の発生を意味する「情勢《ジョウセイ》」という段階から、すでに「緊急対処事態」というレベルに至り、内閣危機管理監と事態室が主役となる国家オペレーションという領域にレベルアップしたと判断したからである。

しかし、その一方で、城ヶ崎は愕然とした。

なぜなら重大関心を寄せるべきは官邸が主導している石垣島と与那国島への対処ではないからだ。彼がイメージしたのは、神ノ島に潜入した可能性がある中国の特殊部隊が重要施設へのテロ、ゲリラを行う可能性が高く、その場合、事態室が関係省庁との調整により対処することが必要となるとともに、国民保護措置——簡単に言えば周辺島民の島外避難を事態室が中核となって対処すべき緊急対処事態となることである。さらに事態がエスカレートし、搬潜入《はんせんにゅう》された中国の特殊部隊《SF》が水陸両用の強襲揚陸部隊を誘導するのならば、防衛省による「武力攻撃事態」への対処、つまり本格的な戦争となり、犠牲者は数百、数千、さらに数万人の規模となる可能性も高く、戦闘行為以外の対処も事態室が行わなければならない。イメージは次々と繋がっていった。

警察庁に戻った城ヶ崎は、伊達内閣危機管理監のデスクと直結している警察電話を握った。

城ヶ崎から、スケッチ画の画像もメールで受け取った伊達は、訝ることも首を捻ることもなかった。その数分後、伊達が自室に呼び出したのは、事態室で武力攻撃事態を担当する「安保対処調整担当」の防衛省キャリアの参事官補と、「事態調整担当」参事官の如月1等陸佐だった。二人は、伊達の口から聞かされたスケッチ画の意味することに賛同し、深刻に捉えた。

デスクに戻った如月が真っ先に行った行動は、いつものあの内緒話をする時のポーズ——体を前のめりにしてパソコンを見つめるフリをしながら統合電話を使って陸上総隊司令官の神宮寺陸将に二日続けての緊急連絡をすることだった。

東京都練馬区《ねりまく》　陸上総隊《りくじょうそうたい》

陸上自衛隊の階級で最高位である四つ桜《よざくら》（陸上幕僚長）や三《み》つ桜（総隊司令官や方面総監）の階級に登り詰めて戦略的な作戦を総指揮する「メジャーコマンダー」（総指揮官）となる者には、管理編制上、「幕僚」という支援組織が毅然として整っている。

しかし、その公式な建て付けだけでは、メジャーコマンダーは実任務において十分な力を発揮できないという現実に気づいている者は少なからず存在する。つまり、アメリカ軍のように「コマンダー・エグゼクティブ・アシスタント・グループ」という、指揮官の確信に満ちた作戦哲学を非公式に、かつ密やかに具現化するために、それも自己犠牲をいとわない絶対的な支援組織が存在することで柔軟にすべての作戦を指揮できているのと、自衛隊の現状とは余りにも対照的なのだ。

靴を磨《みが》く、制服にブラシをかける、また指揮官官舎《かんしゃ》での酒盛りの準備など身の回りの世話をする副官《ふくかん》や庶務《しょむ》担当陸曹《りくそう》という存在なら陸上自衛隊のどこでも存在する。だが、一人の幹部のために自己を犠牲にし、あらゆることを躊躇わずに動く組織も個人も公《おおやけ》には存在しない。

ただ、陸上自衛隊の奥深い世界になると少し様相《ようそう》が違ってくる。メジャーコマンダーになることを若い時より自覚する者は、〝個人的〟にそういった独自のコマンダー・エグゼクティブ・アシスタント・グループ、陸上自衛隊での密かな表現なら「私有人材《しゆうじんざい》」、もしくは「草《くさ》」または「手下《てした》」を若き幹部の頃より確保し、かつずっと使いこなしている。

ただし、そういった「私有人材」の者たちの中には真に滅私奉公的な〝緑の頭巾《ずきん》〟を被っている者もいれば、面従腹背の〝赤の頭巾〟の者もいる。ゆえに第一選抜《イッセンバツ》に入ったとしても、複雑怪奇な存在である「私有人材」の者たちの力量を厳格に見極めて使いこなすだけではたりない。〝裏と表の世界〟においてその者をいかに作戦運用し、使いこなすのか。それによってメジャーコマンダーへの道が決まると言っても過言ではない、というのが神宮寺の核心的信念だった。

総工費百六十億円が投入された陸上総隊司令部庁舎の地下二階、二千平方メートルの中央に作られた広大な「総隊オペレーションルーム」で駆け回る幕僚たちを見渡しながら、神宮寺は、今、「私有人材」として運用してきたうちの一人の成果に大いに満足していた。事態室の如月1等陸佐からの〝アンダー〟での〝通報〟によって、石垣島と与那国島に陸上自衛隊の「脅威削減チーム」の配置と、不測事態に備えて石垣島に第2師団の主力、与那国島に第14旅団の主力を事前配置する計画と準備を総隊司令部で急ピッチで始めさせていた。その中には、もちろん、佐世保基地から石垣島と与那国島へ海上自衛隊の輸送艦を使って輸送するための準備も含まれた。

目の前の巨大ディスプレイに映る各部隊の推進を表す「ＣＯＰ《コップ》」（共通作戦状況図）を見つめる神宮寺は、傍らで幕僚たちの説明を受けながら、軍人として大いなる使命感と責任感を全身で感じていた。

だが、神宮寺が軍人としてのその満足感を覚えていたのは数時間前までのことだった。

如月から届けられた次報で、〈スケッチ画情報〉とする情報に神宮寺は大いに困惑することとなった。如月は〈スケッチ画情報〉だけを元にして、現在、政府が進めている石垣島と与那国島への事前配置よりも、宮古島での中国のＳＦ（特殊部隊）対処を優先すべきです、といつになく緊張した言葉で〝通報〟してきたのである。

その時、神宮寺の頭に蘇った光景があった。数ヶ月前に行われたばかりの、「ＹＳ《ワイエス》83」と略称で呼ばれる日米合同指揮所演習のシナリオだった。

演習のテーマはズバリ、先島諸島の日米合同作戦による防御と攻撃で、シナリオは、中国による台湾侵攻の予兆を掴んだ陸上自衛隊とアメリカ海兵隊とが先島諸島の島々に事前配置し、着上陸侵攻を企図する人民解放軍の水陸両用部隊と機械化部隊を撃破するというものだった。シミュレーション用のコンピュータが作ったシナリオだったとはいえ、石垣島防衛を担任した第2師団、さらに与那国島防衛隊であった第14旅団は激戦の末、見事に人民解放軍を撃破した。その闘いは見事であった。

もちろんその流れは、あくまでもプログラムが作り出したウォーゲームということは十分に理解していた。だが、その時の石垣島と与那国島での〝画期的な戦い方〟の快楽が神宮寺をいまだに呪縛していた。作戦が余りにも見事だったからである。

ゆえに、如月の具申にすぐに応じる気分にはなれなかった。ひとくちに第8師団と言っても、総勢六千名もの巨大な部隊である。防衛警備隊区での不測事態に備えるための人員を残すとしても五千名が動くことになる。火砲を含めた装備を計算に入れると膨大な量となるのだ。そもそも〈スケッチ画情報〉一つで動かす〝腹決《はらぎ》め〟ができるはずもなかった。しかも官邸から発令される可能性のあるのは、石垣島と与那国島への部隊配置であり、すでにそれに向けて大車輪で動いているのだ。

ただ、神宮寺の中で激しい葛藤があった。如月がこれまで〝通報〟してきた中で、その情報見積りが間違いであったことは、過去一つもなかったからだ。

神宮寺はすぐに総隊司令部の情報部長を呼びつけ、最新情報のブリーフィングをさせた。その思いは、自分自身で納得し、石垣島と与那国島への作戦に神経を集中させるためであった。しかしその報告に神宮寺は大きな不満を抱いた。情報部長のブリーフィングの中には、神宮寺が要求した「ＥＥＩ《イーイーアイ》」（主要情報収集項目）に対するクリティカルな報告が含まれていないのである。しかも、中国の部隊の動きにしても、「ＯＢ《オービー》情報」（通常の配置、部隊の種類、規模、兵装など基

部隊は今、どこにいて何をしているのか――はほとんど含まれていなかった。かつて、統合幕僚監部で防衛警備班長を務めた神宮寺は、インテリジェンスの奥底を垣間見ることになった。自衛隊の情報本部が独自で集めた、かつアメリカ軍から共有された極秘情報の深淵《しんえん》の、その余りの凄まじさを知ってしまっていたのである。

すこぶる機嫌が悪くなった神宮寺は、喧騒の真っ直中にある地下の作戦室を飛び出して自室に戻ると、半長靴《はんちょうか》を履《は》いたままの両足を自席の机の上に乗せてリラックスできるような格好をとっても、内心では隔靴《かっか》掻痒《そうよう》の感が拭えず酷《ひど》く腹立《はらだ》たしかった。

ゆえに神宮寺にしてみれば、情報部長に報告を求めたのだが、その内容は不満だらけであり歯《は》痒《がゆ》かった。情報部長が悪いわけでも、能力に欠けているわけでもない。〝need to know〟の昔からの大原則によって、陸上自衛隊のすべてを作戦運用するメジャーコマンダー、陸上総隊司令官を補佐する陸上総隊司令部の情報部長であるとしても情報が遮断《しゃだん》されているからである。

だからこそ、今回もまた、あの男の顔と声を神宮寺は脳裡に蘇らすこととなった。そして、あの男――防衛省情報本部の情報総括課長という肩書きを持つ三雲琉星《みぐもりゅうせい》2等陸佐に対して、あらためてカレント・インテリジェンスに関するEEIを要求する命令を発することとなったのである。

スマートフォンの暗号アプリを使って三雲へ音声通話を試みていた時、神宮寺は、最初に三雲に目を付けた時より、かれこれ二十年の歳月が流れていることをふと思い出した。

陸上自衛隊の幹部養成コースの最高峰《さいこうほう》である「CGS」（幹部学校指揮《しき》幕僚課程）に神宮寺が合格し、同期の三人とともに最初に1佐に昇任した、「第一選抜《イッセンバツ》」グループのトップとなり、三つ桜（総隊司令官や方面総監）もしくは四つ桜（陸上幕僚長）を狙う位置に就いた、その直後だ。

それは自衛隊トップになるための覚悟を、神宮寺が〝腹決め〟した時でもあった。

その時の想いは今考えても恥ずかしくなるほどに純粋でありかつ壮大だった。つまり――敗戦後の日本は、米国の対日本占領政策の中で、安全保障をすべてアメリカに頼らざるを得ない状況だった。しかし、将来どのような事態が生起《せいき》するかわからない国際情勢の中で、自分が責任ある地位に就くため、あるいは就いた時のため、国家危急の折に国内外で、指揮命令系を無視して自分のためだけにあらゆる活動をしてくれる人材、はっきりと言えば、〝コマンダー・エグゼクティブ・アシスタント・グループ〟――神宮寺の言葉で言えば「私有人材《しゆうじんざい》」を確保、育成することが必要だと覚悟を決めたのだった。

その「私有人材」に期待することは、徹底的に秘密裏の活動となる。正式の組織または人材として養成すれば秘密は保たれない。ゆえにあくまで「私有人材」として秘密裏に養成することを考えたのである。

神宮寺は「私有人材」の養成計画の骨子を人知れず自分で作り、その通りに実践した。人材は、防衛大学校三年生から数名選定。必要な教育は充分に実施するが、目立たないように配慮する。本人にもこのことは伝えない。自分が方面総監以上の地位に就いた時に本人に伝える。それまでは、自分には報告などは一切行わせないが、神宮寺は陰で、その「私有人材」本人の動向、洞察力、行動力や健康状態などを常に評価し、気品と教養をモットーに生きる人物として育成してきた。

そしてその「私有人材」として選んだ如月はオペレーション部門では最高峰だが、保全のレベル、つまりクリアランスがないことに比較して、アメリカインド太平洋軍が認証する最高度のクリアランスの資格を持つ、日本社会では最も秘匿の存在となっているのが、三雲だった。三雲の存在そのものが国家機密であると表現する者がいるが、その〝表現〟じたいも国家秘密だった。

一九八九年に外交官の次男として大阪府で生まれた三雲は、生後間もなく、父親が上海の総領事館勤務となったことから上海で暮らし、二〇〇二年の中学一年生の時に帰国、大阪市内の中学から高校へと進学。その時、レンタルショップでふと見かけたアメリカの古い映画『哀愁』を観て、内容は悲恋の物語だが、第二次世界大戦時のイギリス人将校の役を演じたロバート・テイラーの軍人姿に単純に憧れて防衛大に入校し、電気工学を専攻していた三年生の時に要員として選定された。本人には勿論知らされていない。

三雲を選抜した理由は、まずは、父親が息子の英語と中国語の習得に熱心だったことから卓越したそれらの語学力を持っていたこと。さらに彼の寮生活での内々の調査により正常な正義感に溢れているとわかったことだった。

自衛隊に入ってからの三雲は本人の知らないところですべて神宮寺の掌《てのひら》の中にあって、初級幹部時は、第一線部隊勤務を経験させ、指揮官も経験させた。しかし神宮寺がなにより三雲に優先させたかったのは、アメリカ軍を深く学ぶことではなく、アメリカという国を学ばせることだった。

三雲には、陸上自衛隊から様々なアメリカ要員派遣の枠に押し込めて研修や留学をさせた。そして国内では、外国語の特別教育を受けさせ、その合間に現場の普通科部隊などにも配置。しかしそれはごく短期間だけで、目立たない防衛大学、幹部学校、職種学校での教官勤務へ異動させ、そこで自由な行動を担保し、シンクタンクが主催する講演や勉強会にも積極的に出席させることで養った知識をより深く広げる環境に秘密裏に配置した。

東京都・小平《こだいら》駐屯地にある、語学、諜報、防諜などの教育を行っていた教育機関（二〇〇一年以降、富士駐屯地の情報学校に新編）でまず英語課程に入校させた後、卒業を待たずして、米国陸軍防空学校に留学を命じることとなった。出発直前、学校での対空誘導弾の勉強より米国をしっかり見て来い、との指示を、神宮寺は人を介して三雲の直属の上司から出させる。帰国して中隊長勤務後、ＣＧＳ（幹部学校指揮幕僚課程）を修了し、さらに経験を積ませてからＡＧＳ（幹部学校幹部高級課程）の入校に至らせた。

そして、三雲がＡＧＳに合格した直後、神宮寺は、三雲が長年かけて養成してきた知識と経験を発揮できる職場――それこそ本来の目的だったポストである――情報本部が扱うすべての機密情報にアクセスすることができる総括課長に就かせたのである。


指揮命令系のラインスタッフに入らず、また管理編制上の上官でもない神宮寺陸上総隊司令官からの指示を秘話装置付電話で受けとった三雲がすぐに足を向けたのは、東京・市ケ谷《いちがや》の防衛省敷地内、Ｃ棟と呼ばれる庁舎の地下にある「金庫室《きんこしつ》」の符号《ふごう》で、限られた者たちの間だけで呼ばれる鉛製ドア付きの小部屋、それもたった一名しか入れない狭隘《きょうあい》な空間だった。

「金庫室」にあるのは、一対《いっつい》の椅子とスチール机であり、その机の上には一台のラップトップコンピュータ端末と赤いビジネスフォンが置かれているだけだ。

予《あらかじ》め日米で決めた予定の時間になるとそのコンピュータ端末の「カレント・インテリジェンス」のプログラムの中に、グリニッジ標準時間の二十四時間で、青森県三沢《みさわ》市に所在する「電子保安群」が摑んだ膨大なシギント（通信・電子情報）が、ＤＩＡ（国防総省統合情報局）を介して、「ＪＩＣＰＡＣ《ジックパック》」（アメリカインド太平洋軍統合インテリジェンスセンター）で、日本向けにサニタイズ（加工）したインテリジェンスであることを示す〈ＳＥＣＲＥＴ　ＲＥＬ．ＪＡ《シークレット・リリース・ジャパン》〉のコード名が記されて日本側にシェアされるのが基本的なシステムである。

「金庫室」に入った三雲は、コンピュータ端末のキーボードを操ってディスプレイに現れた、ジックパックからシェアを許された最新情報を凝視した。

自衛隊の秘匿回線を使って神宮寺と秘匿の音声通信を行うために、自分のデスクを離れ、鉛のワイヤーが膨大に張り巡らされた〝バードケージ〟（鳥かご）と呼称されている盗聴防止室に入った三雲が報告を始めた。

「結論を申し上げます。司令官より頂きました、神ノ島で目撃された不審者情報と関連情報とを総合分析しました結果、『チャイナ7《セブン》』が台湾へ、海上封鎖などではなく、短期決戦の全面侵攻へのステップを踏み出すことを政治決定した、と判断します」

三雲が一気に言い切った。

「三雲よ――」

神宮寺は苦笑しながら続けた。

「今、この平時である現在も、世間様に発表こそしてねえが、『防衛態勢4』、つまり『U事態』（情勢緊迫）として、自衛隊の膨大なセンサをフル動員して台湾情勢を注視している。で、現在と何が違う？　もったいぶらずに話せ」

自分の執務室に戻っていた神宮寺が苛立った。

だが三雲は神宮寺の苛立つ雰囲気に動じることなく淡々とした口調で続けた。

「それでは次に、沖縄県警からの情報とする神ノ島における特異事案との関連情報について報告いたします」

その言葉から始めた三雲が指摘したのは、中国三東省青島《チンタオ》にある海軍基地から、一隻のキロ級潜水艦〈902〉が出航し、しばらく浮上《ふじょう》航行した後、西方向の進路を取りながらダイブ（海面下に潜没《せんぼつ》）したことを海上自衛隊が把握したという事実だった。

そして、問題は――として言及したのは、ダイブして約六時間後のことであるとして、当該のキロ級潜水艦〈902〉は実は西へは向かわず、その逆の東へと変針し、その先の、中国が言うところの「第一列島線」にあたる宮古島の北沖の海域でソーサスシステム（海底設置探知システム）ならびに磁気探知機《マッド》にヒットしたという事実を明らかにした。

三雲は、故障で動けない艦艇が多い中国海軍にとって、数少ない、いわば虎の子の潜水艦が作戦運用されたことにこそ重要性があるとした上で、神ノ島での〝スケッチ画情報〟と合わせれば、〈902〉で輸送支援を受けた特殊部隊《SF》が神ノ島に搬潜入した、と結論するのが最も軍事的合理性があると言い切った。

「その島へ搬潜入されたSFの規模は？」

神宮寺が急いで訊いた。

「潜水艦内部のキャパシティと神ノ島の地勢《ちせい》を考え合わせますと、最低でも一個ユニット、人数にして六名から八名――。しかし、近くの島にもSFが搬潜入されたと仮定することが軍事的合理性に合致する以上、合計四個ユニット、宮古列島のいずれかに少なくとも三十名が搬潜した可能性があります」

「三十名⁉　そいつらが特殊部隊だとすると、それを殲滅するには少なくとも一個連隊がいるぞ！」

三雲は何の反応もしなかった。

「で、そいつらの任務は？」

苛立った神宮寺が訊いた。

「不明です」

三雲は即答した。

「三雲、お前なぁ。色をつけろよ」

神宮寺は呆れた。

「我々は、《事実》と書かれたドアを開けて、偉そうにモノを言う輩《やから》です」

「聞き飽《あ》きた！」

神宮寺が吐き捨てた。

「お前が指摘したことは、すべて悲観《ひかん》的なアプローチによって捉《とら》えた単なる日常の風景で偶然の重なり合いかもしれない。そうだろ？」

「司令官、我々、インテリジェンスでメシを食っている者は、常に悲観的であります」

最初からの雰囲気をまったく変えず三雲はそう応えながら、マスターと密かに呼んでいる神宮寺に仕える自らの運命をあらためて自覚した。

もし、マスターがある日、自分に、一緒に釣りに行こう、と言ったら、一緒に釣りに行く。で、船の中で、『おい三雲、お前、死ね』とマスターが言ったら、自分は、わかりました、お世話になりました、となる。しかし、自分は、懐に銃を構えている。そして自分はつづけてマスターに向かってこう問いかける。『私の死は構いません。ただ、私の死と引き替えに何が達成されるのでしょうか』と。

「私の、チャイナ7が云々《うんぬん》の結論の根拠は、中国の動きだけを見てのことではありません。アメリカ軍の動きを見ていれば、戦争への道がわかります」

「続けろ」

神宮寺がぶっきらぼうに命じた。

「例えばその指標の一つに、ジョージア州フォートベニングのアメリカ陸軍、第75レンジャー連隊がありますが、昨夕、指揮命令系を変更した上で、深夜に分散移動を開始しました」

神宮寺は吸い込んだままの息を吐き出せなかった。その部隊の重要性を知らないはずもなかったからだ。第75レンジャー連隊は、東アジア——それも台湾戦争や第二次朝鮮戦争で真っ先に投

入され、空港など戦略拠点を制圧するための特殊作戦部隊であるとされている。あらゆるチャンネルを
「さらに挙げるならば、インド太平洋軍《ベイコム》は、『貝《かい》』になりつつあります。あらゆるチャンネルを急いで閉じ始めています」

「貝になる？」

「ハワイ（インド太平洋軍司令部）は台湾戦争をすでにコントロールしています。その中にインテリジェンスと火力の統制があるのはご存じの通りです」

神宮寺の唸り声が今度はハッキリと聞こえた。

「で、中国はどう動く？　金門島《きんもんとう》など台湾近辺の離島の奪取か？　海上封鎖による兵糧攻めか？　それとも全面侵攻か？」

「全面侵攻だと思います。私のもとに集まっている様々なインテリジェンスのベクトルの先はそこで交差します」

「で、オレは今、統合任務部隊《JTF》の長として、任命された場合に備え、命令を出して約三万名の陸海空部隊を石垣島と与那国島へ行動させる準備をしている。しかし、お前は、肝心なのはその二つの島ではなくて、宮古島だとする。この先、オレは、いったい何をしなくちゃならないんだ？」

「主権国家たる日本の我が軍の運用（作戦運用）は、その権限を持っておられる司令官の〝腹決め〟です」

「政治は決断してねえんだぞ」

「はい。準備をすることは政治の役目ではありません」

「お前、本当は、オレに、〝腹斬《はらき》り〟させたいんじゃねえか」

三雲はそれには直接に応えず、

「その〝腹決め〟を今、司令官に頂こうと思っております」

と言い切った。

「ふざけるな！」

神宮寺が怒りをそのまま口にした。

「司令官には今、中国に決して悟られない、アンダーでの〝部隊回し〟を行って頂く必要があるかと存じます」

「お前、オレの専権事項を勝手に使うな」

神宮寺は、吐き捨てるようにそう言ってから、神妙な口調に変わってつづけた。

「宮古島への部隊の派遣をステルスでやれと？　お前、どれだけ大変かわかってるよな？」

「もちろん存じております」

「しかし官邸は、日本側からトリガーを引きたいとは思っていない」

「古代ローマの名将、ガイウス・ユリウス・カエサル、俗に言う、シーザーでさえも失敗し、その教訓として書き遺《のこ》しました。『人間ならば誰にでも全てが見えるわけではない。多くの人は自分が見たいと欲する事しか見ていない』、そういうことです」

「利いた風なことを言うな」

神宮寺は、そう突き放してみたものの、三雲が指摘したとおり、見たくないものは見えない、聞きたくないことは聞こえない、期待してない結果は事実と認めたくない、というのは古今東西変わりない人間の性《さが》だ、とあらためて思うこととなった。

「司令官の〝腹決め〟に資するために、タスキング・オフィサーとしての私の役目として、情報本部の各部門に明日中に、緊急報告をタスキングします」

三雲が力強く言った。

「いや明日の午後イチまでだ」

神宮寺が問答無用に訂正した。

「かしこまりました」

三雲は従順に応じた。

「〝腹決め〟する限りはオレに考えがある」

神宮寺が押し殺した声でそう言い放った。

「考え？」

三雲が質問を投げかけた。

だが神宮寺は応えなかった。

三雲は話題を変えた。

「司令官のお考えを変えた、数万名の部隊を動かすことの証拠《エビデンス》となった、その〝スケッチ画〟――。さぞかし立派なものだったんでしょうね？」

神宮寺は一瞬、躊躇った後で答えた。自分とてその「スケッチ画」は目にしていない。その才能を認めている如月の判断を信用したからだ。

「当たり前だろ。プロの手によるアレだ」


神宮寺について語る者たちが用いるのは、その〝常在戦場〟の強烈な意識からくる、〝作戦系一本の男〟というフレーズだ。今、メジャーコマンダーとしての彼の手に、特殊作戦群、第1空挺団、水陸機動団などの直轄部隊だけでなく、事実上、全国都道府県に存在する陸海空部隊があった。

しかし、メジャーコマンダーとして実働《リアル》を指揮することになった今だからこそ、「コマンダー・エグゼクティブ・アシスタント・グループ」や「私有人材」だけでなく、〝裏《ウラ》〟で生きてきた存在が絶対に必要であると1等陸佐に昇任してからずっと確信していた。

日本政府の中央省庁が作成する「編立表《へんだてひょう》」（組織表）は、陸上自衛隊の隠語では「座布団《ざぶとん》」と呼ばれている。「座布団」とは総務省が公式に認めている公務員の配置表である。だから当然、「座布団」は一枚しかない。法律によって勝手に課や室を作ってはいけないし、人員を増やしても削ってもならないからだ。

だが、陸上自衛隊の「座布団」は、実は、「三枚」存在する。

まず、組織内でなにがしかの問題が起こった時、公開されている管理編制上によって責任を取るべき者が一目瞭然で分かるのが《一枚目の座布団》である。それはマスコミで報じられる、いわば〝表の世界〟である。

しかし、直接の指揮命令系ではなく、組織防衛を鑑《かんが》みての政治的判断によって〝皮《かわ》を切る〟時のために用意した《二枚目の座布団》の存在はマスコミに明らかにされることはなく、陸上自衛隊の、ある特定の関係省のみが把握し、それを元に内々に処分が行われて、密かな新しい人事が公式の人事配置の中にひっそりと潜り込まされる。

そして、極めて秘匿性《ひとくせい》が高い作戦を指揮していた者がその責任を負うことさえ絶対に明らかにできない時、〝骨《ほね》を断つ〟という例えで責任をとるために準備しておく《三枚目の座布団》は、理論上永遠に存在しない。そういう意味では、今し方、話した三雲もその《三枚目の座布団》に入る。だが、神宮寺が抱える《三枚目の座布団》に座る者は彼だけではなかった。

秘話《ひわ》装置付きの黒色の卓上電話機を使ってかけた相手は、「塚本勇翔《つかもとゆうと》」という名の2等陸佐だった。

神宮寺の目的は、極めて秘匿性が高い作戦を仕切っているがその責任を負うことさえ絶対に明らかにできない――つまり《三枚目の座布団》に属する「第1グループ」と密かに呼ばれる陸上自衛隊の〝特別な〟幹部への依頼を、塚本2佐を介して行うことであった。
塚本2佐の肩書きは、陸上自衛隊の陸上戦闘の研究を行う「教育訓練研究本部」の一セクションである「総合研究部付」である。だが、彼はその肩書きを前身である「研究本部」の頃より十五年以上も使っていた。

「第1グループ」について神宮寺が、《三枚目の座布団》にしか書かれていない、〝骨を断つ〟時のための陸上自衛隊の〝存在秘《そんざいひ》(存在すること自体が極秘)〟とされている秘匿された組織の一つであることを知ることとなったのは最近のことで、それを教えたのが塚本2佐だった。

神宮寺はそれまで、四つ桜や三つ桜を目指すほとんどの幹部自衛官と同様に、そういった陸上自衛隊の〝裏の世界〟とは隔絶された経歴を辿ってきた。神宮寺こそその典型的な存在で、作戦系として骨太の自衛隊人生がずっしりと存在している。

だから神宮寺は、「第1グループ」に属する者とそれまで会ったことも会話をしたこともなかった。いや、単なる噂だという認識であった。

だが、神宮寺が第7師団長に就いていた時のことである。何かと身の回りの世話をしてくれた中井《なかい》という庶務係の2等陸曹の男を慰労《いろう》するため、平屋建ての師団長官舎に呼んで初めて二人で飲んだ時、彼は最初からずっと緊張して身を硬くし口数も少なかったが、酒が進んでいくとこんなことを唐突に話し始めた。

「師団長、自分、〝小平《こだいら》〟の『調査《チヨウサ》』の方に行きます」

「調査？　お前、職種は野《や》戦特科《せんとっか》だろ？　どうしたんだ？」

怪訝な表情で神宮寺が訊いた。

「声をかけられまして。近く、〝小平〟（陸上自衛隊調査学校）に入校します」

神宮寺は、〝小平〟が彼に目を付けた理由に思い当たることがあった。確かに、彼の口の堅さは部隊でも定評があった。つまり秘密を〝握《にぎ》れる〟奴だと神宮寺も高く評価していた。

「〝小平〟で何をする？」

神宮寺のその質問に、最初、躊躇う雰囲気を見せたが結局は口を開いた。

「まずは初級課程のようなところで少数が選抜されます」

「まず？　それで選抜されたら？」

「秘められた『第五教室《ゴキョウ》』の中でも最も秘とされている『第1グループ』ってご存じですか？」

「噂だけ聞いたことはある。そこに入ったら〝消える〟んだろ？」

神宮寺は笑った。

「お前、まさか、『グリーンドリーム』（希望配属先を書く文書の隠語）の『心理』の欄にマルをしていたのか？」

中井は首を左右に振った後でこう口にした。

「とにかく、師団長にお目にかかるのもこれが最後だと思います」

中井に笑顔はなかった。そして覚悟を決めたような雰囲気で滑舌《かつぜつ》良く言った。

東京都小平市にある「調査学校」。その一部門である「情報教育部」は二〇一八年、静岡県富《ふ》士《じ》市の「情報学校」として改編、独立したが、そこに「第五教室《ゴキョウ》」とも「心理防護課程《しんりぼうご》」とも呼ばれる、秘められた組織の中でも最も秘められた〝特別コース〟である「第1グループ」と「第2グループ」という組織があると、《三枚目の座布団》表に書かれているらしい、という噂は神宮寺も耳にしたことがあった。

そしてその「第1グループ」は、第二次世界大戦で存在した帝国陸軍の秘密工作機関「陸軍中《なか》野《の》学校」のすべてを受け継ぐ組織であるという噂もまた聞いたことがあった。神宮寺にしてもそんな程度だった。

だが実は、それが噂だけではないことも神宮寺はしばらくして身をもって知ることになった。

かつて陸上幕僚監部、陸上自衛隊の全予算を握る業務計画班で仕事をしていた時のことだ。


当時の陸上幕僚監部「調査部企画班」に所属していた3等陸佐が、予算請求の決裁書類を神宮寺のデスクに持ってきた。それは陸上自衛隊全体の教育・訓練費の一部に計上するための予算であったが、科目が《調査学校第五教室教育訓練費》とあった。

神宮寺がまず驚いたのは「第1グループ」と「第2グループ」という聞き慣れない名称だった。しかしそれよりも驚愕したのは予算費の額だった。億単位の巨額な金額が明示されていたのである。

「これはどんな種類の予算なのか?」

神宮寺は思わず訊いた。

「『第2グループ』は海外情報協力者《アセット》の運営を担当する等の謝礼金の予算です」

「では『第1グループ』は何を?」

神宮寺が訊いた。

すると、3等陸佐が声を潜めて言った。

「班長はこれからお偉くなられる方です。『第1グループ』についてはお聞きにならない方がよろしいかと存じます」

神宮寺はその言葉にイラッときた。つまり、ごちゃごちゃ言わずに黙って判《ハン》を捺《お》せというわけである。

しかし、3等陸佐は、遥かに上官の1等陸佐である神宮寺の様子にまったく動じることもなく、瞬きを止めてじっと見つめている。第1空挺団で若くして学生班長を務めた頃より十年に一度の猛者《もさ》として自他共に認めている神宮寺にしてもその視線に打ち勝つ威力はなかった。

そして、「第1グループ」の存在を確かな話として初めて聞いたのは塚本2佐からだった。塚本2佐とは、七年前、第1空挺団長を予定の期間で「下番《かばん》」（部隊からの離任）して「研究本部総合研究部長」に「上番《じょうばん》」（着任）した後しばらくして、「十五年以上も『研究本部総合研究部付け』という肩書きのままでいる自衛官」の存在を知り、おもしろいから会わせろ、と部下に強引に言って官舎で開いた飲み会で言葉を交わしてからの関係であるのに、「第1グループ」のことを初めて口に出して説明してくれたのは一年前、神宮寺が総隊司令官に「上番」した直後のことである。

塚本2佐によれば、「第1グループ」という「存在秘」の組織に属する自衛官は、自衛隊の組織表に記載された全国のいずれの部隊にも配置されていない。「ゴキョウ」に呼び寄せられた、その瞬間、《一枚目の座布団》から削除されるとの説明を神宮寺は受けた。

陸上自衛隊には情報組織として、陸上幕僚監部指揮通信システム情報部の課長が統括する海外協力者運営部門である「第2グループ」があるが、それはオペレーションはしない。しかもそこに属しても数年後には部隊に戻る。だが、「第1グループ」は入った瞬間に〝消える〟と教えられた。地方自治体にさえ密かに協力を求めて、住民票を〝抜く〟という。

そしてその任務とは、軍事的に日本国家が危機的状況となった時、もしくはその恐れが高まった時、「教官《キヨウカン》」と呼ばれる一人の指揮官のもと、「第1グループ」の自衛官たちが、国防のための一糸乱れぬ「オペレーション」を発揮する。その中身について塚本2佐は詳しく説明しなかった。ただ、〝国家存続の危機で、非合法も含めた際限ないオペレーションを行う〟ということを口にした後、こうも説明した。

「世界地図の白地図があるとすれば、その端にあるのが『第1グループ』です。その先に世界は存在しない。限りない世界を主張していた旧態のキリスト教世界観を打ち破ったコペルニクスの世界です」

その説明をすぐには理解できなかった神宮寺に、塚本2佐はなおもこう言った。

「『第1グループ』が必要とされる日がくるかどうかは私にもわかりません。しかしもし万が一、神宮寺司令官が必要とされる時は、私が『教官』との繋ぎをいたします」


それから一年過ぎた今、神宮寺が、塚本2佐のその言葉を思い出しながら、受話器の向こうに言ったのは、たった一言だった。

「宮古島で人がいないか?」

その回答は、十分もしないうちに塚本からもたらされた。

「完全に土着《どちやく》し、その島の隅々を知り抜いている者がおります。具体的なご命令は、自分が受命《じゆめい》いたします」

神宮寺が、塚本2佐を介して具体的な命令を下した後、同じ受話器を持ったまま直属の部下である日米共同部長の他に、四人の指揮官に秘匿装置の卓上電話を使ってダイヤルインした。

まず一人は本来は直接の指揮系にない熊本県北熊《きたくま》の第8師団長、さらに陸上総隊司令官にとって直率《じきそつ》(直接の指揮)となる二つの部隊の指揮官である特殊作戦群長と水陸機動団長、そして、最後の一人は、かつて神宮寺自身が、統合幕僚監部で陸海空の全自衛隊の作戦にかかわる防衛警備班長を務めたすぐ後に上番して連隊長を務めた、九州の鹿児島《かごしま》県霧島《きりしま》市国分《こくぶ》にある第12普通科連隊の連隊長だった。神宮寺は第12普通科連隊を離れても歴代の連隊長の面倒をみてきた。

神宮寺がこの四人の指揮官のそれぞれに向かって言った第一声はいずれも同じくドスを利《き》かせた言葉だった。

「お前、オレが、今こうやって、直々《じきじき》に電話をしてやった、その重みを感じないってことは、まさかねえよな?」

鹿児島県霧島市国分　国分キャンプ海水浴場

篤姫《あつひめ》で知られる島津家《しまづけ》の鶴丸城《つるまるじょう》があった薩摩《さつま》地方と、断崖を巡る遊歩道がある佐多岬で有名な大隅《おおすみ》地方に挟《はさ》まれた〝国分の国《くに》〟は、早朝の爽《さわ》やかな気温が午前十一時からは急上昇し、昼を過ぎると二十六度という夏日《なつび》になり歩いているだけでも汗ばむほどだった。広々と開けた空には高い雲が一筋《ひとすじ》あるだけで、四方八方を爽やかな青い空に恵まれていた。

鹿児島湾に面して、小さな白煙を燻《くゆ》らす桜島《さくらじま》を目の前に一望《いちぼう》する下井《したい》海岸にある、国分キャンプ海水浴場の四つの休憩棟《きゅうけいとう》の一つで、十本のコンクリート柱で屋根を支えて吹き抜けとなった空間に、陸上自衛隊の西部方面隊第8師団隷下、第12普通科連隊はこの日、代休となったことから、連隊を構成するうちのひとつの部隊、「情報小隊」の有志、二十五名ほどの隊員たちとその家族とがバーベキュー大会を企画したのだった。

鉄板コンロの準備を急いでいた、第12普通科連隊情報小隊の鬼怒川駿輔《きぬがわしゅんすけ》2曹《そう》は辺りを見回して、頭髪を極端に短く刈りあげにしたその男を見つけると声を張り上げた。

「野村《のむら》！　今な、駐車場に差し入れの『あご肉』（顔周りの肉）が着《つ》いてん連絡があったで取ってけ！　有馬《ありま》（精肉店）で買《こ》うたもんらしいから美味《うま》かどぉ」

炭《すみ》コンロの前に立つ鬼怒川は、手袋で握ったトングを振り回し、このバーベキュー大会の幹事を務める野村優吾《ゆうご》陸士長《りくしちょう》を呼びつけた。

「すみません！　小隊陸曹《しょうたいりくそう》のお子さんがずっと自分にくっちったままでして！」

小学三年生の双子の男の子を砂浜から両手に抱えて駆け込んできた野村が言い訳した。その後ろからは、三歳の娘を抱いた野村の妻、真穂《まほ》が笑顔で追いかけてきて鬼怒川に何度も頭を下げて挨拶した。

「レンジャー訓練（長期間寝食を奪われての陸上自衛隊で最も過酷な付加特技訓練）合格したばっかりじゃって、その力が有《あ》り余《あま》っちょってよかと」

鬼怒川が苦笑した。鹿児島県の奄美《あまみ》群島南西部に位置する沖永良部島《おきのえらぶじま》で生まれた野村は、中学の二年と三年の時に、県の中学校陸上競技大会の三千メートルタイムレースで二年連続優勝し、高校サッカーでも名門の鹿児島実業高校《かごしまじつぎょう》から推薦《すいせん》入学を与えられた。高校でもその実力をめきめき伸ばし、鹿児島実業高校の陸上部員として全国駅伝《えきでん》で連続優勝記録の更新を達成した立役者の一人となり、区間賞でも三度の栄冠に輝いたという並外《なみはず》れた体力の持ち主である。キングというのがニックネームなのは、三浦知良選手をもじったもの。とにかくサッカーが上手くて、訓練の合間はいつもサッカーボールを蹴っている。しかし温厚でやさしい奴だ。

鬼怒川は時折、野村のことを〝沖永良部の星〟と勝手につけたあだ名で呼ぶことがある。ただ、そうする理由は体力面のことだけではなかった。

野村は、複数の有名大学から推薦入学の誘いを受けたがすべて断って自衛隊に入隊した。その理由を鬼怒川は、教育隊の講師として訓練に付き合った時に、一度、本人に訊いたことがある。

野村は躊躇せずこう言い切った。

「国《くに》んために働きたい。それだけです」

そして、

「自分は絶対に『I《アイ》』（陸士から陸曹を経て特別昇任する3尉以上の幹部）を目指します」とも言い放ったのだ。陸士長から陸尉以上の階級に昇ることは絶え間ない努力があれば成し得るものであることをもちろん知っている鬼怒川は、

「がんばれ！」

という言葉をかけたものだった。

野村のその意識は、一年前に情報小隊に配属されても非常に高く保ったままだった。

二十一歳の若さからしてみれば、今でもコイツの考え方はしっかりしている。最近、合格したレンジャー訓練がその意識に益々磨きをかけ、まさに、将来の陸上自衛隊を背負って立つ〝星〟のような存在になる予感がする。鬼怒川には、人間的にも野村を買っている理由があった。それは陸上自衛官として大事な資質の一つである〝強烈な素直さ〟だ。

これから野村の未来は大きく開ける。結婚もし、子供もできて充実した人生が待っている――鬼怒川はそう確信していた。

「鬼怒川2曹、あご肉取りに行っこは、別《べっ》ん方《かた》に頼んで頂けないでしょうか？」

小隊陸曹の子供のうち一人の男の子が、野村の体を器用によじ登って肩車に乗った。

「おおっ、この子、才能、あっじゃらせんかぁ！　お父さん、いや小隊陸曹、ウチのどの斥候《せっこう》（主力部隊より先に進み、敵の情報を摑む職種）よりも身が軽《かる》かぁ〜」

「そいつは将来、ヒップホップダンス、やってさ」

サングラスをつけて折りたたみ式のヘリノックスチェアに座っている情報小隊ナンバー2の小隊陸曹、沖田《おきた》天馬《てんま》陸曹長はビール缶を片手にそう言って苦笑しながら首を竦《すく》めた。

野村が目指すのと同じ「I《アイ》」（陸曹から幹部に昇任）である小隊長を直接補佐する小隊陸曹の沖田は、勇ましさとすばしっこさのオーラを全身から醸《かも》し出す生粋《きっすい》の薩摩《さつま》隼人《はやと》である。

普段は温厚な沖田だがキレたらそれはすごい。大の大人が体を震わせるほどだ。しかし日頃から部下たちのいいところも悪いところも実によく見ている。それも柔軟な考えで人を見ている。また、四歳年下である小隊長からの命令も愚直に受ける一方で、厳しい意見具申も躊躇わないが、小隊長と衝突することはない。

十年ほど昔ならば、沖田は常に鬼軍曹風で年下の部下に非常に厳しかった。だが、富士学校で「REC《レック》」(偵察課程)を終了して偵察課程助教となり、三年前三十八歳で情報小隊のナンバー2である小隊陸曹になってからは、部隊をまとめる、という思いが強く、曲がったことはきちんと指導するが以前よりは厳しいことはなくなり、お母さん的存在になった、と鬼怒川は最初そう思ったが、間違いだった。沖田は、部隊を統率するために部下たちから何でも相談しやすくしたのだとしばらくしてわかったのだ。

沖田の隣に座って微笑んでいる四歳年下の妻、香乃《かの》に対してもそうで、自分とかみさんとは違い、買い物にちょっと出るだけでも手を握り合っている。ウチでは考えられないことだ。

「鬼怒川、もっと焼けや！　足らんぞ。最後の焼きそばの準備も忘るっな！」

バーベキュー大会のリーダーを任《にん》ずる沖田の大声が響き渡った。

「了解っす！」

力強く応えた鬼怒川は、炭コンロの網の上で肉が焼けてきた匂いに気づくと辺りを見渡した。

「おーい、チビッこども。肉が焼けたじゃ！　はよおいで！」

若い隊員たちに連れられて十人ほどの子供たちが走ってきた。桜の季節に行う恒例のバーベキュー大会は、隊員の子供たちの面倒を部隊で一番若い奴が見るのが習慣となっている。

「楽しんじょるようやな」

お祝い結びにした二本の一升瓶《いっしょうびん》と紙袋を抱えている情報小隊長の冷泉克俊《れいぜいかつとし》2尉が妻の悠月《ゆづき》と小

学三年生の愛実《まなみ》を連れて休憩棟の前に現れた。

立ち上がった沖田と香乃は、それぞれ冷泉と悠月とに挨拶し、奥に用意していた二脚のディレクターズチェアに誘《いざな》った。

「それと、これは連隊長からだ」

冷泉小隊長が立ち上がって小箱を掲げた。

小箱を鬼怒川に手渡した冷泉小隊長は、用意されたディレクターズチェアに座ろうともせずに娘の後ろ姿をずっと見つめていた。冷泉が、一人娘の愛実を溺愛《できあい》していることは情報小隊ではつとに有名な話である。仕事を離れるといつも娘の話ばかりで、若い隊員たちは、その姿に〝親バカ〟という烙印《らくいん》を押しているが鬼怒川はそうは思っていなかった。

冷泉が口にする自分の子供の話には自慢がないからである。大人になってオレに似たらブスになるな、という口癖が出るほどだ。

三十七歳の冷泉は決して若いという歳ではないが、普段は良い意味でのチャラ男といった感じである。今日は自分の家族がいるのでそれを出していないが、飲むと、はっちゃける今風の若者である。

だが仕事となると何事にもパッパッと手際がいい。そして何より鬼怒川が冷泉を高く評価するのは、幹部であるのに、統率する三十名の部下に対して決して偉《えら》ぶらないことだった。

「遅れてごめん、ごめん」

新しいビールの段ボールケースを開けていた鬼怒川が振り返ると、妻の柚花理《ゆかり》がそう言って駆けてくるのが見えた。

薩摩半島南西部に位置する、温泉地で有名な指宿《いぶすき》市で生まれ育った鬼怒川と柚花理とは、小学校や中学校は違ったものの同じ高校の同級生どうしで付き合い始め、互いに二十一歳で結婚。息子と娘が成長するにつれ、柚花理は二人の子供の教育に没頭していることから、〝亭主元気で留守がいいの典型〟だと苦笑するのが鬼怒川のいつもの姿だった。

だが、その苦笑の裏で、鬼怒川は人には決して吐露しない思いを必死に隠していた。柚花理にしてもそうだ。あの時より、二人は夫婦であって夫婦でなかった。五年前に、当時、五歳だった娘の夏鈴《かりん》をインフルエンザ脳症で亡くしてからずっと――。

突然の死だった。発症してから一週間ともたなかった。

呼吸数が緩やかになった時、ベッドに横たわる夏鈴の傍らで、鬼怒川は叫んだ。

「夏鈴！　いくな！　そっちにいくな！　夏鈴！　そっちの世界へいくな！」

それは、看護師から止められるまでつづいた。

そこから夫婦は壊れた。ただ悲しみにうちひしがれて言葉はなくなった。

そして口を開けば夏鈴の死を互いに責め合った後、一度は別居した。しかしその後すぐに、柚花理が息子の凌《りょう》を宿していることが分かり、再び一緒に暮らすこととなった。

しかしそれでも、柚花理との間には、一枚の紙が張り巡らされているような、互いの心にふれあえない感覚をずっと引き摺っているのだ。

鬼怒川が大きく息を吐き出した時、鬼怒川の視界の隅に、神妙な表情をした小隊長の冷泉2尉が、スマートフォンを耳にあてながら波打ち際の方へゆっくりと歩いていく姿が入った。鬼怒川はふと違和感を抱いた。いつもの冷泉2尉ならどんな時でも颯爽《さつそう》と歩く。それは演習場でスマートフォンで会話をする時も変わりない。しかも、スマートフォンでの会話を終えた冷泉2尉のその姿も鬼怒川は気になった。そこにしばらく立ち止まり、虚空を見つめているのだ。つまり何かを悩んでいるように思えた。そんな光景もまたいつもの冷泉2尉ではなかった。

大きく息を吐き出した冷泉小隊長は、辺りを見回し、目指す者を見つけると、手招きで呼び寄せた。小隊長の前に駆け寄って行ったのは小隊陸曹の沖田だった。二人は連れだって休憩棟からさらに離れ、背中をこちらに向けたまま話をしている。鬼怒川は二人の姿を凝視し、鉄板の上であご肉を焼いていたその手が止まった。

沖田が最後に大きく頷いて会話を終えた後、彼の視線が鬼怒川に向けられた。その時だ。沖田は視線を逸らしたのだ。

——何かある。

そう思ったら鬼怒川は我慢ならなかった。焼き台の担当を久龍芳文《くりゅうよしふみ》2曹を呼びつけて任せると、エプロン姿のままその場を離れ、沖田の方へ駆け出した。久龍の視線が自分の動きを追っていることがわかったがそれには反応せず足を速めた。

鬼怒川は一度咳払《せきばら》いしてからその言葉を口にした。

「五日後、年次計画通り、矢臼別《やうすべつ》（演習場・北海道東部）への北方転地《ほっぽうてんち》訓練で出発しますが、なにか変更があるわけじゃないですよね？」

「いや、予定通りだ。ただ、当初の訓練計画のうち、海自《かいじ》（海上自衛隊）の佐世保港からのLST（輸送艦）への搭載《とうさい》訓練を兼ねて、ということだったが、それが変更となった。福岡《ふくおか》の香椎浜《かしいはま》港から、『ナッチャンワールド号』と『はくおう号』で搭載訓練をやった上でそのまま矢臼別へ向かう」

「でしたら、当初の大村駐屯地が変更となったと？　どこへの外来《がいらい》（外部からの宿営、準備および訓練）ですか？　小倉《こくら》（駐屯地）ですか？」

鬼怒川は矢継ぎ早に訊いた。

「いや、香椎浜港にもっと近い春日《かすが》（福岡駐屯地）で外来だ。明日朝一番で先遣《せんけん》を出す」

ただ、予定が少しでも変わったことを沖田が口にしたので鬼怒川は気になった。余りにも性急な動きだ。

「なんか急な話ですね」

鬼怒川は沖田の顔を覗き込むようにして言った。

沖田の反応はなかった。

「本当は何かあるんですか？」

足早に休憩棟へと戻る沖田は応えなかった。

それでも鬼怒川が沖田に根掘り葉掘り訊くと、沖田は根負けしたように立ち止まった。

「これ以上はなぁ～」

と言って視線は休憩棟に向けたまま困惑した表情となった。

「大人の事情、ということですか？　それ以上、聞かんでくれ、そういうことですか？」

鬼怒川が詰め寄った。

「まあな」

ジロッと鬼怒川を見つめた沖田が即答した。

「わかりました。ヤルっしかないっすね！　そもそも何だってアリです！」

そう言って頷いた鬼怒川だったが納得したわけではなかった。

「ただ、国家防衛警備計画で示されているとおり、台湾戦争時、ロシアが北海道に攻めてくるのに対処するための訓練と、２科と合同の地誌調査もやるから、水路潜入用のウエットスーツなどの装備も持っていけ」

沖田が言った。

「北海道で水路潜入訓練？　まだ北海道は寒いですけ」

「連隊長が決められたことだ。ぐちゃぐちゃ言うな。片付けは奥さんに任せて、急ぎ準備しろ」

沖田はそう言うが早いか、自分の妻のもとへ走って行った。

千葉《ちば》県《けん》船橋《ふなばし》市　陸上自衛隊　習志野《ならしの》駐屯地《ちゅうとんち》　特殊作戦群本部

本部隊舎に一旦、足を踏み入れた特殊作戦群第３小隊の小隊陸曹《ズール》は、自ら１／２ｔ《トン》トラックを運転し、離れること約五百メートル、野っ原の第１空挺団が使う空挺降下場の一角にある専用射場の地下三階にある「ＩＳＯＦＡＣ」（作戦実行部隊をアイソレーションする、つまり隔離して接触を制限することによって秘密保全《ほぜん》環境を最高度に高め部隊行動の秘匿の徹底を図る施設）に向けて階段を下りながら、昨日の夕方、小隊長の《アルファ》１尉《い》とともに伊織《いおり》群長室に呼ばれた時の光景を脳裡に蘇らせていた。

「教育訓練ってふざけたことは言わない。『ＰＴＷ』（ピース・タイム・ウォーフェアー＝平時における軍事行動）、つまり実働《リアル》だ」

そう言って伊織は、ついさきほど総隊司令官の神宮寺陸将から直々に指示が来た、と説明した上で、当然、「発簡書《はっかんしょ》」（命令書の一つ）は切られていないし、「コウメイ」（正式な行動命令）に従ったものでもない、とつづけた。

「チームリーダーは《アルファ》、そしてお前達二人で、五名のオペレーター（任務隊員）を選抜し、《１０》《ヒトマル》とのコールサインでチームを編制しろ。そして直ちにＩＳＯＦＡＣでアイソレーションを行い、小隊作戦計画を立案《りつあん》し、そのリハーサルを実施した上で三日後に宮古島へ出発だ」

伊織が二人の瞳を覗き込みながらつづけて命じた。

「立案するのは、リスクプランニングに応じたすべての行動だ。具体的には、『ＣＭＯ』（民心《みんしん》掌握《しょうあく》作戦）を行った上で不測事態《ふそくじたい》で直ちに作戦運用できる情報ネットワークを構築《こうちく》することだ。潜入の可能性がある人民解放軍のＳＦには一切関心を持つな」

「わかりました」

《ズール》は神妙な表情で頷くだけで余計なことは訊かなかった。

「目的地までの搭乗券を含む物《ブツ》は、群本部で揃《そろ》える」

「質問は？」

木村《きむら》副群長が訊いた。

応える者はいなかった。

「なら以上だ」

伊織が話を終えた。

《ズール》と《アルファ》が同時に立ち上がり敬礼を投げかけた時だった。

伊織は、《ズール》と別件で話がある、として木村副群長と《アルファ》に席を外させた。

群長室のドアが閉められたのを確認した伊織は、《ズール》を座らせてから身を乗り出した。

「現地で『ＯＳ《オーエス》』（オペレーションサイト）を確立したならば、近いうちに《オスカー》と名乗る者が接触してくる」

「《オスカー》？　誰です？」

《ズール》が訊いた。

「オレも知らん」伊織が苦笑しながら頭を振った。「神宮寺司令官からの直々の命だ」

《ズール》は神妙な表情で頷いた。

「《オスカー》については全面的に信頼し、その指示に従え――それが神宮寺司令官の命令だ」

「了解です」

伊織のその言葉に《ズール》は大きく頷いた。

「本件はお前限りだ。いいな？」

《ズール》はそれだけを応えた。


特殊作戦群第3特殊作戦中隊第6小隊に属するその三十八歳の2等陸曹は、職場でも家庭でも普段はもちろん本名で呼ばれている。苗字《みょうじ》であったり、名前であったり、もしくはニックネームであったりと様々だ。

だが、特殊作戦としての任務がタスキング（付与《ふよ》）されるや否や、情報収集と分析を「付加特技」とする《フォックス》という暗号名に切り替わる。

伊織群長の命によって《アルファ》1尉と《ズール》陸曹長が協議して《10チーム《ヒトマル》》のメンバーに選んだ五名のオペレーター（任務隊員）のうちの一人である《フォックス》は、ジョギングで成田街道に辿《たど》りつくまで、一年前の家族とのあの時を思い出していた。


あの時とは、アフリカの新興国の南スーダンで内戦が起こり、そこで活動していた日本のNPO事務所スタッフに対する「RJNO」（邦人救出海外輸送）任務が特殊作戦群に発令され、出動寸前となった、その時のことだ。それは極秘の任務とされ家族にも言ってはいけないと厳命された。

RJNOチームに選抜された《フォックス》は、出撃予定の前日の夜、今回のように帰宅し、家族とともにいた。

「二ヶ月？　それってなに？」

すでに隣室で寝ていた娘の朱音《あかね》を起こさないように妻の桜愛《さくら》が小声で訊いた。

「日本全国でやるみたいなんだよね」

《フォックス》は笑顔で嘘を口にした。

「この際、はっきり言わせてもらうけど――」

桜愛が食卓の上に箸を揃え始めた。

「あなたの仕事がいかに大変か、そんなこと今更、聞きたくもないわ。国家がどうのこうのより、今、家庭が、家族が、緊急対処事態なの！　朱音《あかね》は、来月、小学校に入学するというのに喘息の発作が今朝も出て大変だし――」

《フォックス》はそれには応えず缶ビールを呷《あお》った。

溜息をついて立ち上がった桜愛は隣室に入ると、音を立てないように出てきた。

「パパの御守りだって」

そう言って桜愛はフェルトで作った人形のキーホルダーを手渡した。

翌朝、妻も娘も起きないうちに《フォックス》は自宅を出発した。もちろんポケットには朱音が作ってくれた〝御守り〟を持って――。

タスキングされた任務は緊迫するものだった。

逃げ遅れた日本のＮＰＯ事務所スタッフが自力で近くのホテルへと避難できたため、邦人救出の任務はなかったが、現地にＰＫＯで駐屯していた自衛隊の復興支援部隊にこそ危険が迫ったことで撤退準備が始まり、《フォックス》のユニットは、その警備に投入されることになった。結局、帰国したのは、出発から三ヶ月後で、その間、イギリス海軍の特殊舟艇部隊との合同の極秘作戦を行うなど隠密行動の連続だったので、家族に連絡することは許されなかった。

しかし、レッド状態（神経昂揚《こうよう》状態）が解除されて、帰路につくこととなったエジプトのカイロから妻のスマートフォンに電話を入れても応答はなく、成田空港到着ロビーから送ったラインのメッセージ欄にも既読のマークはつかなかった。そして帰宅してみると、部屋中の主立った家具が姿を消し、リビングの床に、離婚届が、片方の署名捺印の欄が空白の状態で無造作に置かれていた。

そして、その横には、淡いピンク色の桜の花びらが一枚ひっそりと置かれていた。

《ズール》がオペレーターたちを見渡した。

「その上でだ。アイソレーションにおいて各自に与えられている役目は分かっているはずだ。作戦立案でやるべきことはワンサカある。だが、特に重要なのは『リスクの許容《きよよう》』の分析だ。あらゆる不測事態へのリスクプランニングを徹底的に立案しろ。それが足りないやつはチームから外す」

この〝鬼軍曹〟はリーダーの《アルファ》をどう指導してゆくのか、と思った《フォックス》は《ズール》へ視線を送った。

《10チーム》のリーダーは《アルファ》だが、実質的にチームを動かすのは、今、目の前にいる《ズール》陸曹長であることは疑いようのない事実だ。つまり死ぬも生きるも《ズール》の判断、決断にかかっている。

《ズール》の立場にいる者は、一般の部隊ならば、小隊長の言葉を部下の隊員たちに完全に伝えてケツをひっぱたく、まさに鬼軍曹である。小隊長の立場にいる者を支える役割であることは、他の普通科連隊と変わりはない。

しかし特殊作戦群の《ズール》という立場の者は、《アルファ》を支えるだけではない。《アルファ》を鍛え上げて、意識改革までさせていくのだ。

《ズール》は、レンジャーに加えて、スナイパー（狙撃手《そげきしゅ》）の付加特技も保持している。そのオールマイティーなタフさこそが部下たちを動かせる根拠ともなっていることは《ズール》にとっての矜持《きょうじ》と言うべきだろう。

つまり早い話が、特殊作戦群の陸曹たちが見ているのは幹部の《アルファ》ではない。《アルファ》は小隊陸曹の《ズール》がいなければ何もできない、と多くの陸曹が思っている。だから陸曹たちはすべて《ズール》を見ている。

説明を続ける《ズール》を見つめながら、《フォックス》は、南スーダンへの派遣を目の前にして、自分もあの「アジト」に飾られることになったかもしれないと覚悟したことを思い出した。

「アジト」とは、習志野駐屯地から車で東へ二十五分ほど走った八千代《やちよ》市にある、特殊作戦群の隊員たちが集まる小さな倉庫を改造した〝秘密の隠れ家〟のことだ。

〝秘密の隠れ家〟と言っても謀《はかりごと》をする怪しげな場ではない。隊員やその家族たちにとっての〝憩いの場〟というのが真の姿である。

そこは幹部や陸曹《りくそう》の階級と関係なく利用できる。アメリカを始めとする西側主要国のSOF《ソフ》（特殊作戦部隊）では、幹部と陸曹が一体という世界を大事にしているからだ。

アメリカなど海外の多くのSOFは、軍事施設の中にそういった〝憩いの場〟である「チームルーム」と称する大きな場所を持っている。賃貸の物件を探して内装を手造りで改装し、室内にバーも設置し、仲間でワイワイやったり、家族を呼んでイベントをしたり、と賑やかな場所だ。

そもそも自衛隊には、将校クラブからしてそういった文化がない。だが、特殊作戦群はそういう場所を有志で金を出しあって作った。倉庫を改造した「アジト」は二階建てで、内装や家具、また附属する小さな庭に至るまでのすべてを特殊作戦群の現役やOBたちの寄付で造り上げた。

「アジト」の二階には、二〇〇四年に創隊《そうたい》した時の初代群長以下三百数十名の黒ずくめの制服に身を包む隊員たちが特殊作戦群本部隊舎の前で隊旗を手にして勢揃《たいき》いする大きな記念写真が壁一面に掲げられているほか、創隊初期段階から数々の訓練風景を写した写真に始まり、主要国の軍SF（特殊部隊）と訓練などで時間を共有した時に交換したレリーフやメダルがそこらじゅうにたくさん飾られ、部隊外には絶対に門外不出《もんがいふしゅつ》ながら、これまでの海外におけるPKOでの警備任務や、アフガニスタン邦人救出作戦を行った時に現地で撮られた部隊の記念写真なども数多く立てかけられている。

また交通事故や病気で若くして急逝《きゅうせい》した元隊員たちを偲《しの》ぶ写真入りのメモリアルプレートも二階のバーカウンターの近くの壁に掲げられている。

二階にはバーカウンターと大型の冷蔵庫も設置されており、隊員たちが自ら持ち込んだアルコールを手にして、先輩やOB相手に、若い隊員たちが悩みを相談する場ともなっている。

「アジト」の一階は家族向けのスペースとなっているが、酔い潰《つぶ》れた隊員たちの宿泊施設になることもある。

「アジト」を設営する時に椅子やテーブルなどの調度品の搬入を手伝った《フォックス》は、小隊陸曹の《ズール》が、特殊作戦群の初代の「S3《エススリー》」（作戦訓練幕僚）で、統合幕僚監部特殊作戦室長の時に東京・麴町の新宿通りの交差点で交通事故に遭って亡くなった者のメモリアルプレートの前で、独り言のように口にした言葉が今でも頭の中に刻み込まれている。

「明日かも知れないし、ずっと先かも知れない。ただ間違いないことは、今度は、戦死者の名前がここに刻《きざ》まれる。それが『アジト』の神髄《しんずい》ということだ――」

「了解しました」

《ズール》の言葉に頭では納得した《フォックス》は素直に反応した。

「明日、ヒトナナマルマル（午後五時）までに作戦計画の立案を完成させろ。小隊計画を群長に報告し、裁可《さいか》を仰ぐ。裁可を得たならば、その後、リハーサルを行った上で、ISOFAC《こ》《こ》での作業の痕跡《こんせき》を完全除去。翌朝、マルゴマルマル（午前五時）、羽田空港へ向かう」

隊員たちの反応の良さを確認して満足そうにひとり頷いた《ズール》は、現地でのカバーストーリーは、実際の企業の支援を受けてすでにできあがっていると語った上で、その内容を詳しく伝えた。

「これなら二十四時間、島じゅうを走り回っても怪しまれない。欺騙《ぎへん》して〝なりきる〟ことはお前たちがもっとも得意としているはずだ。そうだな？」

《ズール》が五人の隊員たちを見回しながら最後の言葉を投げかけた。

「了解です」

チーム全員と同じくして語気強くそう応えた《フォックス》は、同時に自分が行わなければならない職務が多岐にわたっていることを意識していた。まず始めたのが、地図、要図《ようず》、衛星画像と航空写真などの司令部への請求だった。これは群本部を通じて目的を秘匿して行うこととなった。

「おい、なにか落ちたぞ」

振り向くと、《デルタ》とのコールサインと衛生担当《メディック》の付加特技を持つ1等陸曹が床に落ちている小さなものを拾い上げて《フォックス》の掌の中に置いた。

「人形のキーホルダー？　何だそれ？」

《デルタ》がそう言って鼻で笑った。

「貴重なお守りです」

《フォックス》は真顔でそう言った。

長崎県《ながさきけん》佐世保《させぼ》市　陸上自衛隊相浦《あいのうら》駐屯地《ちゅうとんち》　水陸機動団《すいりくきどうだん》

「当直明けなのに？」

そう言って振り返ったのは、鏡台の前で化粧をしていた妻の里沙《りさ》だった。

「ああ」

長崎中央新聞の記事の一部をハサミで切り抜き、急いでジャンパーのポケットに突っ込みながら椎名《しいな》辰彦《たつひこ》1等陸佐が曖昧な返事をした。

「災害派遣《サイハ》出動じゃないよね？」

不安そうな表情で里沙が鏡の中から尋ねた。

「サイハは日曜とか休みとか関係ねえよ」

苦笑した椎名がつづけた。

「えっ、じゃあそうなの？」

里沙が驚いた声を上げて鏡から振り返った。

「じゃなくて、団長が話があるってよ」

「良かった。でも、長くならないよね？　もうすぐ学校から帰って来るけど、夜ご飯は外食だって楽しみにしているの、健太。分かってるよね」

「ああ。一時間もしないで帰ってくるよ」

「だったらいいけど。まっ、シルバータクシーさんなら十分もかからないけどね」

シルバータクシーとは、長崎県佐世保市相浦にある大潟南《おおがたみなみ》宿舎の入口でいつも数台は必ず待ってくれている佐世保市内のタクシー会社である。

「そうだな」

そう軽く応えた椎名は、小学校二年生の息子の屈託ない笑顔を脳裡に浮かべた。

長崎県佐世保市相浦に、千葉県船橋市から二年前に転属してきてからというもの、息子は花粉アレルギーからくる発疹《ほっしん》などの諸症状もなくなり、最近はすっかり健康となった。生意気盛りなのだが、元気いっぱいの、あの笑顔を見ると疲れがすうっと消え失せる。歳を食ってから生まれた待望の子供であるからなのか、椎名にとって、理屈のない愛情を持ったことが不思議で仕方がなかった。

妻の里沙とは、高校の同級生である。実は在校の頃は互いに意識はしなかった——というのは妻への言い訳で、正直に言えば、椎名にとって里沙はまさに初恋の相手だった。

三十歳を前にして行われた同窓会の二次会で、防衛大学卒の自衛官であることに里沙は興味を持ったのか、自然の流れで息があって、そのまま自然体で付き合うようになり、そしてまた自然の流れで結婚することになった。だからプロポーズの言葉を口にしたのかどうかは覚えていない。里沙は、強引に申し込まれた、といつも言うが、その度に笑い飛ばすしかなかった。

しかし、最近、里沙に感謝の気持ちを強くしている自分に椎名は気づいていた。前職である第1空挺団の頃は、隊員の家族どうしは絆が強く、夏の祭りでは里沙は家族会の先頭に立って自衛隊もののグッズ販売や飲食の売店の展開を仕切ってくれたし、多くの友達に囲まれていた。だが、ここ長崎には里沙は誰一人知り合いがいない。東京都内に住む両親とも会う機会が減った。佐世保市には、津田沼《つだぬま》や西船橋のような大きな繁華街もないし、ららぽーともディズニーランドもない。

だがそれについての愚痴を里沙は今まで一度も口にしたことはなかった。それでも、内心、彼女ががまんしてくれていることは想像できた。

しかも転属が決まった時には、息子の健太《けんた》は幼稚園に入ったばかりで友達もいて楽しく通っていたのが、その友達とも離れて知らない街で暮らし始めたことで最初は泣き出すこともあったが、それを温かく抱擁《ほうよう》してくれたのが里沙だった。

十一棟にも及ぶ五階建ての集合住宅である大潟南宿舎の一つを後にした椎名は、色とりどりのランドセルを背負って学校から帰宅してくる多くの子供たちを微笑ましく見つめた。

そもそも九州、沖縄地方に所在する二千数百もの島の防衛と奪還作戦を担うため、二〇一八年、水陸両用装甲車によって海岸に「上陸作戦」を実施する水陸両用作戦を実施する水陸機動団が創《そう》隊《たい》されて以来、年々隊員数は増えつづけ、二〇二一年には、第1空挺団の倍近くの計約三千名。新設された大潟南宿舎にはそのうち約二千二百世帯の配偶者と子供達が暮らしている。地元の小学校では各学年でクラスが二つ増えたほどだ。その父や母である水陸機動団の隊員たちは、出勤する時も帰宅時も戦闘服姿である。息子や娘はその勇姿を毎日眺め、育っていくのだった。

椎名は、子供用の大小の自転車が並ぶ駐輪場を抜ける近道を通って、ほんの二百メートルほど先にある相浦駐屯地の正門で警衛《けいえい》配置に就く若い隊員に挙手をして私服のまま通り過ぎた。

駐屯地の舗道を進む椎名に、行き過ぎる隊員たちはその度に立ち止まって直立不動で敬礼を投げかけてくる。

水陸機動団の隊員の平均年齢は三十二歳から三十三歳と非常に若い。団本部に詰める四十過ぎのオヤジたちを除けば、例えば、椎名が指揮する第1水陸機動連隊の平均は三十一歳である。四十五歳の自分たちオヤジを除けば三十歳に近づくはずだ。

相浦駐屯地の敷地を進むと、戦車よりひと回り大きな二台の水陸両用装甲車ＡＡＶ７が、排気筒から灰色の煙を大きく吹き出し、大きく鈍いエンジン音を響かせて車輪ベルトで反転し、演習エリアに向かおうとしている光景が左手の視界に入った。

水陸機動団の団本部庁舎までほんの一分で辿り着いた椎名は三階まで一気に階段を駆け上がり、団長室まで足を速めた。

部屋の入り口で直立不動となって名前と階級を名乗ってから団長室に足を踏み入れた椎名は、大きな衝立を廻ると、窓に立って相浦湾に浮かぶ猿島《さるしま》を見つめている星野陸将補の背中をしばらく見つめた。椎名が思い出したのは、第2水陸機動連隊の第3中隊隊が、相浦駐屯地から約八キロの距離にある猿島とを往復する遠泳を今、行っているはずだったことだ。

椎名の気配に気づいた星野は、執務机の前に置かれた会議机を顎でさし示し、その前に座るように促した。

「総隊の神宮寺陸将から、新たな〝訓練〟指示があった」

そう口にした星野はつづけて、崎分《さきべ》駐屯地などから三個水陸機動連隊を佐世保基地に推進する準備を行え、と命じた上で、統合幕僚監部で海上自衛隊との調整を行い、輸送艦との搭載訓練の調整を行え、と指示した。

「了解です。直ちに！」

勢い良く返事をしたものの椎名の脳裡には、里沙と健太の顔が浮かんだ。これではさすがのシルバータクシーでも予約した店には間に合いそうもない、と早くも言い訳を考え始めた。

「何か言いたげだな？」

星野が察して訊いた。

「団長、率直にお聞きします。これは『リアル』（実際の戦争）の準備ですか？」

椎名は躊躇わずに言った。

「なぜそう思う？」

星野が苦笑しながら訊いた。

それに対して椎名が説明を始めたのは以下の通りだった。総隊司令部「日米共同部」がキャンプ・コートニー（沖縄県うるま市）に司令部を置く「第3海兵遠征軍《スリーメフ》」との間で、昨日、「日米共同調整所《BOCC》」の設置が開始され、また第3海兵師団《スリーメブ》と陸上自衛隊「第8師団」とが「日米共同戦術調整センター《BGTCC》」の設置を進めていること。また、「マグタフ」（第31海兵遠征部隊《31ミュー》で構成される約二千二百名の完全自己完結任務部隊）が一週間前、三隻の強襲揚陸艦に分散し第1列島線のインサイド（内側）に展開中であり、かつ一年前より台湾の一部へ極秘に入っていたジャベリン（対戦車ミサイル）を保有する「海兵隊沿岸戦闘チーム《LCT》」と偵察小隊《レコン》が台湾全土と周辺の島々への大々的な展開を開始したという、それらサブスタンス（実質がある内容）だった。

椎名は最後に、沖縄県金武町のキャンプ・ハンセンに司令部を構える「アメリカ第3海兵師団《スリーメブ》」とのカウンターパートである自分がこれらの状況を知らないはずはありません、という言葉を胸を張って付け加えた。

「しかしだ」

星野が深刻な表情となった。

「椎名、オレは大きな不安に苛まれている。いざとなったら、本当にアメリカ海兵隊は本当に来るのか？」

星野が意外なことを口にした。

「どういう意味です？」

椎名は訝った。

「そのままの意味だ」

星野が応えた。

「団長、最近では『レゾリュード・ドラゴン』（離島防衛を想定した陸上自衛隊と海兵隊との実動を含む共同訓練）をリアルを求めてやったりと、より密接な関係になっている中で、今、おっしゃった意味がわかりかねます」

椎名は戸惑いながら言った。

だが星野は厳しい表情のままつづけた。

「これまで、毎年、YS《ワイエス》（日米合同指揮所演習）を長年ずっとやってきたアイコー（アメリカ陸軍第1軍団）が、『RSOI』（日米安全保障条約に基づいて日本で戦う場合のすべての計画＝準備、派遣、集結、前方移動、統合業務）について、いつ日本側にその全容を伝えてきた？　最近まで一切明かさず、すべて機密事項としていたじゃねえか。しかも海兵隊も同じでそのレゾリュード・ドラゴンにしても展開する部隊規模を伝えないし、そもそも〝日本有事《リアル》〟においてどれだけの規模で来援するか、いまだにまったく教えない――」

星野はこれまで溜めていたことを吐き出すようにつづけた。

「しかもだ。我々との合同訓練は『EABO』（遠征前進基地作戦）の一環だとしている点が気になる。なぜなら『EABO』の本質は、『島嶼ホッピング戦略』と『精密打撃ネットワーク』の構築戦術だからだ。つまり、先島諸島も含む、台湾までの第1列島線のインサイドの島々をまさに〝ホッピング〟して、つまり移動しつづけての攻撃だろ？　それって先島諸島の住民を防衛する国民保護のための作戦じゃあないんじゃねえか？」

星野は、椎名に近づいて笑った。

「まっ、考えすぎだな。金《かね》（防衛予算）をふんだくるための合同演習のシナリオと、リアルとは違うってことだ」

だがすべてを言い切ってスッキリしたのか星野は明るい顔となった。

「海兵隊が来ないのに訓練するはずもねえよな？」

「もちろんです！」

椎名が語気強く言った。

星野は黙って頷いた。

爽やかな風とともに桜の花びらが吹かれてくる開け放たれた窓辺に再び立った星野が黙って相浦湾へ目をやった時、眼下にある団本部庁舎前の走行路で方向転換した水陸両用装甲車ＡＡＶ７が、五百二十五馬力のディーゼルエンジンから排気をまき散らし、その轟音が部屋の中まで響き渡った。

第2章

3月25日　宮古島

日増しに強くなってきた先島諸島の春の日差しを片手で隠し、新城《あらぐすく》海岸の砂浜にある藁葺きの無料休憩所に立ちながら、カヤック教室のインストラクターとして観光客を相手にしている西田大駕《たいが》の姿を見つめていた糸村友香は、三年前、東京で西田と初めて出会った時のことを脳裡に蘇らせていた。

それは、夏休みを利用して、自己研修として東京・町田《まちだ》市にある町田学園大学が開設している小学校教師初任者研修講座に参加した時のことだった。

二週間の研修が終わったその日、後輩教師の西銘《にしめ》遥花《はるか》、そして沖縄本島から来ていた年齢が近いもう一人の女性教師と、研修の打ち上げを言い訳にして、町田学園大学の最寄り駅と同じ小田《お》急《だき》線沿線の経堂《きょうどう》駅近くにある宮古島料理専門店「がんず~うやき」で飲むこととなった。そして二次会として駅から八分ほどのところにある人気の無国籍料理店「はちヴィラ」を訪れた時、西田がたまたまそこにいたのだ。

お店の中がテーブルに座れば客同士が触れあうほどの空間であったことも、西田との〝心の距離〟を一気に縮める理由になったかもしれない。隣席で一人飲みしていた西田と友香たちが意気投合するまでそう時間はかからなかった。友香たちがまず自己紹介した後、西田は、都内にある中堅の証券会社に勤めている会社員だと自己紹介した。

楽しい時間があっという間に過ぎて、店を出た四人は、最終電車が近いことにその時になって初めて気づき、大慌てで駅へ向かうこととなった。経堂駅では友香たちと西田が帰る方向は別々だった。先に新宿方面への最終が来たことで、その電車を友香たちがホームで見送ることとなった。

電車が遠くなっていくのを見つめながら友香は溜息をついた。

「いいんですか？」

遙花が友香の顔を覗き込むようにして言った。

「いいのって何が？」

友香が訊いた。

「いえ、別に……」

遙花が意味深な笑顔を向けた。

「明後日にはもう宮古島に帰るのよ。期待もなにもできるはずないじゃない」

友香はそう言って肩をすくめた。

ところが思いもしなかったことが起こった。翌日の昼のことだった。西田と〝友達〟になっていたSNSに食事の誘いが届いたのだ。本当はその夜は、宮古島にいる母親から、東京で生活している叔母宅へ行って、従姉妹《いとこ》にあたるその家の娘が結婚したことへの挨拶とお祝いを渡すように言われ、祝儀袋も預かっていたのだが、友香は西田からの誘いにすぐOKの返信を送った。

そしてその日の夜、再び訪れた「がんず～うやき」で夕食を共にする前、友香は自分に言い聞かせていた。

――遠距離恋愛なんて現実的とは思えないわ。羽田空港から宮古島までは直行便があって、約三時間で行けると言ってもね、空港へ向かう時間とか入れたら実際には家からは六時間以上かかるじゃん。特に、これから新学期で担任を持つのだし、夏休みとて東京に来るのが難しくなるのは見えているよね。ＳＮＳでのテレビ通話があるとしても、二十六歳にして心のつながりだけの関係は、やはり悲しすぎるよね……。

割り切ったことで楽しい会話となって食事を終えて店を出たが、駅までの間、何と言って締め括ればいいか、友香はその言葉がなかなか頭に浮かばずにいた。

だから西田のその言葉を友香はまったく想像もしていなかった。

「宮古島に住もうかな」

「またまたぁ〜」

友香は取り合わなかった。

だが西田は急に真顔になって足を止めて友香を振り向いた。

「逃げたいからじゃない。でも、今の仕事、これから何十年もノルマに追い回されるだけの無機質な毎日が続くと考えると心が折れるんだ」

友香は何も言えなかった。

「オレさ、実は、さっき言わなかったんだけど、学生時代に男友達と行った沖縄旅行で、スキューバーダイビングにハマっちゃってさ——」

西田の話は驚きだった。その旅行から東京に戻った後、自分で勉強してまず国家資格の「潜水士」免許を取ってから、都内の専門施設でダイブマスターの資格を取得、そしてその次には沖縄へ行って認定団体のインストラクター開発コースも合格し、スキューバーダイビングインストラクターとして働けるだけのプロの資格を持っているのだという。

だから実は、南西諸島、それも宮古島でスキューバーダイビングのインストラクターとして働く夢をずっと温めていたんだという話も語った。

「なら、暮らせば。宮古島に」

友香は軽く言った。考えもなしにすぐにいい加減なことを口にすることで母から叱られているのを思い出したが、友香自身、正直それを期待していた。

「宮古島は、シーカヤックも人気なんで、こっちに来てからその資格も取ればいいさ」

最寄りの駅に辿り着いた時には、友香はすっかりその気になっていた。

西田が本当に宮古島にやって来たのはそれから約七ヶ月後の三月のことだった。

西田の両親は兄夫婦と福島県に住んでいる。移住することを話したところ、お前は三男で今まで勝手気ままに暮らしてきたのに、今更気にする気になれるか、と父親はそう言って笑い飛ばしたという。

友香が選んでおいた西田が住むアパートでの引っ越し作業を手伝っていた時、ふとその質問をしたい、という衝動に駆られた。前からいつか聞こうと思っていたのがそのタイミングを見つけられずにいた。

「どうして宮古島で暮らしたいと思ったの？」

「テレビの地上波だったか、ケーブルテレビの番組だったかな……」

段ボール箱を抱えていた西田は足を止め、思い出そうとして目を瞑った。

「どこで見たかは忘れたけど、沖縄本島よりずっと海がキレイだ、って思ったからかな……」

「で、来てみてどう？」

西田が宮古空港に着いたその日の午後、友香が自分の車であるトヨタのピクシスエポックを駆って連れて行ったのは、入居予定のアパートがある平良《ひらら》地区ではなく、新城海岸だった。本当は、引っ越す前に一度下見に来ると西田は言っていたが、仕事が忙しく実現せず、その日が初めての宮古島入りとなったことで、友香はまずそこへどうしても連れて行きたかったのである。

宮古空港から車で島の南端へ約三十分。島の中央を北西から南東へ走る県道78号線。その南端近く、途中で西へ入ったところに誘導路があり、原生林が生い茂っている曲がりくねった長い下り坂を降りて行く。坂道を降りきったところで急に視界が広がる。目の前に広がるのはコーラルグリーンと白い砂浜だ。その時の季節は今と同じ三月の平日だったというのに砂浜にたくさんの人たちがいた。家族連れや手を繋いだカップルのほかに、幼稚園の年少組さんほどの小さな女の子の手を引いた母親が麦わら帽子を被って波際をゆったりと歩いていた。

新城海岸の約八百メートルも続く光り輝く砂浜に驚いた西田は、礁池《イノー》と呼ばれる沖合までサンゴ礁の浅瀬が続く透明感溢れる海に、足元で小魚が遊ぶ姿に、感動の言葉を連発した。そしてその日の夜、友香にとって西田は特別な存在となった。

それからのことは、友香は小学一年生の教師としての多忙な日々が続き、西田はと言えばマリンスポーツショップに見習いとして勤務することが決まり、お客の送迎の手配、ダイビング器材の整備やダイビング用品の販売など忙しい毎日を送っている。

西田を連れて浜辺へ遊びに行ったり、居酒屋で仲間と飲んだりと友香は彼とのことはオープンにしていた。だからといって結婚を意識して付き合っているわけじゃない。ただ西田のことは友香にとって両親以外では最も重要な存在だし、彼もそうだろうという確かな感触もある。それでも、とにかく今はこのままの関係でいることに幸せを感じていた。

体験ツアーのお客だった女性グループとカップルをそれぞれの宿泊先のホテルへ送るため、トヨタのミニバン、ヴォクシーに乗せて走り出した、そのテールランプを見つめる友香は、私は本心では、西田の方からの行動を待っているんだ、とあらためて自覚した。西田は、今のマリンスポーツショップで働き出して四ヶ月後、正社員となった。だからこそ、今週、何かが起きるとの期待が友香にはあった。

西田は、無料休憩所の近くに立てかけていたカヤックとパドルを牽引用トレーラーに並べて載せ、船首を固定した上で、崩れないようにベルトで厳重に縛り、ヴォクシーの後部バンパーの下にある金属製の丸い牽引用フックにトレーラーからのロープをかける作業を急いだ。

「時間、間に合うよな？」

作業を終えた西田が腕時計に目を落としながら友香に聞いた。

「余裕よ。ショップに戻ったらそこで待ってて。私が自宅に着く頃、遙花がちょうど来てくれているはずだし、駐車場に車入れたら一緒に迎えに行くから」

遙花は、同じ平良東小学校で一年生を担任していた二年後輩の教師である。ゆったりとした時間の中でマイペースで生きていると思いきや、サンエー宮古島のシティなどのショッピングモールや居酒屋での置き忘れが多い、おっちょこちょいの性格だが、ささいなことでも大笑いする憎めない女性だった。今晩はこれからカフェレストラン「ハウオリマウロア・テラス」で、遙花が交際している佐藤も入れて四人でサンセットバーベキューをすることになっていた。今日みたいな日にやっておかないと互いにすぐに忙しい日々が始まるので貴重な時間だった。

ハウオリマウロア・テラスがある池間島は市街地の平良エリアから北へ二十分ほど車を走らせたところにあって友香や西田にとっては車はいらないが、遙花が今、付き合っている佐藤豊《ゆたか》が、少し離れたところにある職場の寮に住んでいるのでその送りがてらのサービスだと言ってくれたことに甘えたのだった。

「じゃあ、後で」

そう言って運転席の窓から手を伸ばした西田に、友香は満面の笑みで手を振った。

ハウオリマウロア・テラスへ足を向けたその時、友香はふと新城《あらぐすく》ビーチへ目をやった。

夏本番まではまだ長い時間があるとは言え、太陽の勢いはすでに強い。べた凪の海を眩《まばゆ》くキラキラと輝かせている。新城海岸の美しいビーチでさっき見かけた親子が追いかけっこをしているのが遠くに見えた。今日もまた穏やかな、平和な一日が終わってゆくわ、と友香はそう思った。友香は自分の言葉に驚いた。なぜ〝平和〟という言葉を使ったのか。自分でもそれはわからなかった。

宮古島から池間大橋を使って池間島に辿り着くと、カフェレストラン兼ホテルのハウオリマウロア・テラスは、島で唯一の雑貨売店の傍らから小径を進んだところにあり、プライベートビーチに向かって開《ひら》けているオープンテラス席には、戦闘機パイロットが着るようなジャンパー式のバートル作業服を着た三人組の男性客と、ここのオーナーである長い白髪を後ろで束ねた初老の男しかいない。そのオーナーは、文庫本を顔の上に載せて昼寝をむさぼっている。

テラスの掃除を終えたグレーのつなぎ作業服を着た数人の男たちが去るのを待ってから、友香は木製のベンチが四角形に並べられたテーブルへ足を向けた。

テーブルの目の前に広がるビーチの砂浜と美しい海、その先には伊良部大橋と繋がった伊良部島が見える。空は淡いオレンジ色に染まりかけ、友香は心が躍った。

テラス席から移動して奥にある店のカウンターへ足を向け、ドリンクを運ぼうとしていた店のスタッフの手伝いを始めた西田の姿を見つめる友香は、今年で三度目の春を彼と迎えるんだわ、とそんな言葉が脳裡に浮かんだ。そして、いつまでも新鮮な気持ちでいることをつくづく感じた。ただ、今年はそろそろ、という言葉も同時に浮かぶこととなった。

それにしても、と友香はあらためて感心していた。

西田は、自分の仕事の場面以外でも、人の面倒をみることに本当に熱心なのだ。特に台風が来てあちこちで被害が出た時、西田は仕事を休んで宮古島だけでなく伊良部島や下地島までも駆け回り、修繕の手伝いをして廻っている。しかも、どこで習ったんだろうと思うほど大工仕事もプロ級なのだ。その上、人懐っこい性格ゆえ、どこでも誰とでも仲良くなる。伊良部島や池間島では昔ながらの気性で気が荒い者が多い。しかしそんなところでも西田は好かれている。おまけに身長が百七十八センチで精悍な顔をしているので仕方がないのだが、人妻から過剰なまでに親切にされている光景を偶然見かけた時には友香は思わず嫉妬したほどだった。

しばらくして遙花に連れられてやって来た佐藤もまた西田と同じく陽気な男で、年に何度も食事を一緒にする仲だった。佐藤もまた、宮古島の美しさに憧れて移住してきた部類《ぶるい》である。

前に佐藤自身が話してくれたところによれば、六年前に会社を辞めて横浜市内から引っ越してきて、半年後に開業する「宮古島エクシードリゾート&スパ・ホテル」のオープンスタッフの職員として宮古島での生活を始めた。そして一年後には正社員となり、先月、フロント係の主任を任されることになったという。宮古島で仕事を求め暮らすことになったのは、大学卒業後、非正規社員としてIT関連会社で働いていたが、その仕事に魅力を感じず、また将来への漠然とした不安を抱いていた時、ふと宮古島での百キロマラソンの広告を見たのがきっかけだった。百キロという壮絶な世界を達成できれば自分の人生になにか転機が訪れるんじゃないかと参加した。そしてマラソンは完走したのだが、宮古島じゅうを走り回り、その魅力に圧倒され、ゴールした時にはすでに移住を決めていた——そんな話を友香は思い出した。

佐藤はスリムな体つきだが筋肉もあり、まるでアスリートのような雰囲気だが、本人は、マラソンに出たのはそれっきりで、これまでスポーツらしいスポーツはしていないという。しかし、遙花は、ある日居酒屋で二人で飲んだ時、彼は人知れず体を鍛えることにストイックで、腹の筋肉は板チョコレートのように割れていると笑ったことがあった。

テラスでのバーベキューは、いつもと同じ笑い声が絶えない、時間を忘れるひと時となった。

タイミングを待っていたのか、突然、遙花が椅子の上に立ち上がった。

「突然ですが、発表があります」

「結婚するんだろ」

西田が焦げ残った肉を口に放り込みながら軽くそう言った。

「えっ？　なに、分かってたの？」

拍子抜けしたような顔つきで遙花が言った。

「分かるよ」

西田が呆れた。

「ちょっと、私から言わせてよ」

遙花が唇を尖らせた。

「で、いつ結婚？　披露宴は？　新婚旅行は？」

友香が畳《たた》み掛けた。

「取り敢えず五月に籍を入れようかと……」

不機嫌そうなまま遙花が答えた。

「しばらく主任研修で忙しくてね」佐藤が照れ笑いを浮かべた。「披露宴は、気候のいい秋でいいんじゃないかと——」

「遙花、おめでとう！」

友香が力強い口調で遙花を祝福した。

遙花は満面の笑みで頷いた。

「次は、友香さんの番でしょ？　ねえ、西田さん」

悪戯っぽい笑みを浮かべた遙花が西田の顔を覗き込むようにして言った。

「あ？　ああ。まあ、ね」

西田は辿々しくそう言って最後は声に出して笑った。

その姿に苦笑する友香がふと遙花にちらっと目をやった時だった。じっと佐藤を見つめる遙花の顔に暗いものが浮かんだことに気がついた。

グラスを片手にした友香は、さっきの姿が気になって遙花をテラスの隅に誘った。

遙花は、大きく息を吐き出してからそれを口にした。

「なんか、最近、彼の様子がちょっと……」

「ちょっとって？」

少しの間、戸惑う様子をしていたが意を決したように話し出した。

「一週間くらい前の夜のことなんです。風邪をひいて仕事を休んでいるって言うから、夜ご飯を作って持っていったんです。そしたら、寮の駐車場の車の中で会っていて……」

「会っていた？　誰と？」

友香が訊いた。

「見かけない女の人。年上っぽい女性……」

「どんな様子だったの？」

「なんか、真剣な表情で長い間、話し合っていて……」

遙花が力なく言った。

「で、その女性と彼とのことを疑っているの？」

「だって……」

遙花は言い淀んだ。

「佐藤さんにそのことは？」

遙花は頭を振った。

「でも、それだけなら怪しむことも――」

そこまで言って友香は言葉を止めた。もし西田のそんな光景を見たら自分も心が乱されるだろうと思ったからだ。

「それだけじゃないんです」

遙花がつづけた。

「夜に電話したら、彼、外にいることが多くなって……」

「外に？」

「その時はさすがに訊いたんです。何しているのかって」

「そしたら？」

「トレーニングで走ってるって」

「なら、そうじゃないの」

「違うんです。それまでは走るならずっと朝だったのに――」

少しの間を置いてから友香は優しい口調で言った。

「ねえ遙花、とにかく、一度、きちんと聞いた方がいいよ。もやもやしたまま結婚するのはよくないから」

遙花は溜息をついた。

「まあ……」

急に表情を変えた遙花が一度、西田へ視線を向けてから友香を見つめた。

「友香さんこそ早く何とかしないと、彼、とられちゃいますよ」

友香は小さな笑顔だけで応えた。

「これまで訊くの遠慮してたけど、二人、どうなってるんですか？」

遙花が訊いた。

「まあ、いろいろね」

友香は誤魔化した。

遙花がさらに何かを言おうとした時、西田が二人を呼ぶ声が聞こえた。友香が振り向くと、屈託ない笑顔を作った西田が二本の赤ワインを両手で掲げ、その後ろで佐藤が数種類のチーズとナッツを載せた皿を片手におどけたポーズをしている。その姿にクスクス笑いながら友香は、遙花の肩を抱き寄せて西田たちが待つテーブルに戻った。

笑い声が飛び交う中で、最初にサイレン音に気づいたのは佐藤だった。

佐藤の声でそこにいた誰もが目を向けたのは、伊良部大橋を闇の奥山へと流れゆくパトカーの赤い散光式《さんこう》警告灯だった。そのすぐ後から救急車や消防車も勢い良く駆けて行く。

「事件かな……」

佐藤がぼそっと言った。

誰かの声が突然、爆音に掻き消された。

全員が同時に夜空を見上げた。

逆V字の飛行隊形で三機の戦闘機と思われる機影が南の海の上を猛スピードで飛行してゆくのが月明かりで鮮明に見えた。戦闘機は途中で大きく機体を傾け、ちょうど宮古島の空を一周するように旋回してから西方向へとさらに速度を上げて向かっていった。その音たるや会話を遮るほど激しかった。

「こんなに近くを飛んだことなかったよね……しかもあの飛行機、円盤みたいのをのっけてるし

「……」

遠ざかっていく機影を目で追いながら遙花がポツリと言った。

「アメリカ軍か自衛隊?」

友香が口にした。

「わからない……」

また空から音がした。今度はさっきより激しく大きな音で地響きにも聞こえ心をざわめかせるほどだった。さらに驚いたのは巨大な機影だった。東方向からやってきて西へと爆音を響かせて過ぎていった。

鼓膜を切り裂くような轟音が鳴り響いた。

友香が聞こえた方向へ目をやると、今度は、南の方角へ猛スピードで遠ざかっていく微かな航空灯が幾つか見えた。さらにその直後、地響きを聞くような重低音の航空機のエンジン音が体を震わせた。その迫力は、これまで聞いたことのない大きさと空気を揺るがす激しさで、恐ろしさを感じるほどだった。

友香は、最初の航空機の正体が、沖縄本島の那覇に基地がある航空自衛隊かアメリカ空軍のジェット戦闘機だと知っていた。沖縄本島でもたまに見かけることがある。ただ、その時は決まって、一機か二機であるし、今のような鼓膜を破るような爆音ではない。今、闇に消え入りそうになっている航空灯の数からすると、五~六機が飛んでいるように見える。しかも、ジェット戦闘機に続いて聞こえた恐ろしいまでのバカでかい音がなんであるかはまったくわからなかった。

「今の何?」

驚いた表情で西田が夜空を仰いでいる。

「たぶん沖縄の航空自衛隊かアメリカ軍の飛行機かどっちかかと……」

友香は曖昧に答えた。

「ちょっと待って……なんかおかしくないですか？」

遙花が怪訝な表情を浮かべて夜空を見渡した。

「沖縄本島の自衛隊の航空基地やアメリカの嘉手納《かでな》基地からだったらさ、いつも北か東の方向から飛んでくるじゃない？　でも、今のは、南の方向の空から西へと向かって行ったし、しかもまた別の変な動きもあった……」

同じように空を仰ぎ見てみた友香は、遙花が何を言おうとしているのかがわからなかった。

友香と遙花は黙ったまましばらくそこに立ち、まっ黒な空に溶け込んでゆく機体を見つめていた。

だから佐藤がいなくなっていることに友香と遙花はまったく気づかなかった。

それから間もなくして、友香たちは遠くから幾つものヘッドライトと赤色回転警告灯が近づいてくるのが目に入った。友香は、西田と遙花と互いに不安げな顔を見合わせた。

友香たちの前に現れたのは、一台のパトカーに先導された二台の黒いミニバンで、その中からスーツ姿の八人の男たちが友香たちのテーブルへ足早に近寄ってきた。

「佐藤さん、佐藤豊さんはどこに？」

男たちの中から見事に髪の毛を七三に分けた背の高い男が辺りを見渡しながら友香に訊いてきた。

「そこに――」

そう言って振り返った友香は、

「あれ、今そこにいたのに……」

と口ごもった。

「あなた方は何ですか？」

「失礼しました」

〝背の高い男〟は胸ポケットから出した警察手帳を掌の上で開いてみせた。

友香に見えたのは、〈警部補　赤嶺啓三《あかみねけいぞう》〉という漢字だった。

「佐藤さんにお会いしたい。どこにいらっしゃいますか？」

赤嶺が警察手帳をポケットに戻しながら訊いた。

「佐藤さんがどうかしたんですか？」

そう訊いた友香は隣に立つ西田と思わず顔を見合わせた。

「あなたは？　佐藤さんとどういう関係ですか？」

赤嶺が友香に尋ねた。

「友人の彼氏です」

「その友人とは？　もしかしてあなたが？」

赤嶺は遙花を見つめた。

遙花は躊躇いがちに頷いた。

「今、佐藤さんとはどこでならお会いできますか？」

「電話しましょうか？」

遙花はスマートフォンを手に取った。

「いや、それはいい」

赤嶺が制した。

「佐藤さんは何か罪を犯したんですか？」

堪りかねてそう訊いたのは友香だった。

「はい。ある事件の重要参考人です。発見されなければ指名手配を行います。よって、皆さん、もし佐藤さんを見かけられたら、直ちにこちらの携帯電話か110番まで御電話ください」

赤嶺が差し出したのは一枚の白い名刺だった。受け取った友香は西田にすぐに見せた。そこには警察手帳と同じ名前と、〈沖縄県警察本部　警備部　外事係〉と、携帯電話番号だけがあった。

その時、ビーチの海に突き出ているマリンスポーツ用の桟橋の方から叫び声が聞こえた。そこにいた全員が桟橋へ駆け出した。

友香の目にまず入ったのは、桟橋の先で床に腰をついた若い男女のカップルが、海の方に向かって指を指して訳の分からない言葉を発している姿だった。

友香たちがゆっくりとカップルに近づくと、桟橋から三メートルほど先の漆黒の海の中に三つの塊が船着き場のカンテラライトに照らされてぷかぷかと浮いている。

「ほら、どいて」

そう言いながらやってきた赤嶺を始めとする八人の男たちは、友香たちを後ろに追いやった。

それでも友香は勇気を振り絞ってしゃがみ込んで男たちの隙間から目を凝らした。

一時月を隠していた雲が晴れ、月明かりが注がれたことでわかったことは、それらは三人の人間であり、恐らく死んでいるんじゃないかということだった。しかも、友香は、三人が三人とも、赤色を基調とした花柄のカラフルな服の上に旅行でよく使われる色とりどりのリュックを背負っていることに気づいた。

「観光客が溺れた？」

友香の口から思わず出たのはその言葉だった。

しばらくしてやってきたのは警察の船舶ではなく、海上保安庁宮古島海上保安部所属の巡視艇「なつづき」だった。後から友香たちは海上保安官から、海岸線を超えた洋上で発生した事故や犯罪への対処は海上保安部が一律に行うことに決まっていると聞かされた。

「なつづき」の操舵室《そうだしつ》の上に設置されているキセノン深照灯《しんしょうとう》の眩《まばゆ》い光が照らす中、海上保安官たちの手によって甲板から、片方が引き揚げ装置に縛られた四方の長さが五メートルほどの大きな網が海中へ投げ入れられた。「なつづき」の船体がゆっくりと動いたのと同時に、その網もまず一つの体の下に巧みに滑り込んだ。安定した形となったことが確認された後、網は静かに体を包み込むように畳《たた》まれていって「なつづき」の左舷《さげん》に静かに引き寄せられた。そして引き揚げ装置で甲板上に慎重に置かれた後、同じ操作がその後も二回繰り返され、一時間もすると三体が甲板上に整然と並べられることとなった。

友香が目撃したところ、三人とも女性だった。

三体の検視《けんし》を始めた宮古島海上保安部の検視官《けんしかん》がしばらくしてこう言うのが友香の耳に聞こえた。

「三人とも頭部に裂傷《れっしょう》があり、これが致命傷となったと思われる」

「つまり?」

検視官の背後から覗き込むようにして「なつづき」の船長である種田竜吉《たねだりゅうきち》が慎重に訊いた。

「解剖を待つ必要があるが、どう見ても犯罪死体だね」

と冷静な口調でそう告げた検視官は、三体の身につけているリュックなどの手荷物をまさぐって中身を手にした時、愕然とした表情で背後に立っている船長と、船長の補佐役である業務管理官を見上げた。

「所持している荷物にはすべて中国語で名前らしき文字が書かれている……」

「それはそうと、佐藤さん、どうなっちゃったのかな?」

誰もいない砂浜に立つ友香がそう言うと、西田は辺りを見渡してから友香に近寄った。静かな波の音だけが聴こえた。

「さっきの刑事さんの名刺見せて」

「なに？」

友香は怪訝な表情で名刺を手渡した。

「この外事係ってさ、スパイやテロリストを取り締まる係の人たちだよ。テレビで観たことある——」

「スパイやテロリスト？」

想像もしていなかった言葉に、友香の声は思わず上擦った。

「ああ、そうらしいんだ」

「じゃあなに？　佐藤さんがスパイかテロリストっていうわけ？」

「テロリストはともかく、スパイ、ということかもな」

西田は平然と言った。

「まさか……」

友香は鼻で笑った。

「オレだって信じ難いけど……」

「佐藤さんは立派なホテルの責任ある立場の人なのよ」

「でも、彼、中国語や台湾語がスンゲぇ上手いんだってさ」

「それ、遙花から聞いたことがある。なんでも学生時代に留学していたって——」

「まあ、オレたちには関係ないことだけどね」

「それ冷たくない？」

「じゃあ、もし見つけたらどうするんだよ。まさか匿《かくま》ってやるって?」

「そうは言ってないけど……」

友香は唇を突き出した。

「ただ、やっぱり本人に聞いてみようと思ってスマホに電話をかけているんだけど、圏外って言われるんだよな」

「仕事に行ったんじゃないの?」

「それがホテルにもいないんだ。宮古列島の島々を合わせても狭いんだから、どこへ隠れられるわけでもないのにな。空港や港は警察が見張ってるだろうし……」

「隠れる?」友香がつづけた。「ねえ、まさか、佐藤さん、やましいことがあるから隠れているってこと?」

「もっと探ってみるか……」

西田は独り言のようにそう言った。

3月26日　宮古島　平良東小学校

神ノ島の二人の姉妹のために、新学年に使う教材の手配をしようと平良東小学校に顔を出した友香が職員室のドアへ手を伸ばした時だった。後ろから大きな声で朝の挨拶をされて友香は飛び上がるようにして驚いた。振り向くと、二年生のクラスを持つことになった講師の井上佳乃《いのうえよしの》が満面の笑みで立っている。友香は眩しいような眼差しで彼女を見つめた。

昨年、教員免許を取得したが教員採用試験には合格しなかったので講師として平良東小学校に採用されることになった彼女は、本来は、六月から二年生の担任を持つことになっていた。その時に産休を取る教師の代わりとして入る予定だったのだ。ところがその教師がつわりが酷く、新学年の一学期から休むことになってしまい、急遽《きゅうきょ》、彼女が二ヶ月早く担任を持つことになったのである。

自分なら緊張して食事も喉を通らないところだが、彼女の性格がアグレッシブであるからなのか、一週間前に姿を見せてこのかた、毎日、明るく元気である。春休みじゅうも朝から晩まで学校にいて、教材作りに励んでいる。二年生からはパソコンを使う頻度も多くなり、プログラミングという新しい授業も始まるため、その準備は一年生の時より二倍になる。しかも、何と言っても、初めて子供たちをまとめるリーダーシップを執らなければならない緊張は大変なものだ。

しかし彼女は、苦労している様子はみせずに、楽しそうにやっているのだ。

「糸村先生、さっき、私が担任を臨時に受け持つ二年二組の教室を覗いたんですが、何人かの大人の女性の方々が本を読んでいらっしゃって、そこに子供たちもいっぱいやってきて——。あれは春休み中の定例行事ですか？」

佳乃が笑顔で訊いてきた。

「ああ、あれね。いつもの時程表《じていひょう》（教科を時間によって割り当てた表）なら、月曜日と木曜日の朝七時四十五分から担任が会議をやるんだけどさ、その間に、ＯＢの先生たちや近所の方々も巻き込んでやっている『読み聞かせ会』っていうやつさ。読むのは絵本でもなんでもいいの。春休みだから練習してるんじゃない？」

「練習？　だから……」

目を見開いた佳乃がつづけた。

「びっくりしました。読み手の方々は、すごい思いを込められて臨場感たっぷりで。それに語《かた》り部《べ》的に話されて、本当にすごいんです！」

「宮古島はＰＴＡがよくやってくださってるの。他にも、時間外の運動場の草刈りとか」

友香は笑った。

「草刈り？」

「お母さん方がね、『今度、金曜日は空いてるから（草刈りに）くるね～』ってね」

感心したように頷いた佳乃が思い出した風な表情となった。

「それにしても、糸村先生は、神ノ島での授業って本当に大変ですね。一年生と三年生とを同時に教えるなんて……」

佳乃は真っ直ぐに友香を見つめた。

「まあ、言われるほどではないさぁ」

そうは言ってみたものの、友香は二人の姉妹の顔が脳裡に浮かんだ。

「それはそうと、昨夜、発見された三人の観光客のことで大変だったんじゃありませんか？」

佳乃が訊いた。

「そうなの、実は私が——」

友香はそこで言葉を止めた。自分が第一発見者だったなんて言えば、矢継ぎ早に質問をされ面《めん》倒《どう》くさいことになる。

「そんなことより」

友香は話題を切り替えた。

「とにかく、やるっきゃないさ。でも健康だけには気をつけて。コンビニ夕食はなるべく避けてよ」

友香がそう叱咤《しった》激励《げきれい》した時、校庭の方から賑やかな声が職員室まで響いてきた。

窓に近づいた友香と佳乃の目に入ったのは、さっきの『読み聞かせ会』をやっていた女性たちと子供たちが鬼ごっこをしている風景だった。校門の方からやってきた大勢の子供たちもそこに加わって大騒ぎとなった。

「いいですね。この風景……」

その声に驚いて振り向くと、副校長の高岡《たかおか》が立っていた。

「昔のことが信じられません」

「昔のこと？」

友香が子供たちに手を振りながら訊いた。

その時、校庭の片隅にある花壇で作業をしていた造園業者の若い男性が麦わら帽子をとって友香に挨拶してきた。整った顔と爽《さわ》やかなその笑顔に一瞬、胸が高鳴ったが、彼がこっちの身振りを自分に向かってのことだと勘違いしたことに友香はすぐに気づいて、少し頭を下げただけですぐに視線を逸らした。

高岡はそんなことには気づかない風に話をつづけた。

「この美しい宮古島を戦禍《せんか》が襲ったなんて今でも信じられない。私は、恥ずかしくも、沖縄本島に限ったことだとずっと思っていました――」

友香は子供たちが満面の笑みで走り回る姿を見つめながら、そのことについてはよく知っていることを思い出した。

大戦中の一九四三年以降、宮古島には三ヶ所の軍用飛行場が設営され、島全体が軍事基地化した上で約三万名の陸海軍将兵が陣取った。高齢者、女性や子供たち約八千人は西表島《いりおもてじま》、台湾や九州に強制疎開《そかい》させられ、残った働き手は成人のみならず、中学生や女学生まで現地徴用《ちょうよう》されて軍事基地設営と戦闘訓練などに明け暮れた。

そして戦争末期、宮古島では、沖縄本島のような地上戦こそなかったものの、アメリカとイギリスの海軍艦船による連日にわたる艦砲《かんぽう》射撃と爆撃機による空爆で、残された若い島民たちは逃げ惑い、家を失い、多くの尊い命を落とした。しかも制海空権《せいかいくうけん》を奪われたことで輸送路を断たれ、食料や医薬品の補給もなく宮古島の住民と兵士、また疎開先の西表島でも餓《う》えとマラリアの感染が広がり多くの命が奪われたのである。

「ここ平良地区は艦砲射撃の猛爆を受けた場所です。だから、平和な環境の中に子供たちの姿があることが信じられないでいる」

校庭ではしゃぎ廻る子供たちを眼を細めて見つめながら高岡が深刻な表情で言った。

「私ももちろん知ってはいます。でも、テレビで毎日放送している、ウクライナでロシアの攻撃を受けて余りにも多くの命が奪われているという悲惨な戦争の映像――。あれと同じことが昔、ここでも起こっていたなんて信じられません……」

友香は神妙な表情で言った。

「台湾でも、なにか恐ろしいことが起こりそうな……」

途中で言葉を止めた。

「やめやめ、そんなことあり得るはずもないし」

佳乃は吐き捨てるように言った。

「皆さん、聞いてください」

と、そこに上間校長の声が聞こえた。

佳乃と同時に友香が振り向くと、上間校長が一枚の紙を手にして職員室の中央にある職員会議用の大きな楕円形テーブルの前に立っている。

「今、市の教育委員会から不審者発生に関する連絡が届きました」

上間校長が教師たちを見渡してつづけた。

「間もなく『宮古島市学校メール』に登録してらっしゃる保護者の方々へ、内容を要約したものが配信されます。休み期間ではありますが先生方においては保護者への周知に努めてください」

上間校長は手にしている紙をホワイトボードの横に掲げられている掲示コーナーにカラー磁石で貼り付けた。

友香は佳乃とともに掲示コーナーへ足を向けた。

〈事務連絡

各学校長　様

宮古島市教育委員会　小学校教育課

日頃より、宮古島市の教育行政にご理解、ご協力を賜り感謝申し上げます。

さて、標記の件につきまして本日午前九時、宮古島警察署より不審者の情報がありましたのでお知らせします。

【概要】

久貝原《くがいばる》（宮古島西部）の「久松五《ひさまつご》勇士《ゆうし》顕彰碑《けんしょうひ》」で、全身真っ黒の異様な姿をした不審人物がいるのに、釣りに来ていた男性が声を掛けたところ、慌てたようにそこから姿を消したため、警察に通報がありました。

また、その他にも、宮古島本島の平良、城辺、下地、上野村、新城《あらぐすく》海岸の五ヶ所で、人相や着衣は異なっているが明らかに島の者ではない不審者の目撃通報がありました。

不審者は不法入国者の可能性もあり、《安全のため周囲を警戒する、在宅中でも戸締まりをする》などの対策をお願いします。

各学校施設におきましては、戸締まり等を確実に行い、不審者に対して十分注意してくだ

さい。また、保護者の方へも周知していただきますようお願いいたします〉

「久松五勇士って、日露戦争で、バルチック艦隊を発見した、あの英雄のことですよね？」

掲示物を見つめながら佳乃が言った。

「そうそう、それよ」

友香はそう応えながら、遥か昔に読んだ本の一節を思い出した。

確か、一九〇〇年代初め、日露戦争の頃のことだ。極東のロシア太平洋艦隊を増援《ぞうえん》するため、ロシア海軍のバルチック艦隊が南シナ海を北上し向かっていた。その後、対馬《つしま》沖で大日本帝国海軍との日本海海戦で撃滅《げきめつ》されるのだが、当時、日本海軍ではバルチック艦隊がいつどこから現れるか、その動きは国家の存亡に関わる最大の関心事だった。宮古島近くの海域を北へ航行しているバルチック艦隊の三十隻余りの大部隊を発見したのは漁業のため帆船《はんせん》を出していた一人の若者だった。若者はすぐさま宮古島に船を寄せ、島の重鎮《じゅうちん》たちに相談したが、当時の宮古島には通信装置がなかった。一計《いっけい》を巡《めぐ》らせた重鎮たちは五人の漁師を選抜し、石垣島までの特攻チームを編成。五人の男たちは一隻のサバニ（木製の小船）を十五時間も漕《こ》ぎ続け、石垣島までの約百キロの荒海を渡り、さらに石垣島に上陸してからも五時間走破《そうは》し、石垣島電信局から《バルチック艦隊、見ゆ！》との電報を沖縄本島の那覇局へ発信。そこから直ちに東京の日本軍大本営《だいほんえい》へ電信で伝えられた――それが「久松五勇士」として語られている宮古島や石垣島では有名な話で、戦後、それを讃《たた》えて記念碑が建てられたのである。

「不法入国者って、久松五勇士みたいにサバニを漕いで来たってわけ？」

友香は苦笑した。

「ナイチ（九州、四国、本州と北海道）の密猟者《みつりょうしゃ》じゃないの？」

佳乃がそう言って首を竦めた。

「それってね、実は――」

神ノ島でも不審者を亜美の母であるトミが目撃し、また亜美の娘がその姿をスケッチ画にしていたことを言おうとした時、背後で気配を感じた友香は振り向いた。上間校長が怪訝な表情で立っていた。

そそくさとその場を後にした友香は、職員室から廊下に出た途端、佳乃とともに声に出して笑い合った。

その時、ファックスから一枚の紙が吐き出される音と通知音が鳴った。ゆっくりと近づいて紙を拾い上げた友香は、「あっ!」と思わず大声を上げてしまった。そこへ駆け寄ってきた佳乃に、友香は、口を開けたまましばらく声をかけられなかった。

それは教育委員会からの第二報と称するもので、久松五勇士顕彰碑などで目撃された不審者の外見と身体的特徴を書いた手書きのスケッチだった。

友香の瞳に映ったのは、ダイビングスーツを着て、昭和に販売された掃除機のような黒い器材の下に小型のボンベを装着した何かを胸に抱え、どう見ても普通のレギュレーターとは考えにくい空調や排水の設備で見かけるような直径が五センチ以上もある相当に太い蛇腹状のホースを口にくわえた――その器材はまさにそう、神ノ島の姉妹の姉、奈菜がスケッチ画の中で描いた男が抱えていたものと同じだった。


呼び出した居酒屋に西田は時間通りに来てくれた。どうしても会いたかったのだ。

だが、席に着くなり西田は驚きの声を上げた。

「おい、顔、青ざめてるぞ。何があった?」

「また、現れたの——」

「また？　まさか、神ノ島でまた不審者が？」

西田は友香の真正面から肩を抱いて顔を近づけた。

「ちがう。今度は宮古島でも。神ノ島で見かけた男とまったく同じ物を持っていた——。でもそのことに、私しか気づいてないの……」

「友香しか⁉」

「警察がまた来るってことあるかな？」

友香は不安そうな表情で西田を見つめた。

「とにかくその話はきちんと警察に伝えないと——。でも友香はもう絡む必要はない。実はオレも話があるんだ。〝仙人〟によれば、亡くなった中国の観光客たちの件だけど、西平安名崎《にしへんなざき》の手前の西の浜ビーチで遊んでいて神ノ島まで流された可能性が高いんだってな。でも、あそこは浅瀬が遠くまで広がり、五メートルの深さになるまでも相当行かないと——」

西田は首を捻った。

「そうだよね。あの辺りは離岸流《りがんりゅう》のスポットもないしね……」

友香も不思議がった。

「それだけじゃないんだ！　さっき車のラジオで言ってた！　他んとこでも観光客が亡くなったんだってよ。それも同じ中国人観光客——」

西田が興奮気味に言った。

「どこ？　どこで？」

「東平安名崎《ひがしへんなざき》の崖《がけ》の下だって。あんなとこ危なくて地元の者でも降りていかないのにな……」

西田が顔を曇らせた。

「昼のテレビでも、中国から調査のための人たちが来るとか。でも日本政府が断っていて、なんかトラブルになっているみたいよ」

友香が話を継いだ。

「中国から調査？」

西田が訊いた。

「ええ、それも二十人以上も予定しているって。だから政府も困惑しているんでしょうけど、そんなの来たら大変よ」

友香が溜息をついた。

「大変って？」

「だって、同時に随行する大使館の人だけじゃなく、日本と中国のマスコミがわんさか宮古島《こ こ》へやってくるんじゃない」

「街は潤うんじゃないの」

西田が暢気《のんき》そうに笑った。

「もう」

苦笑した友香は、昼食時に職員室で弁当を食べていた時、二年前まで担任だった現在三年生の児童たち数人が遊びにやってきて、同じような話をしていたのを思い出した。

友香は思い出した風な表情をしながら言った。

「そうそう」友香は飛び上がるようにして続けた。「さっき職員室のテレビでやっていたんだけど、大変なことが起こってるみたい」

「大変なこと？」

「宮古島に来ている中国人観光客に自衛隊が暴力を振るっているって話。で、中国が日本政府に抗議したとか。まさかそんなこと有り得ないよね」

「自衛隊って、上野野原《うえののばる》の自衛隊?」

西田がそう関心もなさそうに訊いた。

「保良《ぼら》にある弾薬庫は私も怖いけど、でも、災害で活躍して感謝されている自衛隊の人が、さすがにそんなことするかな……」

「中国人観光客と言えばさ――」

西田が思い出した風につづけた。

「今朝、いつものジョギングで一緒になった市役所の人に聞いたんだけど、昨日、上野野原の自衛隊駐屯地の正門前で、自転車に乗った中国人観光客たちが自衛隊の車両にぶつけられたと騒ぐ事件があったんだって。なんでも、正門から出てきた自衛隊のトラックが、十数人の中国人観光客の一部と接触し、ケガをさせられた、ってね」

「でもあんなところ、観光スポットでもなんでもないよね」

「考えてみると、確かにそうだよな……」

西田は再び唸り声を上げた。

宮古島

家賃が月八万円で、敷金は一ヶ月で礼金はなしの3LDKというから、そのマンションはベストに近い条件だった。

不動産屋の従業員の案内で部屋を内覧《ないらん》したその瞬間に、《アルファ》が借りることを即断。そして契約書を作成し、鍵をもらった直後、《チャーリー》が部屋に飛んで行って、無断で鍵を厳重なものに交換した。《チャーリー》の技術ならば、部屋を退去する時には傷一つ付けずに鍵を元に戻すことは朝飯前だった。

ガス、電気、水道といったインフラの契約はその日のうちに素早く終えた。冷蔵庫と電子レンジなど、またテレビ、遮光カーテン、キッチン周りの道具、布団、着替え、医薬品などは、兵站部門である本部４科が揃えて翌日に宅配便で届くこととなっていた。ただし、初日の夜に必要な電灯だけはベスト電器で安価なものを買い求める必要があった。

基本的なものがすべて揃う前に、七名が始めたのは「ＯＲＰ」（行動拠点）としての設営と機能の設定だった。

互いのスマートフォンでの通信のために観光用で貸し出しているＷｉ－Ｆｉ《ワイファイ》をレンタルしたが、それとは別に、ネット回線を通じて総隊司令部から送られてくる「ＣＯＰ《コップ》」（共通作戦状況図）を見ることが出来る回線の確保のため、ほど近い場所にある自衛隊駐屯地の通信設備を経由してリンクさせ、それを受信するためのアンテナを屋上から地上に伸びる雨水配水管を使って巧みに擬装して設置した。

陸上自衛隊は衛星ネットワークによるＣＯＰも共有できる立て付けにはなっているが、実際のところ、ＣＯＰのような膨大なデータをやりとりしての訓練を本格的に行ったことはほとんどない。それを知っていた特殊作戦群《１０《ヒトマル》チーム》の小隊陸曹である《ズール》は、戦場においては、そのネットワークは大量のデータを処理できずにパンクしてしまうと確信していたので、本州本土から繋がっている海底ケーブルの光ファイバーという有線に頼るしかなかったのである。

オペレーション《Ｏ》サイト《Ｓ》の機能をすべて立ち上げ、本部作戦室とのメリット交換も終えてやっとひと息ついた《１０チーム》の七名は、《フォックス》が、車で十分ほどの位置にあるイオンタウンの中にあるスーパーマーケットで買いだめしてきた弁当やカップラーメンに車座になって食らいついた。

宮古島全域における偵察のため出発したオペレーターたちを見送った《ズール》が、伊織群長から密かなる命を受けた《オスカー》との接触を果たしたのは、その日の夜のことだった。《ズール》の私物のスマートフォンの暗号通信アプリに短い言葉で、接触場所と時間が指定されてきたのだ。

夜になるとその姿を一変させる飲み屋街の片隅にあるその店は、看板を上げておらず、ドアに名前もないが、窓の隙間からは赤い光が漏れ、女の嬌声が聞こえるという、一見して怪しげな店で、どうやって風俗営業法の認可を受けたのか、その辺りに集まる十数軒の店とともに謎だった。

店に入ると、どちらかというとホステスとは言い難い地味な服装をした——言い換えればいかにも素人風がこの店のウリなのか——まだ大学生ほどに見える若い女が、タバコの煙がゆらぐ中で、三人ほどの年配の男たちの前に座って接客をしている。卑猥な言葉を囁くニタニタした男たちの熱い息と加齢臭に噎《む》せ返るような気分となった。

《ズール》が目指したのは、まだ大学生にも見える童顔の女から、自分の名前も告げないまま無言で案内された、その店の奥のキッチンの床に作られたドアから延びる下り階段——そこからしか辿り着けない——の先に繋がっている空間だった。

《ズール》は辺りを見渡した。何本もの細長い木材や幾重にも巻かれた金属のチェーンの他、電動ドリルドライバー、電動丸のこ（のこぎり）などＤＩＹ《デーアイワイ》の作業場で見かけるような様々な器材が所狭《ところせま》しと置かれている光景が薄暗い空間にぼうっと浮かんで見える。

ふと背後へ目をやった時、暗くてもそれが真っ赤に塗られている——それも何度となく塗料を上塗りされた——とわかるドアに否応なしに目がすい込まれた。

一瞬、戸惑ったが、《ズール》はその赤いドアをノックした。

ドアの小窓が小さく開けられ、暗い空間の向こうから誰かが覗いているだろうことはわかったが、顔までは見えなかった。

二時間前に、スマートフォンの暗号通信アプリに着信したメッセージに書かれていたセイフティシグナルを《ズール》は口にした。

「〝黒い薔薇《バラ》をテーブルに〟」

くだらない符号《ふごう》だと思ったが、それを言うことが約束だから仕方がないと自分に言い聞かせた。

鍵を開ける鈍い金属音がしてゆっくりとドアが開いた。

《ズール》がまず感じたのは、大麻樹脂《ハッシシ》を温めた時に出る、鼻腔の粘膜をくすぐるあの臭いだった。JFK特殊作戦センター・アンド・スクールのスナイパー養成学校に留学していた頃、同じ〝留学生〟のドイツ人が夜のバーで、楽しもうぜ、と渡してきた、その臭いは未だ記憶にあった。

真っ暗で何も見えなかった。柔らかい皮膚が右手をとって奥へと誘う。ようやく目が慣れて来た時、半個室の中へ送り込まれたのがわかった。

二畳ほどの狭い空間の真ん中付近に、直径が五十センチほどの丸い小さなテーブルが置かれている。窓のない壁は四方が真っ黒で、赤やオレンジ色のペンキようのもので英語文字が殴り書きされている。灯りはテーブルに置かれた小さな家の形をしたライトだけで、向かい側にいる男の姿をぼうっと淡く浮かび上がらせていた。

しかし、かりゆし（沖縄県版アロハシャツ）風の半袖シャツを着る相手は、ウエスタンハットを目深《まぶか》に被っている上に、大きなサングラスと黒いマスクをしており顔貌が分からない。

《ズール》が、油絵画材のイーゼルに似た脚の長い木製のカウンターチェアに腰を落とすと同時に相手が言った。

「《オスカー》だ」

その声を聞いて、男だ、と《ズール》は初めて思った。だが声のトーンを極端に落としており、年齢までは推察できない。ただ英語訛りがあるように思えた。しかも、目がさらに慣れてくると、長い髪を後ろで束ねていることだけはわかった。その髪は白っぽく見えた。

「自分は――」

「ズール、まあ飲め」

《ズール》の言葉を遮ってそう言った《オスカー》は、手元に置いていた宮古島産の泡盛《あわもり》、「菊《きく》之露《のつゆ》ブラウン」の瓶を手に取ると、琉球《りゅうきゅう》ガラスのようなタンブラーグラスの中にたっぷりと注いで《ズール》の前に滑らせた。そしていきなり話を始めた。

「この島に、人民解放軍のＳＦ（特殊作戦部隊）を誘導している機関員《きかんいん》がいる。数年前からのスリーパーだ」

《オスカー》のその言葉で《ズール》が理解したのは、数年間は普通に生活をしてきたが、命令がきたことで〝眠り《スリーピング》〟から目覚めて任務を遂行するために動いている奴がこの宮古島にいるということだった。

《オスカー》は、かりゆしの胸ポケットから取り出した一枚のカラーのスナップ写真を《ズール》の前にそっと置いた。そこには八人の女性たちが学校の校舎らしき建物をバックにしていずれも満面の笑みで写っている。

《オスカー》は写真に写る一人の女の名前と職業を口にした上で、その顔の上に指を置いた。

目を見開いた《ズール》は女の顔を凝視した。

「うち一人がこの女の近くにいる」

「女？」

《ズール》が確認した。

「確かだ。息が絶える前に、もう一人の男の口を割らした」

《ズール》はまじまじと《オスカー》を見つめた。

「そのことは、まっ、いいさ」

宮古島弁のイントネーションで軽くそう答えた《オスカー》は自分のタンブラーグラスを呷《あお》ってから再び《ズール》を見つめながら二枚目の写真を取り出した。

写真にはあっさりとした顔の若い男の姿があった。

「コイツが機関員だ」

「ではこの女も機関員だと？」

《ズール》が訊いた。

「いや、無垢《むく》な島民さ」

《オスカー》がそう即答したことに、《ズール》は思わず唾を飲み込んだ。

「スリーパーの機関員は当然、筋金入りのプロだろう。だが何年も一緒にいたら、人間だから情《じよう》も湧《わ》く。女をいたぶれば口を割る」

「いたぶる？」

《ズール》は思わず聞き直した。

「この女を拉致《らち》しろ。〝後《あと》〟はオレたちがやる」

《オスカー》の矢継ぎ早な言葉に《ズール》は思わず唾を飲み込んだ。

「機関員は仲間のSFがこの島のどこに展開しているかを必ず知っている」

「拉致……」

《ズール》は独り言のようにそう言った。だから《オスカー》が最後に口にしたフレーズは頭に残らなかった。

「ズール。エス（特殊作戦群）の本分は事態認定《じたいにんてい》の採証《さいしょう》作業なんかじゃない。それはノーマル（一般部隊）がやること。あらゆる汚れ仕事《ウェットジョブ》こそタスクの一つだ」

その意味を十分に理解している《ズール》は頷くしかなかった。

「手段は問わない」

《オスカー》はその言葉の次に、

「わかっているな。戦争《リアル》なんだ」

と身を乗り出してさらに言った。

「これはエスしかできない戦略的な作戦だ。なぜなら、残った数万人の住民と数百の自衛隊員の命が救えるからだ。手段を問わず拷問でも何でもやれ」

何の反応も示さない《ズール》は黙ったまま《オスカー》を見つめた。

「機関員の位置などの情報を得たのならオレに報告しろ」

《オスカー》は命令口調で告げた。

「報告して？」

《ズール》は訊かずにはおれなかった。

《オスカー》はそれにには応えず、

「時間がない。急げ」

とだけ語気強く言った。

「了解です」

《ズール》は躊躇なくそうは言ったものの、体の奥からは葛藤《かっとう》が広がっていた。

この《オスカー》は《ズール》にとって指揮官でもなんでもない。それどころか、どこのどいつだか皆目《かいもく》分からない。

だが、伊織群長の言葉が脳裡に浮かんだ。

《オスカー》については全面的に信頼し、その指示に従え——それが神宮寺司令官の命令だ。

《ズール》の前に、ミッキーマウスのキーホルダーがついた鍵がテーブルの上で滑ってきた。

「車だ。必要だろ」

《ズール》が怪訝な表情で見つめると、

「盗難車だ。だが被害届は出ていない」

頷いた《ズール》が、頭の中に浮かび上がった膨大な質問の一つを投げかけようとして身を乗り出した時だった。

唯一の光源であるライトが突然、消えた。

辺りは漆黒の闇となった。さっきまで目の前にいたはずの《オスカー》のシルエットさえ見えない。

しばらくして《ズール》の手に触ったのは、あの柔らかい皮膚だった。

3月27日　宮古島

原因不明の事故や事件が同時多発的に発生したのは、宮古島の島民約五万人の誰もが深く寝入っている午前三時過ぎのことだった。それでも、後になっての警察の捜査によって明らかになった最初の事案は、伊良部島の佐良浜漁港から出航する漁船の燃料となる軽油とガソリンなどを、二ヶ所のガソリンスタンドへ給油するため、一台のタンクローリーが宮古島の県道78号線を南下し、伊良部大橋を百メートルほど走った地点での事件である。

二〇一五年に完成した伊良部大橋は、それまでフェリーのみに生活が支えられていた——台風や時化の時には物資が入って来なかった――伊良部島民にとって大いなる喜びだった。

全長が三千五百メートルという巨大な伊良部大橋は、車が法定速度の時速六十キロで走っても渡り切るまでに三分以上かかる。

タンクローリーの運転手は、エアコンは入れたまま、窓ガラスを一杯に開け、東シナ海を抜けてゆく爽《さわ》やかな風の心地よさを感じていた。

胸のポケットをまさぐった左手で一本のタバコを取りだして口に入れたその瞬間、左後方の強い衝撃で、運転手はタバコを吐き出してハンドル操作に必死になった。運転手はパンクだ、と思った。それなら慣れている。これまでも、高速道路上でハンドル操作で乗り切ってきたのだ。

だが左前部でも大きな爆発音が聞こえた。有り得ない！　と運転手が思った直後、車が勝手に急カーブし、それも長い車体ゆえ余計に遠心力がかかり、横転して、しかも二回転するまであっという間だった。

突然、左後方の車輪付近が爆発し、オレンジの炎を上げた。タンクが破損して漏洩したガソリンと軽油が、車体がアスファルトに叩き付けられた時に発生した摩擦の静電気によって引火し、タンクローリーもろとも一気に炎上した。

その直後、二度目の爆発が発生。オレンジの炎が高く噴き上がり、軽油とガソリンが周囲に飛び散った。お陰で橋の両車線全体まで延焼が広がることになった。

宮古島消防署に配置されている消防ポンプ車、水槽付き消防ポンプ車、小型動力ポンプ付消防車、化学消防ポンプ車、そして屈折はしご付消防ポンプ車のすべての車両計七台が十五分後に、消防団からも七十二名の消防団員が駆けつけた。だが、薬液タンクに搭載した泡消火薬剤と水を混合する装置を保有する化学消防ポンプ車以外は、ガソリンに、ただの水をかけると逆に火の勢いが強くなってしまう危険性があるため、すぐに手が出せずにいた。

燃え続けるタンクローリーと橋の車道の光景は、バルコニーから一望できる宮古島東急ホテル&リゾーツの宿泊客たちの目の前にあり、まんじりともせずに暗闇の中で輝く、衰えを知らないオレンジの光を見つづけた。

鳴りっぱなしの電話の応対に追われていた宮古島警察署では、デスクの背後に立てかけていた共通系無線機から怒声が聞こえたことで、市民からの伊良部大橋での騒ぎに関する問い合わせに対応していた当直責任者の刑事課長代理である玉城慶太郎《たましろけいたろう》は、早々に電話を切ると、今夜はいったいなんなんだよ！　と毒づきながら無線機に駆け寄った。

宮古島にある計十一ヶ所の駐在所の警察官を叩き起こして緊急出動するように指示した玉城が、自らも鉄ヘルメットを被り、当直員も分散して一一〇番通報があった場所へ向かわせる命令を発したと同じ頃、宮古島海上保安部でも当直員もひっきりなしにかかってくる電話すべてには対応できず混乱していた。

電話の相手は、宮古島、伊良部島と池間島の漁船の船長や漁港の管理関係者だった。内容は驚くことにほとんど同じだった。

宮古島、伊良部島、来間島、池間島にあるすべての漁港、そして商業港である宮古島の平良港《ひららこう》のすべての埠頭や船揚場《ふなあげば》——それらすべての国道や県道へアプローチするスロープのそれぞれの先で車体ごと燃え上がった大型トラックが横転し、荷台から流れ出た軽石らしき膨大な数の岩石の積載物がスロープの先一面に広がっているという。

しかしそれらの情報は、けたたましいサイレンを鳴らして緊急走行パトカーの中の玉城のもとにはまだ届いていなかった。しかし、パトカーが伊良部大橋の宮古島側のたもとに近づいた時、胸ポケットの携帯電話が玉城を呼び出した。玉城の年に聞こえてきたのは宮古島署のリモコン（通信担当者）の震える声だった。

リモコンが口にしたのは、たった今、〈中国の侵攻から島を守る行動部隊〉の代表と名乗る男から宮古島署の代表番号に公衆電話を発信元とする電話があり、その者が口にした内容はこうだった。

〝中国による宮古島への侵攻を妨げるべく、上陸地点などを封鎖するために宮古島各地の空港港湾施設で戦いを始めている。そして、今、これから行うのは、陸上自衛隊の宮古警備隊が管理する「弾薬庫」の破壊である。中国に奪われないためだ〟

男はゆっくりと同じ言葉を三回、繰り返した後すぐに電話を切ったという。

慌てた玉城が、リモコンにもう一度、その内容を確認しようとした時だった。南東方向の遠い空が突然明るくなり、それと同時にオレンジ色の火柱が上がるのが見えた。そしてその二十数秒後、南東の方向からの地響きにも似た重くて鈍い音を聞いた。

玉城は愕然としたままその言葉を脳裡に浮かべただけで声に出せなかった。

――弾庫《だんこ》がやられた！

永田町

異状な光景だった。タクシーも含めて車の通りがまだ少ない早朝の青山通りの交差点を、自由民主党本部ビル方向へとグレーのスーツ姿の数十名の男たちが走らせる自転車が一斉に渡って行った。

数年前、電動式自転車にグレードアップしたとはいえ、市ヶ谷見附近くの官舎を飛び出した如月参事官にとっては、外堀通りのアップダウンを越えて来なければならず、これまでの緊急参集と同じく辛いものとなった。

それでも首相官邸の危機管理センターに参集した複数の省庁から集まった指定要員《リエゾン》にそう遅れずに到着した如月は、宮古島で発生している事案の概要を知り、「官邸連絡室」が立ち上がったことを聞くと、安心するどころか、宮古島で何が起こっているのかを最もよく知っているのは自分しかいない、とゾッとする思いとなった。

だがとにかく事案の詳細を確認することだと頭を切り換えた如月は、マイクを使って宮古島の状況を緊迫した声で伝える警察庁から出向の事態室審議官の言葉を聞いてメモにペンを走らせた。その途中で、防衛省から出向している政務事務官の女性がそっと近づき、ちょうど今、同じ首相官邸の四階の会議室で国家安全保障局が主催するアンダー（非公式）での局長級会合が始まっています、と耳打ちされたが、内容までは分からなかった。

如月が間もなくして知ったところでは、内閣危機管理監が主催する政府緊急参集チームの局長級会合に集まったのは、内閣官房長官の深田美紅を始めとして、国家安全保障局長の千野、危機管理監の伊達、公安調査庁次長の浜崎《はまさき》、防衛省防衛局長の宗像、警察庁警備局長の城ヶ崎だった。

冒頭から、城ヶ崎と千野との間で一波乱があった。

宗像防衛局長が説明したのは、問題は宮古島ではなく、敢えて言えば宮古島は陽動であって、本当のターゲットは、石垣島と与那国島であること。そして最悪のケースは多数のＳＦが秘匿上陸し、サボタージュを行うことで攪乱《かくらん》させて主力の水陸両用機械化歩兵連隊による侵攻作戦を開始する危険性があるというものだった。しかしそれに対しては、警察力で対処すべきことであることも付け加えた。

その報告に対して、城ヶ崎が真っ先に口を挟んだ。さらなる情報の詳細とソースを求めたのだった。

しかし宗像は、情報の性質上、詳《つまび》らかにはできない、と拒否した。

その姿に城ヶ崎は色をなして反応した。

「相手の火力も、人数もわからない状態で警察にどうしろというのか！」

だがそれに対して、宗像は同じ言葉を繰り返すに留まった。

霞が関の官僚たちを上手くコントロールしているとの評価が高い深田美紅にしても、インテリジェンスを扱った経験が乏しかったので、持ち帰って長官にお伺いを立てた上で検討する、として席を立った城ヶ崎を押し留める術はさすがにもっていなかった。

宮古島

「こんな時間に？」

深夜に電話で叩き起こされた宮古島海上保安部長の早乙女《さおとめ》に疲れ切った雰囲気の公安課長がした説明はこうだった。

福建省からの調査団を乗せたフェリーは当初の予定より早く、というより深夜という異例の時間に平良港に到着したことで、迎えた日本の出入国在留管理局宮古島出張所の当直員が対応せざるを得なかった。最初に上陸してきた調査団の代表という肩書きを持つ、厦門市公安局副局長と名乗った男は厚い書類を提示し、在日中国大使館員の通訳のもと、中国の観光客が連続して殺害された、それも日本の陸軍が虐殺した疑いがあり、事態は北京も重大関心を寄せているほど極めて重大であると言葉を荒らげ、国務院公安部の調査官、鑑識員、法医学者など専門家を含め、総勢計二百名で、車両も検査ラボなどのほか、安全面から防弾装甲車も複数、上陸させるつもりだ、と一方的にまくしたてた。

宮古島出張所の当直員は困惑した。事前に、北京において外交ルートで行った調整結果と覚え書きに記された日時と訪日人数とは懸け離れ、しかも軍事装備品が含まれるなどまったく合意されていなかったからだ。翌朝一番で那覇支局に報告した詳細の最後に、当直員は「まるで人手が揃っていない時を狙って押しかけてきたみたいだ、まったく！」と怒りを露わにした。

大急ぎで旅客船の係留桟橋に車で駆け付けた早乙女の目に入ったのは、フェリーが係留された桟橋の前で、厦門市公安局副局長と宮古島出張所長が押し問答をしている光景だった。意を決した早乙女が、今にもとっくみあいになりそうな両者の間に割って入ってとにかく落ち着かせようとした、その時だった。

フェリーの船首付近でオレンジの炎とともに爆発が起こった。爆発は小規模だったが、パニックを起こしたのか、フェリーのメインデッキから桟橋にすでに降ろされているタラップに大勢の乗船者が溢れかえった。さらに、船尾門扉《スタンランプウエイ》から防弾装備車だけでなく、明らかに軍事装備品と一見して分かる灰色の頑強そうな車両が続々と桟橋に上陸してきた。

呆然とする宮古島出張所長の傍らで、早乙女は「マズイ！」と吐き捨て、帯同してきた公安課長に言って、すぐに那覇《なは》の第11管区海上保安本部の警備救難部長と繋げ、と怒鳴った。

警察庁

警察庁に戻った城ヶ崎は、緊急に登庁してきた警察庁長官の林原匠真《はやしばらたくま》に報告を上げるとともに、同じく急ぎ駆け付けてきた刑事局長と捜査第1課長、それに警備局の警備運用部長、警備第1課長と警備第3課長たちと急ぎ対応を始めた。

冒頭、宮古島で発生している複数の事案について、林原長官は、刑事局捜査第1課長から報告をさせた。黙って聞いていた林原長官は、捜査第1課長の報告が終わるや否や、事故なのか、テロなのか、について厳しい口調で問い質した。

だが捜査第1課長は、いずれの事案も未だ捜査中でございます、と答えることしかできなかった。

唸り声を上げげた林原長官は、城ヶ崎警備局長が報告した防衛省の情報についての検討へと移行した。

「もし、防衛省が得た情報が、潜水艦から上がってきたSF（特殊部隊）が宮古島ではなく、石垣島と与那国島に潜入であるとしても、そもそももはや警察力の世界ではなく、陸上自衛隊の特殊作戦群などが対応するのが筋じゃないのか？」

警備実施の経験のない生活安全局長から抜擢された林原長官が憮然とした表情で言った。

「そこは微妙なところです」

城ヶ崎警備局長は慎重にそう応えてからつづけた。

「防衛省の言い回しからして、確実に人民解放軍と断定できていないことは明らかです。また国籍も不明な状態でありますので、不法入国者との取り扱いで警察が対応することが相当になると思います」

再び唸った林原長官をじっと見つめてから、城ヶ崎警備局長は、大きな会議机の隅に座る警備運用部長の蒲生へ視線をやった。

「局長が仰います通り、今後、警察が第一義的に対応を求められるかと存じます。具体的な対応としては沖縄県警の『国境離島警備隊《こっきょうりとう》』かと――」

そう言ってから蒲生は、会議机の背後のバックチェアに座っている猪狩《いがり》裕史《ひろし》警備第2課長を振り返った。

「それについては、所掌しております私の方から説明させて頂きます」

猪狩が説明を始めた。

「『国境離島警備隊』は、人質救出を含むＣＱＢ（近接戦闘）などの技術と技能、さらに火器にしましても、既存のＳＡＴ（警察特殊部隊）と同レベルでございまして、本件の場合、不審者の捜索と検挙は当該の部隊があたることになると存じます」

「宮古島では事態の経過が急だ。間に合うのか？」

城ヶ崎警備局長が訊いた。

「そもそも国境離島警備隊は、尖閣諸島への緊急展開部隊であるところ、スーパーピューマＨ２２５で迅速に展開可能です」

猪狩の自信に満ちた言葉に、城ヶ崎警備局長は大きく頷いた。

警備第１課長の桑名《くわな》泰造《たいぞう》が、バックチェアから蒲生警備運用部長に耳打ちした。

「一つだけ、不測事案があります」蒲生がつづけた。「宮古島においては、中国の観光客が多数、変死しておりますところ、中国本土から、当初の日中合意事項に反して二百名にも及ぶ『外交部領事部調査団』が宮古島の平良港にさきほど到着したとの一報が入っておりまして、さらにフェリーで事故が発生し、現場はパニックに陥り、情報も錯綜しています」

「中国の外交部領事部調査団？　それも二百名？　何が起きている！」

城ヶ崎警備局長が厳しい視線を蒲生警備運用部長に向けてさらに訊いた。

「国家情報コミュニティには入っているのか？」

「日中の外交ルートで事前に合意した十倍の人数が上陸許可を求めていることで、外務、法務と在日中国大使館とが揉めている、との情報が入ってきたのは先ほどです」

桑名警備第１課長に確認してから、蒲生警備運用部長が答えた。

しばらく沈黙したままでいた城ヶ崎警備局長は、卓上電話を摑んで自分の秘書である事務官を呼び出すことを林原長官に断ってから、外事情報部長が在庁しているかを至急確認し、いたのならばすぐに長官室へやってくるよう指示した。

陸上総隊

ＶＴＣ（テレビ会議）の最大のテーマは、水陸機動団の投入についていかに政治を納得させるかについてだった。幹部たちは、官邸が中国の反発を恐れ、決断できずにいるとの思いを共有していた。その途中、会議に参加していた神宮寺のもとに、三雲から秘話装置付きの電話に緊急連絡が入った。

　三雲が真っ先に説明したのは、宮古島と下地《しもじ》島《しま》の空域で通常のエリア監視を行っていた、航空総隊直轄部隊の電子飛行測定隊ＹＳ―11ＥＢ、さらに下地島沖で同様の任務を行っていた海上自衛隊第81航空隊の電子情報収集機ＥＰ―3からの報告で、ほぼ同じ頃、それぞれ宮古島と下地島の陸上から携帯式防空ミサイルと対戦車ミサイルの射撃管制レーダーを探知した、と航空総隊と航空集団司令部は判断しているという。回数はいずれも一回で、一秒間だったが、それら電波は保存されているので、両航空機が基地に帰投後、詳細な分析によって明らかにされるはずだ、と三雲は付け加えた。

　三雲のその言葉には神宮寺も緊張した。その理由は、対空火器を持った中国の特殊部隊《ＳＦ》が宮古島と下地島に潜入している可能性が高くなったということだけではなかった。もし、二機の航空機に照射された電波が本当に携帯式防空ミサイルや対戦車ミサイルの射撃用レーダーだったとすれば、宮古空港と下地島空港を離着陸する民間航空機だけでなく、自衛隊のヘリコプターへの直接的な脅威が発生する。つまりその脅威を排除しなければ陸上自衛隊の展開は不可能となるのだ。

事態調整担当参事官の如月1等陸佐は、統合電話での通信が繋がらない状態がつづいていたが、それでも何度もトライした。だがそのうち、少し席が離れた対処調整第1担当の複数の要員たちが駆け込んで来て、宮古島の各地でテロやゲリラと思われる緊急事態が多数発生しているとの情報を頭から被ったインカム（通信機）のイヤホンで聞かされて、神宮寺へ報告することを諦めるしかなかった。

要員たちからの報告は多岐にわたっていた。破壊工作とみられる幾つもの港湾施設での火災は鎮火の見込みが立たないことや、中国から平良港にフェリーで乗り付けた「外交部領事部調査団」にも多くの怪我人が発生していることなどだった。如月の目が釘付けとなったのは、海上保安庁から出向中の対処調整第3担当に属する女性職員が手にしていたメモだった。

そこには、「外交部領事部調査団」のメンバーたちがパニックを起こして、入国のためのCIQ（旅具検査場、入国審査場と検疫検査場）エリアにできていた列から飛び出して逃げ回り、勝手に船客ターミナルに立ち入った後、道路へとちらばっていったとある。つまり入国管理ができていない中国人が多数、上陸してしまったのである。その人数の認識も、税関と出入管事務所で違っている。

如月の頭に真っ先に浮かんだのは、その中に、中国のSFが混ざっているのではないか、という恐れだった。

――もしかして、この「外交部領事部調査団」からして、そのための工作だったのではないか！

如月の脳裡で、様々な事象が閃光を放つように繋がってゆく。中国人観光客の宮古警備隊基地前でのトラブル、何人もの中国人観光客の死、中国人観光客を陸上自衛隊が苛めているとの情報の流布、そしてこの「外交部領事部調査団」の人数について、在北京日本大使館と中国外交部との間で事前に行った調整で決まった内容を逸脱、大幅に超えて来日した人員の数――。

別のメモを手にした如月は、一瞬、息が止まった。そこには、フェリーの中から運び出された大型トレーラーが数台、CIQエリアの脇をすり抜けて、平良港エリアから延びる一般道の県道78号線を東へ向かって行ったとの情報が殴り書きされている。

如月は、壁一面に貼り付けていた宮古島の詳細な全体地図の前に立った。

平良港に人差し指を置いた。そこから島の南東へと延びる県道78号線を右下へと滑らせた。如月の指が途中で止まった。そこには〈宮古空港〉の文字があった。

ハッとした如月は、怪訝な表情を浮かべる要員たちに目もくれずに机の上に広がったメモや書類を乱暴に退けて卓上電話を探して急いで手にした。

如月がまずかけた先は、沖縄県警の対策本部だった。しかし、そこは宮古島事案に対処するために喧噪の真っ直中で埒が明かないことが分かると、国民保護運用担当要員が作成してくれていた関係先リストのうち、宮古島消防署と消防団とに連絡したが、そこでは呼び出し音が鳴りっぱなしで誰もとる者がいなかった。

如月は、駆け回る事態室要員と、出身省庁のネームが入った色とりどりのビブスを着たリエゾンたちをかき分けるようにして〈国土交通省〉と背に書かれた国土交通省からのリエゾンを捕まえた。航空局と運輸局の筆頭課、さらに海上保安庁運用司令センターに至急電話を入れ、宮古島に向かっているすべての民間機に、他の先島諸島のいずれかの空港か那覇空港にダイバード（最も近い空港への代替着陸）させ、船舶についても同様の指示を行うよう、調整を急がせた。

〈ヘリコプターで輸送中の沖縄県警、国境離島警備隊、宮古空港、到着予定時刻××××〉

要員からの音声がインカムに入った。

如月は腕時計に目を向けた。国境離島警備隊が到着するのはあと十分後だった。

――マズイ！

如月は焦った。宮古島には、侵入している人民解放軍が携SAM《ケイサム》（携帯式地対空ミサイル）と対戦車火器を保有している脅威見積りがあると統合幕僚監部からの情報がつい先ほど入ったばかりだったからだ。もう一度、沖縄県警対策本部のダイヤルインに直接電話を入れた。やっとつながった。

幹部は誰もいなかった。幹部はすべて本部長室で対応中だ、と応対した若い課員は説明した。如月は若い課員を必死に説得した。国境離島警備隊を搬送するヘリコプターを宮古空港に着陸させず、大至急、引き戻せ、という怒声を上げた。

宮古島空港

七色のグラデーションに彩られた朝焼けが照らす那覇空港を離陸した沖縄県警航空隊所属のスーパーピューマH225ヘリコプターは、国境離島警備隊隊長と完全武装の隊員三個班十八名を乗せて南西へと機首を向け、しばらく那覇航空交通管制部によるアプローチ管制官が行う航空管制に従った。

だが、国土交通省大阪航空局とのホットラインによって命じられたことに、アプローチ管制官は戸惑っていた。宮古空港へ向かうすべての航空機に対し、ダイバードの指令を送るように命じられたからである。しかもその理由はまったく告げられなかった。

は別だった。スーパーピューマH225には、大阪航空局からのお達しで、緊急治安活動を行うために宮古島空港へのプライオリティーランディングの承認がなされていた。だから大阪航空局は、今、宮古島全域で発生しているこの事態に関係するのであろうと考え、〝例外〟と判断していた。

宮古島の南からアプローチを試みるスーパーピューマH225は、空港まで五マイルのポイントを越えたところで、那覇にあるアプローチ管制から、宮古空港のタワー管制に切り替わって最終の着陸態勢に入っており、タワー管制官の近藤椋《こんどうりょう》が双眼鏡で目視で確認できるほどに近づいている。

総面積二万七千五百㎡の駐機場《エプロン》には、中型ジェット機用のスポットが三ヶ所《バース》、小型ジェット機用が一バースあるが、スーパーピューマH225が近藤により誘導されたのは、STOL《エストール》機（短滑走離着陸機）用に一バースのみ用意されているスポットだった。

滑走路エリアに進入したスーパーピューマH225が機首を下げて、徐々に速度と高度を落とし、近藤の指示によってヘリコプター着陸用のスポットまで匍匐《ほふく》飛行で向かっていった、その時だった。

双眼鏡を覗いていた近藤は、大阪航空局とのホットラインである卓上電話が鳴ったことで思わず視線を外した。

だから、空港から西方向に位置し、宮古島で唯一の国道390号線沿いにある松が原ゴルフ場辺りから突然出現した、猛烈な勢いの、ひと筋の細長い白煙が幅四十五メートルの滑走路をあっという間に飛び越え、スーパーピューマH225へ向かって突進していくのを見逃すこととなった。

二秒と経たないうちに白煙が行き着いたのは、スーパーピューマH225の機体後部のテールローターだった。

テールローターでオレンジ色の閃光が走った後、爆発音で管制室の窓が激しく震えた。

急いで振り返った近藤の目に入ったのは、スーパーピューマH225がテールローター付近からの黒煙を巻き込みながら不気味な回転をしている光景だった。西方向から突っ込んできた白煙の〝痕跡〟がまだ漂っていることは近藤の頭に入らなかった。咄嗟に思ったのは、〝テールローターで事故が起こった〟ということだった。

それでも機体はそのまま九十度で一気にテイクダウン（墜落）することはなかった。回転しながら徐々に高度と速度を抑えてスポットに近づく。その動きができるのは、スーパーピューマH225の機長がさぞかしベテランだからだろうと、ソフトランディングするためのオートローテーションの操作を必死に行っている姿を近藤は想像した。それでも何人かは負傷するだろうが、最悪でも死者は防げそうだ——近藤はそう期待した。

「よし、大丈夫だ！」

近藤は大声で叫んだ。周りの管制官たちも窓に駆け寄った。

そこへ二発目の、猛烈な勢いで突っ込んできた白煙の一本の筋がスーパーピューマH225のキャビン後方に突き刺さった。致命的な場所だった。そこには燃料タンクがあるからだ。

スーパーピューマH225は大爆発を起こした。エプロンに叩き付けられた機体から巨大な火炎と黒煙が高々と立ちのぼり、四枚のメインローターブレードを含む機体がバラバラになって四方八方に吹っ飛んだ。

近藤の目に飛び込んだのは、真っ直ぐ管制室へ向かって回転しながら飛んでくる一枚のメインローターブレードだった。管制官たちは頭を手で被ってその場に跪《ひざまず》くしかなかった。

近藤だけは目を見開いたまま、体が硬直して身動きできなかった。猛烈な勢いで向かってきたメインローターブレードは管制室の窓を突き破って粉砕したガラス片とともに管制室に飛び込むと、立ち尽くす近藤に向かって真っ直ぐ襲いかかった。

宮古島　平良東小学校

ハンカチで額の汗を拭いながら友香が職員室に駆け込むと、色とりどりのクリアフォルダーで満杯のキャビネットを背にして立つ上間校長を輪になって囲んでいる教師たちの姿がすでにあった。どの教師の表情にも笑顔はなく、いつもは冗談ばかり言う男性教師も深刻な表情で押し黙り、重い空気がそこにあることを友香はすぐに感じた。その中から西銘遙花が駆け寄ってきた。

「先生、先生！　学校の一時閉鎖が決まったんです！　それに一部では島外避難も始まっているようです！」

遙花にしてもいつになく神妙な表情をしており、友香に顔を近づけて小声で囁いた。

「神ノ島の子供たちの様子を電話で聞いていたんで――」

友香が遅れた言い訳をした。

「どうだったんです？」

「大丈夫。神ノ島では何もないわ。で、何が起こっているの？　ラジオやネットでも情報が混乱していて――」

とにかく緊急に学校に来てください、との電話連絡を高岡副校長から受けただけで友香の情報は限られていた。

「たくさんの港や橋で、事故や火災が、連続していること、聞いてないんですか！」

目を大きく見開いた遙花が驚いた。

「ええ」

友香は目を彷徨《さまよ》わせた。

「今朝も、空港で警察のヘリコプターが墜落したって――」

「えっ！　警察のヘリコプターが？」

友香がそう言った時、上間校長の声が聞こえた。

「西銘先生と糸村先生、こちらへ」

友香と遙花は、上間校長を取り囲む輪の中に入った。

いつもの笑顔は上間校長にもなかった。眉間に皺を寄せて瞬きが多い。

「皆さん、ご存じのとおり、宮古島の各地で様々なことが発生しています。今さっき警察から入った情報によれば、一部の児童のご家族でケガをされた方がいらっしゃるようです」

教師たちの間でざわめきが起こった。

「今日も、春休みですがたくさんの子供たちが遊びに来ています。先生方は、まず、ここにいる子供たちのご家族と連絡をとり、お迎え対応や集団下校の段取りをした後、他の児童たちについても各担任がケアが必要な児童がいないかどうか、その把握に努めてください。必要となれば、足を運んで様子を見てくるようにお願いします」

「よろしいですか？」

そう言って挙手したのは友香だった。

「先日の教育委員会からの通達にあった〝不審者〟というのは、今回の一連の事件と関係があるんですか？」

「それはわかりません。警察からの情報がありませんので――」

困惑した表情で上間校長が応えた。

「それより何より――」

友香に釣られてか、遙花も質問した。

「今、平良港ほか、たくさんの港や橋が被害に遭っていることや、校長先生が仰った警察のヘリコプターがウンヌンということ、また自衛隊基地でも爆発があった――。いったい何が起こっているんです⁉　で今、起きていることと関係があるんですね！」

「市や警察でもまだ何も分かっていないようです……」

上間校長は顔を引きつらせた。

「まさか中国の仕業……」

遙花の声が掠《かす》れた。

「そんなことを軽々しく言うもんじゃない！　子供たちや家族がパニックになる！」

上間校長の背後に立つ副校長の高岡寛太《かんた》が前に出て来て強い口調で諭した。

「いったい何が起きているんですか！」

不満そうな表情をした遙花が高岡に詰め寄った。

「わからん！」

高岡が大きな声を上げた。

「ちょっと待ってください。私たちがやるべきことは、それを詮索することじゃありません」

上間校長が咎めた。

「さあ、やりましょう。各家庭に電話を入れてください。島外避難の準備のことも――」

「校長先生――」

平良東小学校の教師たちの中で一番年上の下地《しもじ》菜々美《ななみ》がそう声を上げて両手で口を被った。

教師たちは菜々美の視線を追った。そこにはNHKのチャンネルに合わせたテレビがあり、沖縄放送局の男性アナウンサーの姿があった。

「テレビ、大きくして！」

教師の中から誰かが言った。

真っ先にリモコンを摑んだ高岡副校長が急いでテレビのボリュームを上げた。

「沖縄県警は、宮古島各地で発生している事案について、いずれも事件性がうかがえる、と判断しており、数日前から不審者の存在が明らかになっていることとの関連を調べています。さらに沖縄県警の発表では、午前五時の時点で、一連の事案による被害は、心肺停止状態の男性が八名、負傷者は十八名に及び、うち二名は重体、五名は重傷で国立宮古病院で治療を受けているということです」

画面が切り替わり、いくつかの港湾施設と伊良部大橋で発生している火災や爆発の対応にあたる警察官や消防士が映った後、パトロール活動を実施している警察官の映像が流れた。

画面はまたすぐに切り替わり、宮古空港からの中継、というテロップが流れる中で男性記者が、フェンスの向こうの空港らしき広い敷地を背にしてレポートを始めた。記者は、事故か事件かを警察は慎重に捜査しているとした後で、ヘリコプターが炎上する直前、ロケットらしきものがヘリコプターへ向かっていったとの目撃証言もあります、と言葉を慎重に選びながらレポートした。

その直後、カメラの映像は空港の奥へズームアップされた。そこには、赤色回転警告灯で辺りを照らす消防車やパトカーが集結する合間から、黒い塊となったヘリコプターらしき無残な残骸が見えた。

ボリュームをさらに大きくしようと友香がテレビに近づいた時だった。突然、画面が砂嵐となり、何も見えなくなった。

「えっ⁉」

友香は思わず声をあげた。

けたたましく外線用の電話が鳴った。飛び上がるように反応した友香が、慌てて近くの卓上電話をとった。

「あっ、お疲れ様です」

相手は教育委員会の事務局員だった。

「はい、そうです。どうぞ。えっ？　まさか……」

友香の言葉が一瞬、止まった。だがすぐに応答を続けた。

「わかりました。はい、今、校長はおります。教師も全員が集まっています。はい、伝えます。では――」

通話を終えた友香は、受話器を置くよりも前に上間校長を振り返った。

「校長先生、教育委員会からの連絡でしたが、宮古島市長が今、インフラ関連施設を維持する関係者以外の宮古島全市民に対して屋内待避指示を発令したということです」

教師たちの間でざわめきが広がった。

「お迎えは待ってられません！　集団下校の子供たちを私たちが早く誘導しましょう！　今、市役所に聞いたら、島外避難が本格的に始まっているんです！」

友香が教師たちを見渡した。

しばらく考え込んでいた上間校長は、

「先生方、すぐに子供たちをここへ集めてください」

と苦悩の表情を浮かべながらそう言った。

友香は、廊下に出て携帯電話で神ノ島の与座亜美に電話をかけた。

「友香、大丈夫？　どうしているの！」

亜美の方から真っ先にその言葉が聞こえた。

「学校は大丈夫。ただ宮古島全市民に屋内待機指示が出て、今、その対応に追われてる。で、さっきも電話で聞いたけど、そちらは本当に大丈夫？」

「屋内待機指示ってなに？　知らないわ」

「さっきテレビで——」

友香は口を噤《つぐ》んだ。

「そうそう、そのテレビが、今、突然に、どのチャンネルも映らなくなったのよ」

「えっ？　そっちも？」

「そっちもって、本島《ほんとう》（宮古島）もなの？」

「そうなの。あっ、水、電気とガスは？」

友香は咄嗟に思いついた。

「ちょっと待って。確かめてみる」

数分間、間が空いてから亜美の声が再び聞こえた。

「全部、大丈夫」

「良かった。さっき、テレビって言ってたけど、じゃあラジオは——」

友香がその言葉を発した直後、いきなり通話が切れてプープープーという音となった。誤ってボタンに触れたと思った友香はすぐにかけ直した。だが同じ音が聞こえた。同じことを三度繰り返したが、いずれも繋がらなかった。

「ドコモの通信障害が起きているぞ！」

職員室から誰かの大声が聞こえた。

友香が慌てて職員室に戻ると、

「ドコモだけじゃない。ａｕもソフトバンクもダメ」

と菜々美がスマートフォンを掲げながら言った。

「通話はできませんが、メールやＳＮＳは使えます！」

そう声を上げたのは遙花だった。

友香はすぐに亜美に向けて通信アプリで連絡を試みた。

幸運にも返信がすぐにあった。そこには、テレビが観られず、ラジオも聴こえなくなったとの文字があった。

友香が、生活に困ることはないか、と尋ねると、定期連絡船『ウカンかりゆす』が止まってもすぐにどうのこうのはないよ、と〈ＯＫハイサムポーズ〉のスタンプ付きのメッセージの次にすぐ、もし長期化するとヤバイことになると、〈顔面青ざめモード〉のスタンプとともにそんな悲愴な言葉が送られてきた。

だが、その後に亜美から届いたＳＮＳメッセージには、ハッシュタグのリンクが貼られていた。

友香は強い興味をひかれた。恐らく、これを見た宮古島の住民のほとんどは飛びつくはずだ、ハッシュタグの名称は、〈#宮古島で今起きていること〉とある。

と確信した。

友香は躊躇うこともなくそのハッシュタグに飛んだ。そこには、宮古島の各地の港の様子が写真入りで紹介されている。スクロールする度に友香は口を押さえて声が上がるのを我慢しなければならなかった。だがその途中でスクロールを止めた。〈島尻漁港〉とする投稿に目が釘付けとなった。

友香は息が止まった。神ノ島と宮古島とを結ぶ唯一の交通手段である定期連絡船『ウカンかりゆす』が炎に包まれている映像があった。まだ数回ほどしか利用していないがそれとわかったのは、燃える船体の一部に、『かりゆす』という文字が見えたからだ。また、その背後でも、数隻の漁船が、まるで漁港の出入口を塞ぐように燃えていた。

友香が咄嗟に思ったことは、奈菜と莉緒の授業に行けなくなるということよりも、神ノ島に住む住民たちの生活の命綱とも言うべき食料などの輸送がしばらくできなくなるのではないかという心配だった。

友香が見ている前で、ハッシュタグへの投稿が一気に増加した。いずれも同じような動画が付いている。その一つを開いてみた。迷彩服に身を包んだ兵士が、年配の女性、それも観光客のような集団を前に銃らしきもので空に向かって撃ちまくっている。よく見ると、迷彩服には日本の国旗があった。

また別の投稿には、〈自衛隊の犯罪　中国の観光客を殺しまくっている〉というコメントとともに、そのコメント通りに、日本の国旗が貼り付けられた迷彩服姿の男たちが、逃げ惑う中国人観光客らしき女性たちに向かって銃身の長い銃を腰だめにして発射し続けている動画があった。

友香は信じられなかった。常識的に考えても自衛隊がこんな酷いことをするとは考えられないからだ。宮古島駐屯地の夏祭りで出会った自衛隊員は誰もがすごく親切で、温かい雰囲気を感じた記憶はまだ新しい。

その一方、この宮古島には、弾薬庫の存在に反対する市民グループがあり、反対デモをしていることももちろん知っている。弾薬庫は確かに危険な施設であると友香も感じてはいる。

しかしだからと言って、自衛隊員たちに何かの落ち度があるかのように、彼等を批判するのは間違った方向だ、と友香は口に出したことはないが正直そう思っていた。

しかも、この動画にあるような行動を自衛隊員がするとはまったく想像できない。いや、それよりなによりこれは明らかに殺人という犯罪行為なのだから――。

「ほれ、みたことか！　こいつらは化けの皮を剝がした！」

そう吐き捨てたのは自分のスマートフォンを見つめる高岡副校長だった。

「やっぱり、自衛隊は、単なる〝暴力装置《ぼうりょく》〟だ！」

高岡は、誰の目にも興奮して見えた。そんな高岡の姿を見るのは初めてだった。いつもの彼は常に態度が柔らかくて暖かさが感じられる。

だから、今、目をカッと見開いて語り続ける姿は異様でもあった。

「自国民を殺されて激怒する中国が襲ってくるぞ！　宮古島は戦場になる！」

「高岡先生！　いったいどうしたっていうんです！」

上間校長が慌てて駆け寄った。

外線電話が鳴った。それとタイミングをほぼ同じくして、教師たちからスマートフォンが使えなくなった！　との困惑する声が広がった。

相手は、公衆電話を使ってかけてきた児童の家族だった。スマートフォンがまったく使えないとする父親や母親たちがほぼ同じように真っ先に口にしたのは、宮古島で昨夜から起きている事件や事故は、通信アプリで流れている自衛隊が暴れていることに関係があるのか、ということだった。

テレビが砂嵐の画面のままで、ラジオも雑音だらけとなり、公衆電話でも警察、消防や市役所が話し中でずっと繫がらない。不安が高まるばかりで、学校ならもしかして知っているのかという藁《わら》にも縋《すが》る思いだということがしばらくしてわかった。

友香は気配に気づいて後ろを振り返った。集団下校のため銀色の防災頭巾を被った十数人の児童が体を寄せ合って、今にも泣き出しそうな顔をしている。

「まずここにいるあの子たちを無事に親もとに帰すべきです。家にいる児童の様子を聞くのはその後でいいんじゃないですか？」

友香は上間校長に詰め寄った。

「先ほど屋内待機指示が出たんですよ」

上間校長が訝った。

「ここは目立ちすぎる、そんな気がするんです」

友香が反論した。

「いや、それは……」

上間校長の目が彷徨った。

「校長！　ぐずぐずしてる場合ですか！　子供のことが心配で不安に苛まれている家庭がほとんどだと思うんです」

友香は教師たちを見渡した。

「集団下校を私が引率します。他に三人、お力を貸してください」

その直後、遙花と体育教師の上地《かみち》が続き、小学一年生担任の城間《しろま》香奈《かな》が元気よく右腕を突き上げた。

「城間先生のところはお子さんが――」

友香は驚いた表情を向けた。

「娘はもう小学校四年、大丈夫よ。それに、家《ウチ》には、おかぁもいるし――」

香奈は笑顔で言った。

頷き合った友香を始めとする四人は、荷物を手に取るとすぐに職員室を飛び出し集団下校の子供たちに勇気づける声をかけた。

爆発音が聞こえたのは教師四人と子供たちがグラウンドへ出た、その直後のことだっだ。

宮古島警察署の玉城警部補に入った第一報は、彼にとってはまったく信じがたい内容だった。宮古島と三千五百メートルもある伊良部大橋で繋がった伊良部島の渡口の浜のビーチで、迷彩服を着た複数の自衛隊員が、「伊良部島から出て行け！」という言葉とともに中国人観光客を襲い、けが人が出ていると言う。

とにもかくにもパトカーで現場へ向かった玉城は知らなかったが、中国ではその時、ある動画が中国版の通信アプリでアップされるやいなや猛烈な勢いで拡散されていた。《日本軍・宮古警備隊が狂乱》という意味のキャプションとともに、迷彩の戦闘服を着て鉄帽を被った男たちが中年の女性たちを小銃の銃床で殴りつけている動画だった。逃げ惑う女性を追いかけて倒れたところに銃を振り下ろすシーンも流れた。

中国版SNSで日本への抗議が爆発したのは驚くことに一時間もしないうちだった。そしてさらに一時間後、今度は日本の通信アプリでも、自衛隊を批判するメッセージが一斉に溢れることとなった。


平良東小学校の近くで爆発音が上がったのは、十八人の子供たちの最後の集団下校が始まった時だった。

しかも連続する爆発音で教師も児童もパニックを起こした。

防災頭巾を被った児童たちを校庭へと誘導した友香は、遙花と上地、城間香奈とともに協力しあって安全な場所を探した。

そこへ校長の上間が走ってきた。

「この近くに、前の大戦で使われた防空壕《ぼうくうごう》がある！　そこへ行こう！」

そう叫んだ上間は、詳しい場所を殴り書きしたメモを手渡した後、逃げ遅れた児童がいないかを探すために校舎へ戻っていった。そこへ白い煙とともに上空から猛烈な速度の飛来物が突っ込んできて、上間が入っていった校舎に突っ込んだ。

猛烈な爆発音とともにオレンジの炎が吹き出し、黒煙が辺りに広がった。

咳き込む児童たちを必死に引率する友香と遙花は上間校長から教えられた場所へ向かった。そこは古い給食センターの跡地だった。

友香はメモに目を落とした。まだ取り壊されていない小屋へと上地と城間香奈とともに児童を引き連れて駆け出した。ドアは開いていた。中へ足を踏み入れた友香は、メモに描かれた通りに、床にあるマンホールのフタへ手をやった。だが重たくて動かない。上地と一緒にやってようやくフタをこじ開けた。

友香が覗くと下に降りることができる木製の階段があった。

「早く、ここへ降りて！」

友香が声を張り上げた。

首相官邸　危機管理センター内「幹部室」

警視庁SPチームのキャップの後から大勢のスタッフを引き連れて姿を見せた荻原総理が待ち侘びた政府高官たちにかけた第一声は、

「警察ヘリコプター墜落は、中国の仕業なのか？」

大きく息を吐き出した荻原総理は宗像防衛局長に質問を投げ掛けた。

「航空自衛隊のレーダーと早期警戒機ならびに――」

宗像はメモに目を落としながらつづけた。

「海上自衛隊のイージス艦と電子データ収集機が、警察ヘリコプターに激突する高速飛翔体をリアルタイムで探知しておりまして、対空火器もしくは対戦火器が使用された可能性が高いと判断しておりますが、その射手の国籍は調査中であります」

「何人の方が亡くなられたんです?」

「ヘリコプターに乗っておりました国境離島警備隊の八名が死亡。四名が心肺停止状態でありまして、負傷者は多数です」

城ヶ崎警備局長が緊張した面持ちで報告した。

「その八名の警察官の方々に家族は?」

「二名には二人の子供、残り六名にもそれぞれ家族がおります」

「それに宮古島の小学校で爆発があったという情報を、今、『シーサイス』（内閣情報集約センター）が速報として入れてきた。これはテロリストグループなのか? それとも――」

「確認中です」

「それも中国?」

荻原総理が訊いた。

「それにつきましても、同じく海上自衛隊と航空自衛隊が東シナ海の海中から飛翔体が発射されたことをキャッチし、それが当該の小学校に弾着したことを確認しております」

城ヶ崎が慎重に答えた。

「なんたることだ!」

激しく毒づいた荻原総理は、クラブチェアの肘掛け部分に両手を叩き付けた。

「防衛省！　中国による攻撃が差し迫っているのは台湾だったはずじゃないか！　我が国にとっての脅威は台湾での戦争に巻き込まれること！　なぜ我が国が先にやられるんだ！　だから警察の特殊部隊を配備する。宮古島へは予備的な措置だ、そう言ってたはずだな？　じゃあなぜ予備的な宮古島でこんなことが起きたんだ！」

左側に腰を落とした城ヶ崎警備局長を荻原総理は怒鳴りあげた。

宗像防衛局長は真正面に座った深田美紅官房長官へちらっと視線をやった。だが深田美紅は深刻な表情で総理を見つめたまま、宗像防衛局長へは顔を向けようとはしなかった。

城ヶ崎警備局長が書類を差し出した。

「緊急対処事態対処方針の閣議決定案でございます」

受け取った荻原総理は二枚綴《つづ》りの書類に目を落としながらもその質問を投げかけた。

「しかし、なぜなんだ？　なぜ我が国なんだ？　なぜ宮古島なんだ？」

「分析中でございます」

宗像は冷静な口調でそう応えた後、背後へ半身を向けてバックチェアの部下たちと囁き合った。

「本当に中国の仕業なのか？　狙いはなんだ？」

応える者はなかった。宗像防衛局長は部下たちとの話をつづけている。

「自衛隊、来てますね？」

荻原総理が宗像の背後へ視線をやった。パイプ椅子に座る一人の顔を見つめた。

「意見を聞きたい。中国、人民解放軍が、宮古島でゲリラ活動や破壊工作を行っている証拠《エビデンス》はあるのか？」

バックチェアの狭い空間から、オブザーバー格である筆頭統合幕僚副長、金沢裕貴《かなざわゆうき》陸将が私服姿で立ち上がった。

「中国によるものとは断定されておりません。よって、あくまでも現在の『情報見積り』でございますが――」

「構わない」

荻原総理が促した。

「中国の国家指導部が考えるエンドステート（最終任務目標）、言い換えれば政治が最終的に求めるのは、宮古島を占領することで、第1列島線の、いわば、ど真ん中に、楔《くさび》を打ち込み、西太平洋への覇権を広げることにある、そうも考えられます。先島諸島のすべてに侵攻するための戦争資源を考えますと、宮古島ひとつでそのエンドステートが達成できます」

荻原総理が唸った。

金沢陸将が背筋を伸ばして説明を始めたところによれば、今朝のMR《エムアール》（モーニングレポート＝朝の作戦会議）で報告された情報見積りから、先島諸島に近い中国浙江省《せっこうしょう》杭州《こうしゅう》市に基地を構える『第72特殊作戦旅団《りょだん》』の『陸軍船艇《せんてい》連隊』が第1梯隊《ていたい》（第一の部隊）として、また『第１２４水陸両用混成《こんせい》旅団』のうち一個『水陸両用機械化歩兵連隊』が第2梯隊として、宮古島への着上陸侵攻を四十八時間以内に開始する可能性が高い、とする結論が示された、と一気に語った上で、こうも付け加えた。

「さらに、南シナ海において人民解放軍が強引に推《お》し進めている現状変更《げんじょうへんこう》に対して反対する周辺国への恫喝《どうかつ》も目論《もくろ》んでいると考えます」

咳払いした宗像防衛局長は、余計なことを言いすぎだと言わんばかりに不満げな表情を浮かべた。

「恫喝？」

荻原総理が怪訝な表情を向けた。

「お前らも宮古島と同じ目に遭いたくないだろう、そういうことです。しかも、これらの分析は、あくまでも『見積り』でありまして現実には――」

「警備局長、あなたにこそ聞きたい。なぜ石垣島と与那国島じゃなくて宮古島なんだ？」

金沢陸将の言葉を遮って荻原が言った。

荻原総理は責めるような視線を城ヶ崎警備局長へ向けた。

「それにつきましては――」

荻原総理は頷いただけで城ヶ崎警備局長の言葉の先を促した。

「実は警察では日本の企業秘密を盗み出した中国情報機関による情報工作事案の実態解明作業を行って参りましたが、最近の捜査の結果、宮古列島の広範囲の海岸データを中国が盗んでいたことが判明いたしました」

「説明を」

荻原総理は右眉を上げた。

さらに城ヶ崎警備局長が説明したのは概ね以下の内容だった。

本件事案で、警察庁が国際刑事警察機構《ICPO》東京支局（NCB）を経由してICPO本部へ、「デフュージョンICPO」（加盟国への一斉同時通報）によって赤手配《レッドノーティス》（身柄拘束要請）した被疑者の一人、内海真美なる外事容疑者が宮古列島の海岸データを集めていたのは、中国が着上陸作戦を行うためであった可能性が強くなったということだった。

「可能性？　ふざけてもらっては困る。もう間違いないじゃないか！」

醜く顔を歪めた荻原総理は手にした書類を机の上に激しく叩き付けた。

荻原総理は再び、宗像防衛局長を振り向いた。

「宮古列島への自衛隊の対応は最低でも一週間はかかるかと――。状況によっては、最悪、十日後に部隊が宮古島に到着という事態も――」

「バカなことを言うんじゃない！　現状でも犠牲者がこれからも出る可能性があるというのに、十日間も何もしないでは政治がもたない！」

危機管理センターに付属する幹部室で荻原総理は声を荒らげた。

事態室の初動企画2担当を始めとする要員でごったがえす幹部室に移動した如月がインカムに入った情報を声に出して伝えた。

「中国外交部報道官が特異発言。以下、内閣情報調査室の翻訳により報告します！」

如月は続けた。

「我が国の中国台湾の安全を守るための特別作戦を妨害するため、日本軍とアメリカ軍は、宮古諸島において、我が国の同胞《どうほう》を殺害し、それも観光客という一般市民を虐殺《ぎゃくさつ》するなど、第二次大戦以降、世界の歴史上例をみない残虐な犯罪行為をつづけている。我が国は、これを座して見逃すことは決してできない。中華人民共和国は、自衛権、生存権の発動をもって、同胞安全作戦を容赦《ようしゃ》ない方法で実施する。以上です」

その報告の直後、各省庁から集まった百人余りのリエゾンの中からそれぞれ背中に内閣官房と外務省と書かれたビブスを着た二人の男が危機管理センターからドアを開けて幹部室へ飛び込んできた。

「報告します。中国共産党中央軍事委員会報道官の声明をさきほど、人民日報《ジンミンニッポウ》電子版が配信しました。以下、外務省中国課による翻訳です。《日本軍が台湾の近海に出動するのなら、日本を射程に入れたミサイル部隊の展開を完了し、日中中間線《にっちゅうちゅうかんせん》などは無関係に、人民解放軍の水陸両用部隊と特殊部隊を投入する大規模演習を行う》――。繰り返します、中国共産党中央軍事委員会報道官の声明をさきほど人民日報電子版が――」

呆然とした表情で報告を聞いた荻原総理に、伊達内閣危機管理監が言った。

「武力攻撃事態の認定および当該認定の前提となり得ます」

「ダメだ！　そんな認定はできない！　戦争へのトリガーとなる！」

荻原総理が叫んだ。

宗像が身を乗り出した。

「中国が我が国に対する軍事行動の準備を完整《かんせい》させていることは明白であり、現状は、我が国に対する武力攻撃が発生する明白な危機が迫っていることが客観的に認められます」

「つまり、もはや治安出動でもないし、重要影響事態の認定で対処するレベルでもないと？」

「いえ、影響ではございません。現状、攻撃を受けているのです」

伊達がそう応えた背後で、千野ＮＳＳ局長が唇を突き出して何度も頷いている。

「つまり、トドのつまりというやつか？」

荻原総理の顔が醜く歪んでいった。

「いえ、そうではありません」深田美紅が口を開いた。「実際の防衛出動で部隊が展開するギリギリまで、解決に向けた外交努力を継続するのと並行し、アメリカと国連安全保障理事会と緊密な連絡をとり、戦争の回避《かいひ》に向けてあらゆる外交努力を行うべきかと存じます」

深田美紅がつづけた。

「総理、これは想定外ですがご決断が必要かと。そもそも存立危機とか重要影響ウンヌンの各事態は、台湾での戦争が始まった後、日本が〝巻き込まれる〟時のためのものです。しかし、今、現下の状勢は日本有事《リアル》です」

「だが、もし、武力攻撃事態と認定した場合、いったい自衛隊のどの部隊を投入できるというんだ？」

荻原総理のその言葉に応えようとしたのは金沢陸将だった。本来のオブザーバーとしての立場から発言を求められることは有り得ない。だから、宗像防衛局長は鋭い目付きをして金沢陸将に向かって激しく頭を振った。

「宮古島への、防衛出動による部隊の展開はそう困難な問題ではございません」

「それはさっき聞いた。第8師団は出られないんだろ?」

荻原総理の顔が歪んだ。

宗像防衛局長は何を言い出すのか、と言いたげに独り言をぶつぶつ言っていた。

この時の金沢陸将の覚悟は明確だった。なぜなら、軍事行動の「決心《けっしん》」というものは、常に、軍から政治への「上申行為《じょうしんこうい》」から始まるものであり逆はない——出世頭《しゅっせがしら》の第一選抜《イッセンバツ》の三人のうちの一人として昇任して以来、そう確信していた。

「いえ、そういうことではございません」

金沢陸将の言葉に、荻原総理は大きく頷いた。

「軍事的合理性と政治的配慮《はいりょ》を含めた形で、作戦の基本計画を数時間以内に急ぎ報告申し上げます。その中身は、これが我々のアクションプランです、これがオペレーショナルプランですと提示することでございます」

「もちろんそうだろう」

荻原総理が肯定した。

「ありがとうございます。ただ、総理、最後にこれだけは、今、お答えを賜りたいのです」

「うん」

荻原総理が促した。

「防衛出動するとして、自衛隊に提示されるエンドステート(最終任務目標)をお示し頂けませんか？」

「それは当然、宮古島における治安の確立であり、先島諸島の領土保全だ」

「いえ、そういうことではございません」

荻原総理が右眉を上げた。

「おっしゃいました宮古島の治安の確立とは、潜入している人民解放軍兵士の九割の制圧ですか？　それとも八割ですか？　人民解放軍兵士の百パーセントの殲滅《せんめつ》でしょうか？　また、自衛隊員がどれだけ戦死し、かつ島民の何人まで殺害されても許容されますか？」

幹部室の楕円形テーブルを囲む政府高官や、周りに集まった関係省庁のスタッフたちが固唾を呑んで二人の会話を見つめた。

「また、宮古島を完全に焦土化してでも人民解放軍兵士を全滅させますか？」

荻原総理の唸り声だけが幹部室に響き渡った。

宮古島

子供たちの人数を数え、忘れている者がいないことに安心した友香は防災訓練で作ったことを思い出し、咄嗟に持ってきた懐中電灯と、半分まで入った麦茶のペットボトルを使って簡易の灯りを作った。ほんのりとした明るさが、昔使われていた防空壕の中を照らした。

子供たちを近くに集めた友香は、最近の流行の歌を一緒に歌って、動揺が起きないように必死に努めた。

それでも時折、頭の上で爆発音らしき音が聞こえる度に、子供たちの何人かから悲鳴が上がった。

十曲以上の曲を歌った時、最後の大きな音がしてからかなりの時間が経っていることを、体育教師の上地とともに腕時計で確認した。

先に見てくる、と言ったのは城間香奈だった。

だが、彼女は出て行ったまま、なかなか戻って来なかった。

最悪のことを想像し始めた友香は、一緒に歌う新たな曲を頭の中で探した。

だが、不安と恐怖が先に立って思考が巡らなかった。

そのうち、一人の女の子が歌い始めた。アップテンポな曲に、そこにいる十八人の子供たちも歌い始めた。

その時だった。防空壕の天井のドアが開いて、

「もう大丈夫だ！」

と言った高岡の笑顔がそこから覗いた。

後ろについてきた子供たちの何人かが泣きじゃくり始めた。グラウンドまで戻った友香は声を失った。

五階建ての校舎の北側半分が崩れ落ち、そこはほぼ全壊していた。そこではすでに何人かの教師が集まり、何かを叫びながら、瓦礫《がれき》の中から何人かを連れだしては抱きかかえている。教師たちに駆け寄って急いで話を聞くと、小学校が避難所に指定されたという嘘の情報がなぜかスマートフォンのショートメールに流れ、何人かが登校してきたのだという。そしてその子供たちがこの下にいると絶叫した。

友香のその動きは反射的だった。猛烈にダッシュした友香は瓦礫の中へ飛び込んでいった。近くで、二次災害があるから！　と友香の動きを咎めるような声が聞こえたが無視した。

破壊されたコンクリート片から突き出た鉄筋の向こうでうめき声が聞こえた。

友香は必死になってコンクリート片を掻き分けた。いつの間にか、瓦礫で両手の指の皮膚が破れて血で真っ赤になった。だがそれも気にせず、友香はうめき声が聞こえた先を探した。

大きなコンクリート片の塊を退けた時だった。

男の子の顔があった。

その頭には大きなコンクリートの塊が突き刺さり、両目は白目を剝いて、口から舌がべろんと露出している。

髪の毛を掻きむしった友香は目を閉じて激しく頭を振った。

その直後、苦しそうなうめき声が再び聞こえた。

大急ぎで瓦礫を排除した後、白い手が見えた。助けを求めるかのように突き出している。コンクリート片を乱暴に払った、その裏に髪の毛を真っ白にした女の子がいた。

友香はすぐにその顔が分かった。昨年まで担任を受け持っていた、二年生の女の子の児童で、諏訪《すわ》聡美《さとみ》だ。

「大丈夫だよ！　すぐ助けるからね！」

上半身を引き上げ聡美を救い出した友香は、すぐに抱き締めた。

「よかった！　もう大丈夫！」

聡美は気丈にも涙を見せず、それどころか笑顔を見せている。

「ありがとう糸村先生！」

「どこか痛いところはない？」

友香も思わず微笑んだ。

「大丈夫。ただ、右手が、スースーしているだけ」

聡美はそれだけを言った。

友香は、ふと女の子の右手へ目を向けた。

友香は何も言えなかった。

聡美の右手の肘から先が――。

友香は咄嗟に出血部位をタオルでくるむと、女の子の全身を抱き締めた。

「とにかく、病院へ行こう！」

勢い良く振り返った友香の目に、到着してきた救急車の姿が入った。

友香は聡美を抱きかかえて全力で走った。そして待ち構えていた救急隊員の腕の中に聡美を慎重に預けた。

「先生、右手が痛い……すごく痛い……」

聡美が友香の腕の中で訴えた。

友香は聡美を力強く抱きしめて涙ぐみながら、

「もうすぐ、痛み止めをうってもらうから、がんばってね」

と語りかけるのが精一杯だった。

「でも、わたし、右手の指が動かせないの……どうして、どうして先生？」

友香はただ黙って聡美の髪の毛を優しく何度も撫でつづけた。

3月28日　日本海　ナッチャンワールド号

第12普通科連隊が不測事態対処のための若干の隊員を残して、鬼怒川が属する情報小隊を含む第12普通科連隊の主力約八百五十名、多数の車両と装備品を載せた大量のトラックが国分駐屯地を出発したのは、内閣危機管理センターの幹部室での協議が始まる一日前、深夜のことで、家族や仲間の見送りがまったくない中、隊員たちはトラックに揺られて国分駐屯地の正門を通過し、多くの車両もそれに続いて静かに出発した。

しかし鬼怒川は異和感を抱いた。これから向かうのは北海道東部の矢臼別《やうすべつ》演習場であり、前々から決まっていた訓練である。だから人目を避けるように駐屯地を出発したことにわだかまりを引き摺《ず》った。

五時間をかけて九州自動車道を乗り継ぎ、福岡市内のランプで降りて一般道に入った時には、鬼怒川がいるトラックでは情報小隊のほとんどが深い睡眠をむさぼっていた。

陸上総隊がチャーターした「ナッチャンワールド号」と「はくおう号」に第12普通科連隊と車両が搭載され福岡県の香椎浜《かしいはま》港を出航してから約三時間ほど経った頃だった。

「ナッチャンワールド号」の、ブルーとオレンジが基調となった明るくて広大なカーペットが敷き詰められたカフェと売店の前にあるエントランスラウンジに第12普通科連隊の隊員たちが押し寄せることとなった。

エントランスラウンジにはリラックスできるカラフルな六人掛けの椅子とテーブルのセットが余裕をもった空間に幾つも置かれているがそこに座る者は誰ひとりいなかった。

隊員たちが集まったのは、六十インチほどの二台の壁掛テレビの前だった。

鬼怒川たちの周りでは、情報小隊の隊員たちと、普通科中隊から情報小隊へ急遽、編入させた五名のレンジャー（過酷な特別訓練を修了した者）を付加特技とする隊員たちが左側のディスプレイに目が釘付けとなっていた。

国分駐屯地からすべての隊員がゴッソリ抜けてしまうと、情報小隊のミッションであるＦＦ（初動情報収集）など、防衛警備隊区内での不測事態への初期対応ができなくなってしまうことから、三名から五名の隊員は国分駐屯地に残しておかなければならない。しかし出動する情報小隊のレベルを保つために、普通科中隊からレンジャー資格者五名をマイナスとなった情報小隊にアタッチメントしたのだった。

　エントランスラウンジの壁掛テレビのディスプレイに、宮古空港のエプロンの一部から黒煙が上がる光景が映された時、テレビの音声がマックスにされていたので女性アナウンサーの緊張した声が響き渡った。

〈――今、ご覧頂いているのは、空港職員の乗用車に設置されたドライブレコーダーが捉えた映像です。右側にある空港の西側を南北に走る国道３９０号付近から、突然出現した白くて細長い煙が猛スピードで左方向にある宮古空港のターミナルビルへと向かってゆくのがわかります。そして、時間にしてわずか数秒となるこの直後、空港施設に設置されたカメラが、ターミナルビルの一部からオレンジ色の光がフラッシュし、黒い煙が濛々と上がった瞬間を捉えています。警察関係者への取材によれば、これが沖縄県警の特殊部隊、国境離島警備隊を乗せたヘリコプターを撃墜した二発目の攻撃ではないか、ということです〉

　切り替わった画面右上に、宮古空港に設置したカメラとする表示が入ったもので、鮮明ではないが、大型のヘリコプターの後部に白い煙がぶつかったその直後、オレンジの光が上がり、黒い煙が立ち上るのがはっきりわかった。そしてヘリコプターは歪な回転をしながら画面から消えていった。

　さらに同じ動画が何度も再生されたが、エントランスラウンジは誰もが黙ったままで重苦しい静寂が流れていた。

「これ間違いなく、携ＳＡＭ《ケイサム》ですよ！」

　張り詰めた空気を切り裂くようにそう声を上げたのは野村優吾陸士長だった。

「いや、対戦車火器《AT》だ！」

そんな声もどこからか飛んだ。

ふと隣のディスプレイへ目をやった時、鬼怒川はかつて連隊本部の2科勤務だった三津屋隆陸《みつやたかし》曹長がいることに気づいた。だが、なぜここに、現在は第8師団の2部（情報）に所属する彼がいるのかが不可思議だった。この船は、矢臼別で訓練を行うための部隊を運んでいるのだ。

わだかまりを抱きながらも鬼怒川はすぐに駆け寄った。

三津屋の前に進み出た鬼怒川は、何年も先輩にもかかわらず売店の後ろまで強引に連れて行った。

「矢臼別《やうすべつ》へ行っている場合じゃありませんよ！」

三津屋の反応はなかった。だが、それが逆に鬼怒川を勢いづかせた。

「なぜ、防衛警備計画《ボウケイ》で先島（諸島）の防衛警備を担任《たんにん》することが決まっている我々が、今、そこから遥か遠く離れた場所で演習をしなくちゃならないんですか！」

鬼怒川はさらに詰め寄った。

「ふざけた話じゃありませんか！」

その時、背後で、2科の先輩に愚痴る若い隊員の声が聞こえて思わず振り向いた。

「自分のコンパス、高いのを買ったんです。スントコンパス。でも、出航してからずっと狂いっぱなしで。逆方向なんです。参っちゃいましたよ」

目を見開いたまま、鬼怒川は三津屋を振り返った。

「まさか――」

三津屋は腕時計へ一度目をやってから言った。

「十二時間後、宮古島の南沖に達する。その時、佐伯《さえき》連隊長が話をされる」

三津屋のその言葉で驚愕の表情となった鬼怒川は窓に走ってゆき、太平洋の海原へ忙しく視線を送った。鬼怒川はその光景を見つめて思わず唾を飲み込んだ。右舷方向、その先を同進路で進んでいるのは、同じく陸上自衛隊と輸送契約を結んでいる「はくおう号」だとすぐにわかった。

「お前たちこそが一番槍《イチバンヤリ》だ」

背中から三津屋の声が聞こえた。

「では！」鬼怒川は目を輝かせた。「『T前情《テーゼンジョウ》』（治安出動前の情報収集活動）か『T《テイー》』（治安出動）ですか！」

三津屋は頭を振った。

「えっ？ まさか、部隊行動はないと！」

鬼怒川は再び苛立つ顔つきとなった。

「逆だ」

三津屋が言った。

「逆……？」

「間もなく『Q'《キユウダツシユ》』（防衛出動準備）を飛び越えて、W2《ツー》事態の認定の上、『Q《キユウ》』（防衛出動）となる。間違いない」

三津屋がそう言い切った時、彼のスマートフォンが戦闘服の胸ポケットで鳴った。

「はい、はい、了解です。はい、集めます」

通話を終えた三津屋は、大きく息を吸い込んだ。

「山が動いた」

三津屋の表情が厳しいものに一変していた。

「総理ご出席の下《もと》、ＮＳＣ（国家安全保障会議）の四大臣会合が始まった。その後、全体会合が開かれる。しかし実はな――」

目を見開いた三津屋は鬼怒川を見つめた。

「ＪＴＧを仰せつかった陸上総隊司令官の神宮寺陸将は、我々が国分（駐屯地）を発つ前より、〝腹決め〟されていた。我々を宮古島へ推進させる。政治が行動命令を下した時、即応できるようにだ」

「やはり……」

鬼怒川は目を激しく彷徨わせた。

「お前の想像どおりだ」

それだけ言って立ち去ろうとした三津屋を鬼怒川は必死に押し留めた。

「今、仰った〝国分を発つ前より〟、それはどういう意味ですか？」

「これはフェイクだ。すでに『Ｑ'』は下令されている。まもなく、我々を含む第８師団に対して『Ｑ』を命じる閣議決定がなされ、内閣総理大臣から『行防命《こうぼうめい》』が発令される」

熊本県熊本市　健軍　西部《せいぶ》方面総監部《ほうめんそうかんぶ》

熊本県の第８飛行隊がある高遊原《たかゆうばる》駐屯地から沖縄県那覇市の那覇駐屯地まで向かうＣＨ―47チヌークヘリコプターの垂直バッククレストの硬い座席の中で、第８師団長の岩瀬《いわせ》秀斗《ひでと》陸将は、今朝、秘密裏に宮古島での防衛出動準備をさせていた第12普通科連隊長の佐伯から衛星電話でかかってきた電話の内容を思い出していた。

佐伯は、宮古島においては、血みどろの市街地戦闘が生起する可能性が高い、と真っ先に口にした上で、連隊ではここ数年、行っている訓練は「野戦《やせん》」（山や森などでの訓練）ばかりで、「Ｃ《シー》ＱＣ《キューシー》」（近接屋内戦闘）訓練はまったくやっていない。ゆえに、戦闘予行のみならず、模擬施設を作っての駐屯地内部での予行訓練に少なくとも一週間欲しい、と切実な思いで訴えてきた。

だが、つい先ほど岩瀬が、急遽、タスクフォースに組み込まれた上級司令部である、「JTG」司令部の指揮官であり、西部方面総監の相川蒼馬《あいかわそうま》陸将に伝えたところ、彼は冷静な口調で、

「〝摑《つか》み〟で一週間は長すぎる」

と突き放した。

ただ、相川は、岩瀬の思いを分かっていたのでこう続けた。

「準備して、出発して、現地着が命令から一週間、というなら誤魔化《ごまか》せる。だが、訓練だけで一週間欲しい、というのは、総監として、ウーン、となるのは当然じゃねえか。準備期間にしても、普通考えれば、三日だ」

そして相川はこう言ったのだった。

「師団長、できない理由はいらん。どうやったらできるか、それを教えろ」

「失礼しました。市街地戦闘については、核となるチームをいくつか作り、彼らが各中隊に教えるようにすれば、MOUT《モウト》（市街地）戦訓練は移動間の船上で錬成して到着までの時間で可能です」

岩瀬は必死に練った案を告げた。

「よし、物《ブツ》の準備で半週かかるとして、それはこっちで勝負する。あとは、今、お前が言った、核となるチームを誰が教えるかだ」

その時、すでに相川の頭の中には一人の男の顔が浮かんでいた。

「俺の先輩でな、陸上自衛隊で初めてMOUT戦闘訓練を確立した先駆者と言われている、小倉（福岡県北九州市《きたきゆうしゆうし》）の元40連隊長がいる。聞いたことくらいはあるだろ？　今はOBになっているが、まだ外国のインストラクターと繫がっている。俺から頼んでみる。お前は、弾薬や装備の

準備に抜かりなきようやってくれ！」

第12普通科連隊情報小隊の沖田小隊陸曹は、戸惑いがまだ冷めない鬼怒川を始めとする第12普通科連隊の情報小隊員たちを見渡した。

ほとんど装飾のない機能性を重視した机と椅子が整然と並ぶ、「ナッチャンワールド号」の三階のカンファレンスルームでは、立ち上がって沖田の説明に身を乗り出して聞き入る者もいた。

「健軍（熊本市の西部方面隊健軍駐屯地）の『ＪＴＧ』から我々に与えられた任務は、敵の殲滅じゃない。それは後発する主力の任務だ」

沖田がさらにつづけたのは、第12普通科連隊情報小隊の任務としては、連隊主力が着上陸した場合に備えた、ルートチェックと経路の確保であり、具体的に言えば、連隊本部の2科があらかじめ様々な情報を情報資料に落としているので、それがあっているかどうかのチェックおよび確認だとした上で、最終的には、ヘリポート適地《てきち》と輸送艦が接岸できる港湾施設などのオブジェクト（攻撃目標）に関する情報収集だ、という説明だった。

沖田は、通信アプリを使い情報小隊の全員に配ったパワーポイントで作成したデータは、連隊本部2科が集めた情報資料であり、第8師団に含まれるすべての部隊の隊員の中から、宮古島市に親兄弟や親戚、または知人がいる隊員をピックアップし、その人脈から協力を仰ぎ、宮古島の道路、港湾などの様子を写真に写したり、ＳＮＳで情報をもらったりという作業を進めた情報がふんだんに取り入れられていると付け加えた。航空自衛隊のＦ４《エフヨン》ファントム偵察機による撮像画像、また衛星画像やドローン（無人機）による映像がＪＴＧから送られてきてはいるが、やはり宮古島に住む現地の人々が直接見たり、第8師団第8偵察隊や第12普通科連隊の情報小隊が実際に行ってみないとわからない部分が多い、とも沖田は力説した。

その説明に先立って沖田は、第12普通科連隊を乗せた「ナッチャンワールド号」と「はくおう号」は、なぜ今、宮古島沖にいるのか、その説明を情報小隊員たちに行っていた。

沖田が口にした話によれば、国分駐屯地を出発する時よりこの作戦は決められていて、真実を教えられていたのは、連隊長の佐伯1佐、冷泉情報小隊長と最先任上級曹長の三津屋陸曹長だけだった。そして、自身も冷泉小隊長から、先日、国分海水浴場でバーベキューをやった時にすべてを伝えられて情報の管理を徹底するように厳命されていたとした。

「では、『オスプレイ』か『ロクマル』（UH60JAヘリコプター）で着上陸する『8《ハチ》レコン』（第8師団隷下の第8偵察隊）がまず安全を確認し、橋頭堡《きょうとうほ》（安全な拠点）を確立したその後に我々が――いつもの訓練どおりですね？」

鬼怒川が弾んだ声で訊いた。

「8レコンは空路機動《くうろきどう》はできない」

沖田の顔が再び歪んだ。しかしその表情がさらに険しいものとなったことに鬼怒川は嫌な予感がした。

鬼怒川が迫った。

「それってどういうことですけ？」

沖田は、つい先ほど衛星電話で話した西部方面隊の後輩から聞いたんだが、とした上で説明を始めた。

JTGの指揮官に抜擢されている西部方面総監の相川陸将は、石垣島と与那国島における第2師団と第14旅団の事前配置のための部隊の輸送を当初の計画通りにつつがなく進めるが、実際の上陸手段の選択肢の中に、固定翼機《こていよくき》（翼を持った航空機など）やオスプレイやUH―60Jヘリコプターなどの回転翼機《かいてんよくき》での空路機動、また艦艇による水上機動は当面、選択肢に入れていない、と言い切ったという。

その理由として沖田が説明するに、相川総監は、昨日、警察部隊に多大な死傷者を出させたのが地対空ミサイルもしくは対戦車火器の脅威がある以上、それらの絶好なターゲットとなる脆弱な航空機や艦艇に隊員を乗せるということは、戦術的な必要性がいかにあろうとも絶対にさせない、と頑強《がんきよう》に反対しているという。

さらに相川総監はエルキャックと中型輸送艦による水上機動についても拒絶している、と沖田は口にした。宮古島までの水路は、海面上に突きだした岩礁が散在するサンゴ礁が集中し、その中での航行は余りにも危険であり、しかもビーチング（海岸への着上陸）可能な海岸が限られるので実戦向きではないという、それもまた相川総監の判断だという。

「じゃあ、船舶なら――」

そこまでいって鬼怒川は口を噤んだ。すでにニュースで報じられているように、宮古島では今、港湾施設を狙った破壊工作と思われる事態が連続しているのだ。

しかし鬼怒川は諦めなかった。新予算で配備されたLCT（小型輸送艦）なら、六十四名の隊員のほか、RCV（87式偵察警戒車）五両と三十本のコンテナが運べることを鬼怒川は知っていたし、さらにLSV（中型輸送艦）であれば六十八名と戦闘車両二十両を輸送できるはずです、と沖田に食い下がった。

沖田は頭を大きく振って言った。それらはバウランプ（艦首門扉《かんしゆもんぴ》）ゆえに、橋頭堡《きようとうほ》を構築していない状況下でのビーチングにおいては、携SAM《ケイサム》や対戦車火器《AT》の脅威が見積られる以上、リスクが大き過ぎる。

「ということは、すなわち、当面作戦としては、偵察部隊の隠密上陸のみと？」

鬼怒川が訊いた。

沖田が頷いて肯定した。

「では、宮古島への作戦も同じく？」

「そういうことだ」

「でしたら、8レコンは、虎《とら》の子のRCVを持っていけないんじゃないですか！」

「8レコンは『はくおう号』から、八人乗りのCRRC《クリック》（戦闘強襲偵察用舟艇）で出動する」

沖田が細かく説明するには、CRRC《クリック》に第1派の水泳斥候《スイエイセツコウ》、一個組二名×《カケル》二個組、計四名を載せて、沖合約五百メートルまで水上機動した後、水泳斥候二個組を海上に下ろし、そこからはシュノーケルで泳いで前進させ、あらかじめ決めていたBLS（海岸上陸ポイント）に上陸。そして、その水泳斥候が陸路を徒歩で推進し、「ナッチャンワールド号」や「はくおう号」が接岸できる港湾施設を視察した結果、安全が確保できたとの無線連絡があれば、連隊主力がそこへ上陸するのだと言った。

「つまり我々と同じ、そういうことですね！」

沖田が黙って頷いた。

「でしたら我々より先に8レコンが行く意味がまったくありません！」

鬼怒川が語気強く言い放った。

「いや、悪いが、お前たちと8レコンでは、そのスキルが違いすぎて――」

沖田もその重要な意味を理解した風に大きく頷いた。

「問題は技術じゃなかとです」

鬼怒川は食らいついた。

「8レコンは、我々、情報小隊と職種が別です。またそもそも8レコンは『師団《シダン》』のための〝耳と目〟であり、一方、我々は『連隊』のための活動であることから、〝見る観点〟が違います。もし自分が12普連《ウチ》の主力中隊にいるのなら、師団のための情報部隊である8レコンではなく、自分たちのために情報収集してくれる仲間に見てきて欲しい、絶対にそう思うはずです」

「それはわかる。お前の言うとおりだ。だがな、ボートとは言っても、状況によっては、お前たちも水泳斥候となる可能性もあるんだぞ」

鬼怒川は、沖田がこれまで一度も見たことのない真剣な眼差しで自分を見つめていることに思わず唾を飲み込んだ。

「行きます！」

その大声に驚いた鬼怒川が振り向くと芝崎1士が立っていた。

「ボートと水泳斥候の訓練をいつやった？」

沖田が訊いた。

「二年前です」

「二年前？　話にならん」

沖田が吐き捨てた。

「この期に及んで安全がどうかなんて、クソ喰らえです」

鬼怒川はずっと心の中にある言葉をさらにつづけた。

「行け、という命令なら行くしかありません。それは災害派遣《サイハ》と同じです。それだけです」

しばらく黙った沖田が唸り声の後に言った。

「車両はもちろんのこと、十分な装備も持っていけんぞ」

「防弾プレートなどの防弾装備と『F70《エフナナマル》』（無線機）や災害派遣《サイハ》用ドローン（無人偵察機）の

ほか、短いロープとカラビナ、そして単眼鏡などを含む細々《こまごま》としたものは持っていけるでしょう。背嚢《はいのう》（背中に背負う荷物を入れる三十キロ近い袋）はなしだとしても、私物のリュックで十分です」

「『ヤツウ』（F80新野外無線機）や『コウタム』（携帯式広帯域多目的無線機）じゃなかとか？」

沖田は、窓際に二十数台並べられている、登山用品と見紛う器材を指さした。

鬼怒川は、コウタムには大いなる不満があった。

「あんなもの、現場で使うのは現実的ではありません。すぐにバグを起こしてデータはこないし、電池はたくさん必要だし、そもそも操作が複雑すぎて誰もまともに使えないことはご存じじゃありませんか。だいたい――」

鬼怒川はそこで言葉を止めた。コウタムの悪口を言い出したらきりがないからだ。

「本音を言えば、『V9《ヴィナイン》（近距離監視装置）』と『ラム（110ミリ携帯対戦車弾）』を持っていきたいところです」

「わかる。あいつは人間よりも信頼できる優れもんだ」

沖田が苦笑《くしょう》して言った。

「ですが、LAV《ラブ》（軽装甲機動車《けいそうこうきどうしゃ》）やコーキ（高機動車《こうきどうしゃ》）のどちらも持っていけない以上、電源がとれないのでそれは諦めます」

沖田が再び苦笑《にがわら》いしたが、すぐに真顔となった。

「鬼怒川、84《ハチヨン》式無反動砲は持ってけ。ただし、敵を発見したのならとにかく報告だ。よかね？　交戦するな。今更言うまでもなく、そいがお前たち斥候の任務だ。分かってるな？」

瞬きを止めた沖田は、鬼怒川の瞳を覗き込んだ。

「もし発見され銃口を向けられた時の射撃基準はどのように？」

「今までも言ってきたはずだ。威嚇射撃と警告射撃はナシだ。命中射撃を行え。重要なのは、殺されると思った、その確信だ」

「了解！」

息を吐き出した鬼怒川はそれだけを言って大きく頷いた。


ダイニング兼カンファレンスルームでは、沖田小隊陸曹と2科長の館岡万治《たておかまんじ》陸曹長が、宮古島の地形図を縦横《たてよこ》それぞれ五メートルに引き延ばした「砂盤《さばん》」（巨大な地形図）を広げた上に靴下姿で立っているのを見つめながら、新たに気づいたことは、余りにも性急な派遣であるがゆえに、宮古島の中の様子を集めて分析する時間がないということだった。宮古島に駐屯する宮古警備隊からは、その上級部隊である沖縄県那覇の第15旅団から西部方面隊隷下の西部方面情報隊を介して現況が入ってはきているが、いずれも散発的であるうえに、こちらのＥＥＩ（主要情報収集項目）に叶っていないなど隔靴掻痒《かっかそうよう》の感はやはり拭えない。

ゆえにダイレクトなソースが欲しかった。だが、情報小隊では宮古島にそんなアセット（協力者）を獲得したことはなかったし任務にもなかった。情報小隊の中に宮古島出身か、家族や知り合いがいる者がいないか、さきほど緊急アンケートをしたが見つけることはできなかったのである。

鬼怒川の脳裡に突然、八年前の光景が蘇った。それは富士学校での「ＲＥＣ《レック》」（初級偵察専門技能課程）での、定年退職した偵察のプロフェッショナルを嘱託として任用した教官の指導だった。ＳＮＳを効果的に利用することは情報活動では重要だ、ということだった。

鬼怒川はさっそく実行に移した。成功するかどうかはわからない。だがやってみるしかなかった。宮古島へだってとにかく行くしかないのだ。もちろん情報小隊が特攻部隊として――。

その時、ホールの方からざわめきが起こった。急いで戻った鬼怒川の目に入ったのは、冷泉小隊長と伝令隊員を取り囲む隊員たちの姿だった。彼には周りから罵声が浴びせかけられている。

「繰り返して報告します！　ボディアーマー（防弾ベスト）の防弾プレート（鉄板）は、掻き集めても絶対数が足りなく、全員分が揃わないとの見積りです。以上です」


「どうする？」

大宮《おおみや》が真顔で訊いてきた。

「どうする？　くだらんこっつ訊くな」

鬼怒川が吐き捨てた。

「今まで野戦訓練ばかりで、MOUT《モウト》戦訓練などまったくと言っていいほどやっちょらんのやぜ」

大宮が顔を向けずに言った。

「行け、ち言われたんじゃ。命令が下ったんじゃ。行っしかなか。それ以下でん、それ以上でんねえじゃ」

鬼怒川は言い放った。

「そもそもなんでオレたちが真っ先に行かんけんのじゃ？　いつもん演習通りなら、団《ダン》（第8師団）ん8レコンが真っ先じゃろうが」

大宮の戸惑いももっともだと思った鬼怒川は、小隊陸曹の沖田が説明したことを教えてやった。

「それはわかった。だがな、それならそいで、こん戦闘予行はもっと時間が必要じゃ。一週間、いや最低でん五日は、絶対に――」

鬼怒川も大宮の言葉に賛同して大きく頷いた。宮古島沖へ到着するまでの航路は半日間とされている。それでは予行《よこう》（計画作成と訓練）するには絶望的に短いのだ。

その時、近づいてくる男が目に入った。テニスウエアと思ったほどの軽装の一人の白髪の初老の男だった。鬼怒川はその顔に覚えがあった。

十数年ほど前になる。ＭＯＵＴ戦訓練を自衛隊で初めて取り入れて、〝早すぎた天才〟と言われた、福岡県小倉の第40普通科連隊の元連隊長の賀浦光男《がうらみつお》だ。当時、ＭＯＵＴ戦の重要性を陸上幕僚監部の誰も理解できなかった時代であったからだ。

硬い表情のままの賀浦は、これから始めようとする緊急訓練のメニューの中身を説明しようともせず、情報小隊員全員に九ミリ拳銃の実銃《じつじゆう》を持って来るように命じると、戸惑う情報小隊員たちに対して、そう言い放った後、さっそく後甲板上でＭＯＵＴ戦訓練を開始した。

「一時間後、ドリル（訓練）を行う。それまでにメシを喰って糞《クソ》を出しとけ」

二時間にわたって急に教え込まれたＭＯＵＴ戦の基本戦術だけでも頭が一杯となった鬼怒川が甲板上に仰向けでひっくり返った時、黒く淀み始めた雲の合間から微かな爆音が聞こえた。

情報小隊員の誰もが空を見上げた。ヘリコプターの小さな機影は徐々に大きくなり、耳をつんざかんばかりの爆音をまき散らした。着艦するための最後の行程であるファイナルポジションでホバリングに入ったヘリコプター、シーホークＳＨ―60Ｊが、赤と緑の航空灯を夜空に点滅させながらダウンウォッシュを派手に吹き下ろしてゆっくり降下してくる。

ヘリポートに着艦したＳＨ―60Ｊのキャビンドアが開くと同時に、中から真っ黒なウエットスーツを着込んだ三人の男たちが飛び出てきた。

ウエットスーツから顔だけを晒した男たちは真っ先に古谷《ふるや》副船長のもとへ駆け寄り、握手を交わした後に短い会話をしただけですぐに振り返って鬼怒川たちを見た。

上腕と大腿部とが限界まで発達した筋肉で膨れ上がった首の太い三人のうちから髪の毛を短く

刈り込んだ一人が進み出て言った。

男は、自らを《レッド》とだけ名乗り、後ろに立つ二人については、《ブルー》と《グリーン》というオペレーターであるとだけ紹介した。

「自分たちはＪＴＧの指揮下に差し出された上で、12普連イント（情報小隊）が行うボートによる水上機動をサポートせよとの行動命令を実施するため参りました」

自己紹介を終えた《レッド》は鬼怒川たちを見渡した。


ようやく一段落したのはすっかり夜が明けた午前七時すぎのことだった。

朝飯を食って、寝床と決まった三階の休憩スペースに置かれた自動販売機でコーラを買って、三分の一を一気に呷ってゲップを吐き出した時、初めて、防衛出動という言葉が頭の中で重たく響き渡り、その重大性に体が硬直した。

——つまり、戦争にいく、というわけだ……。

鬼怒川は急に不安になった。それは自分に対してというより、若い隊員の心理状態についてだった。

情報小隊員の幾つもの顔を頭の中に浮かべた鬼怒川は、野村陸士長を探した。「砂盤」のど真ん中で座って身を乗り出して説明を聞いているのを見つけると手招きで外へ呼び寄せた。自分の分隊に属するからというだけの理由ではなかった。

先んじて聞いてきたのは野村の方だった。

「今回、上から示されたＲＵＷ（武器使用規定）は、敵を発見したならば撃て、ってことでしたが、まず警告射撃、その次に威嚇射撃、それでも敵が攻撃を行ったら、命中射撃——この手順は変わらない、その理解でよろしいんですよね？」

「バカか。それは治安出動《ティー》。これは防衛出動《キュー》だ。とにかく、敵を見つけたら撃てだ」

鬼怒川が言った。

「しかし、敵、とひとくちに言ってもですね、もし島民と間違えたら大変なことに……」

「野村！」

鬼怒川は野村の肩を両手で摑んで引き寄せた。そしてじっと彼の瞳を覗き込み、彷徨っていないことを確かめてから口を開いた。

「オレとずっと一緒にいろ。オレが撃て、と命じたら撃て。いいな？」

「了解です」

野村は語気強くそう応えたが、最後は大きく唾を飲み込んだ。

「自分、東日本大震災での災害派遣《サイハ》に憧《あこが》れて入隊しました」

微笑んだ鬼怒川は黙って頷いてその先の言葉を待った。

「弁当や水を運んで喜ばれ、お年寄りを背負って感謝され、風呂沸かして満面の笑みを送ってくれっせえ、最後は子供たちがオレたちの絵を描いてくれて、涙の中でパチパチと送られて――」

鬼怒川は言葉を挟《はさ》まなかった。

「正直言って、よかですか？」

鬼怒川はさらに黙って頷いた。

「人に向かって命中射撃を行う、つまり、殺す、そのマインドセットができません」

グレーの空を見上げた鬼怒川は大きく息を吸い込んだ。

「すごくわかる。お前の気持ち――」

静かな口調で鬼怒川はつづけた。

「宮古島が中国に取られたら、次は先島諸島すべてが中国の掌中《しょうちゅう》に入る。つまり占領《せんりょう》されるということだ」

野村が真剣な眼差しで聞き入っていることを確認した鬼怒川はつづけた。

「占領されたやどげんなっ？　子供たちん自由が奪わる。さらに最悪なことは――。当然じゃ」

二つの瞼《まぶた》を閉じたまま野村は空を見上げた。

「ここで踏《ふ》ん張《ば》らなかと、その流れは抑《おさ》えきれん。オレは絶対にそう思う」

目を開いた野村は小刻みに何度も頷いた。

宮古島沖

ヘルメットにマウント（装着）したナイトビジョンゴーグル（暗視装置）を両眼の上に装着し、暗闇の中で海面を這《は》うがごとくスレスレのＬＬＦ《エルエルエフ》（超低空水平飛行）を行ってきた大型輸送ヘリコプター、ＣＨ47「チヌーク」の機長、中西直之《なかにしなおゆき》1等陸尉は、決められたＤＰ（降下ポイント）に辿り着くと、高度を十フィート（約三メートル）まで下げ、機速《きそく》を二十ノット（約二十キロ）に緩《ゆる》めた。

そのポイントは、第12普通科連隊の情報小隊が宮古島のＢＬＳ《ビーエルエス》（海岸上陸ポイント）と決めた場所から、人民解放軍が装備する携帯式対空ミサイル「飛弩《フェイヌー》ＦＮ16」の最大射程を計算に入れた二キロ以上も沖合《おきあい》に位置していた。

ナイトビジョンゴーグルだけでの夜間飛行《ナイト》がどれほど危険であるか中西はもちろん知っている。アメリカ陸軍特殊作戦部隊の一つ、ナイトストーカーズのヘリコプター部隊にしても、訓練においてこれまで三十名以上の殉職者を出した、血の教訓の上に成り立っていることを学んでいたからだ。

チヌークの貨物室では、ヘルメットにヘッドセットを被った戦闘服姿のロードマスター（機上係員）が、片手の指を全開にし、「投下、五分前」であることをハンドサインで告げた。

その合図を見届けたのは、長さ四・七メートル、重さ百二十二キログラムのゾディアック製ボート「エボル7《セブン》」の真後ろと周りに立つ六名の男たちだった。

水中マスクをマウントしたヘルメットを被って真っ黒の潜水服を着た六名はサーフェイス器材――シュノーケルをくわえ、特別に長いフィンをマリンシューズの上から履いている。

そのうち五名はカスタマイズしたM4カービン銃と、セカンダリーのシグザウワー226自動式拳銃、さらに四眼《よんがん》暗視装置を収納した防水バッグを背中に背負い、あとの一名はスナイパーライフルを収納したペリカンケースをエボル7ボートに固定していた。

六名は、ロードマスターの合図をそのまま真似て、片方の掌を広げて互いに確認しあってから、最後の装備点検もまた仲間どうしで手際よく行った。

六名のうちの一人である降下長《こうかちょう》の男がランプ扉の傍らに立った。指をピースの形にして「降下二分前」であることを五人の男たち一人一人の顔を見つめながら無言のままハンドサインで示す。

ランプ扉が角度六度までゆっくりとランプダウン（開く）してゆく。降下長は、〝前にならえ〟の格好と同じように両手を水平にまっすぐに突き出した。その合図によって、五名のうち三名がエボル7ボートを押し出すための所定の位置につき、残り二名は船外機《せんがいき》（エンジン）をしっかりと固定するラッシングベルトに緩みがないかを確認した後、機体とエボル7ボートとを繋いでいた「コの字」のストッパーを解除した。

ランプ扉の上にあるライトが赤から青に変わった。

ロードマスターが六名に向かって親指を立ててみせた。解脱器《げだつき》を解除した二名の動きにつづき、三名が床に設置している木製の88インチパレットに固定していたエボル7ボートを機首側から海上へと勢い良く押し出した。

チヌークから却下《キャツカ》されたエボル7ボートが大きな飛沫《ひまつ》をあげて海面に着水。それにつづいて、ランプ扉の左手に張り付いている降下長の誘導によって五人の男たちは、ソフトダック（ヘリコプターからゾディアックボートの水上投下戦術）の特殊技能で海へと次々と足から飛び込み、最後に降下長もつづいた。

エボル7ボート先端に取り付けたパラシュートコードを握って最初に海面へ降下した特殊作戦群特殊作戦中隊で特別編制された《20《フタマル》チーム》の小隊陸曹、桜沢友康《さくらざわともやす》陸曹長は、白波の中で立ち泳ぎしながら、三メートルの波高《はこう》に揉《も》まれながら逃げていくエボル7ボートを急いで手繰《たぐ》り寄せた。

ボートを確保した桜沢は船内の転落防止用キャリーハンドルをしっかりと握り締めて真っ先に乗り込んだ。次々と泳ぎ着いてくる五名をボートの中に回収した桜沢は、パレットとゾディアックボートを括《くく》り付けていた縛帯《ばくたい》を外して海に投棄《とうき》すると船外機を始動させて速やかに発進した。

任務を終えたチヌークは大きく機体を傾斜《バンク》させて緊急離脱していくと、そのすぐ後から、特殊作戦群《30《サンマル》チーム》六名を乗せた二機目のチヌークが同じＤＰへと接近していた。

エボル7ボートのメインチューブと全身を水平にして伏せながら「30チーム」が秘匿潜水《コバートスイム》で目指したのは、ＢＬＳとして決めた、宮古島で最も低地である二つの海岸の一つ、北部狩俣《かりまた》地区の海岸——島尻港の北約一キロの位置で、「ばたらず橋」にほど近く群生しているマングローブの一角だった。

顔じゅうに迷彩色のフェイスペイントをした鬼怒川は89式小銃をビニールでくるんで防水加工を施した上で、アキレス製ボートのベルトで括り付けて海中へ落下しないようにカラビナで固定した。

作業を進めながら鬼怒川は新たな不安に襲われていた。

ボートへ取り付けるこの方法は海の訓練でかつて行ったものだが、当然、激しく波飛沫を浴びることとなる。その結果、防水加工をしていたにもかかわらず訓練の翌日すぐに目に見える状態で銃身などに錆《さび》がでた。

89式小銃じたいが老朽化した銃であることも影響していると鬼怒川はその時思った。部隊に戻ってメンテナンスを施したことで、その後も使用しているが、問題は、その錆が出た直後に射撃をしなかったことである。つまり錆がどんな影響を及ぼすかを一度も経験していないし、部隊としても検証をしていないのである。

キリキリという神経を逆撫でる機械音とともに、「ナッチャンワールド号」の左舷船尾《さげんせんび》の折畳み式船尾スタンランプウェイ（艦尾門扉《もんぴ》）がゆっくりと開くと、鬼怒川の目に入ったのは漆黒の闇と、それを浸食するような白波が大きく立つ黒い海原《うなばら》であり、繰り返して打ち付ける激しい波の音だった。

一番艇《てい》に乗り込むために小隊員たちの先頭に立っていた鬼怒川は、黒い海と激しい波を見つめて思わず唾を飲み込んだ。大きく息を吸おうとしたが十分に空気が肺に入らない。鬼怒川は焦った。まさかここで過呼吸か？　パニックになることは何としてでも避けたかった。

ここに来て、鬼怒川は心底、恐怖を感じ始めていた。なによりそれを感じた理由は、防弾プレートを数量不足で身につけられなかったからだ。

確かに情報小隊はあくまでも「斥候《セッコウ》」という隠密の情報収集が任務である。敵と交戦してはならないというのが使命だ。

しかし、と鬼怒川はやはり不安だった。防弾プレートがないボディアーマーなど銃弾には何の役にも立たない。防刃の役目くらいしかないからだ。だから鬼怒川は、体の正面を守ることができる一枚の防弾プレートだけはせめて与えられると信じていた。

防弾プレートは確かに重い。心臓と肺、そして肝臓や膵臓など生命の維持に欠かせない消化器系内臓を守る胸側の防弾ベストの中に入れる防弾プレートは一枚でも十キログラムもの重さがある。それを背中側の防弾ベストにも入れれば合計二十キログラムを背負うことになる。

ゆえに機敏な動作が必要な斥候にはストレスとなるだろうが、そもそもかつて指導を受けた特殊作戦群特殊作戦中隊長が言ってきた言葉を思い出すまでもなく、戦場においては不測事態がつきものである。何が起こるかわからない。敵との交戦が生起するかもしれない。だからそのためにも――。

しかし陸上自衛隊の現実は、信じがたいことに、第12普通科連隊の本部管理中隊には、ボディアーマーそのものは二百五十着とたくさんあるが、肝心の防弾プレートはたった十六枚、二枚一組なので八名分しかなかった。情報小隊の分としても絶望的に足りなかったのである。

ゆえに、情報小隊の後に着上陸する予定の第12普通科連隊の主力、普通科中隊の小銃小隊が、市街戦などで施設内に入る時のみ、CQC班を選抜し、それら隊員にのみ防弾プレートを配給することを連隊長は急遽決めなければならなかった。

さらに、今回に限った特異な戦術を冷泉小隊長は決めた。

情報収集に特化した斥候班の任務ゆえ、絶対に敵には――つまり人民解放軍兵士には見つかってはならない。基本は、なるべく射撃もしない。見つかれば敵の警戒レベルがあがってしまうからだ。

だがその人民解放軍兵士とは特殊部隊である。自分たちの敵だと識別する技能は長けているはずである。ゆえに、こちらも相当な欺瞞《ぎまん》工作が必要だと鬼怒川が進言したことを冷泉小隊長は了承し、その結果、島民に偽変して、つまり私服で任務を遂行することを決心したのだった。

ただし、宮古島の海岸にビーチングするまでの洋上ではたっぷりと濡れることが容易く想定されたので、私服を持って来い、とわざわざ事前に指示していたのはそのためだった。

背嚢《はいのう》を背負うことは冷泉小隊長が止めさせた。野戦の訓練では当たり前だが、今回は、情報収集に特化した任務ゆえ、行動は私服にて行う、かつできるだけ軽装とせよと沖田小隊陸曹が指示していた。また矢臼別での訓練の途中、そこから南にある海岸で水路潜入訓練が予定されていたので、鬼怒川は駐屯地出発の二時間前に自宅へ飛んで帰り、必要なものを揃えてそれらをすべて防水加工を施した撥水《はっすい》効果があるアンダーアーマー社製のバックパックに詰め込んでいた。

「V8《ヴイハチ》、装着！」

沖田小隊陸曹の指示が飛んだ。フェイスペイントをした上で必要なものを防水バッグに入れた冷泉小隊長以下三十名の情報小隊員は姿勢を正してから、ヘルメットにマウントしているV8（単眼式暗視ゴーグル）を右目の上にセッティングした。

特殊作戦群の《レッド》とその二人の部下の三名が勢い良く浸入してくる海水の方向へ、一番艇のアキレス製ボートを送り出した。

「ゴー！　ゴー！」

《レッド》が声を張り上げる。

それを合図に鬼怒川は真っ先に動いた。つづいて四名の情報小隊員たちが左右から急いで一番艇のアキレス製ボートに頭から飛び乗り、長いフィンを手にした《レッド》がしなやかな動作で乗り込んだ。

アキレス製ボートが輸送艦から外洋へ出た時だ。激しい雨とともに大きな波に襲われた。アキレス製ボートが大きく傾く。叫び声が聞こえた。鬼怒川が振り向くと、野村の体の半分が海の中に落ちている。鬼怒川が突き出した両手を顔を歪めて必死に握ってきた。それにしてもさっきまでこんなに雨は酷くなかった。

駐屯地では台風の暴風時に正門を閉めるために五人がかりで必死に行うのだが全身を覆う合羽《かっぱ》を被らないとまったく不可能である。それと同じ猛烈な雨風が自分たちを容赦《ようしゃ》なく襲っているのである。しかも合羽もなにもなく直接、顔や全身に打ち付けているのだ。

「野村が落下してます！」

鬼怒川のその声で船外機が停止した。アキレス製ボートにいる七名の協力によって野村をアキレス製ボートになんとか収容できた。

「全員、しっかりロープを握れ！　速度を上げる！」

《レッド》が声を上げた。

船首に寝そべる鬼怒川は少し首を上げて背後を振り返った。同じような要領で後発組がアキレス製ボートに乗り込もうとしている。

「頭を下げろ！　スナイパーにブチ抜かれるぞ！」

《レッド》が叱り飛ばした。

首を竦めた鬼怒川は右手でセイフティロープを握りながら、頭に被ったブッシュハットを左手で必死に押さえた。

輸送艦を出発した鬼怒川たちの前方で、さらに外洋に出たところでは海はさらに強烈に荒れていた。大きな白波がたち、その度に鬼怒川たちは大きな波を頭から被りずぶ濡れとなった。顎紐で固定していたブッシュハットの紐がちぎれそうになり、顔中がびしゃびしゃになりながらも鬼怒川はブッシュハットを取って戦闘服のズボンのポケットに急いでねじ込んだ。

これが訓練ならば、絶対にいかないだろう、と思えるほどの状態である。出発前は、何とかなるだろう、と思っていたが想像を超えていた。

さらに海が強烈に荒れ出した。アキレス製ボートは波でもみくちゃにされる。中に大量の海水が繰り返し飛び込む。ずっとそれを両手を柄杓代《ひしやくが》わりにして全員で必死に掻き出さないと沈没してしまうという状態に陥った。

急に波がほとんどなくなった。リーフエッジ（礁縁《しょうえん》）を過ぎて、リーフフラット（礁原《しょうげん》）、つまりバリアリーフの中に入ったのだ。だが、雨風は依然として激しく、視界が遮られる。

アキレス製ボートの船首に寝そべった鬼怒川が見つめるＶ８（単眼式暗視ゴーグル）のレンズに、薄いグリーン色で浮かび上がるＢＬＳ（海岸上陸ポイント）が近づいてくるのが映った。時折、波間から姿を現す岩礁の向こうに広がる砂浜に動くものは何も見えない。ただ強い雨と風とが草木を大きく揺らすので、時折、その動きに驚かされヒヤッとすることが何度かあった。

「ＢＬＳ、変化なし」

鬼怒川の脳裡に想像もしたくなかった光景が浮かび上がった。人民解放軍が宮古島に持ち込んでいると見積られる携帯式火器の、完全なる射程内に入ったことを意識したからだ。

新城《あらぐすく》海岸のビーチの上にある、県道83号線へのアクセスは三十五度の急斜面となって、その周囲は鬱蒼《うっそう》とした原生林の植生《しょくせい》（一定区域に集まって生育している植物の全体）に溢れている。そこに潜むのはごく簡単である。そこから中国のＳＦ（特殊部隊）の射手が、人民解放軍の装備品である携帯式対空ミサイル紅纓《ホンイン》6や対戦車ロケットランチャー98式120ミリを撃ち込んできて、一瞬のうちに体がバラバラになる――。

鬼怒川は唇を噛みしめて頭を振って悪夢を振り払った。

BLS（海岸上陸ポイント）として決めた――連隊本部管理官中隊2科地誌班であらかじめ「M12」ポイントという記号で指定している――宮古島南東部に位置した、遠くまでの浅瀬が広がっていることで有名な新城海岸を見据えた鬼怒川は不可思議なものに気づくと激しく動揺し、鼓動が激しくなり、過呼吸一歩手前のような状態になったのがわかった。

海岸の南端で、突然、明るい光が点滅したのだ。明らかに人工的な光だと思った。規則正しくフラッシュを繰り返しているからだ。

「数時間、ソフトダックで展開している我々の別チームだ」

《レッド》が言った。

鬼怒川が少し頭を上げた。

「頭、低く！」

背後から《レッド》が叫んだ。慌てて頭を下げた鬼怒川がちらっと《レッド》に目をやった。すると《レッド》はチョーク大の大きさの青白く光るスティックを小さく左右に振って、すぐに潜水服のどこかに仕舞い込んだ。

遠浅のエリアに入ったアキレス製ボートから、まず特殊作戦群の《レッド》が下りてアキレス製ボートを手で引っ張って海岸へと誘導した。最後はオールを使った手漕ぎで辿り着いた鬼怒川たちは波打ち際に打ちあげたアキレス製ボートから飛び降りた。

《レッド》の指示で真っ白な砂浜までアキレス製ボートを全員で引き摺って運び、その奥に広がる植生の前に辿り着くと、着ていたライフジャケット、戦闘服とヘルメット、荷物を移し替えて空となったアンダーアーマー社製バッグとを植生の中の硬い土を選んで穴を掘り、その中に埋めて隠した。

下着のパンツ一丁の姿になって波打ち際まで全身を低くして走り、他の隊員とともにフェイスペイントを洗い落とした鬼怒川は、黒色のTシャツを着て、濃紺のチェック柄フランネルシャツの上から市販の頭から被れる濃紺色のレインスーツを羽織った。ただ気温は温かく、身につける衣服はそれで十分だった。鬼怒川はすでに額や脇にしっとり汗をかいていることを自覚した。出発前の大村駐屯地の管制気象班のウエザーリポートでは、宮古島の朝の気温は十九度もあると予報していたのがあたっていた。

携行品で最も大きなものとなる「F70《エフナナマル》無線機」は、重量物運搬パックである「ナイスフレームBVS」の中に骨伝導《こつでんどう》マイクとともにすっぽりその中に収納し、外側の収納部分に84式無反動砲を突っ込み、その上から雨が入ってこないように官品《かんぴん》である雨衣の合羽を被せた。

また、リストハンド式のカメンガのレザンチックコンパスとシルバコンパス、地図、水に濡れても使えるペンとメモ帳、ペンライト、ハサミ、そして折りたたみ傘という細々としたもののほか、官品である四肢止血帯《しししけつたい》、タイラップ拘束具、また予備弾が入った弾倉と個人携行救急品が入った小さなポーチ、さらに武力攻撃事態でも認められている民間人の車両を緊急に排除する時、ドアのガラス窓を割るためのレスキューハンマーも含めて、それらはいずれも肩から斜めにかけるワンショルダーバッグ形式の、黒色のアークテリクス社製「マカ2《ツー》」の幾つかのポケットやジッパーの中に仕舞い込んだ。さらに、2個の手榴弾をタクティカルパンツのベルトループのカラビナでぶら下げているポーチの中に収納した。情報小隊では、武器は、攻撃のためではない。待避するための時間稼ぎで使うのだ。

官品で支給されているGPS機材を持って行こうかと一度は考えたがすぐにその考えを捨てた。

訓練では有用だが実任務《リアル》においては、それもまた充電がもたないし、五年以上も前のもので電波のキャッチがすこぶる悪い。ゆえに、いつもの演習では多くの隊員が私物を持ってゆくのだが、宮古島においては明確な目標物があるので、荷物を少なくしたかったこともあり排除した。

ただ、今回の任務では、陸上自衛隊で官品として支給されている二つの「眼鏡《がんきょう》」（暗視ゴーグル）のうち、両眼を使う「V3《ヴイサン》」という双眼鏡ではなく、「単眼《たんがん》」V8だけは持っていきたかった。

そして、人民解放軍兵士との交戦が生起した場合〝生きて戻って情報を伝える〟ための戦闘装備は備えた。普通科連隊の官品である九ミリ拳銃と手榴弾、そして、蜘蛛《くも》マークが刻印されている折り畳み式のスパイダルコナイフ、また予備の予備と言える九ミリ拳銃の弾倉を、腰に巻いたミステリーランチ社製のバッグ「モンキー」とタクティカルパンツのポケットに分散して入れた。

スパイダルコナイフの役目はもちろん、人民解放軍兵士を発見した場合、自分たちの行動を隠すためにその排除が必要だと判断したならば、ステルスで接近し、上腕裏の腱を切断してトリガーワークをさせないようにして即座にニュートラライズ（抹殺）するためのものである。

最後に上下の雨衣の合羽を頭から被った。ただこれを使うためには、ある工夫が必要だった。これを被って歩くと、ズボンの部分で合羽のナイロン生地が擦れ合って、シャカシャカという大きな音が鳴ってしまう。それが鳴らないように、ブラックテープを螺旋状《らせんじょう》に足に巻いていく作業をこなした。

すべての準備ができた鬼怒川たち情報小隊は、タクティカルパンツのポケットから抜き出した九ミリ拳銃のトリガーにかかった暴発用のストッパーを外し、スライドを引いて薬室に9ミリ弾を送り込んで発射態勢にしてから前方前屈《まえかが》みのアイソセレススタンス（二等辺三角形の銃姿勢）で据銃《きょじゅう》し、レーザールール（同士うちを防ぐための銃線管理）に神経を研ぎ澄ませながら四方に展開すると、三百六十度の細かい分担を鬼怒川がハンドサインで隊員たちに指示して警護態勢は完了。その直後、まず任務の最初の行程である、ＢＬＳへの進入が成功したことを告げる冷泉小隊長の声が、二人一組のバディのリーダー、情報小隊で言うところの「斥候長《せっこうちょう》」となった鬼怒川の両耳をすっぽり被う無線用シュアファイヤーイヤホンに響き渡った。

鬼怒川が暗闇に目を凝らしてふと《レッド》へ視線をやると、四つのレンズが突き出た暗視ゴーグルをヘルメットにマウント（装着）した上、ピカティニーレール（オプション器材を装着する器材）に赤外線ナイトビジョンをマウントした、銃身が細くて長いスナイパーライフルらしきものを据銃し周囲を警戒する姿があった。

鬼怒川たちが警戒する中、後発のアキレス製ボートが到着してくる。最後の三隻目から降りた冷泉小隊長を始めとする情報小隊員たちが警戒の輪の中に入った。

だがその中で、岩礁に脚を取られたのか、バリアリーフの中の浅瀬にもかかわらず海水の中でもがき苦しんでいる隊員が鬼怒川の目に入った。鬼怒川が駆け寄ってみると、小金井嵐《こがねいあらし》という若い陸士長が足首に黒いコードが伸びる小さな器材を付けているのが見えた。

「何じゃそれ？」

鬼怒川が若い隊員の耳元で囁き声で訊いた。

「シャークシールド（電子鮫避《さめよ》け装置）です」

小金井も小声で返した。

鬼怒川がよく見ると岩と岩の間にコードが絡まって身動きがとれないのだとわかった。呆れ返った鬼怒川は言葉もなかった。

「北海道の海にも鮫がわんさかいると、嫁から強引に持たされまして――」

小金井が泣き出しそうな顔をしながら小声で言い訳した。

シャークシールドを無理矢理に剝がして植生の中に隠した鬼怒川は、海の中から強引に小金井を引き摺りだすと、その胸ぐらを両手で摑んで耳の中に押し殺した声を放った。

「今度、仲間に迷惑かけたら殺す！」

波打ち際に小金井を叩き付けた鬼怒川は、こんな奴にはもう構ってられないといった風な表情を浮かべてからバディを組む野村を探した。

激しい雨と風は依然として止まない。鬼怒川は五十メートルほど離れた南側にあるアスファルトで舗装された登り坂のその先を、アークテリクス社製「マカ２《ツー》」から取りだしたＶ８を片目にあてて見上げた。だが、レンズに降り注ぐ雨で鮮明には見えない。

冷泉小隊長が全員を見渡している姿が目に飛び込んだ。彼は無言のまま右手を水平に前へ差し出した。情報小隊、計三十一名が一斉に身を低くしてゆっくりと前進を開始した。

鬼怒川はふと背後へ目をやった。《レッド》の姿はどこにもなかった。

フィリピン沖　空母ロナルド・レーガン

グリーンのヘルメットの上からヘッドセットと黒い防塵《ぼうじん》グラスを被り、黄色いビブスを着たカタパルトオフィサーが、目の前でエンジンを噴《ふ》かす戦闘攻撃機スーパーホーネットの操縦士に向かって、しゃがんで姿勢を維持しながら右手を飛行甲板《かんぱん》先の射手《しゃしゅ》方向へ九十度の角度で真っ直ぐに差し出した。

発進したスーパーホーネット戦闘機は電磁カタパルト（航空機射出機）によってわずか二秒後に時速三百キロの速度に達して加速。轟音《ごうおん》を響かせながら空母ロナルド・レーガンの飛行甲板から猛スピードで離陸していった。

遠ざかってゆくスーパーホーネットの機影を見送ったCNNの男性アンカーであるマット・アモンは、画面の左下に、最新《ブレイキング》ニュースという文字が表示される中、ヘルメットを被った顔をビデオカメラのレンズへと戻し、飛行甲板に駐機《ちゆうき》されている早期警戒機《そうきけいかいき》E―2ホークアイの傍らで、艦橋《かんきよう》アイランドをバックにし、緊張した面《おも》持ちでスタンディングレポートを始めた。

〈台湾外務省は先月二十二日、中国が一週間前から台湾周辺海域で行っている、台湾の保護と支援を名目とした軍事演習により、台湾が事実上、海上封鎖状態に置かれていると非難しました。台湾の外務大臣によると、中国海軍によってバシー海峡は完全に封鎖され、台湾海峡もほとんど航行できない状態になっているといいます。中国は軍事演習実施に先立ち、周辺海域にミサイルや銃砲の発射演習があると警告していました〉

さらにマット・アモンは、台湾外務省の声明で、

〈前例を見ない広い範囲で軍事演習が行われるため、台湾海峡とバシー海峡双方での航海が実質的に不可能になっている〉

と説明したとした後、台湾にあるアメリカ在台湾協会はSNS上で、

〈軍事演習という建前のもと、中国は台湾の海上主権を制限し、台湾海峡とバシー海峡の航行の自由を狭め、台湾だけでなく北東アジアの経済に重要な海上交通を妨げている〉

と非難したと語った。

マット・アモンの言葉が終わらないうちに、頭上から哨戒ヘリコプターSH―60Bシーホークが猛烈なダウンウォッシュをまき散らしながら降下してきた。マット・アモンは、外洋へ投げ出されないようにしゃがみ込んで耐えなければならなかった。

テレビ画面が半分に区切られた。マット・アモンの右側の画面で、ルネッサンス様式の赤と白のコントラストが美しい中華民国総統府の建物の前に立つ、年季の入ったもう一人の著名な女性

アンカー、キャサリン・ウエイズバーガーがオーバーなアクションでレポートを開始した。

〈緊迫する台湾情勢をめぐり、欧米各国の首脳が外交的解決に望みを託し、動きを活発化させており、アメリカのアンソニー・ブリケン大統領とイギリスのサジズ・ジャヴィド首相が3月22日、電話で会談を行いました。ホワイトハウスの発表によると、両首脳は『台湾の主権と領土の一体性に対する支持』を再確認し、中国が軍事的緊張をさらにエスカレートさせる行動を選択した場合は〝深刻な結果〟を科すための準備を含め、同盟国と緊密な協調をとることを強調しました〉

キャサリン・ウエイズバーガーは続けて、イギリス首相官邸報道官の言葉を紹介し、アメリカとイギリスの両首脳は首脳会談において、

「外交のための〝重要な窓〟は残されている」

と合意したことを伝えた。

キャサリン・ウエイズバーガーはさらに、

〈一方で、ヨーロッパ各国が中国から輸入しているレアアースなどの金属資源について、報道官は、中国への依存度を下げる必要性を繰り返し強調し、『この動きは、他のどの動きよりも中国の戦略的利益の核心を突くものである』との認識を示しました〉

と語った後、ジャヴィド首相のSNSへの投稿も紹介した。

〈王浩然《ワンハオラン》国家主席が緊張状態から後退する時間はまだ残っている。我々はみんなで対話し、中国政府が中国と台湾にとって悲惨な過ちとなることを避けるように促している〉

キャサリン・ウエイズバーガーは次に、この投稿からおよそ四時間後、ジャヴィド首相はブリケン大統領との電話首脳会談内容についてもさらにSNS上で言及したことを紹介した。

右側の画面でキャサリン・ウエイズバーガーはさらに、匿名の米情報機関当局者の話として、人民解放軍陸軍の通常戦力の七十五％近くが現在、台湾に近い福建省の厦門《アモイ》市や連江県にある陸

軍基地に集結していると伝えた上で、これほどまでに集中するのは極めて異例だとするリタイヤしたアメリカ海軍提督の話を披露した。

画面はもう一度、ロナルド・レーガンの飛行甲板が全面に代わり、マット・アモンがレポートを再開した。

〈緊張が高まっている台湾情勢をめぐり、日本の荻原首相は4日夜、台湾の黄承旭《ファンチオンシュ》総統と電話で会談し、緊張緩和に向け、粘り強い外交努力を行うことで一致しました〉

画面の片隅に小窓状のワイプ画面が現れ、そこに中国外務省の記者会見場が映り、中国人の記者が質問を投げかけるシーンが流れた。

〈日本は防衛出動を間もなく開始します。つまり、中国との交戦を宣言したのです。にもかかわらず、なぜ中国政府は、対抗しないのか、それをうかがいたい〉

李浩宇《リーハオユー》報道官は表情を一変させて、激しい口調となった。

〈日本は、ありもしない国難《こくなん》をでっち上げ、我が国の尊厳を著しく貶《おとし》めている。ここで明確に申し上げるが、日本の宮古島で発生しているのは、我が国の観光客を襲う輩に日本が責任を持つべき、日本の治安問題であり、我が国との交戦状態ではない。ゆえに自衛隊の活動を即刻、中止するよう、最も強い言葉で厳重警告する。さもなければ、日本は、史上空前の、本当の国難を迎えることになろう〉

ワイプ画面は、台北市の中華民国総統府の建物前のライブ映像に再び切り替わり、アンカーのキャサリン・ウエイズバーガーが熱気を帯びた語り口で、オーストラリアのエリック・ファーガソン国防大臣は報道官を通じてコメントを発表したという内容を語り始めた。

その内容とは、日本の「サキシマアイランズ」（先島諸島）の一部である「ミヤコアイランド」で発生しているサボタージュ（破壊活動）事案は、中国人民解放軍による軍事行動であるとの確証を我が国は得ており、台湾全面侵攻作戦を実施するために、制海権と制空権を確保するためのものであると認定している。よって、AUKUS《オーカス》（アメリカ、イギリス、オーストラリアによる太平洋地域の安全保障の枠組み）は、日本を支援するための実質的な「対抗措置」を開始する、というものだった。

神ノ島

瓦礫の中から友香が救い出した小学二年生の諏訪聡美は、友香が一年前に救命措置の研修で学んだことを忠実に施したことで出血は止まり、呼吸もあり脈もあったが、これからの長い人生を思うと、彼女の身に起きたことは余りにも残酷だと友香は声を失っていた。

肘《ひじ》から先の右腕を失って、いかなる困難が彼女に待ち受けているか、それを思うと胸が押し潰されそうだったし、実際、さっきから呼吸がまともにできない。

救急車に諏訪聡美を乗せた友香が校舎を振り返った時、息を止めたまま立ち尽くした。そこには瓦礫しかなかった。その時、記憶に蘇ったのは、防空壕を指示してくれた上間校長が校舎へ駆け出して行った、その姿だった。

避難を拒否している島民の中から漁船の持ち主を探し出し必死で頼み込んだ友香は、人手がいるでしょうから私も行きます、と志願してくれた後輩教師の西銘遙花とともに神ノ島までの海を渡っていた。

神ノ島で被害があったという情報はなかったが、とにかく心配でいてもたってもいられなかった。

うねった波で揺れる漁船の縁を必死に摑みながら、神ノ島を見つめる友香は、なぜこんなことが起こったのか、そのことを考えていた。なぜこんな静かな島でテロが発生しているのか——。

神ノ島へ近づくにつれ、その感情は徐々に明確になっていった。

それは、怒り、だった。それも全身の皮膚を掻きむしる激しい怒りだった。

なぜ、平良東小学校は、攻撃されなければならなかったの！

どうして善良な子供たちの命を奪おうとしたの！


神ノ島の漁港に着いた時、副校長の高岡からの連絡がスマートフォンに入った。

宮古島の島民の避難は進んでいるが、やはり数千人の拒否者が発生しているという。

また、市役所によれば、神ノ島の島民たちは定期連絡船『ウカンかりゆす』が炎上してしまったので、昔に使われていた木製の小舟「サバニ」によって何度も行き来して大多数は避難したが、与座家だけが残っているはずだと高岡は言った。

与座トミ、おばぁは、御嶽《うたき》での「ウヤガン」（祖神祭）を止めることは絶対に拒否すると友香は確信していた。だから恐らく亜美と二人の娘たちも離れられずにいるのだ。

急な坂道を駆け上がって与座家に辿り着いた友香は、やはり、まだ、おばぁが、御嶽から出て来ていないと知った。せめて姉妹だけでもと言ったが、奈菜も莉緒も、ママと一緒にいると言って聞かなかった。

「すみません、市から頼まれてきた者です」

一人の男が集落の一本道を上がってきて声をかけた。

三十代半ばと思われるグレーの作業服を着た男は、東京都内の地質調査会社に勤務している「津田《つだ》」と名乗った。

白い歯と屈託ない笑顔に好感を持った友香は微笑みながら与座家の敷地に誘った。

「まだ避難されていない方がいらっしゃると聞いて、宮古島市の避難担当部署からの依頼で来たんですが、こんなに大勢？」

「ありがとうございます。それで、船でここまで？」

友香が訊いた。

「ええ、島尻港で漁船をお借りしました。自分、小型船舶免許を持っているもんで――」

「何人乗れるの？」

友香が訊いた。

津田はそこにいる人数を数えて言った。

「これなら十分です」

「もうひとり、高齢の女性がいるんです。どうかお願いします！」

そう必死に訴えたのは亜美だった。

「一人ならなんの問題もありません。じゃあ、さっそく行きましょう」

そう告げた津田は荷物は自分も持つので預けて欲しいと付け加えた。

防衛省

中央警務隊員の先導によって荻原総理が足を向けたのは、統幕と陸海空自衛隊の「運用第1課長」ならびに「運用支援課長」たちが密かに招集された「部屋」からさらに離れた、フロアーも違うエリアにある「部屋」だった。荻原総理に帯同者は許されなかった。政務、事務とも秘書官はそもそもがここへは向かっておらず、警視庁ＳＰチームキャップである「６番」と先導の「５番」並びに、後方の「７番」と呼ばれる最直近の身辺警護員にしても防衛省一階の公共スペースで待たされることとなった。

その「部屋」で荻原は、内閣総理大臣になって初めて、想像を絶するインテリジェンスの神髄を知らされた。

情報本部長の桂浜英治《かつらはまえいじ》陸将が冒頭、説明するには、それは自衛隊が入手しているもののすべてであり、アメリカ軍が把握した情報は「ＤＩＡ（アメリカ国防総省統合情報局）」と「ジックパック（アメリカインド太平洋軍統合インテリジェンスセンター）」の二系統からで、〝日本向け〟にサニタイズ（加工）されてリリースを受けたものであったが、それでも荻原総理は度肝を抜かれたのである。

六十インチほどのディスプレイを背にして真っ先に発言した桂浜陸将は、ジックパックと共有した情報だとの前提を口にした後、中国共産党中央軍事委員会の緊急協議の場所で、王浩然《ワンハオラン》国家主席の特異発言だとしてその内容を披露した。

桂浜によれば、王浩然国家主席は、その席上、中国台湾への全面侵攻作戦を成功たらしめるためには、日本の先島諸島に展開している自衛隊のＳＳＭ（12式地対艦誘導弾）と、「ＥＡＢＯ《イーエービーオー》（遠征前進基地作戦）として先島諸島から中国台湾へ機動展開するであろうアメリカ海兵隊の「ハイマース」（装輪自走式高機動ロケット砲）と「ネメシス」（海軍海兵隊遠征無人艦船阻止システム）を構成する「改ＪＬＴＶ（対艦ミサイル発射装置搭載無人車）」を完全排除するための作戦が必要だと発言。それらに対する成果がもたらされ次第、直ちに中国台湾の武力侵攻を実施すると明言した。

しかも、人民解放軍の水陸機動部隊が中国台湾へ向かう第1梯隊、第2梯隊、第3梯隊、さらにそれら三梯隊が全滅されようが、さらなる梯隊を惜しみなく投射し、いかなる損耗をきたそうが最終的に全面侵攻を果たす、それが政治的な目標だとする発言を行い、出席していた中国共産党中央軍事委員会メンバーの賛同を得た――桂浜情報本部はそう淡々と指摘した。なぜ、その言葉を把握できたか、その経緯は説明しなかった。

さらに、説明を替わった三雲2等陸佐と名乗った男は、

「今、宮古島でゲリラ、サボタージュを行っているのは、一部が中国特殊部隊と、その系列にある傭兵であり、それを今からお見せします」

と説明した上で、デスプレイに注目するように伝えた。

デスプレイに流れたのは、宮古島各地を超拡大した映像の数々で、そこにうごめく者たちの姿が白黒で映し出された。それらの者たちが、どこかの施設へ侵入しては、銃器や対戦車火器らしき武器で攻撃したり、爆弾をしかけたりしているシーンが生々しく映った。

しばらく考え込んでいた荻原総理が口を開いた時には、彼の表情には困惑があった。

「つまり、台湾を侵攻するかしないかは宮古島を落とせるかどうか、それを前提とする、そういうことか?」

荻原を取り囲む男たちはいずれも黙って頷いた。

「私は、軽々しくも、皆さんに、こう言った。中国と戦って勝てるのか、と――」

荻原は自分を囲む自衛隊の幹部たちを見渡した。

「先島諸島は守る。守れる。絶対に守る――今、私は、国家がその意志を持つことを決心した。国家は〝生き物〟だ」

それから二時間後、荻原は、アメリカ大統領を皮切りに、G7の首脳たちに加え、オーストラリア、ニュージーランド、フィリピン、インドネシア、パキスタン、マレーシア、シンガポール、インドの首脳との電話会談を立て続けに行った上で、サインしたのは一枚の命令文書だった。韓

国首脳との会話は排除した。韓国は自国民の避難を他の国より最優先しろということばかり申し入れ、それができなければヤクザと同じだと政界だけでなくマスコミも繰り返していたからで、韓国大統領府から提案された緊急時における相互援助支援の協議も無視した。

そしてその命令文書が北畠防衛大臣に示され、防衛大臣は自衛隊全軍に対して実際の行動を命令する命令文を発令した。

自行防命令第4号

防衛出動に関する自衛隊行動命令

1

（1）政府は、宮古島において同時多発的に破壊活動が行われ、多数の市民が殺傷されている事態は、中華人民共和国人民解放軍による一連の軍事行動と認定し、武力攻撃事態等における我が国の平和と独立及びに国及び国民の安全の確保に関する法律（平成十五年法第79号）第2条第2項に規定する武力攻撃事態と認定し、武力攻撃事態対処基本方針を閣議決定した。

（2）内閣総理大臣は、閣議決定後、国会に対し武力攻撃事態対処基本方針及び防衛出動について六十日以内に承認を得る手続きを執った。

（3）内閣総理大臣は、自衛隊の一部に防衛出動を命じるとともに、防衛出動発令に伴う武力の行使の発動時期は別に命じると指示した。

（4）内閣総理大臣は、本職に対し、特別の部隊の編制を命じた。

（5）内閣総理大臣は、アメリカ合衆国大統領と協議し、日米安全保障条約第5条の規定に基づき共同して対処することを合意した。

2

(1)自衛隊は、内閣総理大臣の命を受け、自衛隊の一部をもって防衛出動する。

(2)自衛隊は、内閣総理大臣の命を受け、特別な部隊を編制する。

ア．北部方面総監は、所要の部隊を陸上総隊司令官に差し出し、防衛出動の実施に関し陸上総隊司令官の指揮を受けさせよ。

イ．東北方面総監は、所要の部隊を陸上総隊司令官に差し出し、防衛出動の実施に関し陸上総隊司令官の指揮を受けさせよ。

ウ．東部方面総監は、所要の部隊を陸上総隊司令官に差し出し、防衛出動の実施に関し陸上総隊司令官の指揮を受けさせよ。

エ．中部方面総監は、所要の部隊を陸上総隊司令官に差し出し、防衛出動の実施に関し陸上総隊司令官の指揮を受けさせよ。

オ．海上自衛隊、航空自衛隊は所要の部隊を陸上総隊司令官に差し出し、防衛出動の実施に関し陸上総隊司令官の指揮を受けさせよ。

カ．特別の部隊の編制の細部は、自衛隊作戦計画（甲号）、別紙C―2付紙「部隊区分」第3項「武力攻撃事態等への対処の段階」による。

3

陸上自衛隊、海上自衛隊、航空自衛隊は、自衛隊作戦計画（甲号）に基づき、防衛出動の態勢を執れ。

4

（1）部隊行動基準の適用については、統合幕僚長に指示させる。

（2）この命令の実施に関し、必要な細部の事項については統合幕僚長に指令させる。

防衛大臣　北畠智久

第3章

3月29日　宮古島

――現地点、県道78号線の手前。西に、連隊主力の集結、宿営適地となる西城中学校、異状なし。変化なし。

第6斥候班《せっこう》の斥候長《せっこうちょう》に指名された鬼怒川は、右手に巻いているカメンガのレザンチックコンパスとチェストポーチから取り出したシルバのコンパスとを照らし合わせながら、数枚のビニール製のレイヤーを重ねて防水加工を施した地図を読み込み、二メートル後方に位置してバディを組むことになった斥候員《せっこういん》、野村陸士長に向かって、進むべき方向へと右手を差し出した。

県道78号線には出ず、目の前に広がるサトウキビ畑の中に入り、道なき道を走った斥候長の鬼怒川は、斥候員の野村が十メートルほど後方からついてくるのを時折立ち止まってボルトックスの単眼望遠鏡で周囲を確認し、さらに進むという繰り返しで先を急いだ。

ＢＬＳ（海岸上陸ポイント）において敵の攻撃は幸運にもなかった。２科が支給してくれた――宮古島の協力者から集めた――情報資料との特異点は今のところない。

しかし、ここは重要地点ではないし、民家もない。ゆえに、これからがまさに死線の中に飛び込むということになる――。そう思うと鬼怒川は、突然、恐怖心が体の奥底から立ち上がった。

――でも行くしかない！

自衛隊員としてそれは当然の帰結である。危険だから行かない、という選択肢は存在しない。

二次災害を防ぐために危険な作業を中断する、という災害派遣とは違うのだ。一般人は尚更、警察でさえ危険だからとして行かないからこそ、自分たちが行くのである。

鬼怒川は自分にそう言い聞かせたが、国分《こくぶ》で暮らした者たちの顔が幾つも脳裡に蘇った。最初に浮かんだのは、妻の柚花理と四歳の息子の凌《りょう》、そして五年前に亡くなった、まだ五歳だった娘の夏鈴《かりん》の屈託ない笑顔だった。さらに枕崎市に住む両親、また大阪で暮らす姉夫婦と中学生の甥と姪たち。さらに、戦闘服姿でも行く時がある情報小隊のたまり場となっている、八十七歳のおばあちゃんが営む居酒屋のいつもの暢気な雰囲気――。

そうすると自分でも思ってもみなかった言葉が頭に響き渡った。

――ここで怖じ気づいたら国分の恥だ！

腹に力を込めた鬼怒川は、後方からついてきている野村に、ハンドサインで前進することを告げると慎重に歩き始めた。

その時、鬼怒川の脳裡に蘇ったものがあった。

「ナッチャンワールド号」での「戦闘予行」での冷泉小隊長の言葉だ。

冷泉小隊長はこう語気強く言った。情報小隊に付与された任務は安易なものではない。情報資料作成の任務を優先とし、火器の使用は極力さけよ。しかし火力支援は望めないと思え。また、負傷者の「後送《コウソウ》」も不可能である可能性が高い――。

富士学校の研修で配られた第一線救護ハンドブックにあった〈治療・後送体制〉という欄には、戦場で負傷した場合、衛生科員による応急措置の後、連隊収容所や師団収容所へ「後送」され、その後、さらに野外病院へ「後送」し、長距離後送に耐えるための手術を行った上で病院での根本治療を行う、とあった。

斥候班にはメディック（救急救命士）もいるがそれは一名である。すなわち「後送」がないのだ。

あらためて考えてみると、冷泉小隊長の言葉はまったく過酷な現実だった。早い話が、負傷したら帰還は望めない可能性が高い——そういうことなのだ。重傷であれば尚更……。

初期段階で発生したアサルト（戦闘）で負傷した宮古警備隊と航空自衛隊の宮古分屯地の数人は宮古島の病院で治療を受けることができ、市民とともにすでにフェリーで避難している。しかしそれは、宮古島に一項指定がかかる前であり、ホットゾーンではなかった時のことなのだ。

鬼怒川はネガティブな思いを頭から振り払うようにして歩みを速めた。

情報小隊のすべての斥候班はすでに、斥候長と斥候員の二人一組のバディとなって各任務ごとに展開していることを鬼怒川はもちろん知っている。それら斥候班から報告を受けて命令を発する冷泉小隊長と沖田小隊陸曹がいる「小隊本部」は、ＢＬＳの新城《あらぐすく》海岸から斜度三十五度という急激な坂道を上がった、県道83号線に沿った少し北側にある城辺総合公園、そこにある茂みの中に天幕を設置していた。

そこではＢ—ＧＡＮ《ビーギャン》を含む通信器材とそれに接続したパソコンを並べて設置し、それらに草木を被せて擬装網《ぎそうもう》のごとくカモフラージュし、四メートル以上はある大きな高利得《こうりとく》中継アンテナを立てて、ＥＥＩ（主要情報収集項目）ごとに散らばった斥候班からの情報を集約し、そこから取捨選択した上で地図にプロットし、宮古島沖で遊弋《ゆうよく》している輸送艦「しもきた」のＣＩＣ（戦闘指揮所）の一角に立ち上がっている連隊本部への報告を忙しく行っている、そんな姿を想像した。

いつもの野戦訓練では、擬装網《ぎそうもう》を被《かぶ》せた高機動車《コーキ》、あるいはＬＡＶ《ラブ》（軽装甲機動車）に設置していたところ、それら車両を陸揚げできなかったゆえの苦心の戦術だった。

鬼怒川たち斥候班の任務は当初の計画通り、連隊主力を着上陸させるためのヘリポート適地と港の状況に関する情報収集である。

ヘリポート候補は全部で三ヶ所である。宮古島マラソンの出発地で白いオーシャンブルーの海を背に立つ白い灯台で有名な東平安名崎《ひがしへんなざき》近くにある五十万平米の広さを誇るゴルフ場オーシャンリンクス宮古島、また宮古島南部のシギラベイカントリークラブの百万平米のエリア、そして宮古島随一の広さを誇る砂浜を抱く与那覇《よなは》ビーチに隣接した七十八万平米のエメラルドコーストゴルフリンクスだ。

本来なら、宮古島のほぼ中央部に位置する上野《うえの》字《あざ》野原《のはら》という住所地に陸上自衛隊の「宮古島駐屯地」と航空自衛隊「宮古《みやこ》分屯地《ぶんとんち》」が隣接し、それぞれにヘリポートがある。

しかしそれら駐屯地と分屯地は、潜入している人民解放軍部隊が放ったと思われる何らかのロケット砲で攻撃を受けただけでなく、現在、宮古警備隊と正体不明の武装集団との間で散発的な銃撃戦が起こっていると、「ナッチャンワールド号」で伝えられたばかりだった。

ゆえにそれら駐屯地と分屯地はヘリコプター適地からは除外されたことを鬼怒川は悟った。しかも、第12普通科連隊の連隊主力とともに乗っかってくると計画されている第8師団のCP（指揮所）は宮古島駐屯地とされていたのも変更せざるを得なかった。

CP設置場所のプランBは宮古空港だったが、そこも地対空ミサイルの攻撃を受けて警察のヘリコプターが大破したことから除外され、結局、プランCに指定された、宮古島で最も大きな港である「平良港《ひららこう》」のターミナルビルへと急遽、変更を余儀なくされるだろうと鬼怒川は想像した。

「ナッチャンワールド号」で行われた第二回の「戦闘予行」の場で、佐伯連隊長はこう告げた。

JTGは宮古島で最大の商業港である平良港に、戦闘主力を揚陸させることができるかの判断を急務としている。

よって、連隊長として情報小隊にEEI（主要情報収集項目）を示す。平良港という視察対象に関する情報収集をせよ——佐伯連隊長は鬼怒川の顔を見つめて語気強くそう言った。

さらに佐伯連隊長は、もし視察対象の平良港に敵勢力が集結していなければ、そこへ連隊主力を投入した上で橋頭堡を確保し、接岸する船舶によって第42即応機動連隊、もしくは必要であるならば、海上自衛隊の輸送艦で宮古島沖へ前進させている水陸機動団一個連隊を揚陸することで宮古島に潜伏しているSFを撃滅し、かつ中国の水陸両用部隊を抑止する、と続けた。

宮古島には平良港以外にも主要な港が十三ヶ所ある。だが、平良港と来間島《くるまじま》に面した与那覇前浜港《よなはまえはまこう》を除けばすべて漁港であり、国が定める港格では、重要港と指定されているのはやはり平良港だけだ。しかも巨大な「しもきた」の喫水《きっすい》を考慮した場合、それを確保できるのは宮古島では平良港しかない。

ただ、平良港にしても、〝港〟とひとくちに言っても、広大で複雑である事実を鬼怒川は連隊本部管理中隊2科地誌《ちし》班作成の「地誌」から頭に叩き込んでいた。

最も巨大な張水《はりみず》地区を中心として、西にトゥリパー地区、北側に下崎《しもざき》地区と三つのゾーンに分かれ、その中に、埠頭《ふとう》は第1から第4まで四ヶ所の係留《けいりゅう》施設が存在する他、小規模の船揚場《ふなあげば》も四つある。

うち張水地区に含まれる第1埠頭にはバース（碇泊場所《ていはくばしょ》）が二つ存在し、うち一ヶ所の第1バースは、岸壁《がんぺき》の水深《すいしん》が八メートル近くあり、長さも二百六十メートルはある。「しもきた」の絶好の接岸ポイントだとして、JTGでも最大の関心を寄せていることを、「しもきた」からの出撃直前に、自分たちを宮古島沖の海域まで運ぶ作戦の指揮官である「しもきた」艦長、鶴城匠《つるぎたくみ》2等海佐からの直々のブリーフィングで知らされていた。

ゆえに平良港にはエリアごとに五個十名の斥候班が投入されることになった。鬼怒川と野村の第6斥候班に与えられた任務は、まさにその第1埠頭の第1バースを含む平良港に関する情報を収集することだった。その安全確認を完全にできれば、連隊主力に留まらず、第42即応機動連隊の到着も可能となり、同時に、大量の戦闘車両や火砲、またレーダー装備などをごっそり陸揚げして最前線に投射し、潜入している人民解放軍特殊部隊を短期間に殲滅できるという計画が作成された。

オレたち二人は最も重要な任務が与えられたんだ！――鬼怒川は新城海岸に上陸してからずっと野村に言いきかせていた。

不安を見せていた野村もさすがに今の段階ともなると、頭も体も戦闘に臨む〝レッド〟の状態に切り替わっていると、その顔つきと機敏な動きを見て、鬼怒川は確信していた。

だが、この先が大変である。第8師団からの命令では、着上陸侵攻を図る人民解放軍は、この平良港から侵攻を行う可能性が最も高いと見積っており、平良港の死守が第8師団に与えられていた命令だったが、情報収集を命じられた平良港まではまだかなりの距離がある。しかも、平良港まで行き着くルートは、これまでの野戦訓練で経験した山や谷がほとんどなく、訓練ではほぼ経験したことのない住宅街や市街地を通過する必要がある。つまり、敵と遭遇する可能性が非常に高いのだ。

茂みの中に潜んでいた原生林の根っこに足が引っ掛かって躓き、もんどりうって地面の上に倒れた鬼怒川は激しい雨に打たれながらも、じっと息を殺した。倒れる時に大きな音を出してしまったからだ。

音が聞こえた。だが、それは人間が発する声でも、人工的な音でもなかった。鹿とかイノシシとか、野生の獣《けもの》が発する声だとわかった。それら獣たちは自分たちが食い物を食うと、その臭いで近寄ってきたりするが、今、鬼怒川たちはそれらを口にしていないので近づいてくる恐れはないと思った。

タクティカルパンツのポケットから再び地図を取り出した鬼怒川は口にくわえたペンライトで

照らした。

鬼怒川の斥候6班は、この県道沿いの、原生林の間を行き、戦闘予行で設定した〈農林2号〉と記された〈前進経路〉の「ルートチェック」も任務として付与されていた。地雷や障害などを確認する任務である。連隊主力は、平良港を「LZ」（上陸地点）とする計画があるものの、そこが不可能となり、別の場所からの上陸となった場合、連隊のルートの状況を調べておく必要があるからだ。

鬼怒川は野村を連れてさらに二百メートル前進する間、止まっては、その都度ハンドサインで指示した。

鬼怒川はさらにハンドサインを使って野村を傍らに呼び、一緒になって地図に目を落とした。地図上に〈Ｐｔ命令受領〉と記された箇所があることを野村にも確認させた鬼怒川は、もう一度、地図を見つめ、自分がいるポイントに〈テッカ〉（通常管制＝電波発信可）と記されていることを確認した。

背負っているナイスフレームＢＶＳから、「Ｆ７０《エフナナマル》無線機」そのものは外に出さず、上部のチャックの隙間からアンテナだけを空に向かって一メートルほど伸ばした。小隊長からの基本の命令はすでに細部までの確認を終えている。また「ＳＵＴ」（小隊以下の部隊戦術行動）に基づいた「対敵行動《たいてきこうどう》」の予行も「ナッチャンワールド号」で十分に行ってきた。ゆえにその通信をあらためて行う必要はなかった。

鬼怒川たち斥候班に与えられた「対敵行動」は、ＳＵＴとして基本戦術が佐伯連隊長から示されていた。それはたった一言だった。「撃たれたらすぐに撃て」――それが防衛出動が命じられた実際の戦場における合理的な戦術だと鬼怒川は納得していた。訓練でいつも使っている、教範にある「射撃用意！」「指名《しめい》！」「撃て！」は、すべてクソ！　だと鬼怒川は常に思っていた。

骨伝導マイクをヘッドセットのように頭から被った鬼怒川がＦ７０無線機を使って小隊本部と通信を行ったのは、敵情《てきじょう》、つまり潜入している人民解放軍特殊部隊の最新情報に基づいた冷泉小隊長からの補足命令を求めるためだった。冷泉小隊長のもとには、「ナッチャンワールド号」に立ち上がっている連隊本部を通した、ドローンや衛星画像からの情報の他、海上自衛隊Ｅ２―Ｃの電波傍受による人民解放軍特殊部隊の動向に関する情報に至るまで、それらをすべて集約している西部方面隊作戦室からの最新情報が入っているはずだからだ。

「マルマル（小隊本部）、こちらロクヒト（斥候６班）、送れ」

　鬼怒川が骨伝導マイクのプレストークボタンを押しながら通信を送った。

「ロクヒト、こちらマルマル、送れ」

　その声は沖田小隊陸曹に思えた。

「マルマル、ロクヒト。敵情、送れ」

「ロクヒト、マルマル、敵、ＰＳ（警察署）に対して攻撃。多数の死傷者発生の模様。さらに、複数のＶＡ９《ヴィエーナイン》（重要《バリュー》施設第９番＝飲料用地下ダム水源施設）を襲撃。施設被害と犠牲者発生の情報あるも詳細は不明。以上。送れ」

「ＶＡ３《ヴィエースリー》（平良港）の情報、送れ」

　鬼怒川が自らにＥＥＩ（主要情報収集項目）として与えられたことに関する情報を求めた。

「ＶＡ３に関してはナシ。送れ」

「了解。海空の火力支援の状況、送れ」

　鬼怒川は我慢できずに聞いた。

「島民の避難終了せず。よって保護目標の設定を陸海空で調整中」

「避難者、総数、送れ」

「約五千」

——五千だと？　島民の十分の一にもならないじゃないか！

「島外移送は？」

「ロクヒト、マルマル。移送は未定。以上」

小隊本部がそう答えた。

——クソ！

鬼怒川は声に出さずに毒づいた。鬼怒川が想像したのは、市街地での攻撃が開始されていることから、住民たちは北部の池間島に決めた船舶による避難集結地に行けないのだろうということだ。しかも、その集結地点に海上自衛隊の船艇も接岸できない。ということは、制海権の一時的な優性を海上自衛隊は確立していない証拠だ。

鬼怒川は焦った。

——一刻も早く連隊主力や後着予定の第42即応機動連隊を揚げる必要がある！

地図をタクティカルパンツのポケットに仕舞った鬼怒川は、ハンドサインで前進することを野村に告げ、先に立って原生林の中を移動した。

その原生林はすぐに終わった。鬼怒川の前にあったのは広大な平地と点在する一戸建ての民家だった。

福岡駐屯地で2科長から情報小隊へ「敵の可能行動」の提示があったことを鬼怒川は、タクティカルパンツの別のポケットに突っ込んでいた地図を取り出した。2科長から情報小隊へ伝えられた、「敵の可能行動」に基づいて作成した「班偵察斥候計画」を暗号で書き込んだものだ。

そこには前進する経路ごとに「オプション1」から「オプション5」までが示され、さらにその経過上の偵察拠点としてのポイントを意味する「Ｅ1のア」から「Ｅ5のオ」まで指図されている。

しかし、鬼怒川は、今、それらのすべてはまったく役に立たないと絶望していた。なぜならそれら「敵の可能行動」はすべて、〝この浜から着上陸侵攻をした場合〟などを前提に示されたからだ。

現実は訓練とはまるで違う。すでに敵、人民解放軍特殊部隊は、かなり前に宮古島に潜入し、宮古島じゅうに展開し、拠点を設けて攻撃を開始しているのだ。

ゆえに頼るべきは、陸海空のセンサをすべて投入しての情報しかないことを、毎年のように来襲する台風に負けない強固な家並みの住宅街を見渡しながら思った。

班偵察斥候計画には「予備経路」が点線で示されていたが、予備もヘッタクレもないと思った。隠密行動をする場所が絶望的に少ないからだ。

覚悟を決める必要があった。それは当初の計画だったが、いざ、それを行うと考えると急に不安になった。島民もしくは旅行客に偽変するために、折り畳み傘を出して差すことである。

自衛隊の訓練で〝傘を差す〟なんて有り得ない。しかし、このコンディションにおいては、〝傘を差していない〟方が不自然なのだ。


県道78号線の傍らを、これまでのような隠れるような行動ではなく、おおっぴらに宮古島の中心部へと進み、県道194号線と合流する名底《なぞこ》という信号にさしかかった。焦げ臭い臭いがしてふと辺りを見渡すと、北西へ向かっている進行方向からして九時の方向で、この雨にもかかわらず黒い煙が立ち上っているのが目に入った。

鬼怒川は地図を見た。そこは、NTT無線中継所がある場所と一致していた。敵は相当前から宮古島のインフラにかかわる情報を調査していたことをあらためて感じた鬼怒川は、彼等との闘いは容易ではないことを思い知らされる気分となった。

視線を県道の先へ戻した、その時だった。猛烈な勢いで人影が右から左へ駆けて行くのが目に入った。

〈十二時の方向、距離、二百、アンノウン、一名〉

骨伝導マイクにそう告げた鬼怒川は、ちゃんと伝わったかどうかを確認するため、五メートル後方にいる野村へ顔を向けた。ハンドサインで確認したことを伝えた野村は、骨伝導マイクで〈了解〉と短く応えてきた。

雨に霞む景色の中で、性別さえわからぬ人影だった。

鬼怒川は咄嗟に道路の脇にある草むらの中へ移動して身を潜め、野村をハンドサインで近くに呼び寄せた。

鬼怒川は、「ＥＦＩ」（富士学校での部隊陸曹情報課程）で学んだことを思い出した。もし今、目撃したのが敵とすれば、交戦するか、回避するか、作戦上の必要や戦闘行為の成功する確率を考え合わせて決定しなければならない。加えて、敵は自分たちに気がついている可能性があることも意識しなければならないのだ。

「シルスだ。分かっちょっんな」

鬼怒川が声を潜めた。

鬼怒川は、ＥＦＩで学んだことを情報小隊で若い者たちにも教え込んできた。その初級は前進と索敵《さくてき》（敵の捜索）における「五感」の活用である。それが「シルス」という戦術移動のことである。前進する時、聴覚は重要だが自らの雑音を聴いてしまうし、敵へ向ける研ぎ澄ますべき五感の集中力は移動することに費やされ、敵の探知に失敗することも多い。嗅覚にしても微細な空気の流れのほか、特定の臭気である体臭、食事、ガソリン臭、喫煙臭に溢れ、移動中に嗅覚だけで敵を見極めるのは困難を生じる。ゆえに、ＳＴＯＰ《ストップ》（止まる）、ＬＯＯＫ《ルック》（見る）、ＬＩＳＴＥＮ《リスン》（聴く）、ＳＭＥＬＬ《スメル》（嗅ぐ）――頭文字をとって「ＳＬＬＳ《シルス》」を繰り返して前進すること、基本的なことだがこれを常に意識することが重要なのだ。

　野村が大きく頷いたことを確認した鬼怒川自身もシルスをしっかりと頭の中で覚醒《かくせい》させ、しばらく身動きをせずに辺りを観察した。今、見かけた人物が、敵か味方か、それとも避難に遅れた住民かを見極めることに意識を集中させた。その結果、それを見極めるための視察点《しさつてん》として使える場所を急いで辺りを見渡して探した。

　鬼怒川は急に猛烈な寒さを感じて思わず両手で体を抱き締めた。横を見ると野村も同じ格好をしている。南の島とはいえ、これだけの雨が降れば気温が相当下がっているのだろうと思ったし、全身がびしょ濡れになっていることで、体温が相当奪われていることを自覚した。

ヤバイ！　と思った。富士学校のＥＦＩ（部隊陸曹情報課程）の先輩の言葉、「斥候魂《せっこうだましい》を持て！」を思い出すとともに、その先輩から教わった「斥候躾《せっこうしつけ》」の〝教科書〟の一文が頭に蘇った。

〈濡れた体は体力の消耗につながる。体についた水は、空気に晒《さら》されている時より二十五倍の速度で体温を奪う〉

　鬼怒川は合羽の上から全身を抱き締めた。低体温症で手足が動かなくなることを避ける必要があった。だが、生地が擦れ合うことで発するシャカシャカという音を立てるわけにはゆかない。それが鳴らないようにブラックテープで留める工夫はＢＬＳで行ってはいたが、体を抱き締める際に音がしないように工夫することは想像していたより大変だった。

　鬼怒川は合羽の袖《そで》をそっと捲《めく》って腕時計を見た。

　新城海岸を出発してから、行動に慎重になり過ぎたことですでに六時間以上も経過している。

　鬼怒川は焦った。

突然、爆発音が聞こえた。鬼怒川は這い蹲《つくば》り、そっと顔を上げながら単眼鏡で周囲を見つめた。すぐに見つけたのは北の空に向けて勢い良く立ち上る黒煙だった。

鬼怒川はポケットから地図を取りだしてテーブルクロスの硬いビニールで作ったレイヤーの幾つかを捲り、沖縄県警から西部方面隊を通して第12普通科連隊2科へ提供を受けた不審者情報をプロットした住宅地図を見つめた。

黒煙は県道243号線と県道78号線とが交差する、レンタカー会社が軒を並べる農協前交差点付近からのものであるようだ。宮古空港の北側からわずか五、六百メートルほどしか離れていない。

その直後、小銃の発射音らしきものも聞こえた。断続的な短い音だ。

――このまま予定した「前進経路」を進めば人民解放軍と交戦となるリスクがある。我々の最優先任務は戦闘ではない。かつ特攻でもない。情報を入手しなければならないのだ。

鬼怒川は近くにあったマンゴー農園の中の売店の中に入った。カギは開いていた。奥にある事務所の中に入ると、タクティカルパンツのジッパーがあるポケットを開き、私用のスマートフォンを取りだした。アメリカ海兵隊では、クローズドサーキットでデータを送受信できるタブレット端末を官品として隊員に持たせ、UAV（無人航空機）からのライブ映像も見られる。だが陸上自衛隊では支給されていないのだ。

鬼怒川がホーム画面で立ち上げたのは画像保管アプリだった。リストにある老若男女の名前を一つずつ指でスクロールし、それぞれの肩書き、自宅住所と携帯電話電話の有無を確認した。

それらリストは連隊2科がSNSの中から集めたものに、さらに2科が独自の調査を加えたもので、宮古島市の有力者、市会議員、警察、消防の指揮官など、協力者として車や食事、そして電池の提供の支援を約束してくれている一覧がそこにあった。

鬼怒川はリストのうち、自家用車を保有していると注釈が添えられている者を何人かピックアップした上で、現在地から最も近い距離に自宅がある者をリストアップした。そして、距離にして最も近いのが、地域の名士が会員となる「宮古島グローバルクラブ会長」という肩書きの長嶺《ながみね》泰造《たいぞう》だとわかった。だが最優先偵察目標「ＶＡ１」である平良港へ行くには遠回りになる。

鬼怒川は、そこへ行くリスクよりも安全に平良港に着くことを優先させた。

鬼怒川は野村とともにもう一度辺りの視察を行った。そのまま三十分が経過した。動くモノは目に入らない。さっき目撃した者の正体は結局分からなかった。

鬼怒川は腕時計に目を落とした。予定の時間を大幅に超過している。

鬼怒川は、Ｆ７０《エフナナマル》無線機のＡＭ波を使って小隊本部に、「前進経路」の変更とその理由を報告した。

冷泉小隊長の声が返ってきた。「急げ！」との命令を受領した。

しかし冷泉小隊長はつづけて、

「ロクヒト、こちらマルマル。ＶＡ５で交戦中！　敵、散兵《さんぺい》（散らばる兵）×《カケル》１個小隊。我《ワレ》、損《そん》耗率《もうりつ》、二パーセント。以上、送れ」

と早口で告げた。

ＶＡ５とは重要《バリュー》施設第５番のことであり、陸自（陸上自衛隊）の「宮古警備隊」を指す暗号である。公式な発表では宮古警備隊は総員計三百五十名だ。だが、それは業務系の人員を含んだ数字であって損耗率の計算式からは除外される。

つまり警備を担当する普通科中隊が全国の普通科部隊の御多分《ごたぶん》に洩《も》れず定員割れをしていると計算に加えたとすると、戦闘員の二パーセントの損耗率というのは、少なくとも六名の隊員が戦《せん》死《し》か、もしくは戦闘不能の重篤《じゅうとく》な負傷者となっていることを意味している。

無線を終えた鬼怒川は野村へ視線をやった。野村はいつもの陽気な雰囲気をそのままに、

「ぶっちゃけ、なんかありましたか？」

と笑顔で訊いてきた。

鬼怒川は野村の様子に嫌な予感がした。階級が上の自分に、砕けた言葉を使うような奴ではないからだ。

鬼怒川は真面目な表情で、冷泉小隊長からの無線の内容を野村に伝えてやった。

野村は表情ひとつ変えなかった。その姿も鬼怒川は気になった。野村の性格からして、突発的な緊急事態においては最初は動揺するが、しばらくして自分を取り戻してマインドを修正する——そのパターンがほとんどである。しかし、今日の野村は自分の感情を制しようとして必死になってかなり無理をしていると思えた。

野村はひと言、

「やるっきゃないっすね」

と暢気な口調で首を竦めた。

その姿もまた引っ掛かったが、鬼怒川には深く考えている暇はなかった。

マンゴー農園から前進を開始した鬼怒川たちは、あくまでも逃げ遅れた島民という雰囲気を醸し出すことにすべての神経を傾注しながら、県道78号線から農協前交差点で国道390号線へと左折し、さらにそこから五キロを歩き、宮古空港の西の端をぐるっと回り込むようにして平良港へ繋がる国道390号線を北上する間、右手をタクティカルパンツの右ポケットの上に置いたまま、そこに差し込んでいる九ミリ拳銃の感触をずっと確認していた。

右手に宮古空港があるエリアを見ながら国道390号線に沿った右側の舗道を北へ一キロほど歩いた時点で、歩みを止めた鬼怒川は骨伝導マイクに囁いて野村も立ち止まらせ、辺りの情報収

集を開始するよう命じた。

連隊主力だけでなく、第42即応機動連隊も来る場合、平良港と宮古空港を結んで南北に走るこの国道390号線はメインのルートとなる。ゆえにこの地点での情報は極めて重要だった。

私物のスマートフォンをタクティカルパンツから取りだした鬼怒川は、2科から支給されたパワーポイントで作成された情報資料を見つめた。宮古島市民が避難時に写してくれたと思われる、国道390号線を撮影した写真がある。鬼怒川は、その写真と目の前の光景とを忙しく見比べた。

撮影ポイントは少しズレてはいる。だがほぼ同じ光景がここにあった。

道路を封鎖したり遮断するものがないのも同じである。また、敵の攻撃に対して射手《しゃしゅ》などの行動を掩護《えんご》する散兵壕《さんぺいごう》や機《き》関銃座《かんじゅうざ》を設置した掩体《えんたい》らしきものが確認できないことも変わっていなかった。

——静かだ……。

鬼怒川はふとそう思った。しかしそれも恐ろしいまでに静かだ、という言葉が繋がった。

車も人影も、その姿はまったくない。

ふと見上げると、十数羽のカラスが送電線の上にズラッと並んでいる。そんな光景さえ不気味に思えた。

——屍《しかばね》を待ってやがる！

脳裡に浮かんだ思ってもみないその言葉を鬼怒川はすぐに拭い去った。縁起でもねえ。バカじゃねえか！　鬼怒川は自分を罵った。

それにしても、鬼怒川のイメージとはまったく違った。

鬼怒川がオブジェクト（攻撃目標）に向かって進む行く手のどこかで、人民解放軍はたむろして掩体を設置している。そこを遠くから視察して、逐一の報告を小隊本部に届ける。特に、平良港に近くなってくると、中国から調査団と称してフェリーでやってきた大がかりな部隊が陣地を作っているだろう。鉄条網を敷いているかもしれない——だが、そんな光景は今のところまったくない。

「ナッチャンワールド号」で行われた敵情に関する2科長の館岡によるブリーフィングを鬼怒川は思い出した。

そのソース（情報元）は明らかにされなかったが、調査団と欺瞞した中国のフェリーからは人員が少なくとも二百名が上陸し——それも日本側の許可なく——幾つかの重装備——戦車と見紛う89式122ミリ自走榴弾砲、30ミリ機関砲やHJ73対戦車ミサイルを搭載した09式装輪歩兵戦闘車、またHQ—12中距離地対空ミサイルが荷揚げされた可能性が高いが、その後の衛星画像やドローンの撮影では一切確認されていないのでどこかに隠匿されている模様だ。

第12普通科連隊の本作戦における「HVT」（高価値目標）は、侵入している敵、人民解放軍特殊部隊のCP（指揮所）と指揮官の位置、また重装備であると沖田小隊陸曹が指摘した上で、しかし、航空自衛隊の「電子飛行測定隊」によっても、人民解放軍特殊部隊が細かく分散しているのでそれらの位置が不明で、また重装備をどこに隠しているかも、電子戦中隊が宮古島に乗っからない限りわからない状態である——。沖田はそう締め括って顔を曇らせた。

国道390号線を南北に見通した鬼怒川は、耳を澄ませ、臭いを嗅いだ。まさに五感を活用するSUTの基本的な戦術行動のシルスである。

だが鬼怒川の中に、引っ掛かるものはなかった。

鬼怒川は背後を振り返った。

野村が大きく頭を振った。彼も、自分と同じ感覚を抱いているのだと鬼怒川はすぐにわかった。

二十一歳にしてこのセンスの良さがこいつの将来を希望あるものにしている、と鬼怒川はあらためて思った。だから、いつも野村には、お前は「I《アイ》」（陸士から陸曹を経て特別昇任する3尉以上の幹部）になって早く中隊を指揮しろ、とハッパをかけていたのである。

さらに前進しても不審な人物どころか人っ子一人いない状態が続く。地図を見つめた鬼怒川は、平良港まで直線距離にして一キロ強となったのを確認した。右手に沖縄電力の配電塔を見上げ、県道112号線と交差する信号に辿り着いたと分かった。

このまま県道112号線沿いに右に曲がってゆけば、宮古島の中心地である宮古島市役所へ繋がり、その辺りは商店や飲み屋が軒を連ねる、通称、平良タウンと呼ばれるハイタウンだ。平良港はそこから北西へ一キロの距離にある。

五分ほど前に小隊本部と通信を行ったところ、宮古島市役所はすでに職員が全員待避しているというし、そこから時折、無線電波が発信されていることを電子飛行測定隊がキャッチしたという。「ナッチャンワールド号」に立ち上がっている連隊本部2科は、宮古島市役所に、敵、人民解放軍特殊部隊のCP（指揮所）がある可能性が高い、という判断をしているという。

しかしそこにもしCPがあったとしても、その視察は鬼怒川たち斥候班が命じられているEEI（主要情報収集項目）ではなかったので、鬼怒川は情報小隊からのその情報は頭の隅っこに入れる程度だった。

鬼怒川は再び地図に目を落とした。平良タウンへのルートを使えばより短時間で平良港へ辿り着くことは分かった。鬼怒川は地図のオーバーレイを捲った。2科が住民から集めた、不審者の目撃情報の地点が平良タウンには密集している。

鬼怒川は〝近道〟という誘惑をはね除けて、国道390号線をそのまま北上し、平良港の西の端に位置するトゥリバー地区の脇をぐるっと大回りして平良港へ接近する当初の予定通りの前進経路を選択した。地図によれば、トゥリバー地区には四ヶ所の船揚場《ふなあげば》がある。

しかし、そこでもまた不審なものを目にすることはなかった。

市街地から一番近く、徒歩で行けるという好条件にあり、白い砂浜で有名なパイナガマビーチを左手に見ながら国道390号線は大きく右へと彎曲してゆく。ビーチからは、海水浴やマリンスポーツを楽しむ若者や家族連れの歓声は聞こえない。まるで無人島を眺めているような錯覚に陥った。

骨伝導マイクに小隊本部からの無線が入った。

「マルマルよりマルロク。住民からの不審者通報。極座標、232の799、892の221、さらに771の397。敵、狙撃手、活動中！　警戒せよ。送れ」

鬼怒川は、瞬間的に背後の野村に向かって拳を握るグーのハンドサインを送ってから地図を見つめた。小隊本部が告げた座標のうち一つが目の前にある！

鬼怒川は咄嗟に頭をあげて視線を向けた。その座標はパイナガマビーチを見下ろすように国道390号線沿いに立っている十階建てほどのこぢんまりとしたホテル「パイナガマビーチ・ロマンス」を指している。

鬼怒川は野村に向かってハンドサインでそのホテルを指さしてから、

「ロクフタ、ロクヒト。狙撃手、警戒！　送れ」

と骨伝導マイクに警告を発した。

野村がすぐに返答した。

「ロクヒト、ロクフタ。狙撃手、警戒。了解」

本来ならここで離脱《ブレイク》して遮断物に身を隠すところだ、と鬼怒川は何気なく周囲へ視線を投げかけながらそう思った。しかし、あくまでも避難する住民や観光客に欺騙しているのである。素早い回避行動をしてしまえば、軍隊だと見抜かれ、一瞬にして警戒レベルを上げられて支援部隊が投入される可能性がある。

鬼怒川は、野村を近くに寄せた。そして、避難集結点へ急ぐ住民の雰囲気を醸し出すために小走りになった。

まだそう走っていないのに背中は汗でびっしょりとなった。頭の中を占領していたのは、背後のホテルのどこかの部屋から頭を撃ち抜かれる、その時のシーンだった。そうなれば、前向きで倒れるのか、後ろ向きなのか——そんなくだらないことも脳裡に浮かんだ。

本当は全速力でここを走り抜けたかった。狙撃されて一発で死ぬことは絶対にごめんだ、と何度も口の中で呟いた。ふと背後を振り向いた。野村は平然とした雰囲気でジョギングを楽しむ若者といった具合である。

〈宮古フェリー乗り場〉と書かれた看板を見つけると、そっと港湾施設を遠目にみつめた。

そこでも「変化」は目に入らない。自走榴弾砲や装輪歩兵戦闘車の姿や、兵士と思われる人影もなかった。

それにしても、と鬼怒川は思った。さっきから、大きなわだかまりを抱いていた。

自衛隊の偵察部隊が到着することは人民解放軍は想定の範囲内なのではないか。にもかかわらず、平良港を前にしての、この隠密とも言える行動にはいかなる意味があるのか。

軍事的合理性から考えれば、自衛隊の主力が来襲するには、平良港が最適なＢＬＳ（海岸上陸ポイント）である。ゆえに、平良港を確保することが人民解放軍によって最優先のオブジェクト（攻撃目標）であるはずなのだ。であれば、検問や掩体など多数を設置するはずであり、そこに自走榴弾砲や装輪歩兵戦闘車を並べて威力配備《いりょくはいび》をおこなうのが軍事的に常識である——。

左手の先にある「ホテルアトールエメラルド宮古島」の外観と、私物のスマートフォンにあらかじめインストールしていた画像と照合した鬼怒川は、その手前で、国道３９０号線から離れ、左手、西側の小径に入った。

急に視界が開けた。広い空と、ブルーとグリーンで彩られた海が目に飛び込んだ。小型の漁船がたくさん陸揚げされて並んでいる。

鬼怒川は地図を見た。平良港の張水《はりみず》地区、第4埠頭の前にいることを確認した。

鬼怒川と野村は一つの漁船にもたれかかるようにして、北側に見える平良港の中心地、張水地区を見据えた。

相変わらず人民解放軍の存在を疑わせるものはなにもなかった。


長さ六百二十メートルの北防波堤に囲まれた埠頭要地《ふとうようち》や、船が安全に停泊するための水域である泊地《はくち》、ならびに港湾関連施設はそれぞれ静かそのものであり、〝異質〟なものはなにもない。

宮古島最大の商業港である平良港を構成するのは、北側から下崎《しもざき》地区、その南に位置して南北九百二十メートルに広がる張水地区の第1埠頭《ふとう》から第4埠頭までだが、いずれにも人影さえもまったく見えない。そして資機材を降ろすためのコンテナクレーンにも〝異常〟はない。つまり自衛隊の来襲に備えたものがなにも認められなかった。

鬼怒川はスマートフォンの中に作った〈協力者〉というフォルダから〈平良港〉と名前をつけたエクセルを立ち上げた。

鬼怒川が見つめた情報は、平良港を俯瞰《ふかん》できる視察拠点候補ポイントについてのものだった。

候補地は三つあった。一つは、第3埠頭にある倉庫の天井にある小部屋、二つ目は、近くのマンションの共有スペースである八階の通路、そしてもう一つは、平良港湾合同庁舎の屋上だった。

そのうち平良港湾合同庁舎の屋上はすぐに排除した。屋上に繋がるドアが施錠されている可能性がある。よしんば九ミリ拳銃で鍵を破壊し開けても、そこまでの経路をクリアリングを続けながら向かうのは並大抵ではない。「ナッチャンワールド号」でＣＱＣの訓練を受けたからと言っても その時間は余りにも少なく不安でしかなかった。

選んだのはマンションの通路だった。倉庫の小部屋は高さが足りないと思った。

鬼怒川は、野村に言って、リアマン（後方警戒員）の態勢をとらせてマンションへ向かった。据銃はさせなかった。ギリギリまで市民の欺騙は解除したくなかった。

マンションのエントランスは自転車置き場のすぐ傍らにあった。自動ドアをくぐった。右側に〈管理人室〉という表札が見えたが中には人影はない。

だがそこで愕然として足が止まった。目の前の両開きのドアがオートロックになっているのだ。

「アレしかないっすね」

野村がその道具の形を両手で作った。鬼怒川は一瞬、躊躇ったが、マカ2《ツー》バッグからレスキューハンマーを取り出した。いわゆる『武力攻撃事態法』でも認められているとおり、自衛隊やアメリカ軍は民間人の車両を緊急に排除する時——後日の申告義務があるが——必要ならば車を破壊することができる。今、鬼怒川が目の前にしているのは車ではない。しかし鬼怒川は決断した。弁償でもなんでもすればいいんだろ、と半分、投げやりな気持ちだった。隣では野村が、やるっきゃないっすよ、とばかりに鬼怒川を見つめながらしきりに頷いている。

レスキューハンマーを握った鬼怒川は、ひと呼吸置いてから、合金ヘッドを窓ガラスに叩き込んだ。一瞬で窓ガラスは粉々に砕け散った。割り切れなかった下の部分は、履いているダンロップ・リファイントで蹴散らした。

マンション内部に進入した二人は、エレベーターで最上階の八階まで昇り、到着するとすぐに共有スペースである外廊下《そとろうか》のコンクリート造りの手摺《てす》り壁に体を隠しながら、天端《てんば》にある笠木《かさぎ》の隙間から平良港へと視線を時折向け、全体を見渡すのに最適な位置を選ぶとそこで立ち止まり、タクティカルパンツから取り出したボトックス望遠単眼鏡を急いで覗き込み、レティクル調整リンクを回しながら焦点を合わせた。

「平良港、第1埠頭から第4埠頭、距離、三百（メートル）から五百――」

鬼怒川が目分量で計算した。

特に時間をかけて視察したのは漁船があった第4埠頭の北側、第3埠頭の隣にある「第2埠頭」だった。

鬼怒川はスマートフォンの十八倍ズームレンズを使ってやたら滅法《めっぽう》に辺りを撮影しまくった。

荷役《にやく》のために船を岸につけて泊《と》める四つのバースのうち、第2埠頭は岸壁の長さが百八十五メートル、喫水《きっすい》も九メートルもある。その北東にある第1埠頭は岸壁が二百六十メートルあるが、満載喫水線《まんさいきっすいせん》と貨物を積載したときの全重量から船舶自体の重量を差し引いた「D／W」（トン数）は第3埠頭の半分でしかないので不安が付きまとう。その点、宮古島沖で第12普通科連隊主力を載せて待ち構えている「ナッチャンワールド号」や、後続するであろう第42即応機動連隊を運ぶことが予想される海上自衛隊のＬＳＴ（輸送艦）の全長を超えており余裕で着岸できる第2埠頭こそが、もっとも重要だ。

この平良港にもし敵が集結しているのならば、連隊主力が上陸した場合、ここが「フィーバー」（主要戦闘地域の前衛）になるかどうかの「解明」を行うこと、また連隊本部の立ち上げのための通信を確保する拠点を見つけることが、連隊長から命じられたＥＥＩ（主要情報収集項目）であることを鬼怒川はあらためて自分に言い聞かせた。

しかも、鬼怒川は、そのことを考えると不気味な感触にも襲われはじめていた。

野村には言わなかったが、いつもと違うコンディションに戸惑ってもいた。数年前に鬼怒川も参加した「日米共同訓練アイアンフィスト」では、真っ先に陸上自衛隊の特殊作戦群が先にビーチを押さえていることは今回と同じでも、その特殊作戦群の情報から、水陸機動団がAAV7で強襲上陸をして、上陸の安全化を図り、連隊主力を呼ぶ、という流れで演習を行ってきた。そして鬼怒川たち第12普通科連隊の情報小隊は、水陸機動団の着上陸時にCRRC《クリック》に乗せてもらって上陸する——そのシナリオに基づいて行動した。

また日出《ひ》生《じゅう》台《だい》演習場（大分県）での陸上自衛隊の訓練でも、エア・クッション型の揚陸艇「LCAC《エルキャック》」にLAV《ラブ》（軽装甲機動車）を乗せて情報小隊は離島への上陸を敢行した。

だが現状は、警察部隊を攻撃した携SAM《ケイサム》（携帯式地対空ミサイル）と思われる火器の脅威が原因で、鬼怒川たち情報小隊だけがいわば〝特攻〟を命じられているのである。

同時にある不安も頭の中に過ぎった。無線やスマートフォンの充電に使う乾電池がいつまで持つか、ということである。離島での作戦を想定した演習や訓練では、情報小隊の斥候後、速やかに連隊主力が上陸し、そこからふんだんな電池が小隊本部に届けられ、そこから補給要員がオートバイで銃弾とともに各斥候班へと送ってくれる。また、LAV《ラブ》か高機動車《コーキ》があればそこから電力を取ることもできる。上陸が見通せない今、それが最も心配だった。通信が途絶えれば作戦はできないからだ。

しかしその肝心な第2埠頭が静かである。いや、静か過ぎる、と鬼怒川は正直、納得できなかった。

「何か見えるか？」

鬼怒川から、右二メートル離れて、同じように笠木の隙間から単眼鏡を覗く野村に肉声で訊いた。

「異状ナシ」

しばらく考え込んでから鬼怒川は言った。

「奴らはどこにいるんだ？」

「確かにおかしいです」

野村も同じ疑問を持っていた。

鬼怒川は骨伝導マイクのプレストークボタンを押して小隊本部を呼び出した。

「マルマル、ロクヒト、ＶＡ５（平良港）、敵、存在せず。送れ」

応答がない。鬼怒川は続けた。

「マルマル、ロクヒト、ＶＡ５、敵、発見できず。繰り返す、オブジェクト１、敵、存在せず。以上、送れ！」

しばらくの沈黙の後、骨伝導マイクに小隊本部からのボイスが入った。

「ロクヒト、マルマル、了解。視察を継続せよ。送れ」

溜息をついた鬼怒川は単眼鏡を一八〇度方向へゆっくりと振り向けた。

——注意を向ける対象はない。

窓から突き出た長細いものが突然、動いた、それが目に入った。

「第３埠頭、『岡田水産』の南側倉庫、機関砲らしきもの確認！」

鬼怒川は小声で野村に伝えた。

「恐らく、敵の09式装輪歩兵戦闘車の主砲、30ミリ機関砲！」

鬼怒川の言葉に、野村は慌てて単眼鏡を向けた。

「確認する！」

鬼怒川はそう言うが早いか、先にエレベーターホールへ走った。

エレベーターを一階で降りた二人は、国道３９０号線の交差点まできちんと行って渡り、西側のマリンスポーツショップをやり過ごし、その先にある海側の横道に入った。

鬼怒川はスマートフォンでグーグルマップを立ち上げて自分の位置を確認した。官品でGPS器材は支給されている。だが余りにも製造日が古く、しかも作動状況も悪いときている。「秘」の観点からの問題を認識はしていたが実務を優先すれば使わざるを得なかった。

ただグーグルマップとて精度が完璧ではない。そこを計算しながら鬼怒川と野村は、さきほど機関砲を視認した岡田水産の倉庫へと接近した。

岡田水産の倉庫を真正面に見据える、荷役用のフォークリフトが並んでいる裏側まで野村と接近し、そこで前進前方から死角となるサトウキビ畑の傍らに視察拠点を確保した時、単眼鏡で鬼怒川が発見したのは岡田水産倉庫の周囲にある十数個の監視カメラだった。それらは倉庫と一体化したものではない。地面の上に設置されている三脚の上に置かれ、レンズは四方八方の外側に向けられて設置されているのだ。

——重要な装備を守る偵察用だ！

そう思った直後だった。単眼鏡の中で、監視カメラのレンズが鬼怒川がいる方向へと一斉に向けられた。

鬼怒川は野村にも言って体のすべての動きを停止した。

監視カメラが逆方向へ流れた時、鬼怒川は決心し、野村にはここに留まるように命じてから一人走った。目標はその岡田水産の倉庫を間近に見通せる、石垣税関支署平良出張所のプレハブ造りの監視小屋だった。二、三人ほどしか入れない場所に入った鬼怒川は単眼鏡をすぐに倉庫へ向けた。

そこへ石油製品の精製を手がける日本企業エネオスのロゴがある一台のタンクローリーが近づいた。倉庫の大きな扉が開く。鬼怒川は単眼鏡に集中した。倉庫の中の光景が目に入ったからだ。鬼怒川は思わず唾を飲み込んだ。

倉庫の中には、09式装輪歩兵戦闘車を始めとする装輪装甲車車両二十台以上がずらっと並んでいる。それらすべての名称は2科からスマートフォンに支給を受けたデータにあり、「ナッチャンワールド号」で頭に入れようとしたものの、まだ完全に頭で理解することができなかったが、どれだけの兵力が目の前にあるかはもちろんわかった。

スマートフォンで撮影した鬼怒川はすぐに野村のもとへ戻った。

「ここには主力は来れない！　敵、弓を引いて待ち構えてやがる！」

鬼怒川はそう告げた。

監視小屋に身を隠しながら鬼怒川はF70無線機を使った。

だが無線機のスイッチが入らない。電源がオンになっていなかった。だがそれを操作しても反応がない。

鬼怒川はその原因がすぐに分かった。乾電池が切れたのだ。

すぐに電池を入れ替えようとして弾帯につけたポーチをさぐった。信じられない光景に目が釘付けとなった。防水のビニール袋でくるんでいたはずの電池がなくなっているのだ。

——電池がなければ通信ができない……つまり戦えない……。よく見るとポーチの底が破れて穴が開いている。植生の中を前進しているときに棘のある植物があったことを思い出した。それで破れた可能性がある——。

訓練ではここまで深刻に考えたことはなかったが、このリアル（戦場）では避けられない現実だった。

鬼怒川は後方にいる野村に向かってハンドサインを送り、スペアの乾電池を受け取って無線機のものと入れ替えた。

「マルマル、ロクヒト。VA5、敵と接触！」

「ロクヒト、マルマル――」

「わっぜヤベえ！」

突然の野村の叫ぶ声が小隊本部からの応えを遮った。

「倉庫前、装甲車、発見、あっ！　敵の砲、視認！　こちらを指向《しこう》！」

無線を中断した鬼怒川はすぐに倉庫へ目を向けた。一台の装輪歩兵戦闘車が倉庫の視線の先にあった。その主砲たる30ミリ機関砲がこちらを指向している――。

「ブレイク！」

鬼怒川がそう怒鳴った時、小屋の上半分が吹っ飛んだ。

鬼怒川がまず行動したのは、野村に飛びかかってその肩を引き寄せ、地面に叩き付けるようにして頭を低くさせたことだった。

「走れ！」

鬼怒川が小さく怒鳴った。二人とも全速力でそこから離脱した。だが野村は途中で足が絡まって倒れ込んだ。

鬼怒川は急いで野村のもとへ駆け寄った。

その直後、激しい音とともに目の前のコンクリートの地面が吹っ飛び、破片と粉末が大量に飛び散った。

鬼怒川は二メートル後方へ吹っ飛ばされた。

「発砲、散開！」

顔に降り注いだコンクリートの粉末を払いながら鬼怒川は怒鳴った。

「30ミリ（機関砲）！」

鬼怒川は野村に向けてそう叫びながら、スマートフォンに入れているデータを咄嗟に思い出した。第8師団の二部（情報担当）から寄せられた人民解放軍の装備リストには、09式装輪歩兵戦闘車の主砲である30ミリ機関砲の射程は三キロとあった。だからここは十分に射程内なのだ。

だが鬼怒川が叫んだ声は連続攻撃でコンクリートが破壊され続けて消し飛んだ。

周りのすべてが攻撃で破壊されて吹き飛ばされ、コンクリート片や粉末で視界がなくなった。

「野村！」

鬼怒川は呼んだ。

「大丈夫です！」

野村が目の前に駆け込んできた。

「よし、走れ！」

鬼怒川の頭にあったのは、平良港の状況を小隊本部に報告することだった。つまり、敵、人民解放軍は重装備を隠匿して、主力部隊を待ち構えている、その情報をいち早く入れることである。

そのための場所を鬼怒川はナッチャンワールド号での「戦闘予行」で平良港から約百メートルほど離れた場所にある、自衛隊への協力を許してくれた宮古島料理の居酒屋と決めていた。その店の四十五歳の女性オーナーは、「チホン」（自衛隊沖縄地方協力本部宮古島出張所）の副所長の元不倫相手であって、復縁を諦めきれずに、そんな思惑を胸にして自ら協力を願い出てくれたのだった。

国道390号線まで戻ってそこを渡り、近くにあったトヨタ・レクサスの裏側に潜り込み、九ミリ拳銃をタクティカルパンツのポケットから抜き出した鬼怒川は、ローキャリー（上半身を折り曲げて銃を突き出す銃姿勢）で据銃した上で、同じことを野村に許した。

その時、鬼怒川は唾を飲み込みながら理解した。ついに敵と接触した！　交戦の火ぶたは切られた！　戦争が始まった！　オレらは戦争をしているんだ！

レクサスのトランクルームの端から、鬼怒川はさっきの倉庫方向へ視線をやった。猛烈な射撃がレクサスを襲った。レクサスの車体がもんどりうって宙に浮く。圧倒的な火力だった。

鬼怒川は見つけた。倉庫の陰から飛び出た戦闘服姿の二人の男が、何台もの乗用車と別の倉庫の壁に身を隠しながらこちらへ接近してくるのを——。

鬼怒川は89式小銃の射撃モードの切り換えレバーを連射を行う「レ」の位置に親指で引き下げた上で、背後の野村に急いでハンドサインを送り、その敵の存在を伝えてから、カバーリングファイヤー（援護射撃）を行え、との指示を出した。

野村が大きく頷いたのを見届けた鬼怒川は、一気に飛び出し、二人の男が身を隠したコンクリート造りの小さな倉庫へ突進した。そして速度を緩めることなく素早くその倉庫の壁を内側に回り込んだ鬼怒川は、しゃがみ込んでいる二人の男に目がけて、89式小銃の銃弾を連射で浴びせかけた。二人の男たちは据銃する暇もなく、心臓や頸動脈のバイタルを撃ち抜かれて身動きしなくなった。

男たちが手にしていた小銃を蹴り飛ばして遠ざけた鬼怒川は、ハンドサインで野村を呼び寄せ、検索を行うことを目配せで伝えた。

男たちが覚醒した場合に備えてすぐに射撃できるように野村が89式小銃で照準する中、鬼怒川はまず生死の確認を試みた。その方法は、訓練で習った通り、股間を蹴り上げることだった。大抵の男なら、睾丸に強烈な衝撃を喰らえば苦悶の声を上げる。脈拍を測るよりそれが正確だった。それでも身動きしないことで二人に男が絶命したことを確認した鬼怒川は、まず一人の男を抱きかかえ、一、二の三の合図で体を裏返しにした。そこへ野村が近づいた。裏返しにしたことで、それまで死角となっていた部分を点検するためだ。

野村が、異状なものはないと頷いたのを見届けた鬼怒川は、男のすべてのポケットや装具に手を突っ込み、また全身のチェックを行って所持品を探した。二人目も同じ手順で身体検索を行ったが、情報になるものは何もなかった。

頭を振った鬼怒川は、遠ざけていた男たちの小銃へ向かおうとした。その直後、目の前で砂煙が連続し、銃弾が通過していった。咄嗟に倉庫に隠れた鬼怒川と野村だったが、連続する射撃はさきほどより苛烈で、装輪装甲車のものと思われるエンジン音も近づいてくるのがわかった。

ここにいれば死ぬ！　そう判断した鬼怒川は、スマートフォンの中にある、2科から支給を受けた「協力者リスト」をもう一度急いで探った。

鬼怒川はその中から、先ほど見つけていた宮古島グローバルクラブ会長、長嶺泰造の顔写真を見つめた。白髪頭だがその鋭い眼光から、自分の話にしっかりと向き合ってくれるはずだという自信があったし、途中で〝反転した〟ナッチャンワールド号で宮古島へ推進している頃より、重要な協力者になり得るとも大いに期待していた。しかも長嶺泰造の住所が平良港からごく近く、また職業が中古車販売であることを2科が付け加えてくれていた。

携帯電話で小隊本部の冷泉小隊長の許可を得た鬼怒川が、「協力者リスト」の中にある長嶺泰造の携帯電話にかけると、彼は二つ返事で了承してくれた。しかも中国人を皆殺しにしろ、と叫び声をあげた。

長嶺泰造の表札のある自宅前へ駆け込んだ。集合住宅ではなかった。いわゆる一戸建てであった。だが、沖縄県の住宅地のイメージとはまったく違っていた。まず舗道からのエントランスにしてから、門や遮蔽物はなにもない。広い空間の先に、一階が駐車場となった頑強なコンクリート作りの三階建ての母屋がある。その右側には、ひと回り小さな平屋建てのそれもまたコンクリートでできた家屋が見えた。

鬼怒川の目に入ったのは駐車場の中に頭から突っ込んで駐車してある三台の車のうち、ミニバンやセダンではなく、農作業などで使われて宮古島では多く見られ、広い荷台があるダイハツの白い軽トラック「ハイゼットトラック」だった。車のキーは、二階の玄関から入ってすぐ右側にある靴箱の上の、ワニの形をした小物入れの中にあるという。玄関の鍵をかけたかどうかは定かでないが、もし施錠していれば、玄関に向かって右側を進むと、アルミサッシだけのドアがある勝手口があり、いつも鍵を開けているのでそこから入れ、とまで指示を受けた。

長嶺泰造の指示通りキーを入手した鬼怒川は、野村に言って、ライナープレート（弾よけの厚い金属板）に代わるものを探させた。

「ライナープレート、到着！」

野村が勢い込んで鬼怒川の前に走り込んできた。ちょうどUの字に曲げられている鉄板を四枚、運んできた。野村はそれ以上、余計なことは言わなかった。どうやって探し出したとか、苦労したとかは口にしない。それが鬼怒川には頼もしかった。

鬼怒川と野村は協力して〝ライナープレートもどき〟の鉄板を重ね合わせて、全周に幾ばくかの防弾性をもたせた。

「急げ！」

野村が持ってきたライナープレートをまず運転席をぐるっと被うようにセッティングすると、荷台に載った鬼怒川も自分の体は隠れるほどにセッティングした。そして九ミリ拳銃の銃口だけをライナープレートの右側の端から突き出して両手で据銃した。

ハイゼットトラックのエンジンがかかった。野村がハンドルを切る。国道３９０号線に出た。もう行くしかなかった。

国道３９０号線に出たところでハンドルを握る野村は一旦、車を停止させた。

「全周、異状ナシ」

左右に視線を振った野村が言い放った。

「まず小隊本部へ報告だ！　安全な場所へ向かえ！」

荷台のライナープレートの中から鬼怒川は怒鳴った。もはや存在は曝露されている。骨伝導マイクは必要なかった。

「了解！」

野村がそう応じて車を発進させた。

「九時の方向、左へ入れ」

鬼怒川が指示したのはオリオンビールの看板が立つ居酒屋と思われる場所の手前の小さな道だった。

ハイゼットトラックが勢い良く左折した、その直後のことだった。

運転席の方から鈍い音がした。ハイゼットトラックの速度が急に緩まった。そのうち今にも止まりそうになった。

「早く行け！」

だが返答はなかった。

「なにやっちょっど！」

そう叫んだ鬼怒川はライナープレートから抜けて地面に飛び降り、運転席へ向かった。

鬼怒川は一瞬で何が起こったのかを理解した。運転席ドアの窓ガラスの半分ほどが破壊され、その中の運転席で、右足の大腿部から大量の血液を溢れさせている野村がいた。足の付け根を両手で押さえて苦悶の表情で助手席側に倒れ込んでいる。ライナープレートは体じゅうを守るものではない。どこかに隙間があって、偶然そこを撃ち抜かれたのだ。

——狙撃手がいる！

咄嗟にそう判断した鬼怒川はライナープレートの中に思わず身を伏せた。

クリープ現象で動いている車をまず停止させるべくエンジンのスイッチを切った鬼怒川が思ったことは、重傷での出血以外の場合は、何も措置しないで任務達成に突き進め、と日頃から教え込まれていることだった。鬼怒川は背負ったナイスフレームBVSから84式無反動砲を手に取ってヒート弾を装塡して担ぐと周囲を見渡した。十時の方向に大きなエンジン音が聞こえた。バランスを崩して膝をついてしまった。誤ってトリガーを引いてしまった。発射されたヒート弾がマンションのエントランスに激突して爆発した。

——クソッ！

毒づいた鬼怒川は野村に駆け寄った。その出血部位を見て緊張した。出血は大量でとめどなく、しかも拍動性《はくどうせい》がある！　動脈性出血だ！

鬼怒川が咄嗟にしたことは出血部位の上に両手を置くことだった。しかし十本の指の隙間から血液はどんどんにじみでてくる。

どうしたらいい？　なにをすれば！　鬼怒川はパニックとなった。

突然、鬼怒川の脳裡に、富士学校での「ＴＣ３」の研修で学んだことが蘇った。敵の脅威下にある状態でのタクティカル・フィールド・ケア（戦場における戦術衛生）においては、動脈性出血と開放性気胸《ききょう》からの緊急性気胸だけは緊急に措置しなければならないと教えられた。

だがその一方で、ＴＣ３の冷厳な原則も頭に叩き込まれた。救護をすることよりも、任務を達成することも考えなければならないと。つまり、野村をここに残置《ざんち》して自分だけが離脱し、任務の達成を優先するかどうかである。

鬼怒川は一瞬で結論を出した。激しく顔を歪めて低い悲鳴をあげているが野村の意識はある。

なら救える！　救える命は救う！

鬼怒川は必死でその研修の一部であった、一時的な生命確保が可能な「イニシャル・アセスメント」（初期評価）の講習を思い出した。四肢《しし》（手足）からの動脈性出血に対する止血は止血帯による緊縛止血が第一優先である。高速小銃弾は運動エネルギーが大きく命中した場合、太い血管や神経だけでなく骨まで粉砕する可能性が大きい。またその骨が破片となってさらに組織の破壊が進む。よって足に銃弾を受けただけでも出血量が多くなり、致命傷となる危険性が高い、とその研修で学んだ。

イニシャル・アセスメントでは、手足からの大出血量に対する救命の尺度は五分以内としている。だが、銃弾による大腿骨の骨折に伴う出血を加味すれば、止血完了までに許容できる時間としては、四分二十秒しかない、と強調していた。いや、別の研修で教官となった県立病院の高度救急救命センターの医師は、四肢の動脈性出血は二分から四分での死亡例もあると語っていた——。鬼怒川は腕時計へ急いで目をやった。時間はない！

だが、鬼怒川はハッとしてそのことに気づいた。この場所は危険だ、ということだ。明らかに野村に対して狙撃銃が指向《しこう》された。つまり、狙撃手の脅威は依然としてここで継続している——。

主力部隊であるならここで患者の救出のために敵の脅威を上回る射撃と運動で敵を圧倒するところである。研修で配布された戦闘衛生のテキストにも〈敵の有効な火力下にある戦闘状態においては、患者にとって最良の薬は火力の発揮〉とあった。しかし斥候班にはそれができない。火力が足りないどころか、戦えるのは鬼怒川ひとりしかいないからだ。

ハイゼットトラックの後ろを廻って助手席のドアを開けた鬼怒川は、自分のマカ2《ツー》バッグからロープとカラビナを取り出すと、野村が穿いているタクティカルパンツのベルトループに引っかけられているカラビナに固定し、さらに胸の前で組ませた両手と胸を巻くようにしてロープをかけた。

鬼怒川はそのロープの端を持って車外へと引きずり出そうと必死になった。しかしシフトレバーが邪魔になってなかなか野村の体を動かせない。

やっとのことで血だらけとなった野村の体を引き摺った後、アスファルトの上で鬼怒川もともに転がった。すぐに立ち上がった鬼怒川は野村の血液を全身に浴びたまま、マカ2から個人携行救急品の小さなポーチを取り出すと止血管理の準備をしながら、出血が続く野村の右足の大腿骨の上に自分の右足の膝を強く押し当てつづけた。膝による圧力で間接止血を行う方法であり、官品である四肢《しし》用止血帯《ようしけったい》を用意するまでの出血量を極小化《きょくしょうか》するためである。

野村の様子を見ると顔の表情が穏やかになっている。しかも顔色が青ざめて唇も紫色だ。それは危険な状態だった。大量出血により意識が朦朧とし始めている証拠だった。

「野村！　娘のところへ帰るんだろ！　楓香《ふうか》ちゃんが待ってるぞ！」

鬼怒川はそう叫んでから、思わずその言葉を投げかけた。

「いくな！　そっちにいくな！　そっちの世界へいくな！」

それは鬼怒川にとって、五年前の娘の死に際して口から出たのと同じ反射的な言葉だった。

鬼怒川は小さなポーチに入れている個人携行救急品を漁った。

真っ先に選んだのは黒色の細菌感染防止用のニトリル素材手袋だった。次に四肢用止血帯を取り出した鬼怒川は、出血がつづく右足大腿部の銃創の上部、大腿骨の根元の上にベルトを巻き、そこに縫い付けられている面ファスナーを相互に堅固《けんご》接着させた。そしてバックルによるベルトの固定を行った上で、巻上棒《まきあげぼう》を握った——そのつもりだった。ニトリル素材手袋が黒色のため気づかなかったが、両手は野村の血液にまみれていることで手が滑り、巻上棒をしっかりと握れないのだ。

それでもやっと巻上棒を右に回転させることで徐々に緊縛を強めてゆき――。

だが鬼怒川は絶望的な気持ちに苛《さいな》まれていた。この斥候任務は、連隊主力の支援がまったくない事実上の〝特攻〟である上に、コンバットレスキュー部隊が自衛隊にないので、重傷者を「連隊収容所」などへ「後送《こうそう》」するシステムがまだ構築されていない。航空自衛隊の救援部隊にしても〝戦場〟には入れないのだ。他の斥候班にメディック（救急救命士）が一名いるが、そいつができるのは応急措置のみ。連隊本部の医官の指導の下で気管内挿管《きかんない》などの特定医療行為をすることはできるが、手術などの根元的《こんげんてき》治療はできない。つまり、野村の救急救命医療を施す機会はないという現実を、鬼怒川は真正面から見つめなければならなかった。斥候任務は交戦がない、という前提で計画が進められたことに疑問を挟まなかったことを今更ながら悔《く》やんでも遅かった。

激しい銃撃が襲った。連続する銃弾でハイゼットトラックがもみくちゃにされるとともに跳弾《ちょうだん》が鬼怒川の目の前や頭の上を飛び交った。

鬼怒川はもんどりうって荷台の下にあるタイヤの前に待避した。

この火力は小銃からの攻撃ではない。間隙《かんげき》なく連続する乾いたあの射撃音は装輪歩兵戦闘車か装輪装甲車の機関砲だと思った。鈍いエンジン音が聞こえる。だが余りの射撃で顔を出して確認することはできない。

――このままでは二人とも殺《や》られる！

鬼怒川は急いで背後を見渡した。平屋建ての自動車修理工場が目に止まった。距離にして約五十メートル。

――あそこまで行けるか⁉　いや行くしかない！

しかしその時、鬼怒川は気づいた。助手席の下に放り出したままの野村の止血が不十分なのだ。

鬼怒川は一瞬、迷った。選択したのは野村のもとへ戻ることだった。止血帯の巻上棒を回してもう一度締め付けた。そして野村に巻き付けたベルトを両手で握り、自動車修理工場へ向かった。カバーリングファイヤーもなにもないむちゃくちゃな行動だと分かっていた。しかし任務を達成するため生き残る方法はこれしかないと決断した。

しかしその間も間断《かんだん》ない銃弾がアスファルトを粉々にまき散らしながら追ってくる。鬼怒川は野村を引っ張りながら必死に逃げた。

右上腕部に熱いものを感じたと思ったらすぐに激痛が走った。見るとそこに貫通銃創があった。鬼怒川はその場にへたり込んだ。握ったロープを思わず外してしまった。

仰向けとなって身動きしない野村を容赦ない射撃が襲った。野村の体が何度もバウンドした。鬼怒川は苦悶の表情でタクティカルパンツから九ミリ拳銃を据銃した。

銃撃してくるのは、八十メートルほど先から迫ってくる09式装輪装甲車で、車体中央にピルマウントされた12．7ミリ重機関銃だと分かった。

鬼怒川はそこへ向かって応射した。それで立ち向かえるかどうかなんて考えている余裕はなかった。とにかく野村を救いたい、その気持ちだけの射撃だった。

だが12．7ミリ重機関銃はそれで射撃を止めた。

野村に巻き付いたロープを再び手にした鬼怒川は力を振り絞って自動車修理工場の右側へ回り込んで遮蔽《しゃへい》とした。右腕の激しい痛みがあったがなぜか力が発揮できた。

「野村！　着いたぞ！　大丈夫だ！」

野村へ目をやった鬼怒川は息が止まった。

口から夥《おびただ》しく吐血《とけつ》し、目をカッと見開いたまま呼吸を止めていた。全身は銃弾でズタズタにされ、右手の上腕《じょうわん》から先が吹っ飛ばされてそこから骨が剝き出しとなって、左足も膝《ひざ》から下がもぎ取られている。腹部からは大腸らしき内臓が二十センチ以上もはみ出していた。機関砲による射撃の無慈悲な現実が目の前にあった。

鬼怒川は、野村の左の手首の橈骨《とうこつ》の上に右手の人差し指と中指をやった。胸を開《はだ》けてそこへ耳をあてた。顔を近づけて鼻息と口《くち》呼吸を確認した。だがそれらすべてにおいて野村の生存を裏付けるものはなにもなかった。

目を瞑って顔をくしゃくしゃにした鬼怒川は、膝の上に左手の拳を何度も叩き付けた。

大きく息を吐き出した鬼怒川は、それでも任務がある、と自分に言い聞かせた。

鬼怒川は野村の衣服をまさぐった。楓香《ふうか》と妻の三人が笑って映るスマートフォンをマカ2の中に入れた鬼怒川は、血まみれとなった野村の髪の毛の一部をハサミで切り取り、ティッシュで包むとミステリーランチ社製のバッグ「モンキー」の底へと慎重に仕舞い込んだ。

地響きのようなディーゼルエンジン音が聞こえた。そこで改めて右上腕部に激痛を感じて顔が歪んだ。鬼怒川は堪えて立ち上がって逃げ場所を探した。自動車修理工場の窓から、修理中と思われる中型のスポーツバイク、カワサキのオフロード用バイクである「Dトラッカー」の黒いボディが目に入った。

迷いはなかった。自動車修理工場の背後に回り、開いていた通用口のドアから中に入ると、オートバイのメインキーはささったままだった。

近くに転がっていたヘルメットを被り、Dトラッカーに跨《また》がって駆動手順を行った鬼怒川は、メインキーを回して電源を入れるとエンジンのスタートボタンを押した。鬼怒川は自動車修理工場の名称を記憶に刻んだ。後日、連隊本部に申告する必要があるからだ。ただし、生きていればのことだが——という言葉が頭に浮かんだ。

心地よいエンジン音が唸った。ギアをローに入れてから半クラッチでDトラッカーが動き出したのと、93式装輪装甲車が自動車修理工場正面のシャッターを突き破ってくるのとはほぼ同時だった。

咄嗟の判断で、敢えて93式装輪装甲車に向かって走り、その右端をすり抜けて後ろでDトラッカーを止めた。

Dトラッカーから飛び降りた鬼怒川は、タクティカルパンツのベルトループのカラビナでぶら下げているポーチの中から手榴弾を手に取ると、93式装輪装甲車の運転台の上にあるハッチから顔を出している、「車長《しやちょう》」（操縦士）の男のところまで駆け上がった。呆然とする車長を目の前にして、手榴弾の安全ピンを抜いてその胸元へと叩き込んだ。

情報小隊では、武器は、攻撃のためではなく、待避するための時間稼ぎで使うこととする訓練を受けている。ただ、高価値目標《HVT》である装甲戦闘車や戦車などの「砲」を見つけたことから、すぐに離脱して無線で「火力要求」ができない以上、この「砲」が今後、主力部隊の脅威となる可能性があるため、使えないようにする必要があった。本来なら小隊本部にお伺いをたてるところ、その時間はないと鬼怒川は自分で決心したのだった。

Dトラッカーを駆って再び国道３９０号線へと飛び出した時、背後で爆発音が聞こえた。

地図も見ずにとにかく敵の脅威下から離脱することに徹した鬼怒川は、十分ほどDトラッカーを走らせた。

公園らしき場所に隣接するトイレがある駐車場が目に入った。そこを三周して安全を確認してから駐車場の奥に乗り入れてDトラッカーのエンジンを切った。

「ヤツウ」（新野外無線機）も「コウタム」（携帯型広帯域多目的無線機）も肝心な時に役に立たないとして装備から排除したので小隊本部からCOPや地図データをもらうことができず、現在地を確認したのは私物のスマートフォンによってで、やはりグーグルマップの現在位置情報を使った。「砂山《すなやま》ビーチ」という観光名所のすぐ近くであることがわかった。

砂山ビーチとは砂浜にあるアーチ状の大きな岩が有名なビーチで、夕日ウォッチングでも人気がある場所であることを「ナッチャンワールド号」の中で、一夜漬《いちやづ》けでスマートフォンのネットサーフィンで見たことを思い出した。

辺りの安全を確認した鬼怒川は、背負った「F70無線機」のアンテナを一杯に伸ばし、マイク一体型のイヤホンを耳にあてた。

「ロクヒト、マルマル。報告する。VA5（第5偵察対象）は、装輪歩兵戦闘車など多数の『砲《ホウ》』と『兵《ヘイ》』があり、敵の脅威下にある」

鬼怒川は野村のことよりも、まずその報告を優先させた。

「マルマル、ロクヒト。了解。さらに、ロクフタ（野村）と一緒だな？　送れ」

大きく息を吸ってから鬼怒川はその報告を始めた。

「約二十分前、敵の砲撃により、ロクフタにおいては、敵の射撃を受け、CPA《シーピーエー》（心肺停止状態）！　送れ」

「ロクヒト、マルマル……」

そこで応答が止まった。

しばらくの間があいた。

「ロクヒト、マルマル。ロクフタがCPA。確認せよ。送れ」

「ロクフタは『後送』できず、現地に残置」

鬼怒川は、〝任務遂行やむを得ず残置〟という言い訳は口にしなかった。

だが、地図を出した鬼怒川は、野村が存在しているはずの座標を詳細に伝えた。

写真でもその場所を報告しようとここに到達するまでに私物のスマートフォンで写した映像をスクロールした。

鬼怒川の指が止まった。

――なんだこいつ？

撮影した時は、もちろん十八倍ズームレンズできちんとフォーカスはしたのだが、とにかく急いで連写したため、被写体《ひしゃたい》を確認する暇はなかった。それを今、初めて眺めたのだが、違和感があるものを幾つか写していたことに気づいたのである。

まず、陸揚場の片隅から奥へと逃げ出している小銃らしきものを手にした二人の男である。鬼怒川が違和感を覚えたのは、うち一人が、明らかにスラブ系の白人の容貌であり、もう一人は黒い顎鬚をたくわえたアラブ系と思われる顔貌《がんぼう》をしていた。

また別の一枚には、09式装輪歩兵戦闘車と思われるものが写っていたのだが、砲身ハッチから顔を晒《さら》しているのが、スラブ系の、もっとハッキリ言えばロシア人だと思った。

そして鬼怒川は、今にして思い出したことがあった。自動車修理工場を離脱するため、93式装輪装甲車のハッチから顔を晒していた車長の胸元へ手榴弾を叩き込んだ時のことだ。驚いた表情でこっちを見上げていた車長と思われる野郎も、確か、アジア系というよりは欧州系の顔つきだった……。

――人民解放軍ではないのか？

鬼怒川の脳裡に真っ先に浮かんだのはその言葉だった。

「ロクヒト、現在地、送れ」

小隊本部からの通信で鬼怒川はスマートフォンから目を離した。

「極座標、980《キユウハチマル》――2《フタ》――」

無線が急に不安定になった。

「再度送れ！」

無線の途切れがさらにひどくなった。

鬼怒川は毒づくことも苛立つこともなかった。

あの広大な日出生台演習場でも、無線が全然聞こえない時が多い。下手したら、二キロの間でも伝わらない時もあるくらいだ。

鬼怒川が思い出すのは、それもこれも自衛隊は割り当てられている周波数帯が「狭い」からだと先輩が吐き捨てた言葉だ。

しかし、自衛隊の中ではずっと都市伝説的な〝噂〟があった。いざリアル（有事）の場合は、「広い」無線の周波数を頂けて、それで連絡は問題なくなる――。

しかし今、そのリアルなのに周波数のことは何も聞かされていなかった。

「今後の任務につき、確認せよ」

小隊本部が要請した。

「座標、221―898へ、『ルートチェック』を行った上で――」

無線というシロモノがいかに不安定であるかを知っていた鬼怒川は急いで地図を広げた。座標を書き込んだオーバーレイを捲った。任務はとうに頭に入っている。

――与那覇前浜ビーチ？

東洋一の美しさといわれる、その天然ビーチのことを鬼怒川はよく知っていた。亡くなった娘の夏鈴がまだ幼稚園の頃、連れてってくれ、と言われ、ネットで調べたことがあった。全長が七キロもある白い砂浜と青い空、そしてエメラルド色の海が溶け合う息を吞む絶景――などと讃える言葉が数多かった記憶がある。

船の中で再び調べた時には、その当時はなかった伊良部大橋の壮大な姿が間近に見えるらしいと分かったが、2科の情報見積りでは、人民解放軍のゲリラ攻撃と見られる事案でその一部が炎上、破壊され、使用ができなくなっているという。

鬼怒川は、小隊本部からの命令に訝った。

我《われ》（自衛隊）の部隊が砂浜にビーチングするということなのか？

しかし、第12普通科連隊の主力は有り得ない。主力を載せた「ナッチャンワールド号」は港湾施設の埠頭にしか接岸できないからだ。

だがそれを無線で確認することはもちろん許されなかった。

「マルマル、ロクヒト。了解。直ちに推進する」

鬼怒川はマイクにそう告げてDトラッカーに跨《また》がった。

地図へ目を落とした。「ルートチェック」をしながらの前進は時間がかかる。ゆえに最短距離だ――。

ルートを選んで頭に入れた鬼怒川は、被写体に写っていた不可思議な光景のことはすっかり頭から抜け落ちていた。

Dトラッカーのハンドルをぎゅっと握り締めた。その時、野村の血で真っ赤となった両手の手袋が目に入った。

鬼怒川の脳裡に、野村の姿が蘇った。

鬼怒川は肩で大きく呼吸をした。

「行けとの命令じゃ」

鬼怒川はそう声に出して言った。

永田町　首相官邸

「詳しく聞かせてくれ」

首相官邸三階の東ゾーンに面したエントランスホールに溢れかえっている記者たちから逃れるため、衆議院第一議員会館に面した北ゾーンの一部にある夜間用通用口から入った城ヶ崎警備局長は、守衛室の中で待ち受けていた警備局「ISY対策室」の調査官という肩書きが特命として与えられた湯浅陽介《ゆあさようすけ》と顔を合わせるなり、まずその言葉を投げかけた。

中二階用エレベーターに向かうまでの狭い通路を歩きながら湯浅は、電話で話した概略の詳細を説明し始めた。それによれば、城ヶ崎警備局長は先頃、荻原総理に対して、グローバル造船にかかわる事案は、中国インテリジェンスの典型的な手法であるとの説明をしたが、実は、もうひとつ裏がある可能性が高いというものだった。

その証拠としての説明を湯浅はつづけた。神奈川県警外事課事件係が内海真美を視線内《しせんない》に入れることになったのは、中国人外事容疑者と横浜の高級ホテルで接触したことを視認したからである。その中国人の組織について、当時、事件係は、人民解放軍の中枢、「総参謀部《そうさんぼうぶ》」でスパイ活動を含むインテリジェンスを一手に引き受ける「情報通信局」の直轄ラインの工作であると認定していた。

ところが、最近になって、新たな調査を行った事件係は、その見立てを大きく変えたという。人民解放軍で同じ総参謀部の隷下《れいか》ながら、「特殊作戦部2部」という名の、軍事諜報工作を任務とする組織の指揮下にすでにその時、移行していたと湯浅は口にした。

その経緯として湯浅が説明をつづけたのは、二〇一〇年代末以降、国際秩序を破って領土と領海の覇権を進め、台湾に対して武力攻撃の脅迫を増長させている中国を封じ込めるため、二〇二〇年、四カ国の包囲網「クアッド」(対中国の日本、アメリカ、オーストラリアとインド四カ国の安全保障や経済の枠組)がその年に構築。同時に、情報機関のネットワークもあらためて整備されることになり、四カ国が共有《シエア》すべきインテリジェンスの極秘検討の中にそれはあったと説明したという事実だった。

実はその時より、当該「特殊作戦部2部」にまつわる不穏な話が囁かれていたと指摘した湯浅は、問題はこの先です、と言ってこう付け加えた。

当該の「特殊作戦部」は総参謀部の指揮命令系に入るべきところ、一部がそこからは逃れて独自の活動を実施して秘密裏に武器輸出や傭兵《ようへい》の訓練をビジネスとして請け負う「コーハス」という名のＰＭＣ（軍事請負《うけおい》民間会社）を、スイスの首都、ベルン市内に法人登記して設立。ベルン商工会議所に申請した書類にはスイス人との合弁《ごうべん》会社であるとしていたが、担ぎ上げたスイス人の代表取締役は九十九歳の介護《かいご》施設に入居中の男性で認知症《にんちしよう》を患《わずら》っていた。

その「コーハス」は、モンゴル、ベトナム、シリア、イエメン、アンゴラ、ペルー、ボリビアなどで法人登記が存在しているが、特筆すべきこととして、ウクライナ戦争で中国政府から、〝アンダー（非公式ルート）〟での要請でロシアへの武器密輸の闇ルートを開拓し、自爆型ドローンを含む大量の武器をロシア政府に秘密裏に売却しただけでなく、ロシア大統領の支配下にあった民間軍事会社が雇った中東や南米などからの傭兵への軍事訓練を手がけ、巨額の利益を上げていた――。

そんな企業――はっきり言えば、中国共産党中央の一党独裁国家においては珍しく、政府の支配から完全独立した――しかし「特殊作戦部」と密かに連携している――企業が内海真美を使った日本への秘密工作に関与している疑いが濃厚になったとして、事件係では実態解明を急いでいると湯浅は最後にそう付け加えた。

「それが今回の宮古島の案件でも関与しているというわけか？」

エレベーターに乗り込みながら城ヶ崎が言った。

「そうです。しかも壮大《そうだい》な計画に関与している。つまり、チャイナ7が知らない可能性があるのです」

湯浅はそう言って、危機管理センターへ直通する表示しかないボタンを押した。

「しかし、今は、国家と国家の戦争だぞ。民間が介入する余地があるのか？」

城ヶ崎がそう言って右眉を上げた。

「ミソは、人民解放軍の中枢、『総参謀部』と『特殊作戦部』が繫がっているということです」

「『特殊作戦部』か──」

城ヶ崎は顎《あご》を擦《さす》った。

「自衛隊でも、『成都科技集団《コーハス》』に関連する何かしらのエビデンスがヒットしているかもしれません」

湯浅が目を輝かせた。

「なら国家情報コミュニティに──」

「それは賛成できません。どうか総理のお耳だけに──」

湯浅が遮って続けた。

「インテリジェンスの世界で言うところの、いわゆるシークレット・センシティブです。国家全体での共有《シエア》には馴染《なじ》みません」

湯浅がそうキッパリと言った時、エレベーターのドアが開いた。

首相官邸M2フロアーの内閣危機管理センターに参集している膨大な数の事態室要員と関係省庁から派遣されたリエゾンたちで騒然としている光景を如月は緊張感をもって見渡した。

色とりどりのビブスを着た課長補佐や事務官たちが走り回り、電話にかかりっきりになっている。その中の何人かは、内閣官房の女性事務官たちが作ってくれたおにぎりにかぶりつきながら電話をしている。

事態室事態調整担当参事官の如月1等陸佐は、島外避難を進める同じ事態室の国民保護運用担当要員との話を終えると、やっと自分のデスクの前に座ることができた。

大きく息を吐き出した如月は忘れていた空腹を感じ、テーブルの片隅に置かれたワゴン台へ駆け寄った。皿の上にかかった透明ラップの隙間に手を入れ、おにぎりを摑んだ。その形は正直言ってどれも歪《いびつ》だった。しかし、だからこそ余計に、慣れないものを必死で作ってくれた彼女たちの気持ちを考えると胸が一杯となった。

隣に置かれている大きなアルミ寸胴鍋の蓋を開き、おたまですくった湯気が立ち上る味噌汁を茶碗に入れて啜《すす》った。温かいものが全身に行き渡るようで束の間の幸福を味わった。

味噌汁を最後まで飲み干した時、

「如月参事官、JTG司令部からの連絡です。2番です」

との声が耳に入れたインカムのイヤホンに入った。

振り向くと事態室の安保対処調整担当で、陸上自衛隊の後輩が緊張した面持ちで一旦保留している外線番号を伝えた。

礼を言ってその外線番号のボタンを押しながら受話器を持ち上げた時、如月の耳に聞こえたのは無慈悲な現実だった。その報告は短い言葉で伝えられた。

「了解した」

冷静さをなんとか保ってメモに書き殴り、その通話を終えた如月は、隣接した幹部室に駆け込んだ。

「連絡します。JTGから報告。宮古島において、陸上自衛隊第12普通科連隊情報小隊、自衛官、一名、銃撃を受けてＣＰＡ（心肺停止状態）です」

「場所は！」

どこからか声が上がった。

「平良港、第３埠頭の東――」

如月は教えられたすべてを伝えた。

そしてそれが終わると、急いで危機管理センターに戻って事態室の指定公共機関公共施設担当たちがいるところへ行って、卓上電話を手に取り、目の前にある緊急対応リストの中から那覇（沖縄県）の第三次救急（生命に関わる重傷患者への救急医療）に対応する病院リストへ目をやりながら片手を卓上電話へ伸ばした。もちろんその行動は、さきほどの情報小隊員を「後送《コウソウ》」する活動が行われることを想定し、あらかじめ事態対処調整第１班でドリルしていた通りにその後のことの調整、確認をするためである。

だが受話器を手にした如月は愕然とすることとなった。

宮古島とその周辺の宮古島市に含まれる五つの有人島――池間島、来間島、伊良部島、下地島、神ノ島とそれぞれの領海は、現在、政府から「一項《いっこう》指定」（戦場の指定）を受けておりコンバットゾーンである。つまり宮古島市の六島全体がホットゾーンであるこの現状では、最初のレベルである、重傷隊員を「後送」し、そこでパラメディックによるＥＲ《イーアール》（初期医療）を施すためのウォームゾーンが存在しない。根元的な救命医療を施すためのコールドゾーンに至っては沖縄本島の病院しかない。

昨日までのＪＴＧとの調整では、宮古島で緊急医療が必要となった隊員は、まず「連隊収容所」において、部隊のメディック（救急救命士）による応急措置を行った上で、「師団収容所」などを経て、沖縄本島までヘリコプターで搬送する――そのシステムを計画立案し、事態対処調整第1班でドリル（訓練）まで行っていた。しかし、余りの業務の嵐の海の中に放り込まれていたことで、如月は大きな問題を突き詰めることを忘れていた。昨日までにＪＴＧと那覇の病院とで調整した「後送」は、第8師団が宮古島に乗っかり、少なくとも第12普通科連隊の主力が十分な火力を揃えるなど、大部隊が宮古島に基盤を築いてからのオペレーションとしての計画立案に他ならなかった。つまり、火力支援ゼロの状態で送り込まれた情報小隊たちは、コンバット・レスキューの概念がない中での特攻だった——愚かにもその現実に、如月はあろうことか今気づいたのである。

主力部隊の宮古島へのＬＺ《エルゼット》（上陸地点）ばかりに集中していたＪＴＧも認識していないことは明白だった。昨日までの調整の場でその会話がなかったからである。

ＣＰＡとするこの自衛官のコンバット・レスキューについてＪＴＧのカウンターパートと協議を行うために記憶に入っている外線番号をプッシュした時、マイクを使った声が危機管理センターに響き渡った。

「中国。ＣＣＴＶ（国営テレビ局）、速報。そのまま同時翻訳します」

その声を追うと、外務省のビブス姿の女性がマイクを握っている。

彼女が翻訳した概要はこのような内容だった。

宮古島にて、日本、自衛官によって中国観光客が殺害された疑いがある事案について調査を行っていた中国政府関係者が、今朝、日本、自衛隊によって殺害された上で、平良港の港湾施設の中で電柱に磔《はりつけ》にされて晒し者になっている。中国外交部の課長は、北京の日本大使を突然呼び出し、猛烈な抗議の声明を発表するとともに、そのすぐ後に「特別声明」なるものも公開した。課長という格下クラスが呼び出したことに中国の怒りが相当なものであることが世界の注目を集めた。

その中で、日本側が引き起こした今回の一連の事態について断固たる措置を講じることを決断し、国民救出を任務とするための軍部隊の編制を行っていると通告した――。

隣の幹部室から怒声が聞こえた。荻原総理の声のような気がした。危機管理センターにいた関係省庁のリエゾンたちが一斉に隣の幹部室へと走ってゆく。

その光景を見つめていた如月は、すぐに頭を切り換えた。そして目があった安保対処調整担当の参事官で、防衛省キャリアの横川聖也《よこかわせいや》とともに幹部室へ向かおうとした時、視界の隅で、荻原総理をうやうやしく先導する伊達が手招きで横川と如月を呼びつけているのがわかった。

頷き合った二人は、先に歩き出した伊達の後を追っていった。

伊達は関係閣僚と局長たちが集まって騒然としている「幹部室」へ戻らず、その先にある通路へと荻原総理を導き、如月も横川とともに従った。

突き当たりで右に折れると、ダークブルーの制服姿の一人の航空自衛官が小さなデスクに座っているドアの前まで辿り着いた。そのドアには、〈NO　ENTRY　WITHOUT　CLEARANCE〉（特別な資格者以外の入室禁止）の英文が書かれている。

四人がそのドアの前で立ち止まった時、航空自衛官の指示通りに、右のドアの中央に設置されている、四角形で薄い形状のグレーのセンサ部分に腰を屈めて見開いた両目を翳《かざ》した伊達は、次に、その下に突き出た黒くて丸い小さなドーム状のものの下に右手の人差し指を滑《すべ》らせた。つづけて横川も同じ手続きを行った。

重い金属音がしたのを確認した航空自衛官は、如月を見つめて誰何《すいか》した。

伊達の指示で如月が取り出した身分証明書を受け取った航空自衛官は、虹彩セキュリティシステムを使用するように低い声で伝えた。

躊躇する如月に、

「前に受け取っていたものを、今朝、登録しておいた」

と伊達は平然とした表情で告げた。

危機管理センターに出向した当日、両手の全指紋と虹彩をコピーされたことを如月は思い出した。

センサの右上に小さなグリーンのランプが点灯したことを確認した航空自衛官は無表情のまま、背後にあるレバーハンドル式のドアノブを操作し、重量がありそうなドアを開いて四人をその中へと誘った。

足を踏み入れたのは淡いオレンジ色のダウンライトに照らされた、薄暗い四畳半ほどの狭い空間だった。伊達は慣れた手順で、さらに先にある観音開きの鉄製のドアの片側を押し開けた。

伊達に続いて立ち入った時、如月は突然、視力を失った——そんな感覚に陥った。何度か瞬きをしてようやくその暗闇に慣れるまで十五秒ほどの時間が必要だった。

まず思ったのは、想像よりも狭い空間だということだった。五つ星ホテルの高級スイートルームほどの大きさをイメージしていた。だが、今、目の前にあるのは、ビジネスホテルのシングルルームほどの広さである。

照明がすべて落とされた薄暗い空間に目を凝らしながらパイプ椅子に腰を落とした如月は、この暗い空間には、如月が座る位置から一番手前に、八席の簡易なデスクチェアが置かれ、その先に、ヘッドセットを被った二名の女性自衛官が壁に掛けられている六十インチほどのディスプレイを見上げながらパソコンを操作しているのが目に入った。それらからの光だけが唯一の〝照明〟だった。

この空間の存在と、名称が「シアター」とだけ密かに呼ばれていることを如月は知識としては知っていたが、入室するのは初めてだった。危機管理センターは need to know の原則が厳格に徹底されており、ここ以外にも如月が入室できる資格《クレアランス》を持たない部屋があることだけは知っていた。

　ここにしてもクレアランス所持者は、「シアター」の運営管理官を務める航空自衛官の2等空佐とその部下である空曹、さらに今隣に座る横川以外は内閣でさえもごく限られている。如月が知る限り、国務大臣としては内閣総理大臣、内閣官房長官と防衛大臣の三人のみで、事務方《じむかた》としても内閣情報官と内閣危機管理監、そして伊達と横川の四名だけである。

「特別収集任務《エーデーホックタスキング》パイロット。ターゲット、高高度軌道《HEO》エリアＪＭＫ００３９《ジエーエムケーゼロゼロスリーナイン》、キー、変更、確認せよ」

　ディスプレイの中から、滑舌のいい航空自衛隊の女性自衛官の声が聞こえた。このディスプレイには、オペレーションセンターらしき「部屋」が映っていて、そこでの会話がディスプレイの上、左右に設置されたスピーカーから聴こえている。

「部屋」にはコの字となった長細いデスクの上に大小三十個は超えるセンサモニターがズラッと並んでいる。そしてその向こうには、ゲームセンターでよく見かけるレースゲーム機材に似た二台の機材があり、それらはいずれも「コックピット」という名称で、そこに座る者——左側が「パイロット」、右側が「センサオペレーター」と呼ばれることを、かつて統合幕僚監部で無人機の配備を推進していた如月が忘れるはずもなかった。ゆえにディスプレイに映るオペレーションセンターは、航空自衛隊三沢基地にある、「ジェイワックス２」という無人偵察機ＲＱ－４Ｂ、通称グローバルホークの作戦運用室なのだ。

「ターゲット、アクセス、ライン・オブ・サイト、チェック」

　パイロットらしき野太い、しかし冷静な男の声が応えた。

「ジェイワックス2《ツー》、ビーン・カウンター、アジリティ、実行せよ」

女性の声が反応する。

如月は緊張した。ＧＣＣとは陸上総隊司令官の神宮寺陸将を指すからだ。

隣に座る伊達を如月は振り向いた。

「間もなくだ」

伊達はそれだけを小声で言って、目の前のディスプレイを顎でしゃくった。

「ターゲット、エリアＪＭＫ００３８《ジエイエムケーゼロゼロスリーエイト》、ポインティング」

その男の声の直後、面前《めんぜん》のディスプレイの画面が変わった。

ディスプレイに映ったのは、かなり上空から地面を見下ろすライブ映像だった。雲の隙間から地面が徐々に動いていることからリアルタイム映像だと如月は理解した。

「ターゲット、ビーン・カウンター、ズームイン、アンティル、６００《シックスハンドレッド》」

パイロットらしき声は依然としてこの狭い空間に響き渡り、その直後、画面がどんどん拡大し、そこに映る住宅の姿が徐々に大きくなってゆく。

「ターゲット、エリアＪＭＫ００３８、ロックオン、オートトラッキング」

港湾施設らしき構造物が映った。さらに映像が拡大してゆき、車の形状も鮮明に確認できるまでになった、その時だった。

「コーナー・リフレクターらしきオブジェクト、ディテクティブ！　チェック！」

パイロットが声のトーンを上げた。

如月も、その「反射光」をディスプレイの中で確認した。電波を反射する鏡を四角に四十五度ずつ組み合わせ、反射効率を良くしてから空に向けると、小さなものであるはずなのに反射が大きいため、航空レーダーには大きな物としてキャッチされるコーナー・リフレクターという資機材だ。よって救出へリコプターとのコンタクトも容易になるため、陸上自衛隊の情報小隊ではへリ誘導ミラーという名称で官品にある――。

――情報小隊……。

如月は嫌な予感がした。

「エリア、ヒララポート（平良港）、ハリミズ・ディストリクト（張水地区）、サード（第3）バース、さらにズーム、電柱に人影――」

パイロットの声がそこで途絶えた。

画面が拡大された。

如月の目の前に座る二人の女性自衛官の動きが止まった。

そしてディスプレイからの音声がまったくなくなった。

ディスプレイに映ったのは、電柱の中程《なかほど》にロープ上のもので括《くく》り付けられた人間だった。しかも、片手と片足がない。その上、右目の眼孔が黒く開いている。眼球を刳《く》り抜かれている――。

如月はすぐに理解した。反射しているのは、やはり陸上自衛隊の官品であるヘリ誘導ミラーなのだ。顔貌はハッキリしないが、もはや結論は明らかだと思った。

東日本大震災を始めとする幾たびかの災害派遣活動で数十体の遺体を目の前にしたことがある如月も、さすがにその残酷な有様に言葉を失った。

如月の中で激しい怒りが立ち上がった。

――なんてことをしやがる！

グローバルホークのカメラは自衛官の無残な姿にロックオンしたままゆっくりと回転軌道を飛行しているのか、それに合わせて映像も緩やかに回っている。それがまた残虐さを余計に際立たせているように如月には思えた。

幹部室に戻ると、あらたな情報を伝える安保対処調整担当要員の報告が、再びそこにいる全員を緊張させた。

「報告します！　ＪＴＧからの報告。第12普通科連隊、情報小隊、あらたにＣＰＡ、二名。重傷、二名。さらに情報小隊と思われる三名の隊員が電柱に吊され――」

掠れた声が一旦止まってからつづいた。

「その三名の自衛隊員は電柱に吊されて野ざらし状態、意識がない模様。詳細は追って連絡します！」

幹部室の自席に戻った荻原総理は重なり合わせた両手を俯いた顔にあてたまま長い間、沈黙した。

しばらくして顔を上げた時、その目は血走っていた。

そして押し殺した声で言った。

「水陸機動団《スイキダン》を出す」

健軍　西部方面総監部

陸上総隊司令部を中心として全国の部隊から集められた百人余りの〝増強幕僚〟でごった返す「西部方面ＦＳＣＣ」（西部方面火力調整所）の体育館ほどの平屋の建物を出て、そこと隣接して建つ「西部方面総監部本庁舎」へと足を向けたＪＴＧの戦術指揮官であり、西部方面隊二万名の自衛官を率いる西部方面総監の相川は、自分の執務室に入ると、呼びつけていた二人の男――相川の右腕的存在でナンバー3である「副長」を、この国家危急の時であるにもかかわらず複雑な思いで見つめざるを得なかった。

「防衛副長」の肩書きを与えられた緑山楓雅《みどりやまふうが》陸将補は、特殊作戦群の元群長も務めた男で、硬派なだけでなく軟らかい部分も使い分けられ、人格的にも下からの評価が高い。

対して「行政副長」という肩書きの元第1空挺《くうてい》団長である滝岡通陸《たきおかとおる》将補は、〝空挺の本族〟と呼ばれる、根っからの空挺である。

そもそも同じ駐屯地に本部を構える特殊作戦群と第1空挺団とは、特殊作戦群を創設する前から複雑な関係で、今でもそれは変わらず、お互いにそう思っている部分も実は多い。

その背景がある上に、緑山と滝岡の関係も微妙だった。

副長というポストは個室ではなく、一つの部屋に一緒にいる。そこで今まで思っていた、元の部隊での感情が爆発して大げんかすることが多くなったのである。性格的にも正反対だった。常に笑顔を絶やさない温厚な雰囲気であるが、それでいていかなる場合でも冷静沈着である緑山に対して、まさに、空挺の魂ここにアリ！　とばかりに、弱い、ということを絶対に許さない猛将が滝岡である。

度々ぶつかり合う二人だが、互いに重要だと思ってやるべきことを主張してその主導権を競い合っているだけであるという一面もあった。

「総監、官邸がそう命じているのですから、無残に晒された隊員も含めて、戦死した第12普通科連隊《じゆうにふれん》情報小隊の六名と二名の負傷者のコンバット・レスキューは、第1空挺団にやらせるべきです！」

真っ先にそう主張したのは元第1空挺団長の滝岡だった。

滝岡と同じ意見を、相川は、陸上幕僚監部や統合幕僚監部の先輩諸氏から溢れんばかりに電話で受けていた。

中国のテレビ局があの無残な姿を放映して以来、荻原総理は、陸上総隊司令官の神宮寺陸将に直接、電話をかけ、

「自衛隊最高司令官の命令を伝える。十死零生《じゅっしれいせい》（百パーセント死することが分かっているとしても戦うことを決心する）をもって、大至急、救出せよ！　それをせずして二十二万名の自衛隊員は指揮に従うか？　答えは明白である。否《いな》だ！」

という言葉を言い放っていた。

さらに、その作戦と編制についてまで荻原総理は言及したのだった。

――戦略予備待機として日出生台演習場に前進配備している第1空挺団で『QRF《キューアールエフ》』（即時出動部隊）を急ぎ編制し、それをコンバット・レスキューチームとせよ。そして、同演習場に前進配備している第1ヘリコプター団の『第109飛行隊』のヘリコプターが輸送支援を行え！　できなければ、アメリカ軍に依頼する！

中国のテレビ局は、電柱に磔にされて晒し者になっている者は自国民だと主張したが、日本政府がそれを公式に否定したことから、逆に自衛官が残虐な方法で犠牲になったことが日本全国の茶の間に広がってしまい、SNSやテレビのワイドショーが大騒ぎすることとなった。

だが滝岡の意見に対して、緑山が案の定、真っ向から否定した。

「この作戦には、戦闘要員じゃない医官や看護師も必要であるので、手順は極めて複雑となる。空挺にそんな細かい作戦ができるはずもない」

「じゃあ、どこがやるというんだ！　水陸機動団《スイキダン》をオレのもとに差し出す〝腹決め〟された総理は、十死零生顧みず、と仰っているんだぞ！　そんなことができるのは、後にも前にも残るは空挺しかない！」

滝岡が嚙《か》みついた。

それに対して緑山が口を開こうとしたのを相川が、

「もうやめろ」

と制した。

「オレの意見を言う」

相川はつづけた。

「十死零生、結構じゃねえか。やれと言うならやるまでだ。しかしな、政治には、箸《はし》の上げ下げまで言わせない。オレがやりたい方法でやる」

緑山と滝岡は無言のまま相川のさらなる言葉を待った。

「さきほど、第8師団長《ハッシダンチョウ》の岩瀬とも話した。岩瀬は、『12普連が行きたい、と手を挙げています。私は、12普連の、仲間を自分たちで助けたい、とするその思いを理解しました』と言ってくれた」

「しかし――」

滝岡が身を乗り出した。

「オレは決心した。岩瀬の言うとおり12普連を行かせる」

相川がキッパリと言った。

「ではさっそくに――」

緑山が立ち上がった。

だが相川は一旦押し留めた。

「ただし、その護衛として目達原《めたばる》（第1戦闘ヘリコプター隊）の、『アパッチ』（AH―64対戦ヘリコプター）をエスコート（護衛）としてアタッチメントさせろ」

相川がつづける。

「それと並行して、宮古島の治安を確立するため、現在、海上自衛隊の指揮のもと、宮古島沖まで海上自衛隊の護衛艦『いずも』に搭載して前方展開させている水陸機動団《すいりくきどうだん》を強襲揚陸させる。

総理も今回の、〝隊員たちが電信柱の磔《はりつけ》〟の件でやっとご決心された」

相川が、当面《とうめん》作戦として、と言って説明したのは最新の情報分析による作戦だった。

中国浙江省の人民解放軍第72集団軍第6特殊作戦旅団の隷下、陸軍船艇《せんてい》連隊が推進を開始し、一両日中には、日中中間線を突破するとの情報見積りがある。さらに、その第2梯隊として、第124水陸両用混成旅団の水陸両用機械化歩兵連隊を載せて強襲揚陸艦が出港したとの情報がある。

そのため、水陸機動団が橋頭堡《きょうとうほ》を確立したならば、12普連の主力を揚げる。その上で、宮古島の人民解放軍を殲滅する——。

「了解しました。他方、今朝のMR《エムアール》（朝の会議）でご報告しました件、3MEB《スリーメブ》（第3海兵師団）が、那覇駐屯地、第15旅団に設置しております『BGTCC』（日米共同陸上戦術統制センター）を通じて、『LCT』（アメリカ海兵隊沿岸戦闘チーム）に対する宮古島警備隊による警備を度々要請しておりますことについてはいかが対応すればよろしいでしょうか？」

滝岡が訊いた。

「『LCT』は独自に、対戦ヘリコプターとスティンガー（携帯式対空ミサイル）部隊なるものを編制していると聞いている。どうなんだ？」

「二つ理由があります」

滝岡がつづけた。

「一つは、自衛隊が宮古島の脅威を排除できていないこと。二つめは、人民解放軍の海軍の推進によって危機感を高めていることとです」

「オレは嫌な予感がする。アメリカ海兵隊は、『EABO』（遠征前進基地作戦）の〝検証〟をやりたいんだ。しかしそれは宮古島を救うことではない」

相川は顔を歪めた。

「実は、『ＢＧＴＣＣ』のアメリカ海兵隊の作戦幕僚は、当方の派遣幕僚に対して、宮古島全体をアメリカ・インド太平洋軍のＪＴＦのタクティカル・コントロール（戦術的統制）下に置きたい旨の発言をしております」

「きたか」

相川はより一層、顔を歪めることとなった。

「言ってやれ。日本にはこんな言葉があると。〝行くも地獄、戻るも地獄〟――」

その言葉に滝岡と緑山が期せずして顔を見合わせた。

「我々は今回、マリンコ（アメリカ海兵隊）から、硬貨を授《さず》かれないことは間違いないな」

相川が言った意味は、日米の合同演習の最終日、自衛隊側の健闘を讃えるためアメリカ海兵隊員が「グッ、ジョブ！」（いい仕事をしたな！）と言いながら握手を求めてくるのだが、そこではアメリカ軍部隊のチャレンジコインと呼ばれる硬貨が手渡されるのがささやかな儀式となっている、そのシーンのことである。

「お聞きしてもよろしいでしょうか？」

緑山が訊いた。

相川は黙って頷いた。

「総監がお考えになるエンドステート（最終任務目標）とはいかなる状況なのでしょうか？」

緑山の質問に、相川は右眉を上げて言った。

「それこそが政治の仕事だ」

3月30日　宮古島　平良港

第12普通科連隊の連隊本部が置かれた輸送艦「しもきた」から発艦したMV22オスプレイは、佐賀県の目達原駐屯地より前方展開していた、沖縄本島那覇基地から駆け付けたAH―64Dアパッチ攻撃ヘリコプターに護衛されて宮古島の空域に進入した。

飛行機モードで接近してきたオスプレイが、ナセル（プロペラ部分）の角度を徐々に傾けて転換モードにするのを、第12普通科連隊情報小隊の鬼怒川2曹は単眼鏡の中で見つめていた。

そしてその後、オスプレイがナセルの角度を八十度から九十五度というVTOL（垂直離着陸）モードにしたのを確認した鬼怒川は、五名の部下とともに倉庫の片隅から飛び出し、ヘリポートの着陸地と決めていた平良港第3埠頭の広いスペースに駆け込んだ。

突然、一時の方向から猛烈な銃弾が浴びせられた。鬼怒川は咄嗟にコンテナの陰に隠れた、そしてすぐに腰に付けたチェストポーチの中にあるファイバーケースから一発のヒート弾を取り出すと、84式無反動砲に装塡して担いだ。複数の敵がいる。火力は近づいてくる。迷っている余裕はなかった。コンテナの隅から慎重に覗くと十人ほどの敵を認めた。そこへ照準し、トリガーを引いた。敵が密集していたエリアで爆発が起こった。そのタイミングしかない！　鬼怒川は発煙筒を点火してて上空に向かって振った。ヘリコプター着陸を誘導するためだ。

黄色の煙がたなびく光景を目指して接近してきたオスプレイの後部ドアは開け放たれ、そこから第12普通科連隊の二名の普通科中隊隊員が89式小銃で周囲を照準しているのが鬼怒川の目にはっきりと見えた。その上空では、AH―64Dアパッチ攻撃ヘリコプターがホバリングをして警戒している。

いつも乗り慣れたCH47ヘリコプターの何倍もの猛烈なダウンウォッシュをまき散らして着陸したオスプレイから飛び出した普通科中隊の隊員たち十名を引き連れた鬼怒川は、真っ先に、横たわったままの野村がいる場所まで敵の攻撃から避けるルートを誘導し、担架で収容することを要請し、さらにその周囲で倒れ込んでいる情報小隊員たちも担架で回収していった。

普通科中隊の一部の小隊は最初からそれを命じられていたのか、電柱に縛り付けられた隊員のもとへ一目散に向かって行った。

電柱から隊員を引き下ろした普通科中隊の隊員たちがいずれも困惑している様子が鬼怒川の目に入った。そして自分を呼びつける無線を聞いて鬼怒川は、電柱から下ろされた者たちがアスファルトの上に並べられたところへと歩み寄った。

しゃがみ込んで顔を確認した鬼怒川は思わず声を上げた。

「違う！」

「違う？　本当だな？」

普通科中隊長の奥山薫《おくやまかおる》2尉が問いただした。

「しかもこいつ、東洋系じゃありません！」

鬼怒川が言った。

奥山は、部下に命じて男の衣服を剝いで全身を確認させた。

部下からの報告を聞いて奥山が唖然とした時、そこへ激しい銃撃が襲った。

「ブレイク！」

普通科中隊長の命令でそこにいた全員が四方八方へ待避した。

だが、オスプレイへ担架を搬送していた二名の隊員が撃たれてその場に倒れ込んだのが鬼怒川の目に入った。その反動で、担架に乗った野村が地面に放り出された。

鬼怒川がそこへ向かったのは反射的な行動であるとしか表現できなかった。

野村をもう一度担架に乗せ、また撃たれて倒れ込んでいる二名の隊員をロードマスターとともに、オスプレイの中へと引き摺りながら収納した。

このミッションで任務とする要救助者であった三人も収容したことを確認した奥山は、腕をぐるぐる回して、オスプレイの機長にここから離脱するように命じた。本来なら、奥山を始めとする普通科中隊も一緒に連れ帰る計画だった。だが、オスプレイに近づくことができないと判断した奥山の決断だった。

姿を現した装輪歩兵戦闘車からの銃撃はオスプレイの機体にも浴びせかけられた。だが、護衛についていたＡＨ—64Ｄアパッチ攻撃ヘリコプターが30ミリ機関砲を激しく浴びせかけたあと、ヘルファイア対戦車ミサイルを発射し、装輪歩兵戦闘車は一瞬にして破壊され炎上した。

オスプレイの機長の操縦も巧みだった。ナセルをヘリコプターから飛行モードへと移行させて急激に上昇してゆく。

だがその姿を見つめながら鬼怒川は絶望的な気分に襲われていた。

それは、野村がもはや医療を施すタイミングを失っていることを確認したことだけではなかった。恐らく情報小隊は他でも犠牲者が出ている可能性が高い。しかし、コンバット・レスキューのミッションは、もはや再開されないだろうと確信したからだ。コンバット・レスキューを行うための戦術も、機材も絶望的に少ないのだ。

東シナ海　第１列島線アウトサイド　護衛艦「いずも」

沖縄本島の沖合海域を通過し南下を続ける海上自衛隊のヘリコプター搭載型護衛艦「いずも」

の、大中8面のスクリーンがある司令部作戦室《FIC》と呼ばれるだだっ広い空間に水陸両用作戦のすべてを仕切る水陸両用作戦《AF》司令部が立ち上がっており、陸上自衛隊と海上自衛隊の大勢の自衛官が溢れていた。さらにその一角には水陸機動連隊が「上陸作戦」を実施するための「上陸部隊作戦指揮所《エルフォック》」があり、そこには水陸機動団の幕僚たちが多数詰めている。

そのエルフォックと隣接する空間に用意された、ＦＬＡＧ・ＰＬＯＴ《フラッグ・プロット》（指揮官と幕僚席）で、掃海隊群司令の堂上健司《どうじょうけんじ》海将補の隣に座る水陸機動団長の星野陸将補が受話器を耳にあてながら立ち上がった。

「納得できません！」

星野はつづけた。

「総監が今、おっしゃられた、揚陸輸送艦《LST》で推進中の42即応機動連隊の到着を待て、というのは、つまり、一緒に作戦を行え、ということでしょうが、私は同意いたしかねます」

「星野、いいか、敵の勢力が、情報見積りを遥かに越えて、二百名。というならば、当然、当初よりの大きな戦力投射《とうしゃ》が必要だ」

ＪＴＧ指揮官で、西部方面総監の相川が言った。

「総監、お言葉ですが、作戦は私に任せてください。そして水陸機動団だけでやらせてください。それによって、敵勢力、人民解放軍を必ず全滅させます」

星野が危惧したのは、第42即応機動連隊ともし組むとしたら、ＪＴＧ、つまり西部方面隊の幕僚たちが総合的な指揮を執ることになることだ。水陸機動団はそもそも西部方面隊の隷下部隊として創隊し、その作戦運用について専門の幕僚も育っていった。しかし、その後、水陸機動団は総隊司令官の指揮下と変更になった時より、その専門家が西部方面隊よりいなくなってしまった。星野はそこに大きな不安があったのである。

しばらくの間を置いてから、相川は低い唸り声の後で、

「わかった」

と言って星野の思いを認めた。

だが星野の言葉はそれで終わらなかった。

「ただ、ＪＴＧとしてやるかぎりは、完全に海と空のコンポーネントを全部共有するレベルにまでやって頂く必要があります」

「シェーピングオペレーション（事前制圧）のことだな」

「おっしゃる通りです」

水陸機動団の「上陸作戦」においては、事前に、海上自衛隊による対地射撃と航空自衛隊の支援攻撃が必要であることは星野にとっては常識だった。

陸上自衛隊と海上自衛隊の二人の将補の激論の場所は、「いずも」のＦＩＣに設置されたＡＦ司令部の一角にある「ＦＬＡＧ・ＰＬＯＴ《フラッグ・プロット》」と呼ばれる指揮官用のスペースだった。

一人は星野と並んで座っている、水陸両用任務部隊指揮官《キャタフ》であり、火力支援調整所《ＳＡＣＣ》の「長」を兼務する海上自衛隊掃海隊群司令の大蔵君弘海将補《おおくらきみひろかいしょうほ》。もう一人は、左側の上陸部隊指揮官《クリフ》である水陸機動団長の星野陸将補だった。

ことの顚末《てんまつ》は明快だった。それはわずか三時間以内の間に、各部隊で発生した〝激論〟だった。

第１水陸機動連隊のＡＡＶ７が最初に宮古島のいずれかにビーチングする前、上陸地点《ＬＺ》周辺の安全を確保するためのシェーピングオペレーションを和泉幕僚長が大蔵掃海隊群司令に要請したことに始まる。

具体的には、「いずも」の上甲板に設置している速射砲からの対地射撃（艦砲射撃）、もしくは航空自衛隊のＦ２戦闘機による近接航空支援の対地支援爆撃で、ＬＺ周辺に潜んでいる敵を殲滅

することを求めたのであった。それによりＡＡＶ７は安全に「上陸作戦」を実施できるからだ。海岸にビーチングをする時は、ＡＡＶ７にも機関銃があるにはあるが、敵の携帯式の対戦車ミサイルや対空ロケットの攻撃には無防備である。「西部方面隊火力調整所《FSCC》」が強く要請した理由はそこにあった。

　真っ先に反応したのは航空自衛隊だった。「いずも」の総合火力支援調整所《サック》の一角にある戦術航空統制所《TACC》に派遣されている航空自衛官は、宮古島の島民で逃げ遅れている人もいるはずだ、との主張を繰り返していた。しかも陸上自衛隊の見立ては信用できない、とまで言い切った。

　さらにその航空自衛官はもう一つの理由として、近接航空支援の対地支援爆撃作戦では、対地爆撃用のＦ２戦闘機を一個編隊四機を出撃させなければならないとした上で、その護衛として、Ｆ―15Ｊ戦闘機も一個編隊四機の二個編隊、つまり計八機が必要だと語気強く主張した。しかし現在、全国のＦ―15Ｊ戦闘機は、先島諸島空域における空中警戒をローテーションで二十四時間実施中であることから余裕がまったくなく、シェーピングオペレーションのための準備を整えるまでには時間がかかると躊躇した。

　ならば、と西部方面隊ＦＳＣＣの幕僚たちは、今度は、海上自衛隊による対地射撃に期待した。だが、「ＳＡＣＣ」の指揮官であると同時に、「キャタフ」としての責任がある海上自衛隊の大蔵海将補も反対した。ただその理由は、航空総隊が闇雲に反対した主張とは違った。

　確かに水上艦艇の速射砲からの対地射撃は命中精度がすこぶる高く、誤差にしても数メートルであるとした上で、大蔵海将補は、対地射撃を行うことに反対はしないが、陸上自衛隊が行った「保護目標」の設定を海上自衛隊として精査する時間が必要だと含ませたのである。つまりここでも、陸上自衛隊からの情報は信用できないという主張が行われたのだった。

しかし、それに対して陸上自衛隊側は海上自衛隊の水上艦に対する対地射撃要請を行う準備を急ピッチで進めていた。

宮古島ではまだ第12普通科連隊の情報小隊の斥候班しか行動していないが、「将来作戦」を設定する上では、第12普通科連隊の主力が上陸するに際しては、必ず火力支援の出番となる。

そのため、宮古島市役所や商工会議所、さらに自治会の関係者との調整を行う「G《ジー》—1《ワン》」（民事調整部）を構成した上で、インフラ施設、学校、寺社仏閣や重要文化財などの「保護目標」（射撃不可エリア）を聴き取って「G—1」でリスト化する作業を一時間以内で進めていた。

つまり、この遺跡は破壊していいのか悪いのか、この文化財はどうなのか、小中学校はどうか、行政センターはいかなる措置をするか、霊園はどうするかなど、こと細かい聴き取りを「G—1」で進めていたのである。そしてそのマップさえ作成し、緯度経度を示す陸上自衛隊独自の座標で細かい目標を設定した。そこには、三色の円でレベルを示し、赤い円で示した目標「A」は「射撃禁止」、青い円の「B」は「相川総監の許可が必要な目標」、緑色の円の「C」は「第8師団長の許可が必要な目標」だと実に細かく示した。

JTGでは、「西部方面FSCC」はその任務が余りにも多岐にわたって火力調整を担うことになるので、「FIRE《ファイヤー》」という名の「保護目標選別攻撃調整所」を「西部方面FSCC」の片隅に立ち上げた。つまり、「保護目標に対する射撃申請」だけに対応する組織を作り上げたのだった。これによって迅速に保護目標に対する射撃の決心がなされることを期待したのである。

星野にしてみれば、上陸した第1水陸機動連隊からは、今後、宮古島に潜伏している人民解放軍兵士だけでなく、海上に押し寄せる敵の目標、着上陸してきている目標など、膨大な目標、撃ちたい目標、撃って欲しい目標に関する「火力要請」がじゃんじゃん寄せられることを予想していた。

それらの火力要請への対応は毎朝の「ＭＲ《エムアール》」（朝会議報告）と毎夕の「ＥＲ《イーアール》」（夜会議報告）とともに開催されるターゲット（火力調整）会議で検討され、決定される。

ただ、「ターゲティング調整会議」（攻撃目標選定協議）で選ばれないと数時間後の次のターゲット会議までずっと放って置かれることになる。

しかしそれでは遅い。

ゆえに、ターゲティング調整会議の開催に間に合わない急ぐ場合があればすぐに対応できるように、「西部方面ＦＳＣＣ」の下に新しい組織を設けて、「保護目標に対する射撃申請」に二十四時間専門で対応することで、翌日のターゲット会議を前にして、これに対する回答（保護目標設定を解除して射撃するかどうか）を与えることができる――そのために「ＦＩＲＥ《ファイヤー》」を作ったのであった。ただ、そこで決まるのは全体の七十％の火力であり、残りの三十％は緊急時における火力の発揮とする「臨機目標」として残された。

しかし、上陸作戦《エルエフ》部隊を指揮する「クリフ」の立場にある水陸機動団長の星野としてはシェーピングオペレーションは絶対に必要だと確信していたので、即座に声を荒らげてまでＡＡＶ７上陸前の火力支援の要求をつづけた。

しかし、その一時間後、星野の主張は、想像もしなかったところで結着がつくこととなった。

「総理官邸からのご意向」とするクレジット付きで、陸上自衛隊の作戦においてシェーピングオペレーション以外の選択肢を求めよ、との指示が、ＪＴＦ―ＳＳ（先頭諸島防衛総合任務部隊）を介してＪＴＧ（統合戦術作戦グループ）指揮官である相川総監と、海上自衛隊自衛艦隊司令官を通して「キャタフ」の大蔵海将補のもとにほぼ同時に届いたのである。

結果を受けて、水陸機動団長、星野陸将補は、「いずも」のＦＩＣから抜けだし、後甲板まで足を向け、そこにあるヘリコプターがダウンウォッシュをまき散らしながら甲板に着地したのを見届けた後、白波が月明かりに浮かびあがる黒い海へと漫然と視線を流しながら衛星電話を操作した。

「椎名、詳細を省いて結論から言う。シェーピングオペレーションは政治的に排除された」

星野は真っ先にそう言った。

「了解」

星野は短くそう応えながら脳裡にあるシーンが浮かび上がった。上陸したAAV7が海岸で対戦車火器の攻撃を受け、何台もが炎上し、その中で隊員たちが火だるまとなって——。


数マイル離れて併走しているはずのLST（輸送艦）「しもきた」の戦闘指揮所《CIC》にいる、第1水陸機動連隊長の椎名はそれだけで応じた。一切、余計なことは聞かなかったし、言わなかった。わずか三時間余りでのやりとりの結果が、水陸機動連隊による死を賭した特攻作戦になることを確信した星野は思わず感極《かんきわ》まって、その先を話せなかった。

だが、覚悟を決めていたのは椎名だった。

護衛艦「しもきた」の第1甲板とその下の車両甲板に搭載しているのは、AAV7が十六両、CRRC《クリック》（戦闘強襲偵察用舟艇）三十六隻、120ミリ迫撃砲四門、高機動《コーキ》車四両、重機四台、弾薬六十パレット、糧食《りょうしょく》（食事）が二十六パレット。そして「上陸」した後に実際に敵と戦う戦闘中隊、水陸両用装軌装甲車の水上機動に関わる操縦者などの戦闘上陸中隊、またAAV7に先んじて秘匿上陸する偵察中隊など計約七百名の隊員たちの生死を預かる椎名の思いは壮絶だった。隊員の家族まで入れると二千名以上の人生が自分の判断と決心に懸かっているという重みを、あらめて全身でしっかりと受け止めた。

星野との衛星電話を終えた椎名がＬＳＴ「しもきた」の幹部食堂に集めたのは、偵察中隊長と、ＡＡＶ7から降車して実際に戦う三人の戦闘中隊長とＡＡＶ7の運航にかかわる第1戦闘上陸中隊の中隊長の五人だった。

偵察中隊長の尼子《あまこ》達明《たつあき》1等陸尉は戦闘服の左胸に、レンジャー資格者のダイヤモンドをあしらった徽章と空挺降下の資格者の徽章、さらに日の丸に翳した「ふつのみたまの剣」と鳶《とび》が大きく羽を広げて雄叫びを上げているかのような特殊作戦群徽章の横に、もうひとつ別の徽章を付けていた。波をイメージした造形の上に、棒の半ばから丸く平たく削ったもので、水を掻《か》いて船を進める具である櫂《かい》、英語で言う二つの「オール」が交差する中央に、青色の英語文字で「水泳斥候」を意味する「スカウトスイマー」のアルファベットをデザイン化した徽章だった。その徽章は、水陸機動団で「Ｉ《アイ》」と呼ばれる、厳しい訓練を乗り越えて取得した、「洋上潜入《ようじょうせんにゅう》」の付与特技を持つ限られた者、スカウトスイマーにしか与えられない〝勲章〟だった。

また、戦闘中隊と第1戦闘上陸中隊の三人の中隊長の胸には水陸機動団で付与特技から「Ｗ」と呼ばれている水陸両用戦闘職種の徽章がある。これは中隊長だけでなく、戦闘中隊の全員がＡＡＶ7で上陸して戦うためには必ずとらなくてはならないＭＯＳである。だから水陸機動連隊の隊員は、陸士も全員「Ｗ」を持っている。

目の前に座る五人の顔をそれぞれ見つめながら椎名は、シェーピングオペレーションが政治的に却下され、事前制圧がなされないまま「上陸作戦」を行わなければならなくなった顚末を、その背景説明に至るまで、できるだけ詳しく、かつ正確に説明した。

五人の表情に変化はなかった。「了解」との短い言葉だけで全員が頷いた。

「連隊長、ただ、一つ、教えてください」

そう聞いたのは、淡々とした表情のままの、偵察中隊長の尼子だった。尼子が率いる部隊は、今回の作戦で、CRRC《クリック》（戦闘強襲偵察用舟艇）と水泳にて一番最初に上陸する。つまり最も過酷な任務であることを自覚している――椎名は彷徨っていない二つの瞳を見てそう確信した。

「言ってみろ」

椎名はすべての疑問に答えるつもりだった。

「水陸機動団に与えられた政治が示すエンドステート（最終任務目標）はなんでしょうか？　もし決まっていたとしたら、それはどのレベルでオーソライズされたものですか？　健軍《JTG》ですか？　それともJTF―SS（総隊）ですか、また政治、つまり官邸でしょうか？」

「尼子、お前の意見を言ってみろ」

疑問をもったまま行かせたくなかった椎名は、尼子の思いをすべて吐き出させたかった。

「例えば、我々現場は『リアル』を落とし込んでいます。しかし、正直言って、上級司令部、はっきり言えばJTGは、〈敵を鎮圧《ちんあつ》せよ〉という言葉だけで終わらせている部分があります。じゃあ鎮圧ってなんだ？　敵が数十名。水陸機動団が三百名――。敵を何人制圧したら鎮圧なのか？　さらに制圧ってなに？　殺すこと？　負傷させて無力化するだけでいい？　――まずそのことの疑問があります」

椎名が頷いた時、第2中隊長の目《め》原良房《はらよしふさ》2等陸尉が、尼子の言葉を継いだ。

「増援《ぞうえん》がくるなら話は別です。ですが、現実、限られた部隊だけでやる。で、その時、例えば、宮古島を奪還せよ、と政治が命令する。ならば、その『奪還』とはどういう状態を指すのか？」

椎名は、目原の鋭い眼光の奥に、心の中にずっと温めている思いがあることを知っていた。十年ほど前、椎名がＡＯＣ（幹部上級課程）の教官の時、学生だったのが目原だった。泥臭い猛者たちが多い普通科職種ながら、非常に温厚で、隊員の気持ちをよく理解する男である一方で、自分がしっかり守らなければならないという思いを持った正義感溢れる奴だ、というのが第一印象であったことを今でもよく覚えている。

また、種子島出身であるからなのか、島出身ということを常にアピールし、島の守り、南の守り、との言葉をいつも語っていた。ゆえに、今、目の前にいる目原は、南の島が取られることへの思いがひときわ強く、故郷の島の情景が重なっているはずだと椎名は確信していた。そして、人知れず目原が、「あの島に、国分の情報小隊のあいつらが先に立った！　オレたちはそれを引き継ぎ、オレたちが絶対に宮古島を取り返さなくてはならない」――そう言っている姿を脳裡で想像した。

「最後を決める部隊は何をやるのか、何がエンドステートか、そのエンドステートを求めるためにどうやって最後を決めるのか、それを決めるのは誰なのか――」

目原は目力も強く椎名を見つめた。

その隣に座る、ＡＡＶ７を操縦する部隊である第１戦闘上陸中隊の松江《まつえ》忠男《ただお》１等陸尉がさらに口を開いた。

「政治が言う、その〝奪還〟とは、島の八割を確保でいいのか？　プラス空港と港湾を押さえる？　それもどの程度？　一部の地域に敵がいていいのか？　住民の被害と隊員の損耗《そんもう》はどの程度を政治は許容するのか？　昨日までのＪＴＧの「西部方面ＦＳＣＣ」（西部方面火力調整所）とのやりとりでは、はっきり言って幕僚たちはそこを考えていません。ということは政治も――そういうことですか？」

一呼吸置いてから椎名は応えた。

「みんなが言いたいことは理解した。オレもそれに対する困惑を、正直言って持っている。しかし、政治に対してオペレーショナルプランを提示し、その承認をもらいさえすれば、我々が行うことは明確だ」

椎名はつづけた。

「我々は、『着上陸工程表』のプランニングに対するデブリ（状況報告）を行い、計画を修正に修正を重ねて、政治的にダメと言われた部分を、我々のリスクとしてオペレーションを変えてゆく。つまり、コンディションへの対応であり、戦術だ」

五人の中隊長は、小刻みに頷いたり、唇を噛みしめたり、大きく息を吐き出したりとそれぞれの反応を示したが、不満や疑問を口にする者はいなかった。

「だからこそ水陸機動団とは、伝統的な陸上部隊《コンベンショナル・フォース》プラス特殊部隊なのだ。コンディションとは乗り越えるためにある」

椎名は全員の顔を見回してから腕時計へ目をやった。

「発艦は、計画通り、午前三時《マルサンマルマル》だ」

「了解です！」

同時に立ち上がった五人は一斉に敬礼を投げかけた。

「オレは訓示はせん。ただひと言だけだ。任務を達成しろ」

椎名はそれだけ言うと食堂テーブルを回り込み、五人の瞳を見つめながらそれぞれと固い握手を交わした。

3月31日　宮古島　与那覇前浜ビーチ

暗闇の海を切り裂くように進む五隻のCRRC《クリック》（戦闘強襲偵察用舟艇）の第一陣で腹這いとなって頭を低くしていた水陸機動団偵察中隊長の椎名1等陸佐は、BLS（海岸上陸ポイント）と定めた、宮古島の真南に位置するシギラビーチの全周へと双眼《そうがん》の暗視ゴーグルを忙しく振り向けた。「しもきた」での「戦闘予行」の前に、2科が用意してくれていた観光ガイドブックには、透明度の高い海に、百種類以上のカラフルな熱帯魚が足元で遊ぶとPRされていた上に、運が良ければウミガメに会えるというフレーズもあった。

脅威となる対象を認めなかったことから、計画通り、ビーチまで1キロの地点でCRRCを乗り捨てた。

そこからはシュノーケルとフィンだけで泳ぎ切り、浅瀬の波打ち際に辿り着いた時にはすでに、椎名を含む偵察中隊第1小隊の七名のスカウトスイマーたちは背負っていた防水バッグの中から20式小銃を取りだして据銃していた。

双眼暗視ゴーグルをマウントして周囲に展開する小隊員たちを見届けた椎名は、発艦前に「しもきた」のFICで行った「戦闘予行」での光景を思い出した。

何よりメインとなった協議は、警察部隊のヘリコプターを撃墜した「携SAM《ケイサム》」（携帯式地対空ミサイル）に関する「戦闘損害評価《BDA》・損耗評価」だった。その結果として得られるエビデンスによっては、真っ先に宮古島の海岸に突入する偵察中隊の戦術が変わるからだ。

シェーピングオペレーションは「政治の判断」で中止となったが、椎名は、それでも、現在の脅威を、海空自衛隊だけでなく、アメリカ海兵隊とも共有することをずっとJTGに具申していた。

なぜなら、この今のために、これまで様々な練成訓練、統合訓練、また日米の合同訓練において、インターオペラビリティ（様々なシステムや組織が連携できる＝相互作戦運用できる能力に関する特性）を追求してきたのだ。

ここまでできるんだろ？　できるからこそ今まで訓練してきたんだろ？　それがここでできないと言うなら末代まで呪ってやる！

それが椎名の本音だった。

だからこそ実戦のために訓練してきた。訓練はこの実戦のためにあった。

だがそれを考えずにただ単に訓練だけをやってきた奴は、実戦になると、いやいやそこはできません、と言い出してきている。そこで昨日から、椎名はこの言葉を何度吐いてきたことか。

「お前！　訓練では、やれると言ってきたじゃねえか！　これまでやってきただろ！　もう一度それを言った瞬間、絶対に許さない！」


淡いライトに照らされただけの輸送艦「しもきた」のウエルデッキ（海水に浸される格納庫）の、スタンゲート（艦尾門扉《かんびもんぴ》）がゆっくりと開けられるにつれ、漆黒の闇の向こうから、ふんだんな海水が流れ込んでくる。先遣中隊に属する四台の水陸両用装甲車ＡＡＶ７が海水の中をゆっくりとウエルデッキの先へと滑り出した。

「グリーンウエル、確認」

スタンゲートを前にして、縦列に並ぶ二両のＡＡＶ７「先遣小隊」の先頭車両に乗車している第１戦闘上陸中隊第１小隊長の羽衣俊太郎《はごろもしゅんたろう》２等陸尉がヘッドセットのマイクにそう告げた。

「小隊、前進用意、前へ」

羽衣の号令でＡＡＶ７二両がスタンゲートに近づいた。

「各車毎《かくしゃごと》、スプラッシュ」

羽衣のその号令につづき、今度はＡＡＶ７の操縦士であって「第１戦闘上陸中隊」に属する

「車長《しゃちょう》」が無線に言った。

「ゆっくり前へ」

さらに車長がつづける。

「全車、海上機動開始！」

「マルサンマルマル。全車海上機動開始。予定通り。LOD《エルオーディー》（発進線）にて通過の速度調整を実施する。小隊、速度増せ」

羽衣の声に変わった。

「しもきた」から発艦した二両のAAV7は、十数メートル先のLODで一旦、前進を止めた。

「達着点に正対する。小隊、隊形変換、横隊右へ。小隊、バトルスピードで前進する。小隊、速度増せ。警戒方向、センタービーチを中央として1班、左。2班、右」

AAV7の中は照明が消されていたので真っ暗だった。羽衣の部下である十数名の小銃小隊の隊員たちの、そっと伸ばした自分の手が淡い光でなんとか見えるほどである。その微かな光は、運転席で車長が覗くペレスコープ（ごく小さな覗き窓）から儚《はかな》く差し込む月明かりだった。

音にしてもディーゼルエンジンはうるさい。たとえ喋っても互いに聞こえないことがわかっていたので誰もが無言のままだった。

二両のAAV7が横列で一時停止した直後だった。

「前へ！」

羽衣の号令で、二両のAAV7は、ディーゼルエンジンの排気口から灰色のガスを一度、猛烈に吐き出すとともに重低音を響かせると暗闇の海上を進んだ。LODで整列してから再発進した。

約百メートル前進した。

「突撃準備線、通過！」

「さらに突撃隊形線《たいけい》、通過！」

羽衣の号令が連続する。

新城海岸のビーチが近づいてくることを双眼の暗視ゴーグルで車長は確認し、アクセルとブレーキを巧みに操って速度を調整した。そして間もなくして、偵察小隊が操作するケミカルライトの合図を目視で確認した。

砂浜を進んでもAAV7はしばらく止まらなかった。下車する時こそ一番の弱点であるからだ。設定した目標線まで突進していった。勢いを落とさなかった。

着上陸したら火力支援はもはやない。自分たちしかいないのである。最後は、白兵戦《はくへいせん》となる――その悲愴な覚悟こそが水陸両用作戦の基本ドクトリンだと羽衣はじゅうぶんに理解していた。

四両は砂浜と植生の境界まで勢いをそのままに突っ切った。

「小隊、全車、達着《たっちゃく》、停止、用意。止まれ」

羽衣の合図で、後続するもう一両のAAV7がほぼ同時に砂浜に乗り上げて停止した。

「ランプ下げ」

羽衣が命じた。

二両のAAV7の後扉《こうひ》（ランプ扉）が観音扉で開いた途端、先頭のAAV7から最初に姿を現した羽衣は、20式小銃を据銃して慎重に周囲を見渡した。

「警戒方向、変化なし！」

それでも周囲への警戒を怠らない羽衣がヘッドセットマイクに言った。

「小銃小隊、下車《げしゃ》用意！」

羽衣は一瞬の間を置いた。

「下車！」

羽衣のその合図で、二両のＡＡＶ７から完全武装した小銃小隊二個分隊が素早く飛び出して左と右に展開すると、20式小銃を構えながら防御態勢をとった。

全員が配置に就いたことを確認した羽衣はその命令を語気強く言い放った。

「敵、発見次第、速やかに撃て！」

宮古島沖

宮古島の南沖を潜行していた人民解放軍海軍のＳＳ（通常動力潜水艦）四隻――うち一隻は、超小型マイクロ偵察用ドローンを発進させるためのもので、もう一隻は自爆型ドローン発進のためのものであり、残り二隻はそれぞれのドローンからのデータ通信中継用で、タイミングを図ってからそれぞれで露頂航行を開始した。

バッフルチェックを行って周囲に脅威が存在しないことを確認したＳＳ二隻は、時間の間隔を開けてから海面上に浮上し、うち一隻の前部ハッチから縦の長さが五センチほどの、黒と黄色の縞模様をしたトンボのオニヤンマによく似た超小型マイクロ偵察用ドローン千五百機を発射し、もう一隻からは自爆型ドローン五百機が一斉に放たれた。

さらにその直後、露頂航行を始めたデータ通信中継用のＳＳの二隻は、ＵＨＦアンテナをあげて、天空を埋め尽くしたそれら二種類のドローンが放つ電波を傍受し、作戦図におけるトラッキングを継続した。

最初に特異映像を送ってきたのは、超小型マイクロ偵察用ドローンのうち二機だった。

一機がライブ映像で捉えたのは、与那覇前浜ビーチへバイクで近づく私服姿の男。もう一機が捉えたのは、シギラビーチに向けて突き進む〝鉄の水上船〟と超小型マイクロ偵察用ドローンが送ってきた映像の片隅にあるインジケータに英語で表示された幾つものオブジェクトだった。

宮古島　与那覇前浜ビーチ

「異状なし！」

ヘッドセットにその声が聞こえたのは、第１水陸機動連隊長の椎名が乗る「Ｃタイプ」と呼ばれる指揮通信型の「ＡＡＶＣ71」が「突撃準備線」をちょうど過ぎた時だった。先陣を切ってビーチングした小隊長の目原良房2等陸尉による報告だ。

立ち上がった椎名は運転席に向かい、ヘルメットにマウントしていた双眼の暗視ゴーグルを両目の上にセットし、車長の頭の上にあるペレスコープを覗いた。

緑色の世界の中で与那覇前浜ビーチが鮮明に見える。そこに二十両のＡＡＶ７が上陸をすでに完了し、砂浜の上で所狭しと展開して橋頭堡《きょうとうほ》を構築。ＡＡＶ７の中から小銃小隊が飛び出し、車両を遮蔽《しゃへい》として20式小銃を据銃し椎名の命令を待った。

椎名は満足そうにひとり頷いた。「着上陸工程表」どおりにすべてが進んでいる。１２０ミリ迫撃砲や兵站《へいたん》も揚がっていた。

苦労したのは水際障害のないルートを開設《かいせつ》することだった。だがそれも「しもきた」の「ＳＡＣＣ」（火力支援調整所）に配置された海上自衛隊の機雷戦部隊と連携して〝安全〟なルートを開設できたのだった。

「我々も下車する！」

「上陸作戦」を実施した二十両のＡＡＶ７の最後に与那覇前浜ビーチに到着した、「ＡＡＶＣ

71」のランプ扉へ椎名がそう命じて近づいた時、ヘッドセットに「しもきた」のＡＦ司令部の「ＬＦＯＣ《エルフォック》」（上陸部隊作戦指揮所）からの無線がヘッドセットに飛び込んだ。

「敵、ＡＴ《エーティー》（対戦車火器）、ＢＬＳ（海岸上陸ポイント）に指向、ＹＳ（航空自衛隊電子飛行測定隊）、確認！　送れ！」

「座標を送れ！　火力支援要請はどっちなんだ？　ＡＦか西方か？」

椎名がそう言った途端、無線に激しい雑音が入って声が聞こえなくなった。

水陸機動団は、地上に上がれば、通信は陸上自衛隊のネットワークで行う。しかし、「いずも」とは、通信統合が実現していない。陸上自衛隊のホイップアンテナを「いずも」に沢山立てているのだが、それがうまくいかなくなった。

椎名は通信中隊の隊員を呼びつけて、水陸機動団用に改良されたコウタム（携帯型広帯域多目的無線機）のＦＭチャンネルを変えて宮古島警備隊を呼び出させた。

しかし、応対した定岡《さだおか》2尉と宮古警備隊2科員はその情報を得ていなかった。しかも、防衛マイクロ回線の中継所が敵の攻撃で使えず、ＪＴＧからの指揮を受けることができず、駐屯地にある対艦、対空のミサイルが事実上、使えない。

椎名は、急いで私物のスマートフォンを取り出すと、暗号通信アプリの通話機能を使って、ＪＴＧ司令部つまり西部方面総監部の作戦室を呼び出した。しかしそこでは3部の幕僚は誰も捕まえられず、今度は、西部方面総監部庁舎と透明チューブ通路で繋がっている「西部方面ＦＳＣＣ」（西部方面火力調整所）の直通番号にかけた。しかしそこでも何人かをたらい回しにされた。つまり指揮権を委譲すべき「ＪＴＧ」も、水陸機動団の作戦についてはまったく機能していないのだ！　そして最後に聞かされた〝ある事実〟に唖然とした。

その〝事実〟とは水陸機動団へ対する指揮権は、まだＡＦ司令部にあり、ＪＴＧへの「指揮権委譲」の手続きがほとんど実施されていないということだった。冗談じゃねえ！　と椎名は一人毒づいた。委譲する指揮権は、当面作戦《COPS》、上陸部隊作戦指揮所《LFOC》、火力支援調整所《SACC》、統合情報センター《JIC》、将来作戦《FOPS》や兵站作戦《TACLOG》など多岐にわたり、指揮権限委譲、指揮のシフトと移管――そのためのシステムの切り換えに時間がかかるのだ。

椎名は焦った。海岸で停止したままでは、混乱してなんの火力支援も得られないだろう。しかも頼みの「いずも」のＡＦ司令部との無線はままならない。たとえ上手くいったとしても、ＡＦ司令部がリアルタイムな射撃管制《FCP》状況図をピクチャーとして持っているのに対して、水陸機動団は、コウタムでノンリアルタイムな「ＣＯＰ《コップ》」しか持っていないので、実際に共有できる情報は限られる。さらに言うならばそのコウタムからしてバグを連発しているのだ！

椎名が辺りを見回した。中隊長の目原を探した、その時だった。突然だった。一両のＡＡＶ７がオレンジの炎と黒煙をあげて吹っ飛び、二回転してから大破した姿を晒した。

「ブレイク！」

上陸して20式小銃を据銃しながら戦闘態勢に入っていた二百名以上の小銃小隊員たちをＡＡＶ７から離れて散開するように命じた。椎名は、近くの植生に身を隠して燃え続けるＡＡＶ７へ目をやった。

椎名はすぐに動けなかった。ＡＡＶ７の破壊状況からして、装甲が薄い上面を狙ったダイブモード（真上からの攻撃）で行われた可能性が高い。つまり攻撃は対戦車火器の可能性が高い――。とにかく射線がわからないので射手の位置を特定して防御の態勢をとることができない。

椎名は〝腹決め〟した。大破したＡＡＶ７へ走り出した。途中、何度か植生に足をすくわれて転がったがすぐに立ち上がって走った。

砂浜をジグザグに進んだ。激しく燃え上がっているＡＡＶ７へ足を踏み出した。熱風が顔を襲った。反射的に顔を背けたが皮膚が灼けたような気がした。第二波攻撃がくることなど頭になかった。とにかくランプ扉を開けて助ける――それしかなかった。

ランプ扉は爆発で吹っ飛んでいた。車内の有様をみて椎名は思わず立ち尽くした。そこにいたはずの十数名の小銃小隊員たちの姿がなかった。正確に言えば火災が発生して状況がわからないのだ。ただ多くの隊員が満足な五体をしていないことはわかった。ショックはなかった。というよりそれを感じている余裕がなかった。

椎名は呼吸をしている隊員を捜した。それは無意識な行動だった。辺りに散らかるもげた腕や脚を乱暴に掻き分けた。自らも血まみれになりながら必死になった。

ゴボゴボという音が操縦席の方向から聞こえた。操縦席に回ってドアを開けると、口から血を吐き出して隊員がずり落ちてきた。椎名は、咄嗟の動きで彼を後ろから抱きかかえてAAV7から外へと引きずり出した。

「守口《もりぐち》！」

第3小銃小隊の2等陸曹、守口真琴《まこと》だ。

両手足はちゃんとついている。だが、下腹部の一部が十センチほど裂けて大腸が体内から外へ露出し、そこから激しく出血をしている。

「助けるぞ！」

椎名はそう言って抱きかかえると、安全な場所を探した。一両のAAV7が目についた。椎名は歯を食いしばって守口の全身を支えながらそこへ急いだ。

「全小隊、散開しろ！」

椎名は他の隊員に向かって叫んだ。前進を再開した第1水陸機動連隊約二百名が再び一斉に散開した。

ＡＡＶ７を遮蔽として椎名が辿り着いた時、そこは波打ち際だと分かった。しかもここも安全ではない。だが安全を考えると、もはや他に移動はできなかった。

椎名は、個人携行救急品から止血パットを取り出すと、裂けた部分に押し込んで止血を試みた。だがそれは気休めでしかなかった。夥しい血液が吹き出してくる。瞬く間に守口と椎名の全身が血だらけとなった。守口の顔や首には無数の小さな破片が食い込んでいる。

椎名の姿をどこかで目撃したのだろう、医官《いかん》（医師）の田沼沖之《たぬまおきゆき》が駆け込んできた。水陸機動団では作戦時に医官と看護官《かんごかん》の少なくとも一組がペアとなり、ＡＡＶ７に乗って「上陸作戦」に参加した。

波打ち際で全身がびしょ濡れになりながら田沼が開始したのは、「ファースト・コントロール・サージェリー」という戦場医療の初期治療レベルのうち、「ロール２《ツー》」という「軽易《けいい》な手術」だった。

薄いナイロン製のサージカルグローブを両手にはめた田沼は、何度も襲ってくる大きな波を頭からかぶりながらも、腹部全体をアルコールで消毒した後、裂けた腹部の中に躊躇《ちゅうちょ》なく両手を突っ込んで臓器を掻き分けた。出血点を突き止めるためだ。

「出血点、肝臓《かんぞう》、右葉《うよう》（右側）！」

そう言うが早いか、田沼はまず肝臓とその周りの臓器にイソジン液で消毒を施してから、治療キットが入ったアタッシュケース風のバッグから取り出した何枚かの外科タオルを肝臓の右側を中心にして埋めこんで救急救命医療の止血パッキングの術技を素早く実施した。

そして手術用ステイプラーで裂けた部分をガチガチと音を立てて留めてゆき、引きちぎられた皮膚を大きな針《はり》で強引に縫合していった。

椎名は覚悟を決めなければならなかった。本来ならここで、ヘリコプターを呼んで連隊収容所か師団収容所、もしくは直接、根元的治療を行える病院へと「後送《こうそう》」するところである。だが、対空火器の脅威が排除されていないこの状況下、後送するための回転翼機や固定翼機の作戦運用は期待できない。しかも宮古島の病院の医師や看護師たちは、入院患者の避難作戦で機能していないとの報告を、「いずも」の中で聞かされていた。つまり、厳しい現実として、守口への医療は事実上、これで終了であるということなのだ。

　溜息を吐き出した田沼の隣で、椎名は、守口の頬《ほほ》に刺さっている長さ二センチほどの破片へそっと手を伸ばした。

「抜くな！」

　冷静だった田沼が初めて怒鳴った。

　その直後だった。

「マルヒト（第1水陸機動連隊）、こちらヒトヒト、二時、今、北東側、敵の対戦車火器《AT》らしきものが我《われ》に指向中！」

　無線に目原中隊長の声が聞こえた。

　椎名は田沼の頭を押さえて一緒に海の中に思わず突《つ》っ伏《ぷ》した。だがAAV7を襲った二発目の爆圧で体ごと二メートル飛ばされた。

　しばらくして立ち上がった椎名は、右の肘の近くに三センチほどの金属片が刺さって、そこから出血していることがわかった。

　また田沼が怒鳴るかと思ったが構わず破片を勢いよく抜いた。痛みはあったが出血量はそれほどない。消毒さえきちんとすれば自分で所持している個人携行救急品の止血パットで十分だと分かった。田沼が治療を申し出てくれたが、攻撃を受けた二両目のAAV7へ向かうよう要請した。

　全身が砂だらけとなった椎名は跪いて、元の形がまるで残っていない無残なAAV7をじっと見つめた。

身を伏せたまま椎名は通信中隊の隊員を呼んでコウタム（携帯型広帯域多目的無線機）のスイッチを入れさせた。

相手は「ＪＴＧ」ではなかった。洋上の「いずも」のＬＦＯＣ（上陸部隊作戦指揮所）だった。

そもそも水陸機動団の作戦を仕切る態勢になっていないことから優先順位は下がった。

「マルヒトから、マルマル（ＬＦＯＣ）へ」

「ブラックダイヤ。レッド1、どうぞ」

水陸機動団長の星野の声だった。

「二両、ＡＴ（対戦車火器）と思われる火器より攻撃を受けた！」

「損耗《そんもう》を送れ」

「損耗と言えるかどうか……」

椎名はそこで声が止まった。

「損耗だ！　早く言え！」

星野が応答を要求した。

「二十数名……行方不明……」

それが正確な報告だと椎名は思った。

そこでまた無線が不安定になった。ガーガーと喚くだけで繋がらない。

椎名は、宮古島に潜入している人民解放軍兵士の状況を知るため、「ＣＯＰ《コップ》」（共通作戦状況図）を見ようとしてコウタムを操作させた。海上自衛隊と航空自衛隊の観測機、また情報本部など自衛隊の各種センサが一部でも把握していることを期待したからだ。

コウタムのディスプレイにＣＯＰが映った。だがそれは一瞬のことですぐにフリーズして動かなくなった。

毒づいた椎名は辺りを見渡した。すでに小銃小隊員だけでなく、偵察小隊と120ミリ迫撃砲の部隊も含めて、三百名以上の隊員たちが上陸作戦に成功し、今、植生や人気《ひとけ》のない売店などに身を隠している。椎名は頭を切り換えた。いつまでも犠牲者のことを考える余裕はない。なんとしてでも、生きている奴、戦える隊員たち、銃を持てる男たちを作戦につかせなければならないのだ。

椎名は、今度はスマートフォンで通信にトライした。今度の相手はJTGの中枢である「西部方面FSCC」（西部方面火力調整所）だった。「いずも」の「SACC《サック》」（火力支援調整所）と意思疎通できない以上、選択肢はそこしかない――。

期待は外れなかった。「西部方面FSCC」の幕僚と繋がった。椎名がまたしても迫ったのは、海上自衛隊の対地射撃（艦砲射撃）か、航空自衛隊による近接航空支援の対地支援爆撃だった。

しかし、その決定には早くても四十八時間後の「ターゲティング調整会議」（攻撃目標選定協議）を必要とする、という回答を海上自衛隊と航空自衛隊の双方から受けるハメとなった。

椎名は毒づいた。四十八時間という数字は、火力支援の世界では、有名すぎる時間だが、この期に及んでもか！　と心底頭にきた。

納得できなかった椎名は、ターゲティング調整会議に諮る必要のない緊急の攻撃目標――「臨機目標」の枠だけでも与えて欲しいと再度要請した。しかし「西部方面FSCC」から、椎名のスマートフォンに打ち返された、海上自衛隊と航空自衛隊からの答えは、「臨機目標の申請が多過ぎてすぐには構築できない」という、突き放したも同然のものだった。

椎名はそれでも、属人的な人脈を駆使して要請をつづけた。椎名が深刻に考えたのは、攻撃されたAAV7の二両目には、「120ミリ迫撃砲」と「84ミリ無反動砲」が搭載されていたが、それら貴重な火力《かりょく》が使えなくなってしまったことだった。AAV7自体には12.7ミリ重機関銃が主武装として装備されているがそれだけでは火力としては不十分なのだ。

ところが「西部方面FSCC」の幕僚から、西部方面特科隊長の沢尻誉《さわじりほまれ》1等陸佐に替わった瞬間、雰囲気が一変した。

「椎名、海と空をオレが説得する。だから今日は敵の攻撃に耐えろ！　明日一番に、お前が望む臨機目標に対する火力の発揮、とさせる。だから、今後、火力支援要請はオレ一本に絞れ」

「助かる。ただ、もう一つ問題がある。指揮権限委譲が正式にはされていない」

「それもオレに任せろ！」

沢尻の最後のその言葉が実に頼もしかった。

沢尻との通話を終えたばかりだったが、重要な確認事項があることに気づいて、もう一度、連絡をとった。万が一のことだが、ドローン攻撃を受けた時のため、電磁波作戦部隊の「NEWS《ニュース》」（車載型ネットワーク電子戦システム）を送り込んで欲しい、それを要請したかった。

当初、決めていた「当面作戦《トウメン》」（今日、明日の作戦）では、椎名たち第1水陸機動連隊が上陸して、橋頭堡を確立したならば、「クロス・ドメイン・オペーレーション」（宇宙、電磁波、サイバーの領域を複合《クロス》させる作戦）を行うために「NEWS」の陸揚げが行われることになっていた。

その資機材は四トントラックほどの大きさなので、新予算で配備された「LCT」（小型輸送艦）なら簡単に揚陸できる。ただ、対戦車火器の脅威下であることに変わりないので〝特攻〟になることは間違いないがドローン対策は急ぐ必要があった。

しかし、椎名が、もう一度、スマートフォンを手にした時、通信中隊の隊員が急いで駆け込んできた。

「報告します！　陸幕からの至急の『業務連絡』です。今後の火力の調整については、『いずも』のSACC《サック》のみに限定して行え、以上です」

護衛艦「いずも」

水陸機動団長の星野陸将補はいかなる場面でも冷静沈着であり、前職において二つの大地震の災害派遣での指揮官を経験したが、与那覇前浜ビーチからの悲痛な「損耗拡大！」の報告にはさすがに苛立っていた。

その大きな理由は、攻撃されたことではなく、ほとんどの隊員の状況について「戦死」や「負傷」ではなく、「行方不明」との報告ばかりを耳にすることになったからだった。

二十五件目となる「行方不明」の報告ではついに不満が爆発し、

「二度と『行方不明』と言ってくるな！」

と怒鳴りあげた上で、

「バカ野郎！　不明って何だ！」

だからその書類も幕僚は恐る恐る手渡した。

「なんだ？　オレがみないとダメなのか？」

隣に座るAF司令官の大蔵に気を遣いながらも、星野はぶっきらぼうに言った。

奪うように受け取った星野は、老眼鏡をかけてから目を向けた。

メールで届いたものをプリントアウトした書類は二枚綴りとなっていた。

各部隊システム管理者　殿

至急

現在、九州北部一帯でシステムの不具合が発生し、指揮系及び情報系のシステムが使用できない地域が発生しています。

従って、この連絡は業務系で実施しています。

復旧次第、連絡します。

後程、運用系から統制があるかと思いますが、復旧までの間、業務系を使用してください。

陸幕システム通信・情報部長　本多将補

各級部隊指揮官　殿

至急

現在、システムの不具合により指揮系、情報系のシステムが使用できない地域があり業務系でしか連絡ができない状況となっています。

臨機《りんき》の処置として、復旧までの間、業務系を使用してください。

西方総監部が指揮系を使用できないことから、第8師団隷下部隊においては、火力調整等の各種調整は、現在通信が確保できている指揮転前の水陸両用任務部隊（い

ずも　艦上）と実施してください。

陸幕運用訓練部長　遠井将補

いています」

「前方展開されておられます第8師団長の岩瀬陸将も含めた、すべての部隊指揮官宛に送られています」

星野は毒づいた。

「システムの不具合？　情けない！」

作戦幕僚2科長が身を硬くしたまま説明した。

「ここにある、〝システムの不具合〟とは、まさか中国のサイバー攻撃じゃあるまいな？」

顔を歪めた星野が訊いた。

「J6《ジエイシックス》（サイバー防護隊の隠語）に確認しましたが、不明です」

「不明？」

星野は3科長を見つめた。

「火力支援での指揮を受けるのは、AF司令部か。西部方面FSCCなのか？　そもそも指揮権委譲はどうなった？」

「それにつきましては、目下、確認中であります」

3科長は困惑する表情のままだった。

火力支援の要請をずっと続ける椎名はどこにもぶつけようのない怒りを必死に堪えながら、医官の田沼と救急救命士《メディック》や衛生科員とともに負傷者の対応にあたっていた。大破したＡＡＶ７の中で、心肺停止状態《ＣＰＡ》だと確認できた隊員は十名のうち五名。残りは、手足がすっ飛び、内臓が腹から飛び出たりという変わり果てた状態で、計画書に書かれた搭載人数から簡単に人数計算ができるが、椎名は〝行方不明〟とすることに拘りつづけていた。簡単にＣＰＡのボディカウントをしたくなかったからだ。

だが、火力支援をただ待っているわけにはいかなかった。椎名はすぐに部隊を推進させていた。辺りを見回した。約三百名の隊員たちが紀律《きりつ》もよく国道３９０号線へと前進している。

ＡＡＶ７と隊員とともに国道３９０号線に繋がるアクセス道路を進みながら、通信中隊の隊員を呼んだ椎名は、「いずも」の上陸部隊作戦指揮所《ＬＦＯＣ》と連絡をとらせた。迫撃砲中隊と電磁波作戦部隊を緊急に揚陸するための戦術に関して緊急協議するためだった。

無線の応答を待っていた時のことだ。椎名の耳に、ジャリッという音が足元から聞こえた。視線をやると、縦の長さが五センチほどの、黒と黄色の縞模様をした日本最大のトンボであるオニヤンマを踏んづけてしまったことに気づいた。

沖縄地方にはトンボはいないと聞いたことがあるので、珍しいな、と椎名はそう関心もなく思った。

だが、眉間に皺を寄せた椎名は、ゆっくりとその場に跪き、〝オモチャのヘリコプター〟を手に取った。

――どこかで見たような……。

椎名の脳裡に浮かんだのは、半年前、陸上幕僚監部で行われた研修での座学の光景だった。その時、教官が手に持って説明を行っていたのは、確か、超小型マイクロ偵察用ドローン……。

その時、ふと見上げた椎名の目に入ったものがあった。

最初、大きなコウモリの集団かと思った。先島諸島では、羽を広げたら一メートル以上にもなる、信じがたい大きさのコウモリが棲《す》んでいるとの話を聞いたことがあった。

だが、その判断が間違っていることにすぐに気づいた。数え切れないほどの自爆型ドローンが空を埋め尽くし、そして一斉に、約三百名の隊員たちのもとへ直滑降《ちょっかつこう》で襲いかかってきた。

アメリカ　ワシントンD.C.

宛：サリー・カーネマン国家安全保障担当大統領補佐官
発：バーガー・メルク議会下院軍事委員会委員長
秘密区分：クラシファイド（機密）
サブジェクト：「J―ミヤコジマ」

先に協議したごとく、サブジェクト「J―ミヤコジマ」は、近く予想される台湾戦争の準備作戦としての位置づけを共有するとおり、日本政府へ通告を急ぎ行った上で日米安全保障条約の発動をいち早く開始し、前方展開しているアメリカ海兵隊を始めとする戦争資源を最優先でミヤコジマへ投射することで、台湾戦争を阻止するアメリカの意志を見せつけ、かつ、アメリカ軍の〝オンザブーツ〟としてのプレゼンスを発揮する、小規模紛争《SSC》の

「検証」を行うべきことをあらためてここに強く勧告するものである。

　尚、第1列島線のインサイドにおける戦争指揮権は、インド太平洋軍によるJTFを編制した上で、日本政府ならびに自衛隊を戦術的統制《タクティカル・コントロール》下に置き、すべての火力を発揮するコマンドは、インド太平洋軍司令部《ペイコム》が統制する「検証」を行うことが望ましいことも当軍事委員会は併せてさらに強く勧告する。


　安全保障担当補佐官のオフィスにそのメッセージが届いた頃、東京・横田の在日米軍基地に、太平洋海兵隊司令官のハワード・ガナー海兵隊中将が航空機で降り立った。司令官の到着を待ち受けていたヘリコプターはすぐに飛び立ち、赤坂にあるハーディ・バラックスのヘリポートに到着した。

　ワンボックスカーに乗り換えたガナー海兵隊中将は、OSI（アメリカ空軍特別捜査局）が入居するビルを右手に見ながら緩やかな坂を下ってメインゲートを出ると、そこからほど近い、市ヶ谷の防衛省の正門をくぐり抜けた。そして防衛省A棟の前にワンボックスカーが滑りこみ、司令官は陸上自衛隊幹部の先導を受けて「CCP《シーシーピー》」（中央指揮所）の統幕オペレーションセンターに足を踏み入れた。

　そこで用意されていたのは、リエゾン用の部屋ではなかった。

　統幕オペレーションセンターの逆V字型に並ぶ陸海空の幕僚たちを、その頂点にある統幕長の隣の椅子から見据えたガナー海兵隊中将は、横田基地のいつもの「BOCC」（日米共同調整所）ではなく、ここにまずアメリカ軍の統合任務部隊「JTF—202」を置くこととし、自衛隊はその戦術的統制下に入ってもらいたいと言い放った。

　その理由としてガナー海兵隊中将はこう指摘した。今、自衛隊は、特に陸上自衛隊は、サイバ

「よって支離滅裂となった自衛隊の機能をＪＴＦ—２０２がすべて引き受け、立て直しを行う」

ー攻撃などを受けて、指揮系統が混乱して機能していない——。

4月1日　宮古島

アメリカ議会下院軍事委員会のメルク委員長からの、ブリケン政権に対する実質上の〝命令〟によって、ホワイトハウスの大統領報道官が声明を発表し、日米安全保障条約が先島諸島において発動したことを宣言する直前、沖縄本島で待機していた、アメリカの「戦争資源」がすでにダイナミックに稼働を開始していた。

アメリカの部隊として真っ先に動いたのは、アメリカ海兵隊の部隊で、「ＥＡＢＯ」（遠征前進基地作戦）隷下の「ＬＣＴ」（アメリカ海兵隊沿岸戦闘チーム）が保有する核心的システム「ネメシス」（海軍海兵隊遠征無人艦船阻止システム）の装備品である、人民解放軍海軍の強襲揚陸艦を抑止した「ハイマース」（装輪自走式高機動ロケット砲）と「ＥＡＢＯ」の中核である「ネメシス」部隊の装備の一つである「改ＪＬＴＶ」（対艦ミサイル発射装置搭載無人車）だった。

地上からのスティンガーチーム、低空域で待機する対戦ヘリコプターＡＨ—１Ｚヴァイパー二機と無人攻撃機ＭＱ—９Ａリーパ、さらに高々度でＣＡＰ《キャップ》（空中警戒）を行うＦＡ18スーパーホーネット機からなる護衛チームが一時的な航空優勢、ならびに地対空砲火と対戦車火器への抑止力として警備する中、管制塔が機能していないことから有視界飛行で、宮古島の青い空から姿を見せたスーパーハーキュリーズＫＣ１３０大型輸送機二機は轟音を響かせて閑散とした宮古空港に着陸し、エプロンでのタキシングを終えて並列で駐機したその直後、早くもランプ扉が開いた。

宮古空港周辺には、激しい抗議行動は皆無だった。警察による道路封鎖が行われたこともさることながら、抗議行動を行っていた市民や本土からやってきた活動家も避難措置に従ったからだった。

速度三十キロの速さで一般道を疾走するそのトラック型の改ＪＬＴＶの最前部は、操縦席らしき場所があるものの、操縦器具、フロントガラスや屋根のすべてがなく、黒いドーム型の「ルーグ」（地上遠隔操作機）が中央に置かれているだけで、その周りに幾つもの通信アンテナが設置され、運転手も誰も乗っていない。

アメリカ海兵隊の「ＥＡＢＯ」の中核となる「ネメシス」に含まれる装備のうち、この改ＪＬＴＶは、宮古島東側の海岸に沿って延びる県道83号線をフルスピードで北上していた。

ほとんどの住民が避難していたため、県道を行き交う車も人もおらず、反対運動をしていた住民や本土から押しかけていた活動家たちも、自衛隊に犠牲者が発生したことで避難を終えるか、残っていてもごくわずかで、物理的に活動を邪魔をするマンパワーには脆弱過ぎた。

ゆえに、上空から警備にあたる海兵隊航空隊の対戦ヘリコプター「ＡＨ―１Ｚヴァイパー」と、陸上を帯同している「第12海兵連隊」の「スティンガー（携帯式対空ミサイル）チームα《アルファ》」を載せたジープ型の統合型戦術車二両を引き連れた改ＪＬＴＶは、まさに〝自由闊達〟に目的地へと突き進んでいるという表現もあながち間違いではなかった。

アメリカ海兵隊の作戦計画に則《のっと》って改ＪＬＴＶとスティンガーチームαが最終的に到着したのは、宮古島北部「狩俣《かりまた》地区」の「狩俣シーパーク」という砂浜もある公園で、その一角にあるバーベキューができるエリアのすぐ脇の広々とした空間に拠点を構えた。

そしてその周りを、スティンガーを構える十数名の海兵隊員が取り囲み、到着してから二時間と経たずに対艦ミサイルの射撃態勢を完了。

そこからさらに宮古島駐屯地で残存している、12式地対艦誘導弾を保有する地対艦ミサイル中隊と戦術的に日米の両軍が一体化する《精密打撃ネットワーク》を直ちに構築し、中国の強襲揚陸艦の来襲に備え警戒態勢に入った。

ほぼその時刻と同時に、県道199号線を南東へ進んでいたハイマース（装輪自走式高機動ロケット砲）が、AH―1Zヴァイパーとスティンガーチームβ《ベータ》の護衛《エスコート》を受けながら、配備地の新城《あらぐすく》海岸からほど近い県道83号線に到着。直ちに準備が開始されたが、こちらの方が戦闘態勢を取るまでに一時間以上も早く、日米の《精密打撃ネットワーク》も十分な時間をもって構築されることとなった。

宮古島で構築された日米の《精密打撃ネットワーク》の火力発揮は直ちに、しかも躊躇なく開始された。

ハイマースと改JLTVから猛烈な白煙とともに発射された合計十発のミサイルは、宮古島の約六十マイル（約百キロ）先まで突進し、宮古島を指向して推進していた強襲揚陸艦部隊からわずか五百メートル先の海面に連続して着弾し、高さ数百メートルの何本もの水柱を作って強襲揚陸艦の上甲板に浴びせかけた。

日米《精密打撃ネットワーク》が威力を発揮したのはそれだけではなかった。

ネメシスの装備には、改JLTV以外に、無人で長距離を航行する、ステルス水上艦「LRUSV」と「MQ―9Aリーパ」も編制されており、人民解放軍の強襲揚陸艦の周辺に突然、姿を見せて威嚇したのだった。特に、航海レーダーに映ることもなく突然出現したステルス水上艦「LRUSV」の登場は、強襲揚陸艦部隊の総指揮官を大いに慌てさせることとなった。

防衛省本庁舎A棟の地下、「CCP《シーシーピー》」（中央指揮所）で、中央警務隊員が仁王立ちするある秘密の部屋に参集した統幕の運用第1課長と陸海空三人の運用支援課長たちは、ハイマースと改JLTVの配備が終わった直後、日中中間線の近傍《きんぼう》まで推進していた人民解放軍海軍の複数の強襲揚陸艦が、その手前でストップしたことを情報本部の三雲2等陸佐から報告されることとなった。

ハイマースと改JLTVが百キロもの長距離射程を誇るといっても、そこへはまだかなりの距離があった。しかし、人民解放軍が真に怖れたのは、ネメシスそのものであることを四人の〝作戦課長〟たちはあらためて思い知らされることとなった。

それらはいずれも対艦魚雷や対艦ミサイルを搭載でき、特にLRUSVはステルス性能に優れていることから、人民解放軍の強襲揚陸艦にとって天敵であり、ノルウェーの伝説上の海の怪物から名前をとって《クラーケン》と呼んで怖れているとの情報をアメリカ軍と自衛隊の情報当局は共有していた。

それだけではない。アメリカ海兵隊が「EABO」を本格的に実施するということはすなわち、無人航空機に搭載したセンサであるソノブイが人民解放軍海軍の艦艇と潜水艦の位置を特定することで、がんじがらめとし、そこに、EABOで編制される「EAB」（遠征前進基地）からの地上発射型対潜ミサイルや、海兵隊の「戦闘攻撃機FA18スーパーホーネット」に搭載した魚雷《ぎょらい》が攻撃することとイコールであることを人民解放軍はじゅうぶんに理解していると、秘密の部屋に参集した統幕運用第1課長と陸海空の運用支援課長——実質上の〝作戦課長〟たちは知っていた。

アメリカ海兵隊は、三年も前より、EABOを実施すれば、アメリカ海兵隊は何を行うのかを、中国の近くで演習を繰り返し、嫌というほど見せつけてきた。つまり「ストラテジック・コミュニケーション」という心理戦をフルに発揮してきたことこそが、今、日中中間線で強襲揚陸艦を止まらせた最大の理由である、と秘密の部屋に集まった四人は確信していた。

沖縄県那覇市の陸上自衛隊「那覇駐屯地」にある体育館に立ち上がっていた、陸上自衛隊とアメリカ海兵隊第3海兵師団との共同陸上戦術統制センター「ＢＧＴＣＣ」では、重苦しい空気が流れていた。

第3海兵師団ＬＣＴの作戦幕僚、デビン・グラント海兵隊少佐は、陸上自衛隊のＪＴＧから派遣されてきた作戦幕僚の小室光一《こむろこういち》3等陸佐に対し、なぜ、潜入している人民解放軍兵士の対戦車火器の脅威を排除するために、圧倒的な火力を使わないのか、シェーピングオペレーションを行わないのか、それをなぜＪＴＧに具申しないのか、その疑問を何度も投げかけていた。さらにグラント中佐は、陸上自衛隊が使っているＣＯＰ《コップ》（共通作戦状況図）はノンリアルタイムで遅過ぎる。情報を共有できない、と抗議までしてきた。

小室はその度に、同じ言葉を返すしかなかった。何度も具申はしているが、アメリカ・インド太平洋軍司令部の許可が出ないため、それが結果となっていない――。

それに対してグラント中佐は、逃げ遅れている島民がいるなら探し出すまでであり、日本側の真剣度が感じられないとまで口にした挙げ句、アメリカ海兵隊は今、制海権も制空権も、それも一時的な優勢にしても取れていない環境下で作戦を実施するというリスクを冒している。このままでは共同作戦は無理だ、とまで言い放った。

小室は、グラント中佐が口にした一字一句をそのままに、新しくＪＴＧ司令部となった第8師団の作戦室にいる運用幕僚へと伝えた。

だがそれでも尚、小室が期待するものはフィードバックされてくることはなかった。

しかし、ＢＧＴＣＣは騒然とすることとなった。

海上自衛隊ヘリコプター搭載護衛艦「ひゅうが」から出撃した、アメリカ海兵隊の「31ミュ

た。
島の渡口《とぐち》の浜《はま》のビーチから上陸地点のバンダレー（担任区域）を区切って「上陸作戦」を実施し
衛隊の水陸機動団第2水陸機動連隊のAAV7とが共同作戦を実施し、宮古島と隣接する伊良部
したACV（水陸両用戦闘車）の一個中隊と、海上自衛隊の掃海艇「うらが」を発進した陸上自
ー」（第31海兵遠征部隊）などから抽出された海兵任務部隊《マグタフ》の、強襲揚陸艦「アメリカ」に搭載

日米の部隊は上陸するとそのまま伊良部島の丘を疾走した挙げ句、道路で繋がった下地島空港へと到達した。そして下地島の面積の三分の一を占める下地島空港にそのまま進入し、三千メートルの滑走路とエプロンのそこかしこに展開した上で、対戦車火器の脅威の検索を開始した。

その二時間後には、航空自衛隊C2輸送機が高々度から宮古島の空域に進入し、陸上自衛隊の第1空挺団第1大隊の誘導小隊が「FF」（自由降下）によって空挺降下を開始した。

だがそれらの共同作戦の調整所だったはずの「BGTCC」に変化が起こり始めていた。「BGTCC」に詰めるアメリカ海兵隊の幕僚たちは本来、沖縄県国頭郡金武町にある、キャンプハンセンの31ミュー（第31海兵遠征部隊）司令部の指揮を受けるところ、ハワイのインド太平洋軍司令部と直接連絡を取ることが増えていることが陸上自衛隊の派遣幕僚は気になり始めていた。

しかも共同調整と言いながら、体育館の一角に新たなプレハブ小屋を勝手に作り、陸上自衛隊には立ち入りを禁じたのだった。プレハブ小屋には、軍属と思われるスーツ姿の男たちが頻繁に出入りしている。

「BGTCC」からそっと外へ出た陸上自衛隊の幕僚は、スマートフォンの暗号通信アプリの通話機能を使って健軍のJTGの「西部方面FSCC」の幕僚を呼び出した。

「ごく近いうちに、日米の火力の発揮においてはその指揮のすべてをアメリカのインド太平洋軍司令部が掌握する可能性があります」

与那覇前浜ビーチで攻撃を受けている水陸機動団は、「臨機目標《りんき》」（計画外の火力要請対象）についてはすべて、本来なら、上陸が完了していることから指揮権限委譲が行われ、ＪＴＧの「西部方面ＦＳＣＣ」（西部方面火力調整所）に送るべきであった。

しかし、星野は、二通の業務系のメールに忠実に従い、「いずも」のＳＡＣＣ《サック》（火力支援調整所）へ水陸機動団の上陸を支援する火力の発揮を求め始めたのであった。

実は、そのメールは「西部方面ＦＳＣＣ」だけには送られていなかった。だから、二通の「業務連絡」メールの中で示された《臨機の処置》のことは知らないことになった。

ＪＴＧの「西部方面ＦＳＣＣ」で行われる一日に数度の「ターゲティング調整会議」では、「上陸作戦」を成功させた水陸機動団は、火力を発揮する敵もおらず、その場面はないので、臨機目標の火力要求がこないのだと勘違いした会話が続くこととなった。

しかし、「いずも」のＳＡＣＣでは、水陸機動団からの臨機目標を火力要求されつづけ、怒りの声があがっていた。

「なんでこっちに要求するんだ！」

という声が露骨に「ＳＡＣＣ」で口にされるほどになった。

すったもんだの挙げ句、「いずも」艦上の西方総監部からＳＡＣＣに派遣されているＬＯ《エルオー》（連絡幹部）が、海上自衛隊から激しく追及されたことから総監部に問いただすこととなった。

ところが西部方面総監部の副長からは、

「水陸機動団から、そんな臨機目標要求はない！　なんでそっちと調整してるんだ！」

と逆に激怒される始末となった。

その時、ＬＯはゾッとした。業務系で送られてきたあのメールはもしかして……中国によるサイバー攻撃、つまり偽のメールかもしれない……。

だからその話をすればすぐにわかることだったが、罵声も浴びせかけて酷く怒っている十年も先輩の幹部相手にそんなことを話すなど、若いＬＯには到底できなかった。

また、「いずも」の海上自衛隊幹部が、水陸機動団の星野団長の右腕として乗り込んでいた団本部３科長に対して、

「もうこちらには臨機目標を割り振る権限がない！　正規に健軍《けんぐん》（西部方面総監部）に上げろ！」

と厳しく窘めた。

対して水陸機動団の３科長は、

「何言ってんだよ！　健軍からの業務系メールで、そっちとやれって言われてんだよ！」

と強く言い放った。

宮古島　与那覇前浜ビーチ

椎名が顔を上げた時、視界に入ったのは、砂浜に倒れている大勢の部下たちだった。だが、唸り声を上げながらも隊員たちは起き上がって、防御態勢を取り始めている。

ただ、椎名がざっと見ただけでも、少なくとも十名は砂浜に突《つ》っ伏《ぷ》したり、仰向けとなって身動きをしていない。数台のＡＡＶ７からも黒煙が上がっている――。

椎名は現実を取り戻した。そうだ！　無数のドローン攻撃を受けたのだ。

「展開しろ！」

顔じゅうにへばりついた砂を払い、口の中に入った砂を吐き出しながら、そう叫んで立ち上がった椎名は、近くから体を起こした第2戦闘中隊長の目原を呼びつけ、

「全部隊を国道390号線まで行かせろ！」

と声を上げた。

さらに大声で医官の田沼を呼んだが返事はなかった。

砂浜の上に位置する植生へと一斉に向かった隊員たちを見据えた椎名が目算《もくさん》で素早く数えた。

その数字を椎名は頭の中で繰り返した。二十名ほど足りないのだ！

身動きしない通信中隊の隊員のもとへ駆け寄った。だが隊員は、口から血を吹き出してカッと目を見開いたまま息をしていない。胸に無数の穴が開き、そこから血筋が流れている。攻撃用ドローンはおそらく自爆型で、それも中に殺傷能力を高めるための膨大な鉄球が含まれていたのだと椎名は思った。

――二百八十名はいる。二百八十名……。

隊員の背中からコウタム（携帯型広帯域多目的無線機）を取って背負った椎名は、最も簡単な操作でできるFMのチャンネルに合わせた。コウタムの操作は難しく、特別に研修を受けた者にしか扱えないからだ。

すぐに「いずも」の「LFOC」（上陸部隊作戦指揮所）へ通信を試みた。

「LFOC」の幕僚は、スマートフォンの暗号通信アプリに「COP《コップ》」の一部、敵の状況について送るので受信しろ、と命じた。

スマートフォンを両手で持って画面を見つめ、受信するのを待っている間、椎名の耳に、その時になって多くの呻き声が聞こえた。

歩き回った椎名の目に飛び込んだのは、腹部から臓器を垂れ出し、手足のいずれかがもげた、

顔の半分がない隊員たちで、それでも苦悶の声を上げて逃げようとして、方向がわからず砂浜を這い回っている。

椎名が波打ち際を振り返った時、医官の田沼の姿が目に入った。田沼は、全身びしょ濡れになりながらも、血だらけで仰向けとなって波間に浮かぶ一人の隊員の緊急手術を行っているようだった。

椎名はそこへ走った。その理由は田沼を手伝うことではなかった。

椎名が怒鳴った。

「モルヒネを寄越せ！」

一瞬、田沼は躊躇ったが、バッグから真空パックされた数本の注射器を取り出して椎名の掌に力強く手渡した。

椎名は苦しむ声を上げる隊員のもとへ飛んで行った。本来なら、メディック（救急救命士）でもない自分が注射器を使うことは法的に許されないことはもちろん知っている。しかし、「後送」への期待が薄いこの状況で、一時でも楽にさせてやりたかった。

重傷を負って苦しんでいる隊員の大腿部にモルヒネが入った注射器で注射をしまくった。しかしすぐに最後の一本となった。

椎名は顔を歪めた。負傷した自分の右上腕部に激痛が走った。傷口がさっきより広がって血が溢れ出ている——そう思った。

椎名は最後の一本を見つめた。これを射《う》てば……。

だがすぐに顔を上げて苦悶する隊員へ目をやった。真空パックを歯で引き千切りながら走り、椎名はそこへ急いだ。

いつもは冷静な情報幕僚である2科長の新庄光昭《しんじょうみつあき》3等陸佐が「大変です！」と星野が陣取るAF司令部に声を上げて飛び込んできた。

「報告いたします！」

「よし！」

「アメリカおよびイギリスならびにオーストラリアとの共同作戦実行中につき、それに資する作戦情報につきましては、汎用型多国間相互情報交換システム《セントリックスJ》に基づき、アメリカ米国国防省防衛情報システムネットワーク《DISN》の機密情報無線通信データネットワーク《シッパネット》を通しての、インドペイコム（インド太平洋軍）からの機密情報の共有を陸海空の自衛隊で行っていますところ、先ほど陸自の部分におきましてアメリカ側から不満が高まっております」

「不満？　なんだ？」

「陸自（陸上自衛隊）側のＣＯＰが遅すぎるので情報共有への不満です」

「今更アメリカも何を言っているんだ？　『ＪＰＮ』（統合計画ネットワーク）で結ばれた『ＧＣＣＳ』（汎地球指揮統制センター）を日米で使っているとは言っても、自衛隊の『ＣＯＰ』はそもそもノンリアルタイムだってことはヤマサクラ（日米方面指揮所演習）で知っているはずじゃないか」

　星野が不満げに捲し立てた。

「それが今頃になって、ニアリアルタイムの『ＣＴＰ』（共通戦術作戦図）を要求してきているんです」

「バカな！」

星野が吐き捨てた。

「それに、陸自の混乱についても不満が高まっています」

「混乱？　どういうことだ？」

眉間に皺を寄せた星野が訊いた。

「海自の『いずも』のAF司令部にあるのか、それとも陸自の西方《せいほう》（西部方面隊）にあるのか、海自《かいじ》と陸自とがそれぞれが主張しあっており、この混乱は機密情報の共有には適さないものだと――」

新庄は顔を歪めた。

「なぜそういうことが――」

途中で言葉を切った星野が呆然とした。

「業務統制のメールが原因だと？　まさか……中国によるフェイク？……」

「中国かどうかはともかく、フェイクであることは間違いないようです――」

「水陸機動連隊が上陸後の指揮権限委譲はどうなっているんだ？　AF司令官から西部方面総監、つまりJTG司令官への権限委譲はまだなされていないのか！」

「混乱しており、いまだなし得ておりません」

3科長が顔を歪めた。

「総隊に連絡を入れろ！　こんなんで戦えるはずがない」

星野が厳しい口調で命じた。

「ただちに！」

「待て！」

３科長が飛び出して行こうとしたのを星野が押し留めた。

「それにしても、ＡＦ司令部も西部方面ＦＳＣＣにしてもどうなっている？　両方に水陸機動連隊からの同じ『臨機目標《りんき》』（ターゲティング調整会議で決まった攻撃目標に含まれない目標のうち緊急に要請された目標）の火力射撃要請が来ているというわけなのか？」

「いえ、それが逆であります」

３科長の歯切れは悪かった。

「逆？　説明しろ」

「指揮命令系統が混乱しているため、臨機目標要請を発する相手を現場が迷い、ＡＦ司令部も西部方面ＦＳＣＣも、臨機目標が来ないことから、戦況について安心しきっている状態を、さきほど初めて知りました」

「初めてだと⁉　これだけ戦死者が出て！」

怒鳴り上げたい気持ちを星野は堪えた。それより行動を起こすべきことがあった。

「幕僚をすべてオレの部屋に集めろ。この事態を、大至急、改善しなければならない」

防衛省

防衛省敷地内のＡ棟と呼ばれるメイン庁舎の地下深く、「ＣＣＰ《シーシーピー》」（中央指揮所）の一角にある「情報表示室」に駆け込んだ荻原総理は、官房長官の深田美紅と、防衛大臣の北畠智久、さらに財務大臣の角田《つのだ》雄司《ゆうじ》の三人を引き連れ、先導役の統合幕僚長の氏家《うじいえ》哲《てつ》海将に続いて薄暗い空間を進み、巨大なディスプレイを真正面に見据える座席に急いで腰を落とした。

「水陸機動団でどれだけの犠牲が出ているんだ？」

荻原総理が早口で訊いた。

「今の段階で申し上げることができますのは、十名以上の行方不明が発生、その事実でございます」

「行方不明？　何ですかそれは？」

深田美紅が問い詰めるように言った。

「身体損壊度が激しいからです」

氏家が躊躇わずに答えた。

ディスプレイに映し出されているのは、自衛隊で「COP《コップ》」と呼ぶ状況図だと氏家海将はまずそこから説明した。COPとは、海上自衛隊や航空自衛隊の観測機、また情報本部による通信の傍受などの各種センサが取得した敵の情報を部隊単位に整理した敵状況図と自衛隊の各部隊の状況を一つの画面に表示したものだと解説した。

実際、現在のCOPでは、宮古島の南部、吉野《よしの》海岸近くに、四角の真上に三つの黒い丸が記入され、その下に直線が交差している記号がある。その右には、第12普通科連隊を示す「12」という数字が記され、左側に情報小隊を意味する「int《イント》」の英字が記入されていた。その「部隊符号《ぶたいふごう》」から放たれている幾つもの太線の矢印が島じゅうを縦横無尽に這い回っている光景があった。

つづけて氏家は、防衛出動命令を受けて第12普通科連隊の主力を上陸させるための情報を入手するために情報小隊が斥候活動を行っていたところ、敵、人民解放軍と交戦が生起《せいき》（勃発《ぼっぱつ》）した場所として、数カ所、四角を四十五度に傾けた赤い記号の場所についても順序立てて説明を行った。

「台湾はどうだ？　CNNでは米中の部隊が台湾海峡を挟んでチキンレースをしているとしている。実際はどうだ？　交戦となっていないのか？」

荻原は真っ先にそのことから訊いた。

「総理のおっしゃる通りです。アメリカ軍が配備した、地対艦ミサイルと地対空誘導が想像を超える相当な抑止力になっている模様です」

氏家が言った。

「なぜ中国は弾道ミサイルを使わない？」

荻原がつづけた。

「使いました」

氏家が平然と言った。

「使った？」

荻原が驚愕の表情で氏家を見つめた。

「自衛隊のクロス・ドメイン・オペレーションによる『その左側作戦』、つまり発射直後に第305電子中隊のＮＥＷＳがジャミングで五基を無力化して以降、その兆候がありません」

氏家が淡々とした雰囲気で応えた。

「それも心配だけど、隊員のことは？　心肺停止された方は、今朝、五名と聞いたが増えていないのでしょうね？」

深田美紅が詰問口調で尋ねた。

「おっしゃる通りです。ただ、今朝のＭＲ《エムアール》、朝の会議で報告された最新の情報によりますと、第12普通科連隊の情報小隊で四名の戦死者がさらに発生しております」

氏家が報告した。

荻原は絶句してしばらく沈黙した後で口を開いた。

「この部隊の情報小隊は三十一名と聞いている。だったら、三分の一近くが戦闘能力をなくした、そういうことですか？」

「そうなります」

氏家は肯定した。

「損耗率《そんもうりつ》が三割を超えると、その部隊の戦闘能力はもはやないのも等しい、そうでしょう？」

そう聞いたのは深田美紅だった。

「情報小隊はアサルト（戦闘）が任務ではありません。よって損耗率は関係ありません」

氏家が冷静な口調で否定した。

「第12普通科連隊の主力はどこにいるんです？」

深田美紅の質問に対して氏家の反応は早かった。背後にいてディスプレイの操作をしている部下に囁くと、地図上の、宮古島の南の洋上に記入されている、四角の上に短い線が三本並び、その下に二つの直線が交差する記号——が赤い丸で囲まれた。

氏家は、この部隊符号は、宮古島における対戦車火器の脅威が排除できないため沖合の海上自衛隊の護衛艦で待機している第12普通科連隊の主力だと説明した。

荻原総理は、このCOPという画面が最新の情報なのか？　任務は達成されたのか？　とたてつづけに質問を投げかけた。

氏家は、さきほど申しました各種センサからの大量かつ複雑な情報の処理に時間を要するため、COP画面の更新には数十分かかります、と平然として答えた。

「つまり、今、私が見ているCOPは、三十分前の状況かもしれないんだな？」

「さきほど確認しましたところ、約四時間前のものでございます」

「じゃあ、あの与那嶺前浜ビーチに上陸した水陸機動団の動きも四時間前だと？」

「おっしゃる通りです」

氏家が答えた。

「ここには戦死者の情報は出ないのか！」

声を荒げた荻原総理は溜息をついて力なく頭を振った。

「ところで国民保護の状況は？　小さな島々はまず石垣島へ海上輸送し、そこから沖縄本島へ
——順調なんですね？」

「中国潜水艦の脅威がありまして進んでおりません」

氏家が苦悩の表情で応えた。

「あなた方が言う、エス、つまり特殊作戦群はどこにいるんです？」

怪訝な表情を浮かべた深田美紅がつづける。

「宮古島に潜入しているとの報告を受けています。なぜこの状況で投入されないの？」

「エスは、特殊作戦部隊としての必要なことを実施しております」

氏家は毅然として応えた。

「つまり、把握していない、そういうこと？」

深田美紅が迫った。

「エスが独自に、必要と判断することに任せております」

「だから統制ができていないということでしょ？」

深田美紅が顔を歪めた。

「エスには特殊性があります」

氏家が躊躇なく言った。

「そもそも『ボウケイ』（国家防衛警備計画）に書いてあるエスの任務ってなんです？」

氏家へ向き直った深田美紅が訊いた。

「ボウケイには書いてございません」

氏家は即答した。

「書いてない？　それ、おかしいでしょ」

深田美紅の顔がさらに歪んだ。

「大臣、さきほども申し上げましたとおり、特殊作戦部隊の任務は縛ってはいけない、これは全世界共通の軍事的合理性に基づいた事実でございます」

氏家は毅然と反論した。

一瞬の間を置いてから深田美紅はその言葉を言い放った。

「敵がウジャウジャいるド真ん中に孤立している住民がいると、さきほどワイドショーでやっていた。そのコンバット・レスキューのオペレーションに、エスの中で特別な編制をした部隊を投入してください」

氏家は右眉を上げるだけで応えた。

だが深田美紅は構わずつづける。

「エスのＱＲＦ（即応チーム）には、それら島民のレスキューと、そこからヘリコプターに搭載するまでのランド・トランスポーテーション（陸上輸送）のミッションをタスキング（付与）してください」

氏家が何かを言いかけたのを深田美紅は身振りで制して言った。

「ここは政治としては絶対に譲《ゆず》れません。いいですね」

深田美紅は氏家を睨み付けた。

「いや、しかし……」

氏家は逡巡した。

「国民が、死線《しせん》を彷徨《さまよ》っているのに、それを放置したままでは政治がもたない！」

語気強くそう言った深田美紅は、荻原総理を振り返った。

荻原総理は大きく頷いた。

気をよくした深田美紅はさらにつづけた。

「国民にどう説明するの？　家族にはどんな報告を？　できないでしょ！　自衛隊の幹部たちは恥を知るべきです！」

氏家はしばらく考える風にしてから、

「統幕《とうばく》特殊作戦室を通して陸（陸上自衛隊）と協議いたします」

と渋々といった風に答えた。

さらに荻原総理も特殊作戦群の運用について自分の意見を口にした。

「この際、申し上げておくが、今後、エスの一部を私の直接の指揮下においてもらいたい。例えば、そう、『首相《PM》フォース』としよう。政治が求めるエンドステート（最終任務目標）の実現を果たすための、いわばポリティカルユニットだ」

「総理、それはいったいどのようなことでしょうか？」

困惑した表情で氏家が訊いた。

「宮古島と繋がっていた大きな橋が攻撃に遭ったために、伊良部島と下地島の住民の避難が遅れたことで、ＳＮＳで助けを求めているとのニュースが今朝、あった。そこへの救出作戦をＰＭフォースとしてエスにやらせろ。これは最高指揮官命令と受け止めてもらってもいい」

「しかし、特殊作戦群にはすでに任務が付与されております」

氏家は精一杯抵抗した。

だが荻原総理はもはや氏家の言葉を聞いておらず、一方的に話題を変えた。

「海上自衛隊の方はどうなっている?」

何かを言おうとした氏家はそれを諦め、再び背後の部下に指示を送った。

ディスプレイに現れたのは、「T 21.2　オペレーション」と題された、宮古島の南側を取り巻く、数字が書き込まれた無数の小さな白い△とピンのシンボルマークで、それらは海上自衛隊の護衛艦と哨戒機《しょうかいき》の位置を示していると氏家は口にした。そこにもう一枚のレイヤーが重なると、明らかに宮古島を指向しているように見える無数の赤い▲は人民解放軍海軍の水上艦艇だと説明。海上自衛隊の護衛艦は、中国の弾道ミサイルの脅威があることから、第1列島線の「アウトサイド」(外側)に配置していると付け加えた。

だが荻原総理は納得できない風の表情で氏家を見つめた。

「『T 21.2　オペレーション』とは海上自衛隊のフォーメーションのことだと分かる」

荻原総理がつづける。

「しかし、そこからずっと離れた場所にも、幾つか海上自衛隊の水上艦船のシンボルマークの群《むれ》があるじゃないか」

荻原総理はディスプレイの片隅を指さした。

「T 21.2 水上部隊は、見た限り、宮古島の戦いに参加してない。何をやっているんだ?」

「海上自衛隊の T 21.2 部隊は、アメリカ第7艦隊との『CWC《シーダブルシー》コンセプト』、つまり、各種戦闘種別複合戦指揮官の戦術的統制下にあります」

「わかりやすく言ってくれ」

荻原総理が要求した。

「CWCコンセプトには様々なパターンがあります。今回の、第7艦隊と編制したCWCは、U《ユー》WC《ダブルシー》、空母打撃群の〝シラミ取り〟、いえ、エスコートのための、対潜水艦戦をメインとしたタスクフォースのコマンダーを海上自衛隊の一部が務めています」

氏家の言葉は常に冷静だった。

「つまり、空母ロナルド・レーガンを始めとするアメリカ空母機動部隊を中国の潜水艦から守るために、日本の水上艦艇がアメリカ海軍の指揮下にある、そういうことなのか?」

荻原総理が訊いた。

「指揮下ではなく、戦術的統制下です」

「なら、あの、台湾周辺海域でも、海上自衛隊の水上艦船を示すシンボルマークの〝群《むれ》〟があるのはなんだ?」

荻原総理が訊いた。

「あれは――」

氏家がつづける。

「海上自衛隊の汎用《はんよう》護衛艦『おおなみ』と『てるづき』の二隻が第7艦隊のタスクフォース、『AWC』の戦術的指揮下にある、つまり事実上、指揮下にあるということでしょ?」

そう問いかけたのは深田美紅だった。

「ちょっと待て! 我が国は主権国家であり、軍の統制権にしても私にある!」

苛立った荻原総理がつづけた。

「その海上自衛隊はどこの部隊なんだ! 主権国家たる日本の部隊であってアメリカの部隊じゃない! 水上部隊は宮古島に行かせろ! 第12普通科連隊の主力、第8師団の指揮所と第42即応機動連隊を運ばせろ!」

スマートフォンを覗いた友香は、西田から神ノ漁港に到着したとの連絡が届いていないことを確認すると思わず溜息をついた。

友香は、再び奈菜と莉緒の荷造りの手伝いに戻った。そこに市役所で避難を担当する部署からの手配で地質調査会社からやって来た津田も加わって作業を急いだ。

「何日、旅行するの？」

そう訊いたのは莉緒だった。

友香と津田は思わず顔を見合わせて笑った。

「ちょっとわからないけど、一週間かな？　二週間かな？」

津田が笑顔で言った。

「だったら勉強できなくなるよ」

莉緒が困った顔をした。

「大丈夫、先生も一緒だから」

友香がそう言って微笑みながら莉緒の頭を撫でた。だが、その微笑みの裏では、沖縄本島の両親が無事に過ごしているかどうか心配な気持ちを押し込めていた。

「これは——」

奈菜が描いたと思われる画用紙を津田が広げてみた。

そこには、黒い塊を胸に乗せ、太いコードと繋がったレギュレーターをくわえる男が描かれている。しかも同じ格好をした男たちが何人も——。

「これ、どこで見たの？」

津田は穏やかに訊いた。

だが奈菜は画用紙を津田の手から強引に奪うと背中に隠して黙り込んだ。

「先生、分かっちゃったな」

奈菜の顔を覗き込んだ友香がつづける。

「御嶽《うたき》の、おばぁのとこ、行ったんでしょ？　そこに、観光客がたくさんいたのね？　でも、おばぁのところに行ったことをお母さんに知られると怒られちゃう、そう思ったんだよね？」

奈菜は小さく頷いた。

「誰も怒らないよ。それよりさ、すごく上手い絵だったよ。おじさんに、もっかい、見せてくれないかな？」

津田は奈菜に向かってそう言ってから友香へ目を向けた。友香は大きく頷いてくれた。

ゆっくりと画用紙を前に持ってきた奈菜は津田という偽名を使っている《フォックス》の手にそっと手渡した。

しかし《フォックス》は表情に出さないことに神経を集中した。奈菜から渡されたものにはリブリーザーを抱えた者の背後にさらに大勢の人の姿が描き込まれていた。人数はわからない。しかし少なくとも十人はいると《フォックス》は踏んだ。

——見積もりの倍はいる！

《フォックス》は、さりげないフリをしてスマートフォンを操作した。だが、暗号通信アプリが使えない。キャリアの音声通話もできなかった。

《フォックス》は、与座家の面々と友香や遙花を見渡した。

友香の知り合いらしい「西田」という男が早く船を接岸してくれさえすれば問題はない。しかしこのまま時間が経過するのは危険だった。御嶽に潜伏しているだろう者たちがいつここを襲うかもしれないからだ。しかも《フォックス》は腰に差したシグザウワー226一丁しか持っていない。火力としてはまったく不十分だった。

だからこのまま用意した漁船に乗って通信ができるところまで戻り、チーム小隊陸曹の《ズール》へ報告したかった。

しかも《フォックス》はもう一つ悩んでいることがあった。《ズール》からのあの命令を実行することだ。それが任務なのだ。その理由を《ズール》は明らかにしなかったが、友香を脅してでも男を誘い出せと——。

《フォックス》は葛藤した。自分なりの正義に忠実になれ、という声も頭の中から聞こえた。しかし逡巡している間はない、と《フォックス》は頭を切り換えた。軍事的目的を達成することを選択した。

その時だった。首から血を流している男が倒れていることを亜美が見つけた。亜美は「志喜屋さん！」と叫んでいる。

《フォックス》は駆け出した。亜美によれば近くに住む男性だと言う。血だらけの志喜屋の頸部の出血部位と全身の外傷の有無を探した。《フォックス》に分かったのは、鋭利な刃物で喉を切り裂かれている、ということだった。

奴らはこの集落まで入り、それもごく近くまでやってきたのだ。

——全員の離脱を急ぐ必要がある。

《フォックス》は決心した。自分だけが行くわけにはいかないのだ。

《フォックス》は亜美を説得した。「ウヤガン」（祖神祭）という祭祀が重要であることはわかる。しかしもはや事態は一刻の猶予もない。近くに犯人がいる。このままでは全員が殺される——。

ところが奈菜が言った。今、殺される、そう言ったでしょ！　死ぬのはイヤ！　奈菜の手を握り締めている莉緒が激しく泣き出した。

第4章

横浜市

英語表記の頭文字から「ＹＳＣＣ」と略して呼ばれることが多い「横浜衛星管制センター」は、防衛省が契約している衛星の多くを管制しているが、その重要性にもかかわらず、面積が約一万八千四百平方メートルもある広大な敷地のセキュリティは民間警備会社に委託されて、物理的プロテクションは強固と言えなかった。かねてより防衛省では、軍事施設だけではなく、部外通信インフラを重要防護施設として位置づけて、セキュリティを強化する見直しが検討はされてきたが実現には至っていなかった。だから例えば、銃器ようのものを掲げて警備員を恫喝《どうかつ》した上で正門を突破するのは至極簡易なことだ。

それは不幸なことに現実となった。正体不明の者たちを乗せた二台のダンプカーは正門の鉄門をいとも簡単に突き破った後、「サテライトポート」の敷地内で南方向へ指向して点在する十基のパラボラアンテナへ突進。ダンプカーの荷台から火炎瓶をそれらパラボラアンテナに次々と投げつけて火災を起こさせるなど破壊を繰り返してゆく。

また、建屋床面積が約二千九百平方メートルの「衛星管制局」が入ったビルにもダンプカーを激突させてドアをメチャクチャに壊した上でそのまま突っ込み、二台から降り立ったバラクラバ帽を被った者たちが幾つもの部屋を駆け巡って同じく火炎瓶を放り投げた。

同じような破壊行為は、隣接する敷地面積が約一万五千七百平方メートル、建屋床面積が約五千三百平方メートルの敷地にある十数基のパラボラアンテナが並ぶ「テレポート」と「中継器管制局」にも行われただけでなく、さらに隣に面する「24ＰＦＩ事業用アンテナ」が二基炎上した。

空中消火に向かった横浜市消防局のヘリコプターのパイロットが無線で報告した内容は、凄まじいものだった。

「ＹＳＣＣ、大規模火災発生、炎上中！」


その事件と時刻がほぼ同じ頃、宮古島市内で、電話通信とインターネットが突然、一斉に遮断され、インターネットプロバイダー各社のコントロールセンターで緊急警告が鳴り響いた。宮古島と沖縄本島の間の海底に敷設されている二本の海底通信ケーブルの、宮古島の南にある二箇所の陸揚局《りくあげきょく》（海底ケーブルから地上局に繋げる施設）で異常が発生したことが警告情報表示パネルに表示された。

宮古島支店職員からの被害の報告を受けたＮＴＴドコモ九州支社の技術系幹部である井上智希《いのうえともき》が陸揚局に到着した職員から聞かされたのは、

「メチャメチャに破壊されています！」

という悲鳴だった。

さらに同時刻、宮古島沖で海底通信用ケーブルの定期点検にあたっていたケーブルシップの船上は大騒ぎとなっていた。宮古島の南、三十四マイル（約五十五キロ）沖の深海二千九メートルの海底で活動中の「ＲＯＶ」（沿革操作無人水中ロボット）がライブ撮影しているディスプレイの前に大勢の技術者たちが押し寄せていた。そこには誰が見ても明らかな、無残にも切断されたケーブルの姿があった。しかも、ＲＯＶのアームが持ち上げたケーブルの断面がディスプレイにズームアップすると驚愕の声が一斉に上がった。

敷かれた海底ケーブルは直径十二・七センチの中心に三本の電線用と通信用の銅線一本の束が通り、電線の導体（本体）はポリエチレン製の絶縁体と鉛被で、通信用導体も同じポリエチレン製の絶縁体とポリエチレンシースで防護したその外側を二層の亜鉛《あえん》メッキ鉄線鎧装《がいそう》が囲み、さらに最も外側を外装《がいそう》ジュードと呼ぶポリエチレンビニール被覆《ひふく》で保護している。

その外装ジュードが不自然に消失し、通信用の構造がすべて切断された上に、電線導体（本体）が超高熱を受けたように青黒く変色、銅線は剝《む》き出しとなっており、その断面は化学的な処理を与えた——例えばガスバーナーにより切断されたことを物語るように溶けているのである。

それに至るには、ケーブルの狭い範囲にバーナーなどで一千度以上の高熱を加えて意図的に切断したとしか考えられなかった。ただ電線がショートして内部から発熱した、〝事故〟である可能性もあった。そこで通信用線が金属疲労などでショートし、内部から発熱したケースが切断の原因として疑われた。

しかしそういった〝事故〟ならば海底ケーブルは中心部から先に溶け出すため、銅線が短くなり、外装被覆は残る。また溶けた絶縁体が電線にこびりつくような状態になるが、そうした特徴はみられず、よって人為的なガスバーナーによる切断の可能性が高いという声が多数あがった。

また、導体まで焼き切るにはガスバーナーなどが必要だが、海の中の砂地で作業をするとなると、海上に停めた船からガスバーナー用の電気を送る大がかりな作業になるなど船や専用機材が必要であること、しかも、通信用の線だけを切断すると言っても、六千六百ボルトの高圧電流が走る電力用線もそこに一緒にあるため感電する恐れが非常に高く、一般人が行うことは有り得ないと口にする者も出た。

そして、水中で鉄などを切断するには専用のガスバーナーが使われるが、それだけの水深までもぐっての作業には、足場を組むなど設備に多額な費用がかかるだけではなく、上級の潜水技術が必要であると指摘する者も多数現われた。

「――ということは？」

誰かが言った。

そこにいる技術者の誰もが、答えがわかっていた。

現下《げんか》の情勢を考えると、答えはもはや明らかだ――。

那覇駐屯地

「またかよ！　バグるのはこれで何度目なんだ！」

そう言って毒づいたのは、那覇駐屯地の第15旅団に外来で展開し、体育館に設置された「ＢＧＴＣＣ」（日米共同陸上戦術統制センター）で膨大な命令文や指示文書と闘っていた第８師団の、火力調整部長、藤崎幸大《ふじさきこうだい》１等陸佐だった。

「情報をぶちこみ過ぎるとこれだ！　ＪＴＧからは水上機動の連絡もこねえし、まったく！」

藤崎は最後には堪《たま》らず舌打ちした。

本来なら隷下にある第12普通科連隊の防衛出動が決まり、情報小隊が実際に活動を実施していると同じくして、団本部から師団長を含め、藤崎を含めた主立《おもだ》った幕僚たちがごっそり宮古島に入り、「ＣＰ《シーピー》」（指揮所）を立ち上げるべきところ、ＪＴＧ司令部からの命によって、対戦車火砲や対空火器の脅威が存在していることから、海と空からの固定翼機や回転翼機での機動をＪＴＧが禁じられていたため、那覇まで前進したものの、その先は足止めを食って忸怩たる思いで留まるしかなかったのである。

水上機動にしても、水陸機動団が出動したことで海上自衛隊の艦隊運用は一変。ＬＳＴ（揚陸輸送艦）と護衛艦とがフル回転し、その順番がまだ回ってこなかったのである。

ゆえに、宮古警備隊で残っている幕僚に急遽、団司令部《だんしれいぶ》が到着するまでの間、ＣＰの要員としての任務を与え、宮古警備隊の作戦室にそれを立ち上げさせたのだった。

「消えた」

藤崎が驚いた表情で言った。

その声とほぼ同時に作戦室でざわめきが起こった。

それはすぐに大きくなり、しまいには怒号が飛び交うこととなった。

作戦室のいたるところで多くの幕僚とその部下たちが驚きの声を上げたのは、宮古警備隊に立ち上がっているＣＰとのデータ通信ができなくなったことだけでなく、携帯電話の通話ができず、メールやＳＮＳも一切使えなくなったことだった。

しかし、作戦室の空気が緊張あるものに一変したのは、団司令部通信課長が声を張り上げた、その内容だった。

「西方通信《せいほうつうしん》（西部方面システム通信群）より連絡！　宮古島のボウマイ（防衛マイクロ回線）中継所、ならびに『ＤⅡ《デーツー》』（部外通信所）、対戦車火器と思われる敵の攻撃を受け、宮古駐屯地とのすべての通信が使用不能！」

健軍　西部方面総監部

「総監、キタクマ（北熊本駐屯地）へ行かれるお時間です」

副官が口にしたそのスケジュールは今朝、決まったばかりだった。

北畠防衛大臣の指示で、防衛副大臣の小笠原有実《おがさわらありよし》が、最新情報に関連して、ＶＴＣ（テレビ会議）や電話などでは聞けない項目について、直接、ＪＴＧ指揮官の相川から伺いたい、という要請に基づいたものであった。本来であれば、作戦の指揮官が指揮所を離れることは避けるべきだが、小笠原副大臣が世間的に人気があり、マスコミが殺到するであろうことから、その混乱を避けるために、車で往復すれば三十分で戻って来れる北熊本駐屯地で会うことが決まったのだった。

「ん？　そうか。急ごう」

相川は、北熊本駐屯地まで帯同する緑山とともに執務室を出ると、カバンを持って先導する副官につづいて階段を駆け下りた。

相川を乗せた官用車が営門《えいもん》（正門）を目指した時、五十メートルほど先で、駐屯地警衛隊《けいえいたい》の隊員が営門の門扉《もんぴ》を三人がかりで開けていた。その周りに立つ警衛隊員は直立不動で敬礼をしている。

営門が完全に開ききって、相川を乗せた官用車が通過する寸前のことだった。警衛隊員は、左右から突然姿を現したバラクラバ帽を被った五名の男たちが西側の特殊部隊が持っているのと同じようなカービン銃を据銃《きよじゆう》しているのに即座に反応できなかった。

いや、たとえ反応できたとしても、手にしている89式小銃は、健軍駐屯地の警備責任者である警衛司令《しれい》（指揮官）から、基地の警備を強化するということで、「半装塡《はんそうてん》」とせよ、との指導――弾倉は銃につけるが槓桿《こうかん》は引くな、つまり弾は込めるなという指導がなされていたので、到底間に合わなかった。

警衛隊員がカービン銃で次々と撃たれて倒れ込んでいく中、相川を乗せた官用車は、営門を突破して猛烈な勢いでぶつかってきた大型トレーラー車によって前方に弾き飛ばされた。官用車が一回転する間に、バラクラバ帽の男たちが接近し、Ｍ４カービン銃を連続発射。官用車は銃弾の嵐を喰らってメチャメチャに破損し、後部座席の相川は胸を撃たれて座席に倒れ込んだ。キルシヨットを狙ったバラクラバ帽の一人の男が後部ドアを開けた瞬間、その男はもんどり打ってその場に倒れ込んだ。

「総監！」

男を銃撃して駆け込んできた駐屯地警衛隊の警護司令、赤城《あかぎ》勇太《ゆうた》2等陸曹は、自分の89式小銃で倒した男が手にしている小銃を蹴り飛ばしてから後部座席を覗き、救急医療が必要だと即座に判断。混乱する若い隊員たちに向かって、

「営門を封鎖しろ！　警戒態勢をとれ！」

と命じた後、運転席で頭を撃ち抜かれて意識のない隊員を強引に引き摺りだした上で、自らハンドルを握り、駐屯地内の救護所を目指した。

救護所へ急ぐ赤城の目に、西部方面総監部本庁舎と、透明のチューブで繋がっている「西部方面ＦＳＣＣ」（西部方面火力調整所）の平屋建てが目に飛び込んだ、その時だった。

タイヤから黒い煙を吹き出して急激に方向を変えてさらに速度を上げた大型トレーラー車が、先を行っていた赤城が運転する官用車を撥ね飛ばした挙げ句、西部方面ＦＳＣＣの正面に向けて速度を落とさずに突っ込んでそこで大爆発を起こした。

オレンジの炎と黒煙は上空百メートル近くもたちのぼり、辺りには怒声と悲鳴が響き渡った。

西部方面総監部本庁舎の地下にある作戦室にいた防衛副長の緑山陸将補は、地下のここまで大きく揺れたことで最初は、巨大地震か、と思った。隣席の行政副長の滝岡陸将補も同じ言葉を張り上げた。

滝岡とともに慌てて地上へ駆け上がった時、西部方面ＦＳＣＣの建屋に大型トレーラー車が突っ込んで炎上している光景を見て、「人民解放軍の攻撃だ！」という言葉が脳裡に浮かんだ。

西部方面FSCCへ向かって消火作業をしたり、救護活動を試みようとしてやってきた隊員たちを誘導し始めた緑山の目に、車底を上に向けてひっくり返った黒塗りの車が映った。

緑山はもちろん、そのナンバーを覚えていた。急いで総監専用車へ駆け込んだ緑山は、「総監、ご無事ですか！」と真っ先に声をかけた。

だが何の反応もない。集まってきた数名の自衛官とともに窓が割れている後部ドアを掛け声とともに開き、中から意識がなくぐったりしている相川陸将を慎重に引き出した。

救急車の手配を若い女性自衛官に任せた緑山は、警衛隊員に指示を出している警衛司令《しれい》（当直班長）の倉本毅《くらもとつよし》2等陸曹を呼びつけてこの突発事態の全容をどこまで把握しているかを尋ねた。

「拳銃を乱射した五名は四名を制圧しました！」

「それで敵は全員か？」

「いえ、トレーラー車の運転手は逃亡しました」

「逃亡？　じゃあ、駐屯地にいる可能性が高い！」

「よって、現在、くまなく巡察《じゅんさつ》（徒歩での警戒）を実施するとともに、キタクマ（北熊本駐屯地）に増員警衛の要請をいたしました！」

倉本は滑舌もよく応えた。

大きく頷いた緑山は、中学校の体育館ほどの大きさの西部方面FSCCを振り返った。血だらけの男女の隊員たちが外へ連れ出されている。ある男性隊員は頭から夥しく出血して意識もなく担架に乗せられ、またある女性隊員は右手の肘から先を損失したまま別の女性隊員に肩を抱かれて運ばれていた。その中に、幕僚長の岩田の姿を見つけた。岩田の胸には長さが二十センチほどのコンクリート片が突き刺さっていた。

救急車のサイレン音が聞こえだした時、西部方面総監部本庁舎前には幾つものオリーブ色の天《てん》幕《まく》が設置され始め、医官と看護官と思われる者たちが早くもトリアージポストを設置し始めているのが目に入った。さらに運び出される隊員たちには次々と銀色の滅菌《めっきん》アルミシートが被されていく――。

混乱は続いているものの、事態への対処が始まっていることを確認した緑山は、西部方面総監部本庁舎の自分のデスクに戻った。テロ攻撃にショックを感じたり、死傷した仲間を悲しんでいる場合じゃないと必死に自分に言い聞かせた。自分がつい五分前までは、攻撃を受けた西部方面ＦＳＣＣで執務していたことから、少しでも時間がずれていたら今頃――という思いも封印した。また、攻撃してきた者に対する分析も優先事項ではないと思った。それは警察に任せればいいのだ。

なにしろ、総監と幕僚長が指揮を執れなくなり、西部方面ＦＳＣＣを仕切っていた防衛部長の姿も見えない今、ＪＴＧを仕切れるのは自分しかいないのだ。今回のＪＴＧが行う作戦は、西部方面隊の防衛部長がメインでやるのだが、その作戦を幕僚長の岩田と防衛副長の緑山が指導しながら作戦計画を立てる――それが「建て付け」だった。ゆえに、総監、防衛部長と幕僚長が指揮に関われない状況の今、自分しかいないのである。

だが、だからといって、自分がＪＴＧ司令官にはなれないことを緑山はもちろん理解していた。また、使用できなくなった西部方面ＦＳＣＣの代替施設が必要であることも分かっていた。だからそれらを補完するための準備と手続きを行うことが自分の役目だと緑山は即断した。

ただ、緑山にとって幸運だったのは、もともと相川総監がこのような事態を想定して大きな方針を示してくれていたことである。もし相川総監が何らかの理由で指揮を執れなくなった場合のことだ。

それによれば、陸上幕僚長が荻原総理の承認を得て総監代行と決めたのは、第8師団長の岩瀬陸将だった。その次が、福岡県春日市《かすがし》の福岡駐屯地にある「第4師団」の師団長、袴田拓夢《はかまだたくむ》陸将だった。

ところが筆頭候補の第8師団長の岩瀬が、宮古島の沖で海上自衛隊の輸送艦に乗って上陸準備をしていることから、順番からして第4師団長の袴田陸将が総監代行となる。そうなると、今回のJTGの指揮権限にしても自動的に、第4師団長の袴田に委譲されることになるのだ。

その袴田を迎えるのは、もはやこの健軍駐屯地ではなく、ここから北へ約十キロ離れた「北熊《きたくま》駐屯地」の「第8師団」司令部しかない、と防衛事務を行う緑山は決心した。

第8師団の団長以下、主立った幕僚は那覇駐屯地に行っているので、その作戦室に既存する作戦指揮のためのインフラ——通信やネットワーク——と食事などの兵站も含めて、JTG司令部として使えると緑山は判断したのである。

第4師団からやってくるのは、袴田師団長以下、数名の幕僚たちである。だが西部方面総監部の幕僚たちや増強幕僚、そして膨大な物品もそっくり〝引っ越して〟くる。その膨大な準備を急ぐ必要があった。

緑山はもう一つ重要なことを決断した。健軍駐屯地が攻撃を受けたことから、新しくJTG司令部を移管する北熊駐屯地への脅威も高まっていると考えるのは常識であった。よって、第4師団が北熊駐屯地へ推進《すいしん》してくるのと同時に、第4師団長の袴田が、隷下にある、福岡県小倉市の小倉駐屯地にある第40普通科連隊の一個普通科中隊を、北熊本駐屯地の警備を行うための特別勤務にあてて欲しい旨《むね》、第4師団に要請することを決めたのだった。ただし、その指揮は混乱することを避け、第8師団の〝留守番役〟である、北熊駐屯地司令を兼ねる副団長の指揮下にある北熊駐屯地警衛司令のもとに入ることもまた伝えるつもりだった。

だが第4師団長の袴田陸将は、作戦室ではなく、師団長室に陣取り、そこへ幕僚たちを参集した。しかも、あからさまに居丈高《いたけだか》な雰囲気を醸しだし、後輩にあたる第8師団副師団長の村田隆一《むらたりゅういち》陸将補や、緑山までにも顎で使うかの如き態度を示したのである。口さがない者たちから、パワハラすれすれの言動が平時においても多いことが有名であるゆえに〝ハカイダー〟の異名をもらっている袴田の面目躍如といったところか、と緑山は思った。

ゆえに、上番《じょうばん》（着任）したその日から、緑山と揉めることとなった。

〝新ＪＴＧ指揮官〟となった袴田が、真っ先に行ったことは、すべての幕僚を、本来の主《あるじ》がいない師団長室に集め、

「オレが今からすべての作戦指揮を執る。今、戦《いくさ》の真っ最中だ。しっかりしろ！」

と怒鳴りつけることだった。

そして、師団長室に呼び出した緑山に袴田は、西部方面隊の幕僚は、ＦＡＳ後方兵站基地などの後方支援に徹することとし、その場所として狭い会議室を指定。一方、「当面作戦」と「将来作戦」の両方を、第4師団からわんさか連れてきた幕僚があたるので師団長室と作戦室を使わせてもらう、と一方的に宣言したのだった。

それに対して緑山はさすがに反発した。

「袴田師団長、お言葉ですが、西部方面隊は、ずっと私たち幕僚が今まで面倒をみてきました。お側《そば》で仕えた総監の思いをずっと積み上げてきたのです」

緑山はそこで言葉を切った。つまり、ヨソからきた師団長が何を言っているんだ！　とぶちまけることは胸の内に仕舞ったのだった。

だが、袴田は特段の反応はせず、「よし、その貴重な経験を生かしてがんばれ！」と檄を飛ばしてきた。

師団長室を後にした緑山の脳裡には、一年ほど前、相川総監が国外出張に出かけた時のことが

蘇っていた。

出発を直前に控えたある日、相川総監は、第8師団長の岩瀬陸将に電話をかけ、方面隊指揮の権限の委譲の命令を事前に行った。その直後、岩瀬師団長は、留守を預かる緑山に電話でこう言ってきたのである。

「何かあったら、すぐそっちに行くことになるが、オレはそれまでの経緯をまったく分かっていない。だから、決まったことだけをオレに教えてくれればいいから。オレは、ああせい、こうせいは言わん」

それとは対照的に、〝ハカイダー〟の〝面目躍如〟はつづくこととなった。そのことで特筆すべきは、第8師団長の岩瀬との関係においてのことだ。

前方展開している那覇駐屯地で動けずにいる第8師団長の岩瀬に袴田が電話をし、

「命により、JTGの指揮を執らせていただきます」

と型どおりの言葉を投げかけただけで電話を切ったのである。

そのすぐ後、那覇駐屯地の第15旅団幹部から聞こえてきたのは、第8師団長の岩瀬陸将が激怒しているとの情報だった。

岩瀬にとっては、防衛大学校の一年後輩にあたる袴田が自分を指揮する立場に抜擢されたことで「なんでアイツなんだ!」とするそもそもの不満がある中で、それを逆撫でするように、上から目線の、それも形だけの電話をしてきたことで岩瀬師団長の逆鱗に触れることになったという。

その上、自分の執務室を袴田が事前の了承なしに勝手に使っていることこそ我慢ならなかった岩瀬師団長は、村田副師団長に怒鳴りつけることとなった。

しかも袴田は、部下の幕僚に言って、第8師団のCPを早期に宮古島に揚げて、「ナッチャンワールド号」で〝塩漬け〟にされている第12普通科連隊主力の上陸と、損耗が発生している情報小隊を助ける作戦を行うべく早期に宮古島に上陸して指揮所を立ちあげられたい、との命令を第8師団の作戦担当幕僚から伝えさせたのだった。そのことを聞いた西部方面総監部から〝引っ越して〟きた幕僚たちの一部からは、「岩瀬師団長に、先頭に立って見事に戦死しろ、と言ったも同然だ」という〝解釈〟が飛び交った。

それからである。熊本から推進していた那覇駐屯地の第15旅団司令部で苛立ちながら宮古島への〝出撃〟を待っていた岩瀬は、袴田に電話報告を一切しなくなった。間に立つ第8師団副師団長の村田が申し訳なさそうに、岩瀬から言われたことを伝書鳩のように袴田に伝えるシーンが続き、それによって報告の機微やニュアンスが伝わらなくなり、JTGの指揮系統の混乱度は増すばかりとなった。

4月2日　宮古島　国道390号線

態勢を立て直した第1水陸機動連隊のAAV7、二十数両が国道390号線まで推進《すいしん》しようとした、その直前、再び、二度の対戦車火器の攻撃を受けた。

ただ今度は、いずれもAAV7の脇に着弾したので隊員の被害はなかった。

しかしそのことによって、第1水陸機動連隊は国道390号線を前にして動けなくなったのだった。なぜなら、その対戦車火器の二回の攻撃が、それぞれ方向の違う二箇所から行われたからだ。

すべてのAAV7を止まらせる命令を送った直後、椎名のヘッドセットに無線が入った。椎名は、全隊員にFMチャンネルでの通信を統一するよう命じていた。

椎名は状況を十分に理解していたし、このコンディションを許容していた。つまり、第1水陸機動連隊は完全に孤立したということを――。

「西部方面FSCC」とは無線が通じず、スマートフォンも使えない。「いずも」のLFOC（上陸部隊作戦指揮所）とは、無線が通じることもあったが、強い雨が降り出したことで、途中で何度も切れる。これもまたコンディションである。第1水陸機動連隊は孤立した中で作戦を行わなければならないのだ。

無線の相手は、偵察中隊長の尼子だった。

「今から、そちらに行きます！」

そう言っただけで尼子は、椎名の返事を聞く前に通信を終えた。

数分してランプ扉をノックした尼子が中へ乗り込んでくると、彼の手には、縦の長さが二十センチほどのドローンがあった。椎名がまず思ったのは、官品ではないな、ということだった。

それを察したように尼子はまず、

「私物です」

と言ってから、

「これ買ったことで、カミさんは一ヶ月、話をしてくれませんでした。浮気が見つかった時よりしんどかったです」

とにこりともせずに言った。

そして、ドローンとスマートフォンとをコードで繋いだ。

「尼子、お前の気持ちはわかるがドローンではさんざん探って、それでまったくダメだったじゃないか」

椎名は力なく頭を振った。

「これは優れものです」

と見せたディスプレイには、白黒の画面があった。

「赤外線です。しかも、軍用レベルです。距離二十キロ、零コンマ一度の温度の峻別が可能で、私のパソコンで海兵隊の分隊のようにリアルタイムで見れます！」

尼子が目を輝かせた。

椎名は驚いた。軍用レベルというからには、これを扱うにはクレアランスが必要なのだ。

尼子はそれもまた見抜いたように、

「特殊部隊《SF》のルートで、ちょっと――」

と誤魔化した。

「しかし、なぜ今まで――」

椎名はそこまで言って思い当たる節があった。

「ええ、そうです。これは、ＡＡＶ７の第２小隊に運ばせたんですが、それがやられて、さっきまで脚が吹っ飛んだ隊員の下敷きになっていました」

椎名は息を呑んで尼子を見つめた。

「で、ここを見てください」

尼子はディスプレイを椎名の方に向け、真っ黒の中で、そこだけ〝白い塊〟があるところをそれぞれ指さしていってからその言葉を発した。

「敵です」

「住民かもしれない」

椎名は慎重に言った。

「連隊長、恐縮ですが、私はプロのレコンです。よく見ると、それぞれの〝白い塊〟には五人がいます。その形は明らかに戦闘フォーメーションです」

椎名は、尼子のスマートフォンを奪うように取ると、しばらくじっと見つめた。

「座標をとって、距離と方向を作れ」

椎名が命じた。

すると尼子は、戦闘服の胸のポケットから一枚の紙片を取りだした。

「すでに特定しています。これら敵は、動いていないため、固定目標となります」

椎名は驚いた表情でその紙片と尼子を急いで見比べてから言った。

「よし、全部隊に配布しろ。12．7ミリ（重機関銃）で一斉射撃を行う！」

「ただ、一点、クリアしなければならない問題があります」

尼子が言った。

「なんだ？」

「この赤外線画像から推測しますに、何らかの遮蔽物《しゃへいぶつ》に隠れている可能性があります」

「なら84式無反動砲《ハチヨン》で吹っ飛ばせ！」

椎名が言い放った。

目を輝かせた尼子は大きく頷いて言った。

「いえ完璧を目指します。つまり遮断物から出させるための囮《おとり》が必要です。もちろん自分がやります」

「しかし――」

「いいですね。では」

尼子が腕時計を見つめた。そして、作戦開始時間を告げた。

椎名の答えも聞かずAAV7から飛び出した尼子から無線が入ったのは、五分後のことだった。

「飛び出します！　よろしく！」

遠くから連続する射撃音が聞こえた。椎名は思わず目を伏せた。目頭が熱くなった。尼子が自ら囮となって、敵の前に姿を晒し、遮蔽物から身を出させた光景を想像した。それによってもちろん尼子は――。

それが実質上の合図だと、椎名は歯を食い縛るように決心した。

椎名が乗車する「Cタイプ」（水陸両用装軌装甲車指揮通信型）のＡＡＶ７の射手が、敵が潜伏する座標へ指向したという報告を受けた直後、椎名はヘッドセットのマイクを口に近づけた。

それぞれの小隊に割り振った座標を照準するようすべての小隊長に一斉に伝えてからその命令を発した。

「それぞれの距離と方向、敵×《カケル》５から４、指名《しめい》！　撃て！」

それを合図にした12．７ミリ重機関銃の一斉の射撃音は、椎名が乗るＡＡＶ７の車外からのものも激しい轟音として聞こえた。

「全車、前へ！」

椎名が声を張り上げて号令した。

二十数両のＡＡＶ７が大きなエンジン音を発し、時速六十キロ以上で一斉に坂道を勢い良く登り始めた。

だが尼子からの無線は入ってこなかった。

那覇駐屯地

那覇駐屯地に立ち上がった日米の共同陸上戦術統制センターである「ＢＧＴＣＣ」で、軋轢《あつれき》と表現すべき事態が起きたのは、アメリカ陸軍戦略大学留学の経験があり英語が堪能だとしてＪＴ

Gの代表として急遽派遣されてきた西部方面隊の防衛副長である緑山陸将補と、アメリカ海兵隊第3海兵師団長のレブオン・チャンドラー海兵少将との間でのことだった。

日米の協議で使っていた「COP《コップ》」（共通作戦状況図）に、来るべき情報が来ていない、来るはずのないものが来ている、という原因不明の状態がつづき混乱していた。

例えば、宮古島に侵入しているはずの人民解放軍兵士がいなくなったり、石垣島に潜入していないはずの人民解放軍兵士がいたりという表示が断続的につづいた。しかもその上、自衛隊側が、COPに表示される情報が、七時間から半日遅れだと指摘したことで、「CUB《カブ》」（日米合同指揮官ブリーフィング作戦会議）の場でチャンドラー海兵少将が、

「やはりCOPがノンリアルタイムゆえ現状と違っている。しかも、その情報すらあの訳がわからない業務系のメールのせいで混乱してまったく役に立たない！」

と激怒し、自分たちの控え室に戻ってしまったのである。

その姿を黙って見送った陸上自衛隊の幕僚たちは、最新情報でないのはハード面のことだけで詰め込む情報を少なくすればすぐに解決できるし、人民解放軍の情報にしても戦闘予行通りだと言い放った上で、

「予期《よき》の通りです」

と緑山の前で安心しきっていた。

しかし緑山は、COPのトラブルの状態から、人民解放軍によるサイバー攻撃だと確信し、デジタルのCOPに映し出されている情報には嘘が混じっていると完全に疑っていた。

腹を括《くく》った緑山は、幕僚たちを集合させ、体育館の床一面に広がるほどの巨大な宮古島の「砂《さ》盤《ばん》」（地形図）を作らせた。そしてその「砂盤」の上に、昔ながらの兵器台《へいきだい》を並べ、青い駒と赤い駒を置いて、アナログの状況図を数分という短時間で作らせた。

チャンドラー海兵少将を再び呼んできた緑山は、先に立って靴を脱いで、靴下のまま巨大な「砂盤」の上に乗っかり、

「これでやろう！」

と語気強くそう言い放って、チャンドラー海兵少将を振り返った。

折しも、その数分後だった。ＢＧＴＣＣで混乱が起こった。日米の合同作戦で不可欠な「セントリックスＪ」がシステムダウンした。だが海兵隊の幹部は言った。

「よくあることだ」

チャンドラー海兵少将は苦笑しながらも大きく頷いて言った。

「これだ！　オレの頭の中もこれだ」

そして「ＣＵＢ《カブ》」は再開することとなった。

ワシントンD．C．

宛：サリー・カーネマン国家安全保障担当補佐官
発：バーガー・メルク　下院軍事委員会委員長
秘密区分：クラシファイド（機密）
サブジェクト：「Ｊ――ミヤコジマ」

先に協議したごとく、サブジェクト「Ｊ――ミヤコジマ」は、近く予想される台湾戦争の準備作戦としての位置づけを共有するとおり台湾戦争を阻止するアメリカの意志とプレゼンスを発揮すべきであることを勧告したが、情勢の変化に伴い、あらためて新しい勧告を

行うものである。

　現在、台湾への軍事的な脅威が高度なレベルに達したことから、台湾の軍事的脅威に対処することをプライオリティトリプルＡと認定し、直ちにアメリカ海兵隊による最大規模の戦力投射を行うべきである。

　すなわち、現在、「３ＭＥＢ《スリーメブ》」（第３海兵師団）で構成する「ＥＡＢＯ」（遠征前進基地作戦）をミヤコアイランド、シモジシマエアポート（下地島空港）に展開中であるが、優先順位の変化に伴い、直ちに、フィリピンから台湾、そしてサキシマアイランドまでの大規模戦域戦争《ＭＴＷ》への対処へと変換すべきであると強く勧告するものである。

　すなわちその事態は、宮古島ならびにその周辺の島々における火力発揮の指揮権はインド太平洋軍から解除し、自衛隊に返還すべきであると示唆することは言うまでもない。

　尚、付け加えるならば、宮古島に潜入した人民解放軍部隊には、人民解放軍の反主流派と関係が密接な軍事会社の傭兵も多数含まれていることから、自衛隊単独の対処で十分であると考慮される。

宮古島

　二機のスーパーハーキュリーズＫＣ１３０輸送機の機上係員《ロードマスター》たちが総掛かりで作業を急いだ結果、人民解放軍海軍の強襲揚陸艦を抑止した「ハイマース」と「改ＪＬＴＶ」の搭載作業があっという間にそれぞれで完了し、その五分後には、来たときと同じ対戦ヘリコプターなどの護衛チームを従え、宮古空港から再び青い空へと連続して飛び立っていった。

　三十分ほどの飛行で石垣空港の滑走路にタッチダウンした二機のスーパーハーキュリーズＫＣ

１３０輸送機は、無人の管制塔を尻目《しりめ》にあらかじめ決めたスポットで、ランプ扉から「ハイマース」と「改ＪＬＴＶ」を滑走路に搬出した。これは「ＥＡＢＯ」（遠征前進基地作戦）の中核である、離島に次々と展開して人民解放軍の水上艦艇を撃破する「島嶼ホッピング戦略」を実戦《リアル》で初めて実現した瞬間だった。

そして石垣島に展開した「ＬＣＴ」（アメリカ海兵隊沿岸戦闘チーム）は、宮古島でもそうだったように、陸上自衛隊の12式地対艦誘導弾地対艦ミサイル中隊と戦術的に一体化する日米両軍の《精密打撃ネットワーク》を直ちに構築し、人民解放軍の水上艦艇の来襲の警戒態勢に入った。

下地島・下地島空港

アメリカ海兵隊の「31ＭＥＵ《ミュー》」（第31海兵遠征部隊）の中から編制された「マグタフ」（海兵空陸任務部隊）が急遽、下地島から離脱したとの報告を受けた陸上総隊司令部の作戦室は混乱に陥った。

その混乱は、最後のＡＣＶ（水陸両用戦闘車）が強襲揚陸艦へ向かって水上機動を開始した、その直後からピークに達した。

残存していた人民解放軍兵士と思われる敵部隊が、第１空挺団と水陸機動団水陸機動連隊に一斉に反撃を開始したからだ。

対戦車火器が水陸機動連隊の三台のＡＡＶ７の側壁を貫いて大破させ、「降着戦闘《こうちゃくせんとう》」を継続していた第１空挺団の一個戦闘大隊にも、装輪歩兵戦闘車による猛烈な火力を発揮した。

上空一万メートルからライブで送りつづけているグローバルホークからの映像が作戦室に映し出された。

作戦室の空気は一瞬で凍り付き、誰もがディスプレイを見つめたまま会話する者はいなくなった。

だがその空気を破ったのは、作戦室に流れ始めた、第8師団司令部に移行したＪＴＧからの悲痛な報告の連続だった。

「空挺、五名、行方不明！」「訂正する！　空挺、十五名、所在不明！」「水機連隊、一個小隊、損耗！」

宮古島　宮古島中央医療センター

横倒しになって炎上するＡＡＶ7から全身血まみれで意識のない小銃小隊員を引き摺りだした第1水陸機動連隊の椎名連隊長は、自らも被弾した右上腕部の痛みを必死に堪えながら近くにあった五階建てのビルの入り口へと小銃小隊員を抱えながら走った。

重低音のエンジン音をまき散らしながら装輪歩兵戦闘車からの銃撃が再び始まった。

椎名は、手にした20式小銃のマズルストライクで背にしていたガラス窓を叩き割ると、グローブで破片を散らした後、まず先に自分が建物の中に潜り込み、姿勢を立て直してから小銃小隊員を引き摺り込んだ。

背後を振り向いた椎名の視界に、〈レントゲン室〉と書かれた看板が天井からぶら下がる通路が見えた。その時、初めて椎名は、今、どこかの病院の中にいることを自覚した。自動再診受付機を始めとする幾つもの装置の上にはシートがかけられ、床一面は、ブルーシートが敷き詰められている。

椎名は、小銃小隊員を肩に担ぐと、〈計算・会計〉との看板が立つエリアを横目にして奥へと急いだ。

その直後、銃声が聞こえたと思った瞬間、椎名の目の前でリノリウムの床が粉々に粉砕した。椎名は〈待合室〉の埃だらけの長椅子の間をジグザグに駆け回った。

通路へと戻った椎名がさらに奥へ突進すると、すぐに視線をそこへ集中した。〈手術室〉とペイントされた観音開きのドアの左半分がギリギリに見通せる通路、その手前にある、〈臨床検査室〉のドア――。

――あの角を少しだけ右折しての手術室のクリアリング、さらにその先のすべてのドアのクリアリング――そのための戦術プランを椎名は急ぎ頭に描いた。

「連隊長！　こちらです！」

その声で視線を向けると、三人の部下を引き連れた第2小銃小隊の小隊長、宇佐見謙《うさみけん》2等陸尉が必死で手招きをしている。

「建物の見取り図です」

宇佐見のもとへ駆け寄ると、彼が頼もしい言葉を投げかけた。

椎名は見取り図と肉眼で確認できる様子を比較した。

――〈臨床検査室〉から手術室までの通路は約五十メートル。その途中には、左右に非対称の位置にある、何の表札もなく、室内も見えないドアが二つある。

「行くぞ！」

椎名は怒鳴った。

椎名と宇佐見は、手術室を短時間でクリアリングし、さらに幾つもの通路を曲がり突き進んだ。〈救急救命センター〉との看板を見つけた椎名は、そこへ飛び込んだ。そして、薬品棚から止血に役立つものを摑むと、小銃小隊員の応急措置を開始した。小銃小隊員は息があった。脈拍も十分だ。しかし、頭部に銃創と思われる外傷があり出血をしていた。

椎名は肩を叩かれて振り向いた。宇佐見がハンドサインで窓を指さしている。そこへ目をやると、エンジン音とともに進む装輪歩兵戦闘車がゆっくりと動いているシルエットが見えた。

宇佐見はハンドサインでこれから自分が行う行動を伝えた。

椎名は力強く頷いた。

弾帯に括り付けていたポシェットから手榴弾を手に取った宇佐見は躊躇うことなく窓の下に向かって背を低くして走り込むと、すっと立ち上がって窓の施錠を外した直後、一気に窓を開け、そこから飛び跳ねた。

装輪歩兵戦闘車の上部ハッチの傍らに着地した宇佐見はそこにいた車長の顔面に20式小銃の弾丸を浴びせてから、ハッチの中へ手榴弾を投げ込んだ。

だが、車長のでぶった腹部が邪魔となって車外へと転がり落ちてしまった。

それを拾おうと宇佐見が体を伸ばしたと同時だった。宇佐見はもんどりうって装輪歩兵戦闘車から飛ばされた。前部ハッチから顔を出した兵士が拳銃を発射したのだ。

それを目撃した小銃小隊員が自分の手榴弾を手にして安全弁を外しながら、宇佐見に続いた。しかし彼もまた前部ハッチの敵からの銃撃を受けて装輪歩兵戦闘車に乗っかる前に地面に落下した。さらにもう一人の小銃小隊員も突っ込んだが撃たれて目的を果たせず窓の手前に倒れ込み、爆発が起こって彼の体が粉々に吹き飛んだ。

それにも躊躇せず、即座に走り出した四番目の小銃小隊員に至っては、自ら手榴弾を胸に抱えたまま前部ハッチの兵士に向かって飛びかかった。兵士は拳銃を連続して射撃したが小銃小隊員は撃たれながらもその上に覆い被さってナイフを兵士の額に突き刺した。その結果、射撃をする者がいなくなった。

椎名はもちろん何をすべきかを知っていた。水陸両用作戦とは、上陸すれば、しょせん白兵戦であり、消耗戦であり、そのためにやるべきことを――。

窓へ向かった椎名はそこから飛び降り、前部ハッチに倒れ込む兵士を退かせた上で自分の手榴弾を装輪歩兵戦闘車の中へ叩き付けた。

椎名が車内から射撃を受けたのはその動きとほぼ同時だった。銃撃を受けたシューティンググラスの破片が右の眼球に突き刺さった椎名は装輪歩兵戦闘車から転がり落ちた。

地面に蹲った椎名の耳に聞こえたものがあった。

それは歓声だった。

大きな声で歓声を上げる第1水陸機動連隊の小銃小隊員たち百数十名は、彼等を苦しめつづけた装輪歩兵戦闘車が無力化したことで、遮蔽物や臨時の塹壕《ざんごう》としていた地点から一斉に姿を現したのだった。

「連隊長！」

椎名は、左目を瞬《しばたた》いた。だが焦点が定まらなかった。

「目原です！」

その声でやっと分かった。

「た、態勢を立て直せ！」

椎名が言ったのはその言葉だった。

「しかし、右目が――」

目原が心配した。

だが椎名はそれには応えず、

「肩をかせ」

と目原に言った。

ゆっくりと立ち上がった椎名は、右目から血を滴り落としながら、現在の状況を目原に説明させた。

目原によれば、損耗は続いているものの、損耗率は一割にも達しておらず、戦争能力は維持していると語気強く言い切った。

つまり、少なくとも十数人は戦死か負傷していることを椎名は悟った。

だが椎名にとってそれは重要ではなかった。損耗率が三割を超えた部隊は戦闘能力をなくしたも同然と言われていることに椎名は強烈な拒否感を持っていた。

「連隊長、お伝えしなければなりません」

腹を括った目原が言った。

「言ってみろ」

「共同作戦が予定されていましたアメリカ海兵隊が、下地島空港を去ったのみならず、新城海岸への上陸作戦も中止となりました」

椎名は苦笑して頭を振った。

「想定内だ」

椎名が吐き捨てるように言った。

「目原、オレたちの、任務、それはなんだ?」

右目から頬を流れる血が口に入る度に赤い唾を吐き出しながら椎名が訊いた。

「敵の殲滅です」

目原が即答した。

「我々の部隊の士気は?」

朦朧とする椎名が訊いた。
「最高です！」
目原が躊躇わずに言った。
「自衛隊の底力を見せてやる！」
椎名は部下たちを見渡して声を張り上げた。
「全員！　前へ！」

永田町　首相官邸

関係省庁の名前が書かれた色とりどりのビブスを着た百人余りのリエゾンでごった返す中、如月は三本の受話器を首に挟んだりという始末でトイレに行く暇もなかった。それでも、ここが携帯電話の電波を遮断する構造になっていることが救いだった。もし携帯電話にも対応することになっていれば、収拾がつかなくなっていたはずだ、と如月は痛感していた。

だが携帯電話がなくてもこの始末である。如月は苛立っていた。急ぎ、内閣危機管理監の伊達に報告すべきことがあったからだ。

如月は、自分が手にしている三本の受話器を無言のまま部下に押しつけて隣接する幹部室へと急いで足を向けた。

危機管理センターとドア一枚で隣接する幹部室とを行き交う事態室要員と関係省庁のリエゾンを掻き分けるようにして幹部室に足を踏み入れた如月は、伊達と視線が合うと大きく頷いて幹部室のエリアの外へと呼び出した。

「ずっと納得できなかったことがようやく理解できた気がします」

寝不足の眼を擦りながら近づいてきた伊達に向かって如月は開口一番、そう言った。実は、同じ言葉を如月は、すでに何度も使っていた。その相手はいずれも、統合幕僚監部や陸上幕僚監部の幹部たちだった。だが、そこでは、そんな与太話を聞いている余裕はない！ といずれも一蹴されていた。

「危機管理監、私が今から申し上げますことを、どうか、三分、いや二分で結構ですので、どうかお聞きください」

歴代の内閣危機管理監の中でもずば抜けたオールラウンダーと自他共に認める伊達は大きく頷いて如月にその先の言葉を促した。

「中国のチャイナ7《セブン》が求めるエンドステートについてです」

「聞こう」

「宮古島の北西にあります沖縄電力《オキデン》の『宮古第1』と『宮古第2』の二つの火力発電所を一切、攻撃していないこと、そこに重大な意味があるという気がしてならないんです」

「火力発電所？」

「想像するのは、それら電力を使って何かをしようとしている――それがエンドステートではないか、そのことです」

陸上総隊

陸上総隊司令部地下のオペレーションルームで幕僚たちからの矢継ぎ早の報告への対応する神宮寺陸将は、激しい怒りにまみれていた。

多くの損耗（犠牲者）を出した第12普通科連隊情報小隊で臨時編成されたコンバット・レスキ

ユー・チームも、はっきり言って〝人柱《ひとばしら》〟によって任務を完遂《かんすい》し、水陸機動団も人民解放軍兵士の掃討のための前進を開始している——。

「にも関わらず、アメリカ海兵隊はなんだ！　宮古島からさっさと離れた後、石垣島と与那国島へもごく短時間、ハイマースやネメシスシステムを展開しただけで、すぐにまた台湾へと移動展開しやがった。まるでポッピングして遊ぶように！」

大勢の増強幕僚が集まっていたが誰も声をかけられなかった。

神宮寺の怒りは収まらなかった。

「しかしだ！　いいじゃないか！　この国はオレたちが守る！　つまり、待ってました！　っていうやつだ！」

先島諸島へ強襲揚陸をかけようとしていた人民解放軍海軍の艦艇も、その脅威は依然として存在しているものの大きな変化はなかった。人民解放軍との戦闘は下地島まで拡大し、第1空挺団及び水陸機動連隊と、人民解放軍のSFと激戦が続き戦死者も増加していた。だが下地島のCPに自ら乗り込んだ第1空挺団長の松平直也《まつだいらなおや》陸将補は「我《われ》にいかなる損耗が出ようが人民解放軍を撃滅します」と無線で「西部方面FSCC」に言ってきたと、総隊オペレーションルームに伝えられた。

米中の外交の場では、今にも核戦争が起こるような雰囲気を中国共産党中央の指導部は、国営メディアや報道官の発言を使って盛んに作為《さくい》しているが、それらはすべてストラテジック・コミュニケーションの範囲内であって、チキンレースにもあたらない、と神宮寺陸将は読んでいた。

ただ、判明しているだけで三十五名の戦死者を出したことは悲しむことよりも先に、軍の指揮官としては恥ずべきことである。ゆえに神宮寺陸将は、もちろん、残された人生をどう生き恥をかいて過ごしていくかを覚悟していたし、戦死者の御霊を守り続けてゆく、その覚悟をしっかりと持っていたし、重い責務を全身で感じていた。

だから、この戦《いくさ》が終われば、これだけの戦死者を出した責任を取るつもりで、妻の良子《りょうこ》には、退任してから期待する再就職先には恵まれない、と伝えるつもりだった。

恐らく良子はそれについて何も言わず、ただ一言、お亡くなりになられた方々へのご供養を私も一生をかけてさせて頂くつもりです、と言ってくれるはずだと思っていた。

公室に入ってきた幕僚長がかしこまった態度で報告した。

「司令官、総理は予定より少し遅れ、二十分後にヘリポートにお着きになります」

「わかった」

これから始まる荻原総理との協議はエンドステートに関連することだった。例えば、宮古島から敗走する人民解放軍兵士がいた場合に、どこかで追走して制圧するかなど、いわば〝戦後処理〟に関することだと神宮寺は理解していた。

腕時計を見つめて荻原総理の到着までの時間を神宮寺が確認した時、秘話装置付の電話が鳴った。

応答する気はさらさらなかった。だが、ディスプレイの表示を覗いた神宮寺は苦笑することとなった。

相手は情報本部の三雲だった。

「急ぎ申し上げたいことがございます」

と開口一番そう言って三雲が説明をつづけたのは、宮古島に存在する敵に関する最終分析結果だった。

三雲によれば、中国共産党中央軍事委員会は、人民解放軍と関係のある軍事会社の傭兵を使って、グレーな戦争を仕掛けることで、国家の意志による戦争行為ではない、という逃げ道を作った。その理由は、欧米諸国からの経済制裁を避けるためである。そして、もし宮古島の占領が成功したならば、その時は、人民解放軍が全面的に表に出て、我々が気づいていないリアルなエンドステートを実現させる——それが三雲の結論だった。

「リアルなエンドステート？　くだらないことを言うな」

神宮寺はそう諭した上で、潜入していた敵、人民解放軍兵士に対しては、水陸機動連隊による掃討へと向かっているし、宮古島を指向していた強襲揚陸艦にしても、アメリカ海兵隊の「ＥＡＢＯ」を怖れてストップするどころか、最新の情報では、帰投へと向かっているぞ、と一気に捲し立てた。

そして最後に、

「三雲よ、終わったんだ」

と言い放った。

だが三雲は、

「司令官、お言葉ですが、深刻なエビデンスをお伝えしなければなりません」

として、冷静な口調のままつづけた。

「あらゆるセンサが把握したものを総合評価した結果、宮古島の北東部、神ノ島の御嶽《うたき》という文化財の周辺に、少なくとも十五名の敵、かつ島民が数名が残存しております」

と言った。

「神ノ島に十五名？　それが何だ？　オレは忙しいんだ。あと三分やる」

「島民が立ち入れないエリアで、何かを設置し、その警備に二個小銃組ほどをあてています。尋常ではありません」

「三雲、あと二分半だ」

「軍事的合理性の観点から申し上げますと、レーザーウォールが起動している可能性があります」

そう言った三雲は、その最新兵器についてこう解説した。

上空二十キロから百キロの範囲内に大出力レーザーの壁《ウォール》を構築し、その中に進入しようとするドローン、無人機、ミサイルなどすべての対空目標をレーザーのエネルギーによって物理的に一瞬で破壊するシステムで、イスラエルは二〇二一年から実用化しており、日本でも大手電機メーカーが開発中だとした。

「あと一分」

神宮寺は初めて興味を持ったように促した。

三雲が、重要な問題はここから先です、と言って説明をつづけたのは、なぜ人民解放軍は、このレーザーウォールを神ノ島に構築しているのかです、と口にした上で、宮古列島（宮古島、池間島、伊良部島、下地島、来間島などで構成される島々）の周辺海域を威力圏下に置くことで、西太平洋への進出を図るために障害となっている第1列島線を無力化する計画を実行しようとしているのではないか——。当初はそう考えたが、どうも別の目的があるようだと指摘した。

その証拠に——として三雲が指摘したのは、宮古島のＶＡ（重要施設）のうち、二基の火力発電所が無事である事実だった。三雲は、レーザーウォールの稼働のためには相当な電力が必要であることから、占領のため、計画的に「保護目標」とした可能性がある、と付け加えた。

「占領？　どこをだ？」

神宮寺が苛立った。

「もちろん、宮古列島の占領です」

「バカ野郎！　すでに石垣島に基礎配置した第2師団をすぐに戻せるか！」

「司令官、そうしないためにも、神ノ島への対処が必要です。いえそれがこの戦争《リアル》の帰趨《きすう》を決します」

「しかし、神ノ島には大きな戦力を投射する余裕はないぞ。しかも、艦船からの対地射撃やF2による支援攻撃も島民がいる以上、不可能だ――」

「間もなく偵察部隊が上陸します」

さらに三雲は、これは指揮官の領域ですが敢えて申し上げます、と断ってから、当該のオブジェクトに対する海空による火力の発揮は、島民が全員避難しているとの報告があるので容易《たやす》いが、その対象が御嶽《うたき》という貴重な文化財であるだけでなく宗教施設でもあることから、県民感情を忖度《そんたく》するに、重大な「保護目標」にあたり、地上部隊による作戦が望ましい、との主張を口にした。

神宮寺の低い唸り声が聞こえた後、三雲がさらにつづけた。

「もう一つ重大なことをお知らせしなければなりません。北方四島へロシア東部軍が揚陸作戦の大部隊を推進させています」

神宮寺は今までの雰囲気とは違って急に押し殺した声で言った。

「いいか、三雲、今の話を、一ページに、五行、いや三行にまとめ、五部作れ。大至急だ。制限時間はさらに十分やる」

熊本県　北熊本　JTG司令部（第8師団作戦室）

電話での激論が続いていたが、特殊作戦群長の伊織に対して最後に押し切ろうとした相手は、総監代行を兼ねて新しいJTG司令官となった第4師団長の袴田陸将だった。

伊織はこれまでの一時間、二本の電話を受けていた。一本は神宮寺陸将からであり、二本目は

《ズール》からだった。その結果、伊織は一つの結論を導き出した。中国のエンドステートは神ノ島にあると――。しかし、中国が何を狙っているのかはわからない。だからそれを大至急、探知する必要があると決心した。

「お前の意見を聞く理由は何もない！」

袴田は言い放った。

「しかし、今、申し上げました神ノ島での事態こそ、この戦争における重大局面だと確信しております」

伊織が反論した。

「お前は何様だ？　いいか、伊織。これはオレの作戦だ」

袴田が押し殺した声で言った。

この話の流れを予想していた伊織は、用意してきた言葉を使った。

「司令官、私が危惧しておりますのは、この話が一部、マスコミに洩《も》れていることです」

「洩れている？　なんだと！　特定秘密漏洩《ろうえい》事件になる。すぐに中央警務隊に言って――」

「司令官、マスコミというのは実にアグレッシブなゆえに報道行為自体に迷いはありませんし、遠慮がありません」

「伊織、何が言いたい？」

「万が一、さらに情報が洩れでもして、司令官が反対しておられたことまで報道の対象となりますと、些《いささ》かよろしくないことになるかと――」

しばらくの間が開いてから袴田の声が聞こえた。

「お前も偉くなったな」

伊織は、それを口にした袴田の顔が醜く歪んでいる光景を想像した。

「いくらお前たちが独自の判断が許されているとしてもエスの主力は出せんぞ。当面作戦と将来作戦の両作戦に、七十二時間後までガチガチに組み込まれている」

袴田が渋々といった雰囲気で言った。

「分かっております」

「分かってる？　お前、企んだな」

袴田が苦笑する声が聞こえた。

「で、どういう作戦にするか、それも決まっていると言うんだろ。分かった。これが終わったらお前を殺してやる。しかしその前に、今、ここで聞かせろ」

宮古島

すでに宮古島に秘匿で展開していた特殊作戦群の他の小隊と接触するため、《10《ヒトマル》チーム》で小隊陸曹の《ズール》が、平良港からは高台に位置する平良地区の北部にある市民球場まで、どこからか調達してきた10《ヒトマル》チームの《ブラボー》から受け取った、トヨタのハイラックスを飛ばして到着するまでの間、奇妙な光景に幾つも出くわすこととなった。

道路のいたるところで口から血を流したり、胸を掻きむしるようにして苦悶している十数人の男たちを見かけたのである。

もうひとつ奇妙なことは、それらは人民解放軍兵士と思ったのだが、うち東洋系の顔貌のものは半分ほどで、それ以外のそれは白人や中東系に思えた。しかも、銃撃を受けたような痕跡はいずれにもなかった。

無線で約束した球場のロッカールームには、第4小隊の小隊長、弓弦皇幹《ゆずるこうき》が先に待っていた。

「転がっている、アレはなんです？　交戦の結果ではありませんね？」

《ズール》が真っ先に聞いたのはそのことだった。

「ああ、あれか、オレたちのユニットがやった」

弓弦がこともなく言った。

「やった？」

《ズール》は怪訝な表情で訊いた。

「この島の飲料水は、貯水池、つまり地下ダムからだということは知っているな？」

弓弦の言葉に《ズール》は一度は頷いたが、ハッとした顔になった。

「いいか、オレは、同胞を傷付けるのは特殊作戦だと決して思っていない」

弓弦はそう言って戦闘服のポケットから数枚の紙の束を《ズール》に見せつけた。

「特定のエリアから避難した住民のチェックリストだ」

どこで、どうやって手に入れたかを聞くのは愚問だと《ズール》は思った。

「だから、安心して、その〝特定のエリア〟へ供給する地下ダムに致死性の薬品を注入した」

《ズール》は特別な反応はしなかった。

「十人はニュートラライズ（抹殺）した」

弓弦が淡々とした表情のまま言った。

「で、依頼されたものはこれだ」

弓弦は別のポケットから取り出したスマートフォンを操作して、一人の男の写真をディスプレイに表示すると、さらにブルートゥース機能を使って《ズール》のスマートフォンへ転送した。

「12連隊《じゅうにふれん》の情報《イント》小隊の沖田小隊陸曹だ。回線が切れるギリギリで入手できた」

「通信ができないこの状態は、サイバー攻撃なのか？」

自分のスマートフォンで男の写真を見つめながら《ズール》が聞いた。

「わからない」

弓弦がつづける。

「あっちの目的は知らないが、そのイントの中で人手を探すのなら、そいつに聞けばいいらしい」

そう言って弓弦はそこからすぐに姿を消した。


第12普通科連隊の情報小隊から、鬼怒川2曹を含むその十名を選んだ決め手としたのは、特殊作戦群第4小隊長の弓弦が言ったように、沖田という12連隊情報小隊の小隊陸曹による推薦《すいせん》があったためだが、それだけではなかった。

無線で募ったのに対し、生き残ってそれに反応した情報小隊十五名を宮古島北部の島尻港《しまじりこう》に集めた《ズール》は、同じく呼び集めた《１０チーム》のうち《ズール》を含めた三名と組む、神ノ島への偵察部隊の選考に入った。《１０チーム》の他のオペレーターたちは、敵のリーダーを捕捉するための特殊任務についていた。それは車を使ったり、電波を傍受したりする一般部隊がやることではなかった。《１０チーム》の残りがやっていることは、捕虜にした者たちへの尋問《じんもん》だった。それも特殊作戦用の尋問だった。

《ズール》が十五名にまず言ったのは、神ノ島で新たな脅威が発生しているかもしれないので、その偵察に向かう部隊を編制する、という言葉だった。

岸壁に座らせた全員が手を上げて立候補した。

だがこの時までに、《ズール》は、《１０チーム》のチームリーダーであり、付加特技のネームが《アルファ》の1尉の意見を仰いで相談しながら、チーム編制を作り上げていた。

基本的な概念は、情報小隊の選抜チームに《１０チーム》をアタッチメントする構想だった。情報小隊のスキルを考えると、偵察といえども、小さな島での作戦は高度な技術が必要であり、《１０チーム》ができるだけマンツーマンで先導していこうという編制だった。

そして、最もリスクの高い〈偵察組〉は、《１０チーム》と情報小隊の一人ずつをバディで組ませ三個組とする。また、二個組とする〈定点監視組〉には情報小隊の陸曹二名ずつを編制した。

さらに安全な場所に設置する情報集約の拠点である「ＯＲＰ」（偵察拠点）には、その長として《アルファ》が就き、幕僚的な立場で情報小隊の冷泉小隊長、またその下《もと》に、通信と情報の担当として情報小隊の二名の陸曹をつけることを決めたのだった。

特に、冷泉小隊長を入れることを重視したのは《ズール》だった。特殊作戦群の陸曹たちは、作戦立案から実行まで、いつもやっていることなので慣れている。だが、一般部隊だと、それを実施できるのは、そういう思考過程で普段から業務している幹部、例えば情報小隊長しかいない。ゆえに、実際、ハイリスクのところへ行った時、特殊作戦群と同じ頭の者がいてくれるのが合理的だと《ズール》は判断していた。

情報小隊の沖田小隊陸曹は、情報小隊の残りの隊員とともに、これら偵察部隊が失敗した時のための部隊として島尻港で待機することも決定した。

情報小隊の中からの具体的な選抜はまず、レンジャー資格者、ＥＦＩ（富士学校での部隊陸曹情報課程）ほか偵察課程を受けている者、また銃の扱い、格闘が強い者をまず優先的な条件とした。

だが《ズール》は、一人一人の面接にこだわった。岸壁の一角にある漁網が収納されている小屋でそれは行われた。

《アルファ》と《ズール》が注目したのは、まず、変化があったらすぐに対応できる瞬発力のある者だった。

また、陸上自衛隊では至近距離射撃があるが、それぞれにどんな射撃訓練を受けたかを聞けば、その射撃能力はおおよそ判断できる。偵察のみという任務ではあっても、状況によっては戦闘となる可能性もあるので、制圧行動も見越した「戦力化」を《ズール》は特に行いたかった。

《ズール》は偵察要員として五つの「組」を鬼怒川を含む第12普通科連隊情報小隊の選抜チームに示してみせた。

〈偵察1組〉が、特殊作戦群の《ズール》とバディを組む、格闘教官である情報小隊の鬼怒川2曹。

〈偵察2組〉は、特殊作戦群の《デルタ》に、狙撃を付加特技とする情報小隊の漆間《うるま》3曹。

〈偵察3組〉は、特殊作戦群の《フォックス》と、情報小隊で同じく狙撃が付加特技の久龍《くりゅう》2曹。

〈定点監視1組〉がどちらも情報小隊の大宮《おおみや》2曹と花菱《はなびし》3曹。

〈定点監視2組〉は、同じく情報小隊の国仲《くになか》2曹と桜庭《さくらば》3曹。

さらに「ORP」（偵察本部）には、《アルファ》に、情報小隊の「冷泉小隊長」と通信と情報の担当として、岡崎《おかざき》2曹と原《はら》陸士長。

――これらの計十四名だった。

本来、《ズール》という立場の者は、特殊作戦群の基本的編成では「ORP」（行動拠点）にて指揮する側に入る。だが、神ノ島はかなり厳しい地形なので、《ズール》も外へ出て行って偵察に加わった方がいいと自身で判断した結果だった。

しかし、〈偵察3組〉に選ばれた情報小隊の久龍2曹だけが訝っていた。バディを組む特殊作戦群の隊員を紹介されたり、その名前を告げられたりすると思ったからだ。

「そいつはすでに神ノ島にいる。《フォックス》だ。島で合流する」

そう告げたのは《ズール》だった。なぜすでに神ノ島にいるのかは説明しなかった。

選考した隊員たちへの「戦力化」が直ちに開始された。情報小隊員たちは拳銃しか所持していなかったが、特殊作戦群のチームが輸送してきた、戦闘服、弾帯、レトルトの食事やミネラルウォーターが入った背嚢などの基本装備に始まり、89式小銃と予備弾が人数分交付された。

その教育係を担当したのも《ズール》だった。

神ノ島には点在する住宅がある。一番上の与座家以外は避難している模様だ——その言葉から始めた《ズール》は、住宅への経路や突入要領や練度を確認するため、地面に横線を引いて、そこから先を住宅、部屋と見越して、どういった突入をやるのか、それを実施させてみた。

ただ、こういった戦力化は、どこのナンバー連隊本部でも、あくまでも不測事態対処のための教育を受けている。また、特に情報小隊では、あくまでも優先すべきは斥候であり、戦闘は絶対に行うな、との訓練が施されている——。

その実態を知っていた《ズール》は、不測事態対処の説明から始め、攻撃ができるマインドを吹き込み、群長から示された期限のギリギリまで戦力化を追求した。

戦力化を終える一時間前に、選考した情報小隊員たちを前にして《アルファ》が言った。

『神ノ島偵察部隊』の任務について《アルファ》が情報小隊の全員に示したのは、偵察によってもし敵を発見したのならば交戦せず、海上自衛隊もしくは航空自衛隊の火力の誘導だった。

偵察についてはＥＥＩ（主要情報収集項目）が示された。島のほぼ中央にある御嶽《うたき》という文化財に存在すると見積もる約十五名の敵、人民解放軍兵士がなぜそこに秘匿で存在するのか、その解明だった。

そしてそれを解明したのなら、現在、宮古島に上陸する第8師団の「ＣＰ」（指揮所）に報告した上で、人民解放軍兵士をそこから誘導して御嶽から離れさせた上で、海上自衛隊もしくは航空自衛隊の火力を誘導して敵を撃滅《げきめつ》することだった。

「島民は与座家以外、本当に全員避難しているんでしょうか?」

そう聞いたのは情報小隊の鬼怒川だった。

「総隊を介して情報本部からそう聞いている」

《アルファ》は即答した。

《アルファ》のその言葉を聞いている間、《ズール》に不安がないわけではなかった。電話の通信もインターネットも繋がらない現状、電波観測機、偵察機や衛星からの画像、また無線傍受などあらゆるセンサによる情報支援がまったく受けられないまま作戦を実施しなくてはならないのだった。

神ノ島

《フォックス》はずっと友香へと何度となく視線を投げていた。

さすがに友香もそれを感じ、何か? と話しかけることとなった。

《フォックス》は見渡した。

亜美と姉妹、さらに西銘遙花も御嶽《うたき》のおばぁを連れ出しに行って今はいない。

——ただ、拉致なんてできやしない。せめて、今なら彼女をどこか安全な場所へ誘導し、そこで——。いや女に尋問なんてこともできるはずもない——。

《フォックス》は葛藤した。

しかし、《ズール》の言葉が再び脳裡に蘇った。

——やるしかない!

腹を括った《フォックス》の視線が友香へ向けられた時、突然、一人の男が姿を見せた。

「この人は？」

西田が友香に厳しい表情で尋ねた。

「避難を手伝ってくれる方よ」

《フォックス》は軽く微笑んで会釈したが、興奮を抑えるのに必死だった。《ズール》から見せられた写真を思い出した。

――ターゲットが今、目の前にいる！

「友香、違う！　騙されている！」

西田が声を荒らげた。

「こいつ、中国のスパイだぜ。オレたちを騙しているんだ。さっき、ここへあがった時、こいつの話し声が聞こえた。その言葉は確かに中国語だった」

「中国のスパイ……」

友香の目が彷徨った。

「ただのスパイじゃないぜ。こいつのお陰で、宮古島はメチャメチャになった。海岸は荒らされ、修復不能！　それで戦闘なんかするんで多くの人が犠牲になった。こんなにたくさんの住民が犠牲になったのはお前のせいだ！」

友香が振り返った。

「なんか妙なことはなかったか？」

「さっき、島民の男性が喉を切られて――」

「ほらみろ！　こいつの仕業だ。正体を知られたから殺《や》ったんだ！」

西田は喉をかっ切る真似をした。

西田は《フォックス》の胸ぐらをつかんだ。

「おまえ、この神ノ島まで戦場にして、ここの子供たちまで巻き込むんだろ！」

「全然違う！　友香さん、コイツは嘘を言ってる！　オレの話を聞いて欲しい！」

《フォックス》が怒鳴った。

だが、友香は《フォックス》に駆け寄るとその顔を思いっきり叩いた。

そして《フォックス》に向かって絶叫した。

「あんたを殺してやる！」

周りを見渡して友香は、見つけたスコップを手にして《フォックス》の前に立って振りかぶった。

だがスコップが途中で止まった。

「先生がそんなことをしたらダメだ」

スコップの柄を握った西田が諭した。

友香を落ち着かせた後、西田が叫んだ。

「早く、港へ！」

「ところで佐藤さんはどうなったの？」

友香は震える声でさっきから気になっていたそのことを聞いた。

西田は友香に背を向けたまま足が止まった。

しばらくの沈黙の後、西田が振り向いた。その顔は笑っていた。

「友香、もう何も心配することはないんだよ」

「だから、どうなったの？」

友香は同じ質問を繰り返した。

「あいつも中国のスパイだった。こいつの仲間だ」

西田がポツリと言った。

「警察もそう言ってたけど、それって本当なの？」

西田は小さく頷いてから口を開いた。

「本人がそう、オレに言ってた」

「それで、佐藤さんは……」

「逃げられた。ヤツはここへ襲ってくるぞ！」

「ここへ？　どうして？」

友香が声を上げた。

「佐藤はオレに言っていた。中国からの観光客を殺したのは、中国からの指令で、その罪を日本人に被せるためだと。しかも――。遙花さんに見られたと。仲間の女のスパイ仲間といるところを――。だから生かしておけないと――」

目を見開いた友香は口を大きく開けたまま身動きできなかった。

「だから、一刻も早く、ここを出よう！　漁船を借りてきたから！」

「でも、与座のおばぁが、御嶽《うたき》にまだいる！　助けないと！」

友香がそう言って戸惑った時、《フォックス》が西田に襲いかかった。

だが、西田は即座に対応して《フォックス》に抱きつき、そのまま隣家の敷地へ雪崩れ込んでいった。

友香たちからは死角となった与座家の裏にもみ合いとなって入り込んだ時、ナイフをとりだした西田が、《フォックス》に襲いかかった。

体をいなしてその攻撃を避けた《フォックス》だったがそこからは格闘となった。

《フォックス》は気づいた。こいつは相当に訓練された格闘のプロだ。しかもナイフの使い手ということは、軍人である。それも特殊部隊であるはずだ。

つまり、この男は「敵」だ！　「西田」という名前もカバーした擬装なのだ！

だが、格闘においては《フォックス》の方がレベルは上だった。

最後には「西田」を地面に突っ伏させた《フォックス》が、手足を拘束してから馬乗りになって片言の中国語で尋問を始めた。

「世界中の特殊部隊のどこを探しても拷問に耐えることができる奴はいない」

「西田」は返事の代わりに唾を吐いた。

《フォックス》は奪ったナイフで、「西田」の右手の親指を根本から切断した。

大きな悲鳴をあげて暴れまくる「西田」を押さえた《フォックス》は、間髪入れずに、今度は左手の親指を切り取った。

「これまでならまだじゅうぶんに人生を満喫できる。だが、ここから先は――」

ナイフを振り翳そうとした時、背後で悲鳴があがった。

《フォックス》は思わず友香へ視線をやった。その隙を見て「西田」は咄嗟にナイフを奪い返し、両手足の拘束を外して友香のもとへ駆け出した。

「助けてくれ！　こいつも佐藤と同じく中国のスパイだ、しかも殺人鬼だ！」

友香は、慌てて自分のシャツを切り裂いて、「西田」の両手の親指の出血を止めるのに使った。

それによって少し落ち着きを取り戻した友香が《フォックス》に向かって大声で叫んだ。

「あんたは殺人鬼！」

友香は「西田」を庇《かば》うようにして自分の背後へと招き寄せた。

「いつ襲ってくるかわからない。早く、場所を移動しよう！」

そう友香に言った後で、ニヤッとした顔を《フォックス》に向けた「西田」は、友香から渡されたナイフを彼女の背中に突き立てる真似を《フォックス》に見せつけながら、御嶽《うたき》の方へと坂道を上がっていった。

《フォックス》は、二人が姿を消すと、十分な間合いを維持しながら後《あと》を追った。

西田と友香は、小型動力ポンプが一機置いてあると《フォックス》が記憶する消防ポンプ小屋の前を右手に折れ、その先の突き当たりの、神聖とされる井戸がある少し開けた空間に辿り着くと、その左手から北へ伸びる、手摺りが設置された緩やかで細い階段を登って行った。

階段上の生い茂る木々の中へ消えて行ったのを視認《しにん》した《フォックス》は、背を低くして素早く階段の手前まで駆け寄ると、しゃがみ込んで動きを止めた。

《フォックス》はふと左手へ視線を向けた。

観光客向けの忠告が手書きで記された看板が、階段の一番手前の手摺りに括り付けてある。

〈祭祀《さいし》の為《ため》、ここより先は立入禁止です。ご協力お願いします〉

追跡を再開した《フォックス》は、五十メートルほど前進したところにある突き当たりで再び立ち止まって、聴覚と臭覚とを鋭敏《えいびん》にした。そこからは左手の御嶽《うたき》へ繋がる砂地の小径《こみち》と、右手の遠見台《トゥンバラ》へ向かうための舗装された道が右側に伸びる。

反応したのは《フォックス》の嗅覚だった。香りが残っていた。友香のフレグランスだと記憶にあった。それが誘導するのは予想通り、左手の御嶽へ繋がる小径だった。

その小径は急勾配だった。ロープが地面に敷かれていて、それを頼りに登ることになるのだが、《フォックス》はそこへ手を伸ばさなかった。

植生の中に入って足音を消して慎重に登り始めた《フォックス》は、昨日の夜、ここに初めてやってきて偵察を行ったことを思い出した。

——深夜だったが、月明かりと星明かりがあったので、バッグから取り出した双眼暗視ゴーグルによって御嶽がある広く開けたエリアがクリアーに視界に入った。灰色の鳥居がぽつんとあった。だがその奥にある植生を掻き分けたところにこそ、御嶽が存在することを、特殊作戦群庁舎地下一階でアイソレーションされてから行った「予行《よこう》」にて調べ上げていた。

しかしその御嶽がある辺りから、昨夜、明らかに人間の声が聞こえたのだ。

双眼暗視ゴーグルを向けたところ、明らかに風の影響ではない草木の揺れを確認した。

双眼暗視ゴーグルを御嶽の方角へ向けた。

緑の景色の中で人の気配はなかった。移動するものもない。

一歩踏み出そうとした、その時だった。近くのガジュマルの木の枝と左上腕が擦れ合って音を出してしまった。音はほんのささやかなものである。

だがその直後から〝動き〟が始まった。

鳥居の方向から、小銃を据銃した男たちが現れて散開した。

身を伏せた《フォックス》は数えた。数にして十名——。

〈狙撃〉とともに〈情報〉の付加特技も持つ《フォックス》の脳裡に浮かんだのは、敵は明らかな特殊部隊で、それも高度に鍛えられた者たちだ、という分析だった。しかし《フォックス》は昨夜のそのこと以上に気になったことがあった。だからそれを探した。だが、友香も「西田」も、そして与座トミの姿も暗視ゴーグルの中に入ることはなかった——。

現実に戻った《フォックス》は周囲を凝視した。動くものはなかった。獣《けもの》の雄叫《おたけ》びも聞こえなかった。

4月3日　神ノ島

宮古島北部にある島尻港の小さな岸壁から五十メートルほど南に位置する植生の中から海中に潜り込んだのは、湿った夜の匂いがする時だった。《10チーム》の四名は黒いウエットスーツを着てロングフィンを足につけ、リブリーザーとナビゲーションボードで約四キロ先の神ノ島を目指した。

神ノ島の海岸や丘陵《きゅうりょう》の上に、敵の歩哨《ほしょう》がいると想定した《アルファ》が、コンバットダイバーの技能を使った秘匿潜入を選択したからだ。まず《アルファ》、《ズール》と《デルタ》の特殊作戦群のオペレーターたちがBLS（海岸上陸ポイント）の安全を確認した上で、情報小隊を呼び寄せる計画を作り、「戦闘予行」も行った。

情報小隊から選ばれた十名の隊員は、特殊作戦群のチームの合図によって一隻のカツオ漁船で島尻港を後から出発するとした。特殊作戦群の三人のオペレーターたちが神ノ島のBLSの安全を確認してからのことである。

そのカツオ漁船の手配は、特殊作戦群の本部管理官中隊に属する「S2《エスツー》」（情報担当）のチームが、避難する前の住民からの協力を得て、島尻港に係留されていた漁船を獲得したものだった。

仰ぎ見る空は厚い雲が立ち込め、月や星の明かりによる神ノ島のBLS（海岸上陸ポイント）への指向は望めない。

だが、漆黒の闇かと言えばそうではなく、左手に見えている全長が千四百二十五メートルもある池間大橋は、人民解放軍兵士の破壊工作を受けたと思われる影響ですべての照明が切れていたが、神ノ島の方から延びる儚い光の筋が海面を流れてきている。

事前の調べでは、神ノ島への電力は宮古島より海底ケーブルによって配電され、一日、七十六メガワットの電力が供給されている。だから、慌てて逃げて照明を消し忘れた島民の家から洩れている光だな、と《ズール》は思った。

背負った防水加工を施したバッグには、まず「F70無線機」を入れた。情報小隊が慣れた無線機を、遅れて到着した特殊作戦群の兵站チームが用意してくれていた。

そのほか、M4カービン銃とシグザウワー226自動式拳銃はもとより、四眼暗視ゴーグルなど特殊作戦用の資器材がごっそり入っている。ヘリコプターからのソフトダックで水上機動を行って伊良部島から侵入した、特殊作戦群の別のチームから、コンバットダイバーの資器材も含めて宮古島の合流地点で受領していた。

ダイヤモンド隊形で潜行する頂点でナビゲーションボードを手にして進む《ズール》の脳裡に、特殊作戦群本部で見せられた神ノ島の「地誌」の一部が浮かんだ。

——島の周囲は約二キロ。面積は〇・二四平方キロメートル。隣接する宮古島とは違い、海岸から二百五十メートルで標高七五メートルとなる丘陵地形となっている。海岸は、海食崖《かいしょくがい》（海岸線の後退によってできた崖《がけ》）となっており、崩落した岩石が点在する。島の周囲にはリーフが発達しており、沖合約五百メートルにわたって広がっている——。

ナビゲーションボードが唯一の漁港であり島の玄関口である神ノ漁港の真正面、百メートルの距離を示した時だった。

《ズール》は、迷彩色にフェイスペイントした顔のうち目から上だけを慎重に水面に上げた。

予想外に漁港の桟橋は煌々としたライトで照らされている。右側奥にある食堂は電気が消えて真っ暗だが、そこから少しいって、左方向へ延びる集落へ繋がる一本道の上からはうっすらとした光が見えた。

――あそこが逃げ遅れた与座一家が住む住宅がある場所なのか……。

神ノ漁港をランドマークにしていた特殊作戦群のコンバットダイバーたちは、漁港から東方向へ向かってさらに泳ぎ、多目的広場を左手に見ながら、島の外周道路の東の端をぐるっと北へ回り込んだ。つまり、漁港からは島の反対の北側に回ることとなった。

そこに長さが五メートルほどの小さな砂浜があった。コンバットダイバーたちはそこをBLS（海岸上陸ポイント）に決めていた。出発前にS2（情報担当）が送付してくれた航空自衛隊の無人偵察機グローバルフォークが撮影した画像で見たよりも狭く感じた。

「戦闘予行」通りの砂浜を目の前にして、水際から超低速の匍匐《ほふく》前進で這うように上陸した特殊作戦群の《アルファ》、《ズール》と《デルタ》の三名のオペレーターは、砂浜に辿り着いてもしばらく身動きをせず、全神経を研ぎ澄ませ、歩哨などの脅威がないことを確認した後、真っ先に、ロングフィン、リブリーザーとナビゲーションボードを近くの植生の中に穴を掘って隠匿した。

そして、背負った防水加工をしたバッグから、着替え用の戦闘服を取りだした時、シルエットしかわからない一人の男が《10チーム》のもとへ駆け込んできた。予定した時間から大幅に遅れていた。

《フォックス》は無言のまま親指と人さし指で輪っかを作るオッケーサインを送った。

《ズール》は驚きの表情もなく同じポーズをしてから腕時計を見つめた。

不測の事態が起こって、神ノ島での合流が必要となった定時に合流することを予定していた場所だったからだ。それは無駄になるかもしれないがいかなる場面でも対応できるため《ズール》が作り上げていた、特殊作戦群で必須《ひっす》であるリスクコントロールの一環だった。

《フォックス》を見つめた《ズール》が真っ先に行ったことは、友香を脅迫材料にして無力化することを命じていた「西田」に関する報告を求めることだった。

《フォックス》はことの経緯《いきさつ》を正直に報告した。

《ズール》は、その無力化に〝失敗〟したという報告に頷いただけで特別な反応は示さなかった。

しかし、《ズール》は《フォックス》を見つめてこう言った。その「西田」という中国の特殊部隊であろう男は、お前のことも特殊部隊だと認識した可能性がある。つまり、仲間に伝えているはずで、やつらの防御態勢はマックスになったと考えるべきだ。血みどろの戦いとなる可能性は高い——。

さらに詳しい報告をさせていたその途中、《ズール》は驚愕の表情で《フォックス》を凝視した。

「他にも逃げ遅れた市民がいるだと！」

その隣で《アルファ》は声を抑えて言った。

《ズール》は無言のまま、ただ顔を曇らせて力なく左右に振った。

「情報本部ってのは、しょせんそんなところだ」

《デルタ》が吐き捨てた。

「で、結局いるのは誰だ？」

冷静な表情に戻った《ズール》が尋ねた。

「成人女性とその娘で二人の小学校低学年の児童、そして女性教師が二名です」

「二名の教師？　なんだそれは？」

《アルファ》が訊いた。

「一名の糸村友香は姉妹の担当教師、もう一名の西銘遥花は糸村友香の後輩です」

「じゃあ合計、五名か——」

《デルタ》が言った。

「いえ、もう一人、与座家の主《あるじ》で、姉妹たちの祖母がいます」

「家にいないのか？」

《ズール》が聞いた。

「その御嶽《うたき》で祭祀をやっているんです」

「今も？　こんな夜中に？」

《アルファ》が言った。

「一週間、寝食を忘れて祈る神事です」

《ズール》はしばらく黙っていたが、

「新たなコンディション――。それだけだ」

とだけ無表情で言った。

《ズール》は自分の仕事に戻った。神ノ島に存在すると見積もられている敵の情報について、《フォックス》に矢継ぎ早に情報を要求した。

敵の配置、どこに何人、どこに何人、何がある、何がある……どういう編成で、どういう配置になっているか――。

それに対して《フォックス》は、これまでの二度に及ぶ偵察で分析したことを有りのままに報告した。

「定点監視をしている歩哨《ほしょう》はいなかったんだな？」

《ズール》が聞いた。

「いえ、自分が見つけられなかった可能性はあります」

《フォックス》は冷静に応じた。

それからも《フォックス》からの報告内容にその都度、頷きだけで応じていた《ズール》は最後にその言葉を口にした。

「糸村友香は敵に取り込まれたとみなす。《フォックス》、いいな？」

一瞬の間を置いてから《フォックス》は、了解、と低い声で応えた。

今回の任務は、偵察であり、情報収集だけを行い、攻撃はしない、というのが原則である。ただ、偵察の計画を立てる時、不測事態対処計画も同時に作成していた。

《アルファ》にあらためて同じことを報告した《ズール》は、深刻な表情を作り協議に入った。

つまり「接敵《せってき》」（敵との接触から交戦に至ること）した場合、またはこういう状況になった時、それぞれの現場の判断によって、どう対応するのかという不測事態対処計画をすべて想定し、《ズール》の状況判断に任す、ということになっていた。

実は、《ズール》は、その不測事態対処計画の中のリスクマネージメントプランとして、逃げ遅れた者の存在、またそれらが敵の人質になった可能性を想定した上での不測事態対処計画も作っていたのである。

作戦の一部を修正したものについて《アルファ》から承認を得た《ズール》は、再び《フォックス》と向き合い、偵察作戦の編制を伝えた。

《ズール》は、神ノ島の二種類の地図を取りだし、「戦闘予行」を思い出してポイントを指でなぞった。

そして、「F70無線機」を背負った《ズール》は、人民解放軍の歩哨が立っていると想定したポイントから死角になる場所を選んでそこへ移動し、島尻港で待機している情報小隊の通信手である岡崎2曹へ向けてごく短い無線を送った。

「キンバト、こちらヤシガニ。前へ。予行どおり。送れ」

神ノ島を半周する外周道路に沿って植生する木々の中を東へ進んだ特殊作戦群と第12普通科連隊情報小隊との混成部隊である《コウモリ》チーム、十四名は、神ノ漁港から北東へ約四百メートル、「多目的広場」と呼ばれている開けたエリアのその奥の、モクアモウが群生する植生の中に「ORP《オーアールピー》」（偵察拠点）を「戦闘予行」で決めた通りに設置することとした。

背嚢など偵察に不必要な物をそこに置いたその時には、冷泉小隊長や鬼怒川を始めとする情報小隊員たち、また合流した《フォックス》も完全な迷彩色のフェイスペイントを施していた。

チームリーダーで特殊作戦群の《アルファ》は、チーム全員に無線機の感明交信をさせた。そして「時計！」と言って時間を合わせた上で、その命令を発した。

「（ORPへの）帰来《きらい》報告時刻、××時××分」

御嶽《うたき》の偵察を任されたのは、〈偵察1組〉の、特殊作戦群小隊陸曹の《ズール》と、第12普通科連隊情報小隊の鬼怒川のバディだった。

実は「戦闘予行」の時には、〈偵察組〉三個組をすべて御嶽に向けて、三つのルートから接近させることに決めていた。また、「定点監視」として外周道路の北側と、御嶽から外周道路へ通じる道も同時に見られるように〈定点監視組〉を配置すれば、御嶽から外周道路へ偵察や巡察《じゅんさつ》（徒歩での警戒）が出ているのも確認できる——それが当初の偵察要領だった。さらに《アルファ》と《ズール》が熟考の末、特殊作戦群《デルタ》と情報小隊の漆間の〈偵察2組〉を市民たちの情報収集に宛てることになった。残存するそれら市民が、もし人民解放軍兵士の支配下になっていれば、「ホステージ・レスキュー」（人質救出）という新たな、より困難な任務が発生することになり、作戦全体が変わるどころか、大部隊が必要となるからだ。

ただ、御嶽《うたき》へは〈偵察1組〉と〈偵察3組〉の二個組に減ったとは言え、バディを組む鬼怒川組で〝本丸〟へ近づいた方がいい、との意見を口にし、それが変更になった編制を後押しした。

神ノ島の集落を貫くように北へ向けて延びる道を避け、東側の多目的広場から高台に繋がる道に沿って植生や木々を分け入り、暗闇の中を暗視ゴーグルをつけて進んだ〈偵察1組〉と〈偵察3組〉は、五十メートルほど登り、道路が西へと九十度に曲がった地点で、その一本道から外れ、密生しているサトウキビ畑に足を踏み入れてさらに北上した。

四眼《よんがん》暗視ゴーグルを頭にマウント（装着）した《フォックス》は、地図と二種類のコンパスを見比べながら先頭を進み、円柱状の高さ五メートルはあろうかという上水道施設に延びる道路に一旦入ると、そこから北上して遠見台への観光用道路へと向かってまた木々を掻き分けて行った。

途中、双眼暗視ゴーグルの前を黒くて小さなものが左から右へ横切った。ハッとして動いた方へゴーグルを向けると、一匹の黒っぽいトンボが漫然と飛んでいる。

――驚かすなよ。

《フォックス》は苦笑した。衣服が擦れあう音さえ殺すまでに神経を研ぎ澄ましていた《フォックス》にとって、トンボの羽音さえ消したかった。

つまり、《フォックス》は、最短距離から遠回りして逆方向から偵察対象の御嶽への接近を試みていたのだった。

突き当たりの道にぶつかった時、右は遠見台《トウンパラ》への誘導路だったが、《フォックス》はバディを組む久龍と、〈偵察1組〉の《ズール》と鬼怒川をひき連れて左に折れた。しかしすぐに道路から外れて群生するアダンやモクアモウの間に入り、少し北へ足を向けてからそこで〈偵察1組〉と〈偵察3組〉は二手に分かれた。

《フォックス》はこれまで二回経験した植生の中の偵察拠点を覚えていて、そこから四眼暗視ゴーグルで御嶽《うたき》方向を覗いた。

ローキャリー（上半身を折り曲げて銃を突き出す銃姿勢）にした、小銃を警戒している敵の動きが目に飛び込んだ。

《フォックス》は、その人数と装備、さらに警戒している歩哨が向いている方向に留まらず、時間をかけて、警戒の交替時間、巡察（歩いての警戒）のタイミング、変化事項を頭に入れた。ORPに報告するためだ。

観察するうちに《フォックス》は驚いた。膨大な数の携帯式の対空火器対戦車火器や銃器の弾薬を入れたと思われるパレットが所狭しと多数積まれ、そこにも警備の兵士が立っているのである。

しかも、一見すれば照明器具にも見えるが、しかしそれよりも、なんらかの電波を発信するかのような装置が数十個も円を描くように整然と均等に並び、しかもいずれもが上空に向けられている。かなり高度な軍事資機材である気がした。

さらに《フォックス》の目はそこへ釘付けとなった。無数のオニヤンマが並んでいるケースが見えた。小学校の夏休みの宿題でやった虫の標本にも見えたがもちろん違う。

ある映像が脳裡に蘇った。ここに来る時、暗視ゴーグルの前を飛んで行ったトンボ——。

——アレだ！　あの超小型の偵察用ドローンだ！

《フォックス》の脳裡にある疑念が浮かんだ。

今、目にしている敵は、どの動きも無駄がなく、それでいて隙《すき》もない。やはりこいつらは筋金入りのプロだとあらためて思った。

一方、宮古島の各地で暴れまくった奴らは戦闘能力のレベルが高くないことを、特殊作戦群本部2科からの情報として《アルファ》が教えてくれていた。各国から集めた傭兵《ようへい》の可能性があるというのだ。

ということは、軍事的妥当性から素直に分析すれば、これだけの精鋭を、ここだけに投入しているということは、ここで行われているのは――いや準備を進めている状況から判断するに、これから行うのは「支《し》作戦」（本作戦を支える小さな作戦）ではない、「本作戦」であるとの答えが導かれるのだ。

ではその「本作戦」とは何か？

《フォックス》の暗視ゴーグルに、男たちの姿が映った。その男たちは戦闘服を着ていない。作業服を着ている。技術系の軍属のように見えた。

とにかく、これら情報を伝えた上で、作戦の変更が必要だと《フォックス》は判断した。無線では伝えきれなかった。「ORP」に戻る必要があった。

ただそれにはリスクを伴う。その途中で歩哨に見つかり、接敵《せってき》してしまい交戦が生起する可能性がある。そうなれば、そこだけの問題ではなくなり、総力戦となる。だがそれは避けたかった。戦闘を判断する上で忌避すべき、三倍の人数の敵、にあてはまるからだ。

だが、その一方で、《フォックス》は自分の分析によってある結論を導き出していた。

御嶽《うたき》での誰も近づいてはいけない祭祀、というのは特殊な環境で、そのタイミングを狙って敵は拠点を設置したが、本来なら、巡察を出したいはずである。また、歩哨という〝警戒の目〟も出したいだろう。しかし、ウロウロしていると作戦が曝露してしまう。よって人民解放軍兵士は、必然的に、御嶽《うたき》に緊縮《きんしゅく》して、しかもかなり狭い範囲にいることを選択した――《フォックス》の結論はそれだった。だから、神ノ島のあちこちに歩哨を分散配置して、展開して、という選択は放棄した可能性が高い、と《フォックス》は判断していた。

〈偵察1組〉の《ズール》と鬼怒川は、御嶽の北側を時計の針とは逆方向にぐるっと大きく迂回《うかい》。西側から御嶽を見下ろす位置に辿り着いた。

振り向いた《ズール》は目的の視察拠点に着いたことを鬼怒川にハンドサインで教えた。

しばらく視察していた《ズール》は愕然とすることとなる。

当初、情報本部が事前に見積もっていた人数の倍以上、少なくとも三十名がここにいるのだ。敵情《てきじょう》が大幅に違うのである。

誤差を超えた状況だった。

《フォックス》がこれまで行った二回の偵察の方向からは死角となる場所――樹木の中に構えた拠点らしき場所に、十数名の男たちが何らかの資機材を運ぶなどの作業をしている。彼等はいずれも西側のライフル銃を所持するなど装備はまさに欧米の特殊作戦部隊と同じだった。

《ズール》の思いは深刻だった。現在の計画は、事前に入手した情報に基づいて作っているので、もう一度、計画の見積りのし直しをしなくちゃならない。事前に予行をしていたものもすべてやり直し、さらにそれを徹底しなければならない。また、本当にこれだけの部隊でできるのかどうかも疑問で、作戦を変更する必要があると《ズール》は痛感することとなった。

そもそも偵察任務においては、威力偵察《いりよく》（交戦を覚悟した偵察）や即座に攻撃をしかける、ということが最初に命じられていない限りは、自分を守るための緊急避難的なアサルト（戦闘）は許容《きょよう》されるが、敵を殲滅する任務ではないので攻撃はしかけない、それが大原則である。たとえ防衛出動下令下であってもだ。

すべての者がORPに再集結し、新たな作戦を急ぎ作成しなければならない、と判断した《ズール》は、最後にもう一度、人民解放軍兵士たちがたむろしている方向へと暗視ゴーグルを向けた。

「あれは――」

《ズール》の言葉が止まった。

長い沈黙がつづいた。その間、《ズール》はずっと暗視ゴーグルを見つめ、ある時は急いで方向を変えたり、明らかに落ち着きをなくしていた。

「大変だ」

呟くようにそう言った《ズール》は暗視ゴーグルを上に向け、瞬きを止めて三メートル離れた場所にいる鬼怒川を見つめた。

「N《エヌ》だ」

鬼怒川にはその小声は聞こえなかった。

しかし《ズール》の尋常でない顔つきに体が動いた。腹這いで匍匐をした鬼怒川は時間をかけて《ズール》に近寄った。戦闘服が木々に擦れて音をさせるのを避けたからだ。

「エヌ?」

鬼怒川が囁き声で訊いた。

「カクだ」

《ズール》が囁く。

「カク?」

鬼怒川は聞かざるを得なかった。

「つまり、核兵器だ」

そう言い切った《ズール》には確信があった。

《ズール》の脳裡に蘇っていたのは、二年前、西側の特殊作戦部隊の「CBRNE《シーバーン》」(化学兵器・生物兵器・核物質散布兵器・核兵器・爆発物）担当者が極秘にロンドンにあるイギリス国防省の別館に参集した時のワンシーンだ。

それは「ＰＳＩ《ピーエスアイ》」（大量破壊兵器及び弾道ミサイルなどの拡散を阻止《そし》する国際的取り組み）の一環として行われた特別研修だった。

そこでは、サード・パーティー・ルールの厳守を求めるピンク色の文書にそれぞれが署名をした上で、ロシア、中国、北朝鮮とイランの核兵器開発についての最新情報が、アメリカ国防総省の「ＤＴＲＡ《デトラ》」（脅威削減《きょういさくげん》局）と「ＲＣＭＴ《アールシーエムティー》」（放射能収集管理チーム）のブリーファー（説明要員）によって共有《シェア》された。

その時、中国が保有する核兵器として写真付きで紹介されたうちの一つが、今、暗視ゴーグルで見つめたものとほぼ形状が一致するのだ。

《ズール》が、ポケットから取りだした油性ペンで自分の上腕に何かを書き込んでから、鬼怒川にハンドサインを送ってしばらくそこで身動きするなと指示を送り、背負ったバッグを赤土《せきど》に下ろし、Ｆ７０無線機を取り出そうとした、その途中のことだった。

《ズール》小隊陸曹の動きは余りにも突然だった。

飛び上がるように上半身を反《そ》らし、後方から三メートル離れて続く鬼怒川の目の前で、最後は力なく地面に仰向けで倒れ込んだのだ。

鬼怒川２曹は、何が起きたのか咄嗟には分からなかった。最初は、身を伏せたのだ、と思った。だから自分もまた地面に突っ伏した。

しかし鬼怒川の目は、《ズール》の左のこめかみに釘付けとなった。

こめかみにできた黒い穴から、ドロッとした赤い血がイヤマフ状のヘッドセットにまとわりついて垂れている。

　鬼怒川は地面に伏せたまま、匍匐前進で《ズール》に近づいた。《ズール》は胸ポケットから一枚の小さな紙片を取り出し、「《チャーリー》に渡せ」と断末魔の中で口にした。

　銃弾の射入口だと瞬時に分かった。煤輪《ばいりん》がまったくない。遠距離からの射撃、すなわち狙撃が行われたのだ！　それも、脳の運動中枢が一瞬で破壊されたことを裏付ける《ズール》のこの倒れ方は、脳幹部《のうかんぶ》を狙ったと思われる。つまり相当な技能だ！

　ショックを感じている場合じゃない、と鬼怒川は自分に言い聞かせた。すでに情報小隊の仲間である野村を失っていたからそう思ったのかもしれなかった。

　ただ、しばらくじっとそのまま動かなかった。あれだけの精度で狙撃したということは敵の狙撃手はスコープを覗いていることは間違いない。ゆえに、もう一度、狙撃される可能性は高かった。また、ここの部隊が、狙撃手と連動していれば一気にアサルトを仕掛けてくるかもしれない――。


　五分ほど経った。大きな動きはない。

　《ズール》の全身をそっと横向きにした鬼怒川は、彼が背負うバッグからＦ７０無線機を取りだした。アンテナを目一杯に伸ばしてマイクを掴んでＯＲＰを呼び出した。

「ヒトマルからマルマル！　《ズール》、被弾《ひだん》。敵、狙撃が活動中の可能性大！　送れ」

　鬼怒川は早口で報告した。

「ヒトマル、マルマル。《ズール》のバイタルサイン、送れ」

　鬼怒川は橈骨《とうこつ》動脈の脈拍《みゃくはく》と呼吸を計った。

「バイタルサインなし！」

　一瞬の間を置いてからＯＲＰからの無線がシュアファイヤーイヤホンに入った。

鬼怒川は咄嗟にスマートフォンを手に取り、《ズール》が上腕に書き込んだものを接写した。十桁《じゅつけた》の数字が書かれていた。意味はわからなかった。ただ、もし何かの役に立てば、という思いつきだけだった。

「コウモリ！　コウモリ！」

全呼出《ぜんよびだ》しを指示する符号を、ORPの《アルファ》と思われる声がまず使った。

「こちらマルマル。《ズール》が被弾。キッチン（御嶽）周辺において、敵の狙撃が活動中。警戒を厳《げん》にせよ。以上、送れ」

その落ち着いた声は、何事にも動じない冷泉小隊長らしい口調だと思った。

「了解！」

と鬼怒川が応えたすぐ後に、他の組からの無線応答が連続した。

神ノ島に潜伏する人民解放軍兵士との交戦は自衛隊用語で言うところの接敵《せってき》によって開始された。つまり〝見つかった〟のである。

〈偵察3組〉に編制されている、第12普通科連隊情報小隊で最も中国語に堪能な久龍2曹が、ORPに戻ろうとする《フォックス》に願い出て押し留め、人民解放軍兵士の会話を必死で聞き取ろうとして、視察拠点の茂みの中から一メートル、御嶽《うたき》方向へ慎重に移動した、その時、足元の小石に躓《つまず》いてしまったのである。

躓きは軽微なものだったが、それが発する音は、強度な警戒態勢を敷いていた人民解放軍の音響探知式の警戒装置に傍受され、人民解放軍兵士の腕にはめていた腕時計型のウエアラブル端末が反応することとなった。

五名の兵士たちの展開は早く、かつ正確だった。音響探知式警戒装置が傍受した音の方向と距離までを一瞬で計算し、そのデータを腕のウエアラブル端末に送ったからだ。

だが人民解放軍兵士たちは闇雲《やみくも》な射撃はしなかった。秘匿任務の継続を優先したと思われた。ただそれでも《フォックス》は久龍2曹に命じて陽動するために激しく動いた。

《フォックス》は、久龍が発生させてしまった音に敵が反応したことに気づいた瞬間、ハンドサインで急いでここから待避することを久龍に指示した。〝本物〟の五名の特殊作戦部隊と戦えるはずもないと判断したからだ。

《フォックス》は久龍を連れてここまで来たルートを逆走した。最短ではなかった。だが慣れていないルートを使えば逆に手間取るとの《フォックス》の判断だった。


初代群長の頃より特殊作戦群の歴代の指導者は、常に「死生観《しせいかん》」をもってコトにあたるようオペレーターたちの頭に徹底的に叩き込んできた。それは一方的に植え付けるものではなく、それぞれの個人がどう向き合うのか、それが重要だとしてきた。

ゆえに、《ズール》が死を迎えたとしても、それを受け入れることはチームリーダーである《アルファ》にとっては動揺をきたすものではなかった。

ただ、これまでずっとチームを引っ張ってきた《ズール》が存在しなくなり、すべて自分が判断しなくてはならなくなった、その現実に直面していた。つまり、自分はちゃんとできるのか、という思いが今、自分を苛《さいな》んでいることを《アルファ》は自覚していたのである。

チームリーダーとしてその葛藤は絶対に特殊作戦群のオペレーターや情報小隊員たちに見せられないし、いや、感じさせることもできない、という焦りにも似た思いもあった。

しかしそれよりもなにより、今し方の鬼怒川からの報告だ。狙撃される直前、《ズール》は、御嶽《うたき》に核兵器が隠匿《いんとく》されていることを目視で確認したという。もはや《ズール》と話せない今、状況はよく分からない。だが、《ズール》がそう言ったということこそ重要だった。

この事態は《アルファ》どころか、伊織群長もまた、いや防衛省、総理も想定していないことである。つまり早い話が、国家緊急事態なのだ！

その対処をここにいる十名かそこらでできるはずもない——それが《アルファ》の悲愴《ひそう》な思いだった。

頭の中を巡る様々なネガティブな思いが影響したのか、《フォックス》からの無線報告から、交戦状態へと移行したことを《アルファ》が悟った時、ORPを設置している草むらの中で逡巡してしまった。

《アルファ》はこの時間こそ、いわゆるゴールデンタイムだと理解していた。つまりこのタイミングを無駄にすることはチームの全滅に繋がりかねないと分かっていた。

だがそれでも迷った。島尻港で待機中の情報小隊員を呼ぶべきか、それとも上陸しているかもしれない第8師団のCP（指揮所）との通信確保を目指して海上自衛隊か航空自衛隊の火力支援を追求するためにこのゴールデンタイムを費やすのか。

《ズール》が作成し、《アルファ》が承認した不測事態対処計画では、交戦状態となった場合は、すでに特殊作戦群本部を出発前に不測事態においては制圧してもいいという命令が伊織群長から出ているので、偵察によって敵の位置など敵情《てきじょう》が解明できているのであれば、一旦、引き下がったあと、反撃をする、ということを決めていた。つまり、ORP《ここ》で作戦計画をきちんと作って、チーム全員に攻撃命令を出し、出動し、攻撃を行うのである。

つまりそれは文字通り神ノ島の「敵制圧作戦」を意味する。だから《アルファ》には不安があった。特殊作戦群のオペレーターや情報小隊員がここに引き下がってきたとしても〝敵情の解明〟はまだ十分ではない、という現実は変わらないのだ。

「やるっきゃないです！」

突然、そう言って草木の中から《アルファ》の前に姿を見せたのは第12普通科連隊情報小隊長の冷泉だった。

自分が戸惑っていることを見透かされたと感じた《アルファ》は、思わずその言葉が口から出た。

「オレたちは戦闘のプロだ。口出しはするな！」

「綿密な作戦を立てる、それももちろん重要でしょう。しかし、もはや火蓋《ひぶた》が切られたんです！しかも核兵器があるんですよ！」

《アルファ》は無言のまま冷泉小隊長を見つめた。

冷泉小隊長はつづけた。

「待ち受けているのはキレイごとじゃない！　白兵戦《はくへいせん》、肉薄《にくはく》戦なんですよ！」

「無謀《むぼう》なことは承認しない」

《アルファ》が反論した。しかし冷泉の勢いを止めるまでの強さはなかった。

「《アルファ》1尉はチームリーダーとして指揮を継続してください。そして、私を、残存チームを率いる新しい任務の班長に任命してください」

冷泉小隊長はつづけて、《アルファ》に承認して欲しいこと、不測事態対処における戦術についても了承を求めた。

しばらく考え込んでいた《アルファ》は、

「承認する」

と言って頷いた。

原は真剣な眼差しと機敏な動きで敬礼した。

冷泉小隊長は、ガジュマルの木の下でヘッドセットを被る原陸士長へ目をやった。

「無線も岡崎2曹にここで引き続き行わせます。原陸士長は連れてゆきます。アサルトにおいては一人でも多くの人手が欲しい。しかもコイツ、めちゃくちゃ優秀なんです」

《アルファ》と握手を交わした冷泉小隊長がその後で言った。


密生する草木を原陸士長とともに掻き分けながら神ノ島の丘陵を原陸士長とともに登ってゆく冷泉小隊長は、チームリーダーの《アルファ》に対して、ああは言ってみたものの、作戦が必要であることはもちろん分かっていた。

だから、《フォックス》からの報告にあった〝迂回路《うかいろ》〟を辿《たど》り、あらかじめ無線で、「アッシー」〈集結地点〉と指示していた浄水施設の傍らで特殊作戦群の《デルタ》と《フォックス》の二名、さらに鬼怒川を始めとする七名の情報小隊員と合流した。二個〈定点監視組〉の四名はその任務を解除してのことだ。

やるっきゃない！　と啖呵《たんか》を切った以上、やるしかない、と冷泉小隊長は正直に話した。

「ここではあなたが最先任《さいせんにん》だ。オレたちも含めて全員を指揮すればいい」

そう言ったのは特殊作戦群の《デルタ》だった。その隣で、《フォックス》も大きく頷いた。

唾を呑み込んでその言葉を受け止めた冷泉小隊長だったが、《デルタ》と《フォックス》からの助言をもらう必要があった。

まず《フォックス》が、鬼怒川からの〝鳥居の裏に潜んでいる十数名〟の情報も含めて、これまで入手した情報を元に「戦闘予行」を開始した。

《フォックス》は落ちているいくつかの石を手に取った。

攻撃において右からゆけば敵はどう動くか、チームや敵とみなした大小の石を動かし、これだったら、成功する、いやこれはチームに多くの損耗（死傷者）が出る――《デルタ》の意見も聞きながら検討を進めた。

ただ途中で重大な問題が浮上した。避難が遅れた与座家の女性と二人の娘、そして西銘遙花という教師は家にいることを久龍が確認していた。すべてのドアや窓を閉めて身動きもせずに息を殺すようにしていると――。

もし、戦闘が与座家へと流れていった場合の――不測事態対処要領についてだ。それは、リスクマネジメントも含め、予《あらかじ》め決めておかなければならなかった。

冷泉小隊長は《フォックス》と《デルタ》を見つめて言った。

「上級司令部であるJTGとの通信が未《いま》だ復旧しません。確認してください」

二人の特殊作戦群隊員は黙って頷いた。

「あなた方がいつも口にする〝コンディション〟が変わった、それもまた共有できますね？」

《フォックス》も《デルタ》も同じ動作で応じた。

「このチームの任務は変更となった。新しい任務は、核兵器の確保、そのために敵を殲滅することを許容する。チームリーダーの《アルファ》1尉からも承認を頂いています。いいですね？」

冷泉小隊長が確認を求めた。

「軍事的妥当性からして、すぐに核兵器を起動させるとは思えない。ただ――」

「中国のエンドステートが分からない以上、最悪のことを考えなければならない――」

《フォックス》の言葉を継いだ《デルタ》がつづける。

「日本国にとって最優先で対処すべき重大なオブジェクト（攻撃目標）であることは間違いない」

冷泉小隊長が大きく頷いた。

「住民の犠牲を目の前にしても軍事的な目的を追求する。それを命じます。これもまた《アルファ》1尉のご承認済みです」

冷泉小隊長はそうキッパリと言って全員を見回した。

「ちょっと待ってください」

口を挟んだのは《フォックス》だった。

「自分は、与座家の家族と西銘遙花という教師のレスキューを担当したい。そして――」

《フォックス》の脳裡に糸村友香の姿が蘇った。「西田」と行動を共にしていると思われるが、どういう状況にあるかはわからない。「西田」に賛同して敵に加わっているか、それとも「西田」の正体を知って反発したことで人質にされているか――どちらの可能性もあった。

「糸村友香にしても発見したのなら、彼女がどういう精神状態であってもオレが確保し、無理矢理にでも離脱をさせます。いいですね？」

《フォックス》は強引にその承認を《デルタ》に求めた。

「この任務の指揮官は冷泉2尉だ」

《デルタ》はそう言って情報小隊員たちを見渡した。ここでハッキリと誰が指揮官で、誰の命令に従うのか明確にしておく必要があると《デルタ》は思った。

だからこそ《デルタ》は強い調子でその言葉を投げかけなければならなかった。

「《フォックス》、お前は自分の良心を統制しろ」

大きく息を吸い込んだ《フォックス》はそれ以上、何も言わなかった。

《フォックス》の指導を得て、考えられるだけのリスクマネジメントを作成し、確信を持てた戦術が完成したことを《デルタ》が宣言した。そしてそれをＯＲＰ（偵察本部）の《アルファ》に承認を求め、すぐにそれは了承された。

最も時間をかけた問題は、人数の差をどう克服するかだった。しかし特殊部隊の持ち味であるアイデアでカバーすることが決まった。つまり、奇襲などの方法を用いる。敵が予想もしていない場所から、時間も含めて、それらをすべて駆使することだった。

鬼怒川は驚いて《フォックス》と《デルタ》の顔を見比べた。連隊の訓練では一度もやったことがないし、そもそもそんな発想をしたことがなかったからだ。

「最初、オレたちはこう思った。敵は最初に撃ってこないはずだ、と。なぜなら、存在を秘匿しておかなければならないだろうと判断したからだ」

《フォックス》の言葉を《デルタ》が引き継いだ。

「しかし、敵が、自衛隊がきている、それが制圧に来る、と思った場合は状況は一変する。攻撃に出てくると思う。その場合、徹底した予行、図上演習もこなしているはずで手強い存在だ」


三つの班に分けられたうち、〝迂回路《うかいろ》〟から十メートルの間隔を空けて縦列で前進した《デルタ》、久龍2曹、大宮2曹、花菱3曹の班を率いる大宮2曹は、先頭の《デルタ》からのハンドサインによる指導を逐一受けながら灌木《かんぼく》の中を慎重な足取りで進んだ。だが、密生する樹木で視界が悪くなった。《デルタ》がハンドサインによって停止するように指示し、そこからリレー形式で全員に伝わっていった。

《デルタ》がそうさせたのは、二メートルほど先の枝に、左右に張った細いピアノ線で作ったトラップ式のＩＥＤ（即席爆弾）を太い樹木の根本で発見したからだ。

ＩＥＤの爆発物処理《ＥＯＤ》を担当する花菱に処理させた《デルタ》はしばらくして全員をハンドサインで再び停まらせた。その上で、全員を数メートルの距離を開けて展開させた。手榴弾を投げられた時に、一発で同時にやられないためだった。

《デルタ》は腕時計を見つめた。そのタイミングを待った。

五分が経過した時、前方から怒声が聞こえた。暗視ゴーグルを御嶽《うたき》方向へ向けた。数人の男たちが走り回っているのが見えた。

そして《デルタ》は、その〝放水〟をハッキリと捉えた。

そのアイデアを考えだしたのは《デルタ》で、その任務が与えられたのは鬼怒川2曹と原陸士長の班だった。

鬼怒川たち偵察チームは集落の家々を回り、庭にあるホースを〝借用〟してたくさん集め、それを消防ポンプ小屋にある小型動力ポンプと上水道施設の検査用パイプと繋いだ上で、《ズール》がまだ残置されている近くまで伸ばし、約束された時間に、眼下で警備に就く人民解放軍兵士の頭の上から浴びせかけたのだ。もちろん、海上保安庁や警察機動隊が保有する高圧放水銃のような圧力はなかったが、軽自動車が庭に駐められていた一軒の家屋で見つけた高圧洗浄機の威力は想像していたよりは相当強かった。

人民解放軍兵士たちは、放水がどこから指向されているかはもちろん分かったが、鬼怒川の機転で顔を狙ったので、据銃しても照準することができず蹲《うずくま》るだけだった。

そこを狙ったのは、御嶽《うたき》を「射界《しやかい》」（ターゲットが見える範囲）とする高い位置から《フォックス》が発射したアキュラシーAWP狙撃銃の銃弾だった。

全骨格でアキュラシーAWP狙撃銃を支えた《フォックス》はボルトアクションを素早く操作し、男たちにヘッドショットを次々と喰らわしていった。

それを合図にして距離を置いて射撃を行ったのは、冷泉小隊長、《デルタ》、久龍、大宮と花菱だった。通常、自衛隊では、小銃、機関銃など、射撃号令があり、距離、方向など決められた手順があり、それを口にするのだが、《デルタ》のアドバイスによって、それは事前に伝えておいたので合図は一言だけだった。

「撃て！」

横一列となった冷泉小隊長、《デルタ》、久龍、大宮と花菱が射撃を開始した。

その合図で同時に火力支援を発揮したのは、別ルートから接近を果たしていた、国仲2曹、桜庭3曹と漆間3曹が据銃した89式小銃で、さらにそこに《フォックス》の狙撃も加わった。

「撃ち方止め！　ブレイク！」

突然の冷泉小隊長の無線だった。全員がバラバラになって灌木の中へと離脱した。

草むらに飛び込んだ冷泉小隊長は御嶽《うたき》へすぐに目をやった。暗視ゴーグルにはその姿が再び映った。

それは《フォックス》が見つめるスコープも捉えていた。

友香を紐状の拘束具で縛った上でその紐の端を握って無理矢理に歩かせる「西田」が、サバイバルナイフを彼女の頸部に突きつけて冷泉小隊長の方へ歩いてくる。

その後ろから顔面を蒼白にした与座トミがよろよろと続いている。

「西田」は何も言わなかった。ひたすら無言のまま歩いてくる。服装も《フォックス》が見たのと同じ私服のままだった。

《フォックス》は狙った。本来なら脳から指の神経へ命令を一瞬で遮断するために鼻と唇の、その奥にある小脳を破壊する。しかし、この射角からではそれが達成できない。《フォックス》が照準したのは、「西田」の上腕にある「腱《けん》」だった。それを切ればナイフを握れなくなる。そうしておいてからキルショットを行えばいい――。

だが、「西田」は友香と与座トミを従わせた上で冷泉小隊長たちや《フォックス》が身を隠している方向へ近づいてくる。

《フォックス》は狙撃できなかった。「西田」は糸村友香と与座トミを自分の周りに配置し、しかも二人を楯にしながらジグザグに進んでいる。

照準のタイミングをなかなか見いだせない――。

「西田」の背後からは、十名の男たちが銃を乱射しながらじわじわと迫ってくる。

だが《フォックス》はスコープの中から情報を集め、さきほどの戦闘を分析していた。

――狙撃と突入班の攻撃で、敵、十名の損耗。真正面の敵は十名。拠点に残るのは十名。そいつらは核兵器を死守するつもりだ。

スコープを「西田」へ移動しようとした時だった。《フォックス》は特異なことに気づいた。

スコープをズームインした。

太い木の枠で厳重そうに被われている、横の長さが二メートルで高さと幅が一メートルほどの直方体《ちょくほうたい》の形状をした金属製と思われる容器を、左右にそれぞれ小さなタイヤが十個もついた台車を使って五人がかりで運んでいる。それらタイヤは地面にめり込んで深い轍《わだち》を残している。つまり相当に重たい物《ブツ》を運んでいるんだ、と《フォックス》は思った。

《フォックス》はハッとして、スマートフォンを手にした。画像ファイルを開けて、フォルダの中からそれを探した。

すぐに見つかった。十桁の数字である。核兵器を発見した直後に《ズール》が自分の上腕に書き込んだものを、鬼怒川がセンスよくも撮影していた。それを聞いた《フォックス》がさらに鬼怒川のスマートフォンの中の画像を撮影したものである。

十桁の数字を頭に叩き込んだ《フォックス》はもう一度、スコープを覗き込んだ。重たそうなその「容器」は島の北の方向へ運び出される寸前だった。

だが《フォックス》はスコープで鮮明に捉えた。頭にある十桁の数字は、その「容器」に印字された数字とまったく同じだった。

――島の北側に何かある！

《フォックス》は、ＢＬＳ（海岸上陸ポイント）にした場所と、昨日一人で行った偵察で見たものを思い出した。

神ノ島で唯一の港である、こぢんまりとした神ノ漁港の北側、つまり反対側の海岸は切り立った崖やごつごつとした岩で被われ、ＢＬＳとした砂浜以外は、到底、人が通れる場所ではなかった。丘陵は密生した植生で被われて道もなく、いわば〝未開の地〟と言っても良かった。

だからもしそこへ核兵器を搬送するとしたらその意味が分からなかった。船やボートで接岸できる場所や、ヘリコプターの「降着適地」もないからだ。この島で回転翼機の着陸適地は多目的広場しかない。だがその周辺には敵の存在はなく歩哨も確認していない――。

《フォックス》はふと思い出した。与座家の姉妹、姉の奈菜が最近書いたスケッチ画の中に、洞窟があったということを――。

銃撃音がして《フォックス》は慌ててスコープに目を戻した。

冷泉小隊長が動きを止められているのが分かった。目の前を通り過ぎてゆく「西田」と友香と与座トミを見送るしかないようだった。

三人は集落の一本道の方向へ向かう。しかも与座家に繋がる小径へ足を踏み入れてゆく――。

《フォックス》はアキュラシーＡＷＰ狙撃銃を吊《つ》り紐《ひも》で背中にして坂道を駆け下りた。平坦な場所に辿り着くと、腰のホルスターからシグザウワー２２６自動式拳銃を抜いてアイソセレススタンスで据銃し、ガジュマルなどが群生する中を周囲を警戒しながら記憶にある与座家の方角を目

の血とフェイスペイントが剝がれてドス黒い泥にまみれ醜悪なものとなった。

指した。途中で枝や尖った葉が《フォックス》の顔を擦ってゆく。《フォックス》の顔は幾筋も

無線を聞いて集落のエリアに入ってきた鬼怒川2曹と原陸士長は、冷泉小隊長を追ってきた敵を視認した瞬間、走りながら射撃した。

ダットサイト（照準器）を特殊作戦群は用意してくれたが断っていた。これまでの野戦訓練で、ダットサイトが木々に引っ掛かって落下し、面倒臭い器材になっていたからだ。

ブロック塀《べい》で囲まれた一軒の民家の敷地内に入った鬼怒川は、原陸士長に向かって、道を挟んだ民家からの火力支援に回れ！　とハンドサインで伝えた。

ブロック塀を遮蔽にして弾倉を交換し、「射界」を探そうとして左目を門の外へ向けた。

猛烈な銃撃が加えられた。ブロック塀が粉々に吹っ飛んでゆく。ブロック塀の破片を頭に浴びながら鬼怒川は這うようにして逃げ回った。そして民家を一周する途中で隣接する民家のブロック塀の中へ飛び込んだ。

鬼怒川は目視で原とタイミングを合わせた。タイミングとは敵が一瞬、攻撃を中断したその瞬間だった。

敵に向かって二人は時間差を置いて猛烈な射撃を加えた。一緒に銃撃すれば弾倉交換の合間が同時に空いてしまい射撃の空白が生まれるからだ。

敵はブロック塀から頭を上げられずにいた。とにかく鬼怒川は撃ちまくった。その間に、横列になった鬼怒川と原は敵との距離を詰めた。それでも射撃は続けた。

そして鬼怒川が射撃を中断した、その時、ふと頭を出した敵のヘルメットの下の額に89式小銃から発射した5.56ミリ弾を集弾させた。

「やった！」

そう言って鬼怒川が原を振り返った。だが原はそこにいなかった。急いで背後を見た。原は俯せで倒れている。すぐに駆け寄った鬼怒川が見たものは頸部からの大量の出血だった。鬼怒川は思わずそこへ手をやった。しかし血は止めどもなく溢れてくる。

下顎呼吸が起こった。それが死の前の肉体反応であることを鬼怒川は知っていた。

三度、顎をがくがく言わせた後、原の目はゆっくりと閉ざされた。

原の生死を確認するまでもなく、銃撃が足元のアスファルトを砕いた。

民家の建物へと逃げた鬼怒川は、すぐに反撃射撃を開始した。

そこへ国仲2曹が姿をみせ、火力支援を発揮した。だが、それでも敵は攻撃を続ける。二人とも敵への射向《しゃこう》（銃撃の方向）が間違っているのだ、と鬼怒川は判断した。

「射向変換《へんかん》！　右、50（度）！」

鬼怒川は無線にそう言って自らも射撃を再開した。敵のヘルメットが二軒先の民家のブロック塀の下に引っ込んだ。

「カバー！」

肉声でそう叫んだ鬼怒川は、そこへ突入した。鬼怒川がそのブロック塀へ89式小銃を向けた、その直後、敵が小銃を鬼怒川に叩き付けてきた。それを咄嗟に右手で摑んだ鬼怒川は左手で敵の顔面を殴りつけた。後ろによろめいたことで鬼怒川が銃口を向けた。だが相手の反応は早かった。恐ろしいまでの身体能力を敵は発揮し、回転しながら鬼怒川に飛びかかった。

そこからは銃器を使わない素手による格闘の世界だった。互いに殴り合い、首を絞め合い、地面に転がり回った。

鬼怒川は格闘には自信があった。上級格闘術の資格を得ていたからだ。だが敵は殴打や蹴りを止めない。鬼怒川は焦った。技では対等だが体力を激しく消耗していることを自覚し始めたからだ。

一発の拳が鬼怒川の横っ腹に入った。激痛で鬼怒川は思わず片膝を地面につけた。そこに振り上げた敵の足が落とされた。歯を食い縛った鬼怒川は敵の股間へ片手を差し出して睾丸《こうがん》を満身の力を込めて握り潰《つぶ》した。

悲鳴を上げてもんどりうった敵だったが、鬼のような形相をして立ち上がろうとした。鬼怒川はそこに覆い被さった。敵は鬼怒川を剝がそうと暴れまくった。しかも敵の右手から三十センチ先に小銃が落ちている。敵は必死にそこへ手を伸ばしている。そしてついにその手が小銃の銃床にかかった――。

――殺《や》られる！

鬼怒川はそう思った。そしてもはや、と覚悟を決めた。

その時、頭の中に亡くなった娘の夏鈴の姿が浮かんだ。

〈パパ！　まだこっちの世界にきたややっせん！　夏鈴、寂しゅうなかと。だって毎日、お空から、パパとママをずっと見ちょるからね！〉

鬼怒川は力を振り絞って敵を蹴飛ばした。そこへ国仲2曹と桜庭3曹がやってきて敵を取り押さえた。しかし敵は三人がかりで押さえても動きを止めない。激しく抵抗するのだ。それどころか鬼怒川が弾帯に挿《さ》していたナイフを奪った。

鬼怒川は敵の顔の上に右足を振り下ろした。敵に一瞬の隙が生まれた。

「殺すな！」

遠くから《デルタ》が叫んだ。

鬼怒川は素早くナイフを奪い返した。そして敵の両手の上腕を連続して切り裂いた。

敵は喚《わめ》いた。だがもはやこの敵の脅威はゼロだと鬼怒川は思った。両手の腱《けん》を切断された敵はもう小銃もナイフも握れないからだ。

鬼怒川は桜庭に頷いた。頷いた桜庭はポケットからパラシュートコード（紐）を取り出して「手錠結び」で男を後ろ手に拘束した。

鬼怒川はその場にへたり込んだ。すべての体力を使い果たした気がした。足がまったく動かないのだ。

目の前に複数の敵が雪崩れ込んでくるのが分かった。そこにいた国仲と桜庭が鬼怒川を抱えて民家の中へと運び込んだ。

それでも鬼怒川は89式小銃を杖代《つえ》わりにして起きようとした。任務のことを思い出したからだ。だが途中で再びへたり込んでしまった。

そこへ冷泉小隊長が飛び込んできた。そして、たった今、《フォックス》から報告を受けた内容を早口で伝えた。

冷泉小隊長は、ぐったりする鬼怒川には構わなかった。国仲と桜庭の二名に向かって急いで命じた。ここでの戦闘に巻き込まれずに離脱し、島の裏にあたる北側斜面へ移動しろと言った後、ブツ（核兵器）はそこへ運ばれた可能性がある、と語気強く告げた。

しかし、冷泉小隊長のその命令とは反対に、全速力で坂を下っていった二人の男たちに気づいたのは、ようやく自力で立ち上がった鬼怒川だった。しかし、体力を使い果たしていたので、二人の男たちを追うどころか、声に出して冷泉小隊長に伝えることもできなかった。

《フォックス》は、間違いなく、スコープに、与座家の庭にいる「西田」の後頭部を捉えた。友香は解放していたが、刃物を持ったまま小学生の姉妹を手招きしている。

姉妹の前には、友香が大きく手を広げて立ち塞がっている。

友香の背後で、奈菜は唇を噛んで反応しなかったが、その隣で、いやいやをする妹の莉緒が激しく泣き出した。

このチャンスが最後だと、《フォックス》は自分に言い聞かせていた。

冷泉小隊長たちとの島の北側に設定した「アッシー」（集結地点）での合流時間は五分も過ぎている。

だが、「西田」があと、五メートル、いや、二メートル移動することを祈って待った。

このままの射角では、「西田」の体から姉妹へとペネトレート（貫通）してしまう危険性があるのだ。しかし時間も場所もなく「射向変換」することはもはやできなかった。あと一分、このタイミングしかないのだ。

その直後だった。ふらふらと与座トミが敷地から出ようとしたことで、「西田」はそちらへ足を向けた。

――離れた！

《フォックス》は即座に判断した。一般市民に生命危機の急迫がある――。照準して発射した。

だがその弾は「西田」の肩を貫通しただけだった。装塡《そうてん》をやりなおして二発目を撃った。今度もバイタルラインを逸れ、大腿部へ外れた。「西田」はそこに倒れたがナイフは手にしたままだった。

《フォックス》は咄嗟に決断した。ホルスターからシグザウワー226を抜き出した《フォックス》は、ローキャリーの銃姿勢で一気に坂道を下ると全速力で与座家へ向かった。

与座家の敷地に入った時、「西田」は大腿部から夥しい血を流して体をふらつかせながらも姉妹に向かっていた。《フォックス》は「西田」の名を呼び、据銃した。

その時だった。姉妹の母親である亜美が「西田」の前に立ち塞がった。「西田」が《フォックス》へ向けようとして振り回したナイフが亜美の胸に突き刺さった。

友香が咄嗟に「西田」の背中から飛びかかった。だが、すぐに振り向いた「西田」が右手で友香の頬を殴りつけた。

その勢いで地面に叩き付けられた友香だったが、口と鼻から血を流しながらもすぐに立ち上がり、今度は姉妹たちのもとへ駆け寄って自宅の中へ雪崩れ込んだ。

胸を押さえて倒れる亜美へ一瞬、視線をやった後、「西田」のナイフを関節技で奪った《フォックス》は「西田」の右肩を突き刺し、さらに左の大腿部も切り裂いた。

悲鳴を上げてのたうち回った「西田」の胸ぐらを摑んで庭の外まで連れだし、地面に叩き付けた。

「西田」がズボンの裾から取り出した拳銃を発射するのとほぼ同時に、《フォックス》がシグザウワー226で照準し、発射した。

心肺を停止させたことを確認した《フォックス》はその場にへたりこんで地面に横倒しとなった。任務はまだ残っていたが動けなかった。腹部からの出血を自覚した。意識が薄れてゆく気がした。

どれくらいの時間が経ったのか《フォックス》には分からなかった。

誰かが体を起こしてくれたことだけが分かった。その人物は自分の上半身を抱き抱えた。そしてそっと頭を抱えてくれた。冷たい頬が《フォックス》の額に触れた。

友香の一粒の涙と、一筋の鼻血が《フォックス》の頬につづけて落ちた。

「何も悪いことをしていない佐藤さんを殺したのは、西田、いえ、あの男だった――」

友香はそう言って《フォックス》の髪の毛を優しく撫でた。

「宮古島に来た中国の観光客をたくさん殺したのもあの男。すべてを佐藤さんになすりつけた。自分でそう言ってたわ……しかも私はあなたを疑って……」

だが《フォックス》は黙っていた。

「ダメよ！」友香は声を上げた。「あなたにはきっと家族があるんでしょ！　帰るのよ！」

鼻腔から血を垂らした友香はそう語気強く言って、《フォックス》の、泥まみれの顔を両手で挟んで同じ言葉を繰り返した。

だが、友香が覗き込んだ時、すでに《フォックス》の目は閉じられていた。

宮古島　平良港

宮古島中央医療センターの救急救命センター処置室で冷たいタイル張りの床に座らせた椎名を真正面に見据えた第1水陸機動連隊第2戦闘中隊長の目原は、伸縮式の救急包帯を頭に一周させると、「バー」と呼ぶフックに引っ掛けて巻く方向を縦にして顎から顔をぐるっと回した。そして再び救急包帯をバーにもう一度掛けると今度は横向きに巻き始め、最後に「フック」の名称の留め具で救急包帯の末端を固定させた。

椎名は「指揮を執る！」と言って立ち上がったが、すぐに体がふらついて床にへたりこんだ。

脳の一部に損傷がある可能性を考えた目原は、密かにモルヒネを手渡した通信手を警備のために残した。だがこの状況下では連隊長の「後送」は叶わないことを意識しながら部隊へ急いで戻った。

連隊長から権限委譲された目原は、CタイプのＡＡＶ7を中隊本部とし、部隊を前進させた。先に前進しルートチェックを行っていた偵察部隊の情報を元にして、ＡＡＶ7とともに前進を開始した第1水陸機動連隊の各中隊は、三本の県道と一本の国道に分散してそれぞれ北上し、平良港を目指した。

目原が指揮する第2戦闘中隊が宮古島でのハイタウンにあたる平良地区に入ると、ビルからの狙撃に何度も遭遇した。数名が負傷したが、その度にQRF《キユーアールエフ》（緊急即応部隊）を目原は緊急編制し、ビルでの市街地戦訓練《MOUT》に送り込んだ結果、すべての敵狙撃手を殲滅しつづけていた。

だが、平良市役所だけは難攻不落の対象となった。市役所の階上の窓から撃ち続ける複数の射撃手のお陰で、市役所前通りから平良港へと下る道へ繋がるポイントで中隊の前進がまったく阻まれてしまった。

「エントランスホールでの戦術はストロング・ウォールだ」

中隊から選抜して編制した四個突入チームをCタイプのAAV7の背後に集めて目原が言ったのは、オーソドックスなMOUT戦訓練だった。そして、建物検索はすべて短時間に、ダイナミックエントリーとする、と目原は命じた。

つまり犠牲を覚悟してでも一気の殲滅を計画したのだった。

エントランスホールのドアをC4爆薬で爆破したブリーチャーが道を開けた直後、三個QRFチームは、一気呵成《いっきかせい》に市役所の一階に雪崩れ込み、残りの一個QRFチームは裏口から進入し、内階段を駆け上った。

近くの建物に配置した第1水陸機動連隊の狙撃手からの情報により、五階がホットゾーンとの指示を受けたQRFチームは、タイミングを合わせて一斉に飛び込んだ。

最初に遭遇した事務室のドアの傍らに取り付いたのは一個QRFチームだった。一番員に指定された隊員がドアノブを回した。

施錠されておらず、またドアは押し開くことを後続のチームにハンドサインで示した隊員はドアノブを回してドアを押し開いた。

爆発はその直後に起こった。隊員の全身は五メートル吹っ飛んだ。右足だけは付け根からちぎれてその場に落下した。仕掛けられていたトラップ爆弾が炸裂したのだ。

だが後ろに続く小銃小隊員は、その場にひれ伏して頭を守ったが怯まなかった。すぐにドアに駆け寄って転がった片足を足で払ってから中へ飛び込み、さらに隊員たちが次々とエントリーしていった。

爆発はさらに事務室の奥でも起こった。別の隊員が開けたドアにもトラップ爆弾が仕掛けられており、小銃小隊員が壁に叩き付けられた。

それでも小銃小隊員は勢いを弱めなかった。吹っ飛んだドアの向こうへとエントリーしてゆく。そしてその先でもドアのトラップ爆弾に襲われても、さらに躊躇なく小銃小隊員たちはつづいた。そして小銃小隊は多くの犠牲を出しながらも敵の狙撃手を葬り去って任務を達成させていった。

第1水陸機動連隊が平良港を全面制圧したのは、それから五時間後のことだった。張水《はりみず》地区、トゥリバー地区と下崎《しもざき》地区と三つのゾーンの脅威をゼロにした。

フェリーターミナル施設に駆け込んだ目原は、五階の無線室に残されていた船舶電話を使い、宮古島海上保安部の巡視船と、宮古島南沖で展開中の「しもきた」のAF司令部とを介して、JTF―SSと意思疎通を図った。そして、その言葉を誇らしく無線マイクに言い放った。

「LZ《エルゼット》（上陸地点）確保！　繰り返す、LZを確保！　送れ！」

部下に無線を渡した目原は、これまでの戦闘についての説明をするよう命じてからフェリーターミナル施設の階段を一人で駆け下り、地上に出ると、どこからか調達してきたのであろうオートバイに跨がる隊員に指示して借り受け、宮古島中央医療センターまでの道のりを疾走した。

宮古島中央医療センターの玄関から中へ駆け込んだ目原は、銃弾を浴びて床に落下している病院の案内図を見つめ、その場所を頭に入れると通路を急いだ。

救急救命センターに足を踏み入れた目原の目に飛び込んだのは、椎名に向かって必死に心臓マッサージを繰り返している通信手の姿だった。

椎名のもとへ駆け寄った目原は橈骨動脈を測った。

目原は、隊員の腕を摑んで左右に頭を振った。

病院の外に出た目原は、どこから飛んできたのか、顔の半分が吹き飛んだ「まもる君」の人形の足元に腰を落とし、しゃがみ込んだ通信手が背負うコウタム（携帯型広帯域多目的無線機）のマイクを奪うように握った。今、必要なのはコンバット・レスキュー・チームだった。

しかし、総監代行の袴田陸将は、対空火器の脅威が排除出来ていない以上、ヘリコプターの運用をまだ反対しているという。だからこの戦場における負傷者の「シーサー」（捜索・救急搬送活動）はまったく望めず、仲間である多くの負傷者の唸り声を耳にして目原は胸が張り裂けそうだった。

「中隊長、緊急無線です！」

通信士がヘッドセットを目原に手渡した。

スピーカーに滑舌のいい声が聞こえた。

「こちら山猫、ナウ・ポップ・スモーク！」

目原は、もちろん、それがヘリコプターの機長からのものであり、しかも何を意味するのか知っていた。だから隊員たちに言って発煙筒と百円ライターを探させた。一番若い隊員が持ってきたそれらを握った目原は狙撃手を警戒しながら病院の中庭へ急いで出て発煙筒を焚いた。

耳を澄ました。目原は咄嗟に空を見上げた。猛スピードで高高度を飛行する航空自衛隊の三機のF2戦闘機が飛んで行った。

——TJRO（患者救出作戦）のエアカバーだ！　ということはつまり……。

エンジン爆音が聞こえたのとほぼ同時だった。航空自衛隊救難団のH－60Jヘリコプターが「LLF」（超低空水平飛行）で近づいてくるのがハッキリと目に飛び込んだ。

先島諸島HIDACZ《ハイダズ》（高密度空域統制圏）

神ノ島の裏側に敵を追い込んで、人家がないことから火力支援を要する無線報告を受けた、ORP（偵察拠点）の《アルファ》は、不測事態対処計画にある行動を起こした。島尻港で待機する情報小隊の沖田小隊陸曹に連絡をとった。上陸しているはずの水陸機動連隊へ伝令を走らせ、重要メッセージを伝えるように依頼したのだ。

沖田が、元暴走族の隊員を選んだ。その彼が一時的に借用したオートバイを発進させてから十分後のことだった。航空自衛隊の那覇航空基地からスクランブル（緊急発進）した二機編隊の計四機F―15J戦闘機のうち、一個編隊二機チームのリーダーである島村亘《しまむらわたる》2等空尉が操縦するF―15は、ミリタリーレンジから、アフターバーナーレンジにスロットルを押し込んでマックスレンジにすると時速二百八十キロで離陸。傾斜角度四十度という空を突き抜けるような勢いで加速すると全身で強烈なG（重力加速度）を感じた。一度機体が浮いたあと、さらにGを感じる。

島村は操縦桿を引き上げ、F―15を一万五千フィートの巡航高度へあっという間に到達させた。

DC《デーシー》（警戒管制所）のコントローラー（要撃管制官）からのボイス（音声）が、島村が被るヘッドセットの無線に入った。

「脅威軸《きょういじく》方向（中国本土）を指向せよ」

さらにDCが具体的なエリアを指定した。CAP《キャップ》（戦闘空中哨戒）のポイントへ誘導するためだ。

ＤＣからの指示でマークしたポイントがディスプレイにシンボルとして輝いた。

島村は斜めすぐ後方をちらっと目視で見た。「ウイングマン」と呼ぶ一個編隊のうちの一機に乗る、後輩の須藤幸太《すどうこうた》3等空尉との息はぴったりだと確信した。須藤は、リーダーの動きをずっと追っているからだ。

リーダーの島村たちに与えられていた任務は、神ノ島の北側に対するＣＡＳ《キャス》（近接航空支援）、つまり対地攻撃を行うため向かっているパッケージ部隊——福岡県の築城航空基地から出撃したＦ２戦闘機二機編隊の計四機を直近で護衛するための二個編隊計八機のＦ―15戦闘機——のさらにその先で、中国の航空基地から侵攻してきた航空戦力に対するＣＡＰを行い、必要ならば「ＢＡＩ」（戦場航空阻止）を行えというものだった。

ＤＣからの警告と同時に、中国空軍のミグ29戦闘機二機の接近を捉えたＡＷＡＣＳ《エーワックス》（空中警戒機）が、方位や距離などのデータを無線で伝え、最後にこう指示した。

「対象機（ミグ29）の脅威がある空域へ指向して対処せよ」

島村は高い緊張感を覚えた。

中国政府は未だに、日本と交戦状態にあることを宣言していないので、中国空軍主力のミグ29ももちろんミサイルをすぐに撃って来ない。長距離からのミサイル戦闘を行う近代航空戦もない。

しかし、いつもの「タイリョウシン」（対領空侵犯）というチキンレースのレベルではないことを自覚していた。

突然、ＤＣからの指示が途絶え、さらにヘッドアップディスプレイに敵の位置を示すシンボルがノイズに包まれた。島村はすぐに悟った。中国空軍によるジャミングが行われたのだ。

リアルなドッグファイトが始まることを島村は意識した。そして〝戦闘機乗り《ファイター》〟としての魂が蘇った。

待ってたぜ！

「タリホー！（肉眼で確認！）」

島村が無線に言った。レーダーでも捕捉した。数キロ先にミグ29機の機影をハッキリと視認した。

対象機へ近づくときには、攻撃の準備をしていると思わせてはならない、自覚をさせてはならない。そのために、対象機の後ろに入らないこと。後ろに入ることは攻撃態勢だからだ。ゆえに、必然的に距離をあけることになる。しかし対象機が、突然、異常な動きをしても、間隔は十数秒。それくらいあれば、カウンターができる——。

突然、ミグ29がブレイク（空路を離脱）した。攻撃してくる兆候だ。

だが島村は、どこへ自分たちが抜けるべきかをもちろん知っていた。ミグ29にケツを取らせないように廻るためのポジションを理解していた。自分のノーズを向けて対象機のケツには入らない。だから操縦桿を操作して１８０度まで廻るのと同時に加速する。ミグ29に機体の背中は見せてもいい。ケツを見せること、自分の見えないところにこられるのを避ければいい——。

「カウンターにつかれた。ヤバイから抜ける！」

島村が須藤に無線で言った。

須藤はすぐにサポートしてくれた。いつでも対応可能な位置にきてくれたのだ。

「チェック６《シックス》！（ケツを取られるな！）」

島村が再び無線で指示を送った。

ドッグファイトは単に「Ｇ」（重力加速度）との闘いではない。ミサイルやガンなどの火器を有効的に撃てる位置につくことが大事だ。

島村は、一時、Ｆ―15戦闘機を失速気味にした。Ｆ―15戦闘機は、安定した航空機だが、ある領域では、いうことをきかないところがある。すとんと落ちる、そのますぅっと。飛行機がいやがっている、いやがって頭を落とした。Ｆ―15戦闘機は真っ逆さまに落下してゆく――。

これは若い奴らは余りやりたがらない。ある速度帯と、あるＡＯＡ向角《こうかく》（極端な機体姿勢）にすると危険なスピンをするからだ。落化傾向になるとスピンするのだ。

島村はその一歩手前で止めた。後ろにつかれたときに行う特殊な技だ。

「シザーズ！」

島村はそう叫んで旋回に持ち込み、ミグ29の後ろにつき、つまりケツをとった。

まさにドッグファイトが始まった。

速度と「Ｇ」（重力加速度）との闘いだ。速度を切っても負ける。速度を切れば、旋回半径が小さくなる。だが、あるレベルまで速度を切ってしまうと機体が動かなくなるときもある。

「ウ～ウ～」

４Ｇという凄い重力加速度が激しく全身を叩き付け、島村は苦悶する唸り声を上げた。

それもまた突然だった。ミグ29がガン（機関砲）を射撃してきたのだ。

島村は機体をブレイクさせた。ウイングマンも順応して位置をとる。

――正当防衛発動！

島村は確信した。

操縦桿の親指の先。赤いボタンに親指を置いた。百発百中ではない。ミグ29はフレアーを撒くかもしれない。だから近づく距離は５００メートルまでとした。目の前のディスプレイに映るシーカーの〝目玉〟がミグ29を捉えるだけでいい。

連続するドッグファイトの中で、何度かシーカーでミグ29を捉え、ロックオンするとミサイルの指向を一体化しているシーカーが強制的に向いた。ディスプレイのミグ29の位置に「Q」の英字が出る。

だがすぐにミグ29はそこから離脱した。

さらなるドッグファイトでミグ29とF―15Jが交差する。空対空赤外線ミサイルがミグ29を捜す音が響く。ガーガー。ペロペロペロ――。

ロックシュードライブのライトが点滅した！　インレンズになった！　シーカーが強制的にミグ29へ向いた。島村に躊躇はなかった。チャンスはゼロコンマ数秒しかない。

島村は操縦桿《そうじゅうかん》の空対空ミサイルの発射ボタンを親指で押すと同時に叫んだ。

「フォックス2《ツウー》！」

先島諸島作戦ＡＯＡ（責任エリア）

陸上自衛隊の主要幹部にあてられた業務系メールが、サイバー攻撃による〝ニセ物〟だと統合幕僚監部のサイバー防衛隊が突き止め、それを全部隊に緊急警告を発してもなお、西部方面隊隷下の部隊では混乱がつづいていた。

しかも、西部方面隊の中枢である、爆弾テロで負傷して入院した西部方面特科隊長に代わって指揮を執る西部方面特科隊副隊長の松原元気《まつばらげんき》2等陸佐が陣取る第8師団作戦室に臨時に立ち上がったばかりの西部方面ＦＳＣＣ（西部方面火力調整所）は、水陸機動団部隊の指揮権委譲の混乱で騒然としたままだった。

それもこれも、〝ニセの業務連絡〟のダメージをいまだ引き摺り、護衛艦「いずも」と西部方面ＦＳＣＣが水陸機動団の指揮を執り、火力支援要請に応えるのか、電話に出た幕僚によって別々の答えが発出され続けていたからで、護衛艦「いずも」にいまだに指揮所を置かざるを得ない水陸機動団のＳＡＣＣ（支援火力調整所）からの矢継ぎ早の火力要請にも何ら応えられずにいたのだった。

西部方面ＦＳＣＣに隣接した部屋に立ち上がっている「ＢＣＥ」（空地作戦調整所）から一人の航空自衛隊の幕僚、久保流《くぼながれ》3等陸佐がＦＳＣＣが仕切るテーブルへと駆け込んできた。

久保は、メモに殴り書きした内容を大声で告げた。

それによれば、航空自衛隊の電波情報収集機「Ｒ２—Ｃ」が、宮古島の西側十キロの海域で、「ＥＬＦ」（極低周波）の高エネルギービームの発出を探知したとした。しかしそのビームはわずか三秒で消失したと付け加えた。

詳細を尋ねる松原副隊長に対して、久保は、個人的な見解だと断った上で、それは「精神工学兵器」と呼ばれる一種ではないかと指摘し、もしそうであれば、電波・音波・磁気により、コンクリートや金属を通過して、全ての生命維持生理学的機能（循環系・神経系、内臓など）と脳細胞を破壊する攻撃兵器で、有効範囲は中距離、ビーム幅は太くて准指向性あり、と立て続けに専門的な説明を行った。

「ビームのプラットホーム発射ポイントは？」

松原が急いで訊いた。

「潜水艦と思われます」

松原が唸り声を上げた時、海上自衛隊の幕僚、住之江《すみのえ》克之《かつゆき》3等海佐からの電話が久保宛に入り、それを代わりにとった陸上自衛隊の幕僚が、航空自衛隊からアンノウンの潜水艦の情報を受け、一項指定の海域で、敵、キロ級潜水艦二隻を探知、直ちに攻撃に入る——との海上自衛隊からの報告を声に出して復唱した。

海上自衛隊からの追加情報によれば、中国の二隻のキロ級潜水艦は、日米の対潜チームのセンサが台湾周辺に関心を寄せているその間隙を突いて潜り込んできたものと推察されるとした上で、同じ行動は、対潜資料隊で蓄積しているヒストリー（履歴）の中で、三月二十日に、池間島に近接したものがあると付け加えた。

そのわずか一分後、宮古島の西海域で、海上自衛隊の潜水艦「はくげい」から発射された八発の18式魚雷が完全なるホーミング（誘導）の末、中国人民解放軍海軍の二隻のキロ級潜水艦に激突し、一瞬のうちに撃滅し、鉄屑《てつクズ》と化した。

与那覇浜ビーチに上陸していた水陸機動連隊を襲っていた膨大な数のドローンが一斉に海へ飛んでいったり、砂浜のあちこちに落下したとの報告が西部方面ＦＳＣＣに届いたのはそれら潜水艦の破壊とほぼ時刻だった。

さらに、三菱電機、ＮＥＣと川崎重工、そして三菱重工が共同開発したばかりの数種類の車載型レーザー兵器の、一発目のハイパワーレーザービームが〝真空の回廊〟を作り、その中をジャイアント・パレス・レーザーが放たれ、〝カミカゼ〟（自爆型）ドローンを次々と破壊していった。

先島諸島ＨＩＤＡＣＺ

波飛沫を立てる海面からわずか十五メートルの高度でコンバットエリアに侵入した航空自衛隊Ｆ２戦闘機は、神ノ島を目視してすぐにポップアップ（急激な上昇）を行った。

人民解放軍の電子戦の攻撃を受け、リンクによって誘導される遠距離からの空対地ミサイルを使用できなかったので、長年の《ボンバー》（射爆《しゃばく》野郎）としてのスキルが生きることになったのだ。

だが、ポップアップして上昇している時、攻撃用レーダー照射を受けた。神ノ島の北側の先からボートに分乗していた男たちが照準する携SAM《ケイサム》（携帯式地対空ミサイル）からのものだった。自らを《ボンバー》と名乗るパイロットは瞬時に頭を切り換えた。計画では、ターゲットに向かってポップアップした後、右旋回するが、その場合、旋回半径もありターゲットを定めて照準できればいいが、照準の余裕時間もいるし長く取りすぎれば、携SAMから狙われる。ゆえに数秒で対地射爆を実施する——。

しかし今、携SAMのレーダーの照射が来た。だが《ボンバー》は慌てなかった。織り込み済みだったからだ。

数キロメートル離れた空域でホバリングするOH—6ヘリコプターに搭乗していた「空中FAC（前線航空統制官）」の誘導によって、空対地ミサイルをリリース（発射）した。その数秒後、逃亡しようとしていたボートは一瞬で破壊された。

F2戦闘機は、すぐにオフ操作（離脱操作）へ移行してチャフ（レーダー回避器材）を一気に撒きちらし、再び海面スレスレの超低高度で「ジンキング・マニューバー」（敵の攻撃をかわしながらの回避）を実施した。高度が上がると、残存する携SAMがあれば照準されやすいからだ。

ボートは破壊された。だが、その直前に発射された携SAMは真っ直ぐにF2戦闘機へと向かってゆく。海面スレスレを飛行しながらも角度をつけて離脱をつづける間ずっと、《ボンバー》は、5Gという、普通ならば気絶してしまいそうな強烈な加速度に顔が激しく歪み、大きな呻《うめ》き声を上げつづけた。携SAMは、急上昇したF2戦闘機が放ったチャフに誘導され、遥か後方、青い空の中で爆発し木っ端微塵となって宙を舞い、キラキラと大陽に美しく輝いた。

神ノ島の北側に集結した《アルファ》と《デルタ》の特殊作戦群のオペレーター、そして鬼怒川、久龍、大宮、花菱、国仲、桜庭そして漆間の第12普通科連隊情報小隊員は、海へと逃走を図った敵を殲滅した航空自衛隊の火力支援の後の、数分間の銃撃戦の後、残存する敵とのアサルトに臨んだ。

手榴弾も飛び交い、対戦車火器も使われたが、なんと言っても、《アルファ》と《デルタ》の精密射撃がピンポイントで敵を次々と倒していったし、《アルファ》の指示によって高台に拠点を構えた、狙撃の付加特技を持つ漆間によるスナイプ（狙撃）もニュートラライズ（抹殺）に寄与したことは間違いなかった。

敵の中には作業着姿の男もいたが気にする者は誰もいなかった。

だが情報小隊は大きな犠牲を払った。鬼怒川、久龍と桜庭が手足に被弾しただけではない。それらの傷はバイタルライン（生命維持に直接関係する部位）を外れていた。

それよりも、敵が放った弾が岩で跳弾《ちょうだん》し、冷泉小隊長の右の眼球を襲ったのだった。その直後、冷泉小隊長はパニックを起こして暴れまくった。

冷泉小隊長の手から89式小銃を奪って弾倉も抜いたのは鬼怒川だった。撃たれたショックと痛みで錯乱した隊員は銃を乱射して友軍狙撃をする危険性があるので素早く武器を奪うべし——それは冷泉小隊長が自ら熱心に薦めていた救急検定で学んだ情報小隊のマニュアルとも言うべき「斥候躾《せっこうしつけ》」の中の一項目だった。

鬼怒川がバッタリと倒れて身動きしなくなった冷泉小隊長の心肺が停止したことを確認した時、ヘリコプターの音がした。

鬼怒川は奇妙な光景を目にした。《デルタ》が拘束した男を手錠をさせたヘリコプターへと連行していった直後のことだ。その男を収容したUH—60JAヘリコプターのキャビンから白髪を後ろで束ねた初老の、民間人らしき男が姿をみせた。

しかしあんなジジイのことよりも、ハッとして鬼怒川が思い出したことがあった。

戦死した特殊作戦群の《ズール》というチーム小隊陸曹が発見した、「核」はどうなったか、ということである。しかも、この戦争のすべてはその存在に行き着くのだ。

鬼怒川は慌てて辺りを見渡した。だが、特殊作戦群の隊員たちの動きをみても、「核」を扱っている雰囲気はない。また、そのことに関する指示は無線で一切、届いていない。

だが、鬼怒川は苦笑した。そんな大それたシロモノについては自分たち下っ端があれこれ気を揉んでも仕方がない。しかるべき専門家がしかるべきことを行うはずだ。

鬼怒川の思考はそこでストップした。推理を働かせるしても余りにも材料がなさすぎるからで、つまりは無駄なことだと分かった。

だからその時、鬼怒川の頭の上、高度三百メートルを二機のCH—47ヘリコプターが通過したことについても、チラッと視線をやっただけだったので、神ノ島の東側に位置する多目的広場にひっそりと着陸し、そこから放射線防護服タイベックススーツと鉛入りのベストを着込んでゴム手袋をし、すべての隙間をテープで封印した上で、ヨウ素対応全面マスクをした二十数名の101化学防護衣隊員が降り立ったことなどは知る由もなかった。

鬼怒川の目の前でUH—60JAヘリコプターが離陸してゆき、青い空の中に溶けていってから さらに二時間後、神ノ漁港の沖合に、海上自衛隊の〝軽空母〟と呼ばれるヘリコプター護衛艦「いずも」が到着した。

ビニールシートに後甲板が被われた一隻の漁船が神ノ漁港を出港したのはその直後だった。ゆっくりとした速度で漁船が「いずも」のサイドドアの前に到着した後、青い巨大なビニールシートが漁船とランプドアの両方が見えなくなるまで覆《おお》い被《かぶ》された。

テレビ局や新聞社のヘリコプターや固定翼機の姿は上空になかった。戦闘エリアであると政府が認定する「一項指定《いっこう》」がまだ解除されていなかったので有視界《ゆうしかい》飛行は許されていなかったからである。

池間島

二人の男が、池間島の最南端にある池間漁港の桟橋に神ノ島の漁港から盗んだ小型漁船を接岸したとき、避難を拒否していた小型漁船の持ち主の漁夫の男は、岸壁の突先で繕っていた漁網を放り出して慌てて逃げ出そうとした。昨日もそうだったが、警察官がやってきて無理矢理に連れて行こうとしたからだ。

だから、二人の男が近づいただけで、漁夫は悲鳴を上げて逃げまくった。

「避難のことじゃありません。お願いがあってきたんです」

二人のうち一人が笑顔で声をかけた。

「漁船を買わせてください。逃げ遅れた子供たちを救うためです」

最初に声をかけた男が悲壮な形相で言った。

「船を買う？」

漁夫は怪訝な表情で見つめた。

「ええ。相場の三倍を払います。そうなれば、あなたも新しい船が買えますよ」

もう一人の男が胸ポケットから三つ重ねた札束を取り出してみせた。

漁夫は、用心しながらじりじりと男たちに近づいて行った。

「さあ、どうぞ」

男たちの誘導で近づいた男の目がそこへ吸い込まれた。

二人の男が履いている白いスニーカーに赤黒い染みがたくさんついていた。

漁夫のその様子に気づいて顔を見合わせた男たちは漁夫に飛びかかった。そして一人が羽交い締めにして、もう一人が鬼のような形相をして両手で男の頸部を圧迫した。

突然の銃声だった。漁夫の前から一瞬で消えたのは、首を絞めていた男だった。その男はこめかみを撃ち抜かれて、コンクリートの地面に仰向けに倒れ込んだあと、海の中へと転がり落ちた。

羽交い締めにしていた男は何が起こったか分からないまま、辺りを慌てて見渡している時、岸壁前の海の中から飛び出した二つの腕によって海中へと一気に引き摺り込まれた。

海面で必死にもがく男にたらふく海水を飲ませた特殊作戦群《ブラボー》は、《チャーリー》とともに沈めた男を岸壁に引き揚げた。そしてそのまま、近くに停めてあった軽トラックの荷台に男を乱暴に投げ入れると、そこから素早く離脱した。ひたすら咳き込んでいた漁夫はただ呆然として過ぎ去ってゆく軽トラックを見つめるしかなかった。

池間島の中央に位置するペンション前へ軽トラックを乗り込ませた、二人のオペレーターたちは、荷台の男を強引に下ろすと、無人となっているペンションの中へと連行し、がらんとしたリビングにポツンと置かれたパイプ椅子に縛り付けた。

そして頭から水を浴びせた後、覚醒した男の衣服に油をかけて火を放った。

全身が燃え上がる中、絶叫して助けを求めた男の全身をアルミホイルで覆って一瞬で消火した。

だが辺りには髪の毛が燃えた、獣を燻《いぶ》したような臭いがたちこめた。

「何度も火をつけてやる。何度もだ」

《ブラボー》が男の耳の奥へ向かって怒鳴った。

「残存部隊の拠点をすべて書け」

男の右手だけを解放して強引にボールペンを握らせた《チャーリー》が命じた。

男はボールペンを放り出した。

サバイバルナイフを握った《ブラボー》は、男の右の鼻腔を一気に斬り取った。男から断末魔のような悲鳴が上がった。顔面の部位を傷つけることがどれだけ精神を崩壊させるかを《ブラボー》はよく知っていた。

「お前は、軍人の制服を着ていないし、国名も明らかにしていない。よってジュネーブ条約で守られるべき捕虜じゃない」

《ブラボー》はそう言い放ってから、もう一度、ボールペンを握らせようとした。だが、男は激しく抵抗し、ボールペンを再び床に叩きつけた。

《ブラボー》が男の顔を殴りつけた。

「ちょっと待て」

口を挟んだのは《チャーリー》だった。

「まあ、落ち着け」

そう言って《チャーリー》は、日本製の紙タバコに火を付けて男の口元にあてて吸わせ、バッグから取りだした缶ビールのプルトップを開けて男に飲ませてやった。男は喉を鳴らしてビールを半分まで一気に飲み干した。

それを見届けた《チャーリー》は、男の耳元にそっと顔を近づけて中国語で囁いた。

「オレは仲間だ」

男は泡だらけの口のまま、呆然とした表情で《チャーリー》を見つめた。

「もう何年も前から、日本の軍隊に潜り込んできた」

男は鼻で笑った。

《チャーリー》の動きは素早かった。シグザウワー226を腰のホルスターから抜きながら背後を振り返って《ブラボー》へ銃口を向けてそのまま発射した。

硝煙の臭いとともに《ブラボー》はもんどりうって後方にぶっ飛んだ。

「お、お、お前……」

余りに突然の出来事だったので、《ブラボー》は自分のハンドガンを抜銃《ばつじゅう》する暇もなかった。

「お前、中国のモグラだったのか……」

断末魔のような《ブラボー》のその言葉に構わず、《チャーリー》は駆け出し、仰向けで倒れている彼の頭の上に跨がってシグザウワー226で数発のキルショットの弾丸を発射した。

《ブラボー》を見下ろしてニヤッとした《チャーリー》は、男のもとに戻った。

「お前の仲間まで救える余裕はなかった。さあ、急げ！　祖国に帰るぞ！」

《チャーリー》はそう言いながら男を拘束しているロープを取り去っていく。

「ほ、本当なのか？」

男の目が彷徨った。

「妻や子供と会いたくないならここへ残してゆく。潜水艦が迎えに来ているから時間がない。じゃあな」

《チャーリー》はそう言うと勢い良く立ち上がり、ペンションの出入口のドアへ足を向けた。

「わかった！　待ってくれ！」

男は緩んだロープを急いで外して《チャーリー》を追いかけた。

「連れていってくれ！　オレは、人民解放軍兵士じゃないんだ！」

「どういうことだ？」

怪訝な表情で《チャーリー》が訊いた。

「いや、そうじゃない。刑務所に入っていたんだが誘われ、ビジネスをやれと。そしたら金もたんまりやるし、無罪放免にして家族のもとへも帰してやるって！」

「刑務所？　そんな話、信じられるか！　オレだって、裏切り者としてこれから日本軍に追われるんだ！　信用できない奴は連れていけない。じゃあ、アバよ！」

《チャーリー》は吐き捨てた。

「本当なんだ！　お願いだ！　俺たちを集めて連れてきた、人民解放軍《レエンミインチヂイエフアンチ》のヤンという名の指揮官がこのミヤコジマにいる！」

《チャーリー》は男を見つめたまましばらく黙った。

「本当だって！　信じてくれ！　国に帰らせてくれ！」

男は縋るような目をして訴えた。

「ただ、お前だけ、というわけにはいかん。仲間を全員助ける。そいつらの場所と無線の暗号をここに書き出せ。なら、お前も助ける」

《チャーリー》は、男が床に投げ捨てたボールペンを拾い上げ、一枚の紙とともに手渡した。

「そのヤンという指揮官も困っているはずだ。連絡法も付け加えておけ。それで、お前は、国に帰ったらヒーローになるぞ」

「しかし……」

男は逡巡した。

《チャーリー》が合図したのとほぼ同時に、長い白髪を後ろで束ねた〝陽に灼けた男〟が近寄ってきた。

「眼球、奥歯、爪、ペニス、選ぶ権利をお前にやろう」

驚愕の表情で男が激しく体を震わせた時、その背後で《ブラボー》が立ち上がった。

「火薬を少なくしての実弾を受ける訓練は山ほどやったが、今日のはとびきり痛かった。アザになるぞ」

その言葉に《チャーリー》が笑ったのとほぼ同じ頃、日本全国で、不可思議な事件が連続した。それは、いずれも深夜の出来事だった。例えば、信号待ちしていた車の運転手が突然さらわれたり、キャバクラ嬢とバーでアフターを楽しんでいた男がトイレに立った時、そのまま拉致されたり、または自宅で寝込んでいた時を襲われ、妻が悲鳴を上げる間もなく外へ連行されていったりという事案がそれ以外でも発生した。そのうち何件かについては、警察に届けられたが、目撃者のほとんどが供述した犯人像は、年齢、性別も人着《ニンチャク》もわからず、〝何者か〟という説明だけだった。ただ、共通していることが一つだけあった。犯人のいずれも動きが素早く、手際が良かった、ということだった。

それらの事案が発生した数時間後、東京・赤坂《あかさか》にあるアメリカ軍基地、通称、ハーディ・バラックスの正門を――防犯カメラのスイッチを切られて――通過した二台の大型トラックはそのまま近くのヘリポートへ向かった。そして神奈川にあるアメリカ陸軍基地キャンプ座間から飛来した、二機の在日アメリカ陸軍のＵＨ―60ブラックホークヘリコプターに分乗させられた――麻袋を顔に被らされて両手両足を拘束された――十数人の男たちは、そこから横田の在日米軍基地へと運ばれ、さらにエンジンを回していたスーパーハーキュリーズＣ―１３０輸送機に乗せ替えられると、その五分後には離陸し、一路、キューバのグァンタナモ・アメリカ軍基地へと向かった。余りにも早いその出国手続きから、アメリカのＣＩＡや空軍特別捜査局《ＯＳＩ》の間では「トウキョウ・エクスプレス」としてつとに有名なルートだった。

最後に、十数人の男たちに与えられた安寧《あんねい》の場は、日本や台湾で民間人にアンダーカバーで潜んで、遊園地や商業施設などソフトターゲットに対する破壊活動や要人暗殺を計画していた中国人民解放軍特殊作戦部隊に所属する極秘工作員のみを収容しているアメリカＪＳＯＣ《ジェイソック》（統合特殊作戦コマンド）が運営する極秘センターだった。

しかしその施設は存在秘とされた。また陸上自衛隊の特殊作戦群との合同作戦であったことももちろん、リアル（戦争）という深い闇の中にひっそりと沈み込んだ。

エピローグ

4月6日　神ノ島沖

宮古島に潜入している敵勢力の座標を特殊作戦群からの情報で得た第8師団の隷下にある第12普通科連隊、第42普通科連隊の主力を搭載した海上自衛隊の輸送艦が平良港に次々と到着すると、大量の隊員と車両などが宮古列島の隅々へと展開した。

真っ先にエルキャックで宮古島の東、大野《おおの》町東側の約二・五キロと与那浜《よなはま》北側の約一・五キロが砂混じりの平坦なリーフで遠浅となっている与那浜正面海岸から上陸したのは第8師団長の岩瀬陸将を始めとする幕僚たちで、「平良西小学校」に擬装の指揮所を設営した上で——実際に車両と人員を運んだが密かに抜け出してタイヤの轍《わだち》も消去して——地下貯水施設に実《じつ》の指揮所を密かに設営した。

それに続いて、命令を受けて宮古島の多数の海岸へ推進していた第12普通科連隊の主力と水陸機動団の一個連隊は一斉に着上陸作戦を決行した。

宮古島の北側、間那津《まなつ》海岸から、西側にある新城《あらぐすく》海岸、吉野《よしの》海岸、平瀬尾《びっせ》神崎《おがんざき》海岸、また南側に位置する保良泉《ぼらがー》ビーチ、西側にある西浜崎《にしはまざき》と砂山《すなやま》ビーチに加え、伊良部島の渡口《とぐち》の浜と佐和田《さわだ》の浜、そして第1空挺団が死闘を繰り広げて多くの戦死者を出したが制圧し確保した下地空港がある下地島の中の島ビーチ——などから大勢の自衛官とともに多数の戦闘装甲車や偵察車がディーゼルエンジンを鳴り響かせて上陸して陸路を進軍。さらに上空からは多数のオスプレイとUH

――60JAヘリコプターが飛来するなど残存する敵勢力の索敵《さくてき》（敵の捜索）を実施した。

青い風が清々しい――友香はそう思った。もちろん、風に色がついているわけではない。でも、少なくとも今日だけはそう思った。これまでの凄惨な出来事のすべてを、この鮮烈な美しさを抱くコーラルブルーの海が作り上げた〝青い風〟が吹き飛ばしてくれることを願ったからだ。

市役所が用意してくれた救助用の漁船の船尾で、奈菜と莉緒の二人の姉妹を両手で抱き締めながら座る友香は、池間大橋をくぐって宮古島の西側へと向かうにつれ、十数隻もの灰色で巨大な船舶が平良港へと向かって航行し、たくさんのヘリコプターが空を埋め尽くしている光景を黙って見つめていた。

平良港が近づいてきたことを、警護する戦闘服の上から「警務」と書いた腕章をはめた陸上自衛隊員から聞かされた友香は、奈菜と莉緒をあらためてぎゅっと抱き寄せながら、伊良部へとつづくエメラルドブルーに輝く美ら海《ちゅうみ》へ目をやった。

ついさっき、同じ警務隊員から聞かされたところによれば、「西田」がしきりにスパイだと言っていた佐藤は、島尻港の近くにある製糖工場の敷地内で首を斬られた犯罪死体として発見されたという。しかも、警務隊員が捜査したところ、佐藤をスパイとする確証は何もなかった。遙花が目撃したという、夜な夜な会っていたらしい謎の女性についても、佐藤が働くホテルの部下で、結婚する彼氏のことで相談に乗ってもらっていたとの証言を関係者から得ていた。

遙花はショックに打ちひしがれているだろうと思いきや、警務隊員の最後の言葉で救われたようで、戦争で被害を受けた校舎の復旧を早くしなくちゃね、という言葉を友香の隣で口にしていた。

「ママは私と莉緒を悪い人から守ってくれたんだね」

奈菜がそう言って友香の横顔を見つめた。

「そうよ。守ってくれたのよ」

友香が微笑んで言った。

「でも、莉緒は、ママに、どうしても、もう一度、会いたい……一回だけでいいから」

莉緒はそう言って、大声を出して泣きじゃくり始めた。

友香は二人の小さな頭を撫でながら、亜美が最後に友香に口にした言葉を脳裡に蘇らせた。

胸を刺されて夥しく流れる血の中にある亜美を見下ろす友香が、自衛隊の人に言って手当をしてもらうから、と言って歩き出そうとした時だった。亜美は友香の脚を捕まえてそれを押し留めた。

「なぜなの？」

怪訝な表情で見つめる友香に亜美はそのことを話し出した。

「前の夫は人を殺したの。お金ほしさに。でも、それだけじゃ終わらなかった。娘たちを連れてゆく、オレの子供だって……」

亜美は咳き込んだ。その咳と一緒に血が口から吹き出した。

「だから……私が殺したの……東京で……」

友香は特別な反応をしなかった。彼女は言えない重大なことが何かある、とずっと思っていたからだ。

「たぶん、もうすぐ、刑事さんが来るはずだった……今度は東京の……。でも、両親ともに殺人者だなんて、絶対にあの子たちに知られたくない……だから……友香ちゃん……お願い……このまま死なせて……」

　亜美の両目からとめどもなく涙が溢れてゆく。

「亜美姉ちゃん……」

　友香が言えたのはそれだけだった。

「だからね、あの子たちが見た、オバケって、父親のことじゃないの。だってもう死んでいるんだから」

　亜美は歪んだ笑顔を作った。


「莉緒ちゃん、空を見て」

　莉緒は泣きながら顔を上げた。

「夜になると、あそこにいっぱい星が見えるでしょ？　あの一つがママなの。ママはお空の星になったんだよ。でね、これから、毎日、奈菜ちゃんと莉緒ちゃんを心配して見つめているのよ」

「星？　じゃあ、お昼はママはいないの？」

　涙声で莉緒が言った。

「バカだな、莉緒。太陽で見えないけど、お星さまはちゃんとお昼もいるんだよ」

　そう言ったのは奈菜だった。

「本当？　お姉ちゃん？」

「うん、昼も夜もママとずっと一緒だよ。これからもずっとだよ」

　そう力強く言った奈菜だったが、目には涙が一杯溢れていた。

4月17日　アメリカ・ニューヨーク市

三つ星クラスのホテルだが、ルネッサンス風の彫刻に囲まれた豪華なプールがあり、お手頃料金のエステもあったりと、海外のセレブたちからも人気のあるホテルのスイートルームの一室のドアをノックした東洋系の男は、クラブチェアの中で待っていた陸上自衛隊の相馬《そうま》健史《たけし》2等陸佐に満面の笑みで近づいて固い握手を交わした。

ルームサービスで注文したマティーニをちびちびと舐めながら、ビールテーブルを挟んで、最近遊んだバンコクのスタイル抜群の女性についての話をご機嫌でしていた東洋系の男は、今度は君の番だよ、と言って、どこかの美女の話題をしてくれることを期待する笑顔を相馬に送った。

「お安いご用で」

そう言って立ち上がったテレビのリモコンを手に取って壁にかかるディスプレイを点《とも》した。

笑顔を絶やさなかった東洋系の男の表情が一変したのは、その直後のことだった。

若い女と全裸になってベッドの上で楽しむ東洋系の男の動画が流れ始めた。相手の女は一人ではなかった。二人、三人、四人と、男の痴態が続いた。中にはＳＭプレイを趣向《しゅこう》としたものもあり、Ｍ役となった東洋系の男がロープで縛られた上で鞭で叩かれている姿も映し出された。

クラブチェアの中に力なく沈み込んだ東洋系の男は呆然とした表情で相馬とディスプレイを何度も見比べた。

「もう勘弁して欲しいですな。何度も見飽きました」

相馬は苦笑しながら言った。

ニューヨークには日本にあるソープランドという性風俗店の存在はない。もしニューヨークに在住していてそういうところに行きたいのなら、ピアノバーという楽しい場所へ行くことも一考だ。外国からの留学生崩れの女の子たちが〝ビジネス〟として体を売って滞在費を稼いでいる場所だ。

また、エスコートガール、つまりコールガールは世界で最も古い職業であり、ニューヨークとて変わらないが、この街のそれは厳しく管理された売春組織で、非常に女の子のレベルが高い。

相馬は、このエスコートガールを頻繁に使ってきた。

これほど便利なものはない。時間で成果が買えるからだ。

よく、東京から、相馬さん、つまみ食いするのは止《や》めてくださいと言われている。金は何に使っているんですか、とよく言われる。

だがその度に相馬は言ってきた。「鯛は海老で釣るんです」と。

そして相馬は言う。〝海老〟には興味ない。〝鯛〟を釣りたいんだ――。

女の子たちは安い値段でいい働きをしてくれる。

もちろん事前に、綿密に女の子たちと話をして、お願いをして、時にはボーナスも弾んでのことだ。

そこでいつも思うのは、男ってバカだということだ。しょせん下半身で考える生き物である。

ただ、最初から〝鯛〟をいきなり釣ろうと思っても釣れるわけがない。少しずつ、少しずつだ。

写真を集め、音声を集め、泳がしてゆく。

そして、そうやって釣った者たちが感謝した時、それに対して必ずこう言うことにしている。

友好関係を深めただけです、と。

だが、釣った魚は生け簀で飼ったり、養殖するだけではつまらない。

やはり、サバいて、食事にすることも楽しいのだ。

東洋系の男に近づいた相馬はテーブルの前に胸ポケットから取り出した数十枚の写真をぶちまけた上で、膨大な書類をその上に無造作に並べた。

そして耳元で囁いた。

「あなたは、仕事と党におけるすべてを失うだけでなく、家族も失う」

東洋系の男は大きく口を開けたまま息を止めた。

相馬はさらに何枚もの資料をテーブルに放り投げた。

「宮古島という遠く離れた島に行った自分の国の観光客を殺した男の顔写真とパスポートの写し、小学校を狙った対戦車火器のロット番号、傭兵会社との契約書と、成功したならば人民解放軍の正規軍を出すという誓約書──」

口を開きかけた東洋系の男の口を相馬は人差し指を立たせて止めた。

「台湾のことかな？　それは別の誰かが、今、同じような話をあなたの知人としているはずです」

「いったい……私に何を……」

中華人民共和国国連代表部のイェン筆頭公使の声は掠れ、また上擦《うわず》ってもいた。

「国連大使の頭に叩き込め。日本はすべての証拠を持っていると。あなたの独自情報でいいじゃないか。株があがるぞ」

「しかし……」

「そして言うんだ」

イェン筆頭公使を遮って相馬はつづけた。

「日本との外交で戦っても何の利益もないと。だから、何の主張もするな。黙れと」

イェン筆頭公使は目を見開いたまま瞬きを止めた。

「最後に、これを付け加えてください。ブツはちゃんと保管しています。必要とするまで――」

「しかし、私が誤魔化しても二人の部下が何と言うか……そいつらはエリート中のエリートだから……」

「二人の部下？　チャンさんとパクさん？」

相馬は、この業務統制を受けた深田美紅の顔を思い出しながら苦笑しつづけた。

「チャンさんは、ブロンド髪のパワフルボディ好《この》み。パクさんはスレンダーな日本人留学生がお好みのようですね」

ドイツ・ミュンヘン

安全保障国際会議の会場となったバイエリッシャーホフホテルでは、詰めかけた外国のマスコミの期待を裏切って日本と中国の外交当局トップの接触はまったくなく、ホスト国のドイツ外務省が神経をすり減らして調整していたのでホテルの廊下を通り過ぎるニヤミスでさえ回避された。

だが夜のスケジュールまではドイツ外務省は敢えて忖度《そんたく》はせず、知らぬ顔を通した。

だから、深夜一時になって、それぞれ宿泊先のリネン室を経由して出発したのは張り付いていたマスコミにはまったく気づかれなかった。

中国共産党で外交を統括する政治局員の張世佳《チャンシージヤ》が足を踏み入れたのは、日本人夫妻が経営する日本総領事館からほど近い日本料理レストランの個室だった。

十分ほど遅れて姿をみせた千野ＮＳＳ局長は、お茶も酒も出ないテーブルを挟んで通訳を入れず無表情のまま相対した。

二人の表情は鉄のように硬くて冷たく、握手も挨拶もなく、張世佳が眉間に皺を寄せながら先んじて言った。

「貴国の島での事変について我が国に瑕疵《かし》があるとする日本の右翼メディアの主張を証明することは、大洋に落とした一本の針を探すが如く永遠に不可能である」

このセカンドトラック（非公式会合）が、中国側からの強い要請で行われたことで、主導権を握っていると確信していた千野局長は無表情のまま、

「本国に伝えます」

とだけ短く答え、中国側が本題を切り出すのを待った。

「そちらからおっしゃりたいことは？」

張世佳が訊いた。

「先週より荻原総理がおっしゃっている通りです。日本は、我が国に対する中国による戦争犯罪に厳しく抗議し、貴国との今後の関係を慎重に分析しています」

千野の言葉は硬かった。

「無駄な時間は相互の利益とならない。本題に入りたい」

張世佳が身を乗り出した。

「〝大きな忘れ物〟については、我々しか無力化できない。非常に危険ゆえ、協力できることがあると思う」

千野局長は笑った。

「こちらの〝忘れ物扱い所〟には届いておりませんな」

「それが、答えなのですな？」

張世佳が押し殺した声で言った。

千野局長は首を竦《すく》めただけで応えなかった。

日中の安全保障外交トップのセカンドトラックはわずか二分で終了し、最後に握手もなく、それぞれが無言のまま店を後にした。

鹿児島空港

那覇からの日本航空機のドアが開いた時、移動式タラップの上で第12普通科連隊情報小隊の隊員たちを迎えたのは、車椅子に乗って輸液スタンドを引き摺り頭部を包帯で巻いた西部方面総監の相川陸将だった。戦闘服姿で姿を見せる隊員たち一人一人と左手だけで握手する度に新しい涙が相川の頰を伝った。両手でしっかりと握り締めたかったが、右腕は肘から先が存立せずそれは無理な話だった。

それから一時間後、到着ロビーのドアが開くと拍手と歓声が一斉にあがった。日の丸を振る数百人の人たちがごった返す中、大量の包帯を巻かれ、松葉杖をつき、仲間に肩を支えられた戦闘姿の第12普通科連隊情報小隊の隊員たちは、大きな歓声と鳴り止まない拍手、そして涙を流しながら日の丸を激しく振っている人たちに迎えられた。

規制用のロープをかいくぐって隊員に駆け寄り抱きついて泣きじゃくる女性や子供たち、そして握手を求める高齢の男性たちで騒然とし、民間警備員が慌てて規制をしなければならないほどだった。

「鬼怒川分隊長さん！」

声をかけられて驚いた鬼怒川は包帯を巻いた左腕ごと体を回してそこへ顔を向けた。

駆け寄ってきたのは、戦死した野村陸士長の妻、真穂だった。

家族ぐるみの付き合いをしていたので忘れもしないし、つい先日、バーベキューで会ったばかりなのだ。

「どこ？　ウチのはどこおっか？」

鬼怒川に向かってそう言った後、真穂は情報小隊の隊列の先頭から一人一人の顔を確認して回り始めた。

頭を振った鬼怒川は見ていられなかった。防衛省は、調査が進んでいないという理由で犠牲になった隊員の姓名をいまだに発表していなかったのである。鬼怒川はそれがまったく納得できなかった。

真穂の余りの動揺した様子に隊員たちは誰もが顔を歪めている。

久龍2曹は口をぎゅっと結んで涙を流していた。大宮2曹は俯《うつむ》くばかりで、桜庭は涙を堪えるように天井を見上げた。漆間3曹と国仲2曹は肩を抱き合い、花菱3曹はここにいるのが辛いといった風に早々と先に歩いていった。

「優吾、ユウ！　ユウはどこおっと？」

真穂は背中を向けた何人もの男たちを強引に振り向かせてゆく。

たまらなくなった風の表情を浮かべた沖田小隊陸曹が鬼怒川に向かって頷いた。

「奥さん――」

近づいた鬼怒川の口からまず出たのはその言葉しかなかった。

「あっ、鬼怒川分隊長さん、ずっとスマートフォンに呼び出しているのに連絡とれないんです。どうしてしもたんじゃろか……」

そう言った真穂の目が激しく彷徨っている。

「久しぶりじゃってね。娘の楓香がみんなで一緒にお風呂に入《へ》えろうって。ね、よかでしょ？」

真穂が笑ってみせた。

鬼怒川は涙を堪えるので精一杯だった。

「どこ！　どこにおるの！」

真穂の声が叫びとなった。

「鬼怒川さん、せめて今だけ……お願いします……」

そう言った真穂は激しく嗚咽《おえつ》を始めた。そしてその顔を鬼怒川の肩にもたせかけた。

鬼怒川はポケットに入れた右手を真穂の前に差し出した。そこには、鬼怒川が形見として切り取って持ち帰った野村の髪の毛が握られていた。

泣きじゃくりながら力なく床に崩れ落ちた真穂の体を必死に抱きかかえながらロビーから外に出ようとした。そこにはマイクロバスが待っているはずだった。

用意されていたマイクロバスの前で待っていた佐伯連隊長が、一人の女性の肩をやさしく支えているのが鬼怒川の目に入った。

鬼怒川はその女性が、冷泉小隊長の妻、悠月だとすぐにわかった。その傍らでは、娘の愛実が今にも泣き出しそうな顔をして母親のスカートの端をぎゅっと握っている。

ハンカチで口を被って俯く悠月は、佐伯連隊長がかけている言葉を黙って聞いている風だった。その姿勢は必死に思いを耐えているように感じた。

「奥さん！」

目の前で久龍2曹が走って悠月の前に駆け込んだ。そして自分のバッグの中から取りだした小さな箱を取りだして、その蓋を開けてみせた。

「小隊長は常にコレを身につけておられました！　奥さんへのお気持ちだと思います！」

鬼怒川はそれを知っていた。ここまでの飛行機の中で、冷泉小隊長の指にはまっていた指輪を久龍が奥さんに渡す遺品として持って帰ったことを——。

だが鬼怒川は溜息が出そうだった。そんな貴重なものは、せめて連隊長レベルから正式にお渡しするべきではないのか、と思ったからだ。しかも、飛行機の中で見た時には血がついていた。ちゃんと洗ったんだろうか——。

それにしてもこんな場で渡すなんて——。

案の定、気丈《きじょう》にしていた悠月はそれを見るなり、その場にへたり込んでしまった。ハンカチを目にあてて肩を激しく震わせている。

連隊本部の幹部たちもやってきて優しく体を支えた。

突然、何台ものミニバンが駆け込んできた。ドアが開くとたくさんの女性たちが飛び出してきた。そして自分の夫や恋人に駆け寄ると、涙を見せたり、笑ったり、抱きついたりと賑やかになった。

鬼怒川は連隊長とともに悠月に寄り添って、本部管理官中隊が用意していた黒いワンボックスカーへと同行した。辺りを見回すことはなかった。ここに妻が来るはずはないと思ったからだ。

スマートフォンが鳴った。鬼怒川は驚いた。妻の柚花理からだった。応答すると、空港バスのJR国分駅行きの停留所で待っていると言う。

連隊長の許しを得てから詫りながら鬼怒川がそこへ行くと、行列の真ん中付近で柚花理が首を竦めるようにして待っていた。

「お帰りなさい」

柚花理が言った。

「ああ」

鬼怒川はそれだけで応えた。

「お疲れさまでした」

「あらたまって、どげんした？」

鬼怒川が怪訝な表情で言った。

だが柚花理はそれには答えず、

「腕、痛かと？」

と訊いた。

「いや、全然、痛《い》とうなか」

そう言って鬼怒川は左腕を振った。だがすぐに顔を歪めた。

「空港バスで帰ろう」

柚花理が言った。

「じゃどん、あっちに迎えのバスが――」

鬼怒川がその先を言いかけた時、〈京セラ国分行き〉と行き先地が書かれた空港バスがちょうど滑り込んできたところだった。

一番奥の席に柚花理と並んで座った時、鬼怒川は、そのことを言おうかどうか迷った。戦闘中、オレはここで死ぬんだと何度も覚悟を決めた時、夏鈴が助けてくれたということを――。

バスに乗るまでは、それは二人にとってまだ早い、と思って話さないことに決めていた。

だが鬼怒川はその考えを止めた。

「柚花理、話したいことがあっど」

小さく頷いて小さく微笑んだ柚花理は、首を傾けて鬼怒川の顔を黙って覗き込んだ。

「それで、君の意見をあらためて聞こうじゃないか」

誰の目にも肉体的疲弊と精神的にも憔悴しきったことがわかる荻原総理が総理夫人である荻原

栄美の隣に座る二人の顔を虚ろな目で見比べて訊いた。

ＶＩＰルーム椅子に腰を落とし、深田美紅とスーツ姿の陸上総隊司令官の神宮寺陸将と差し向かいになって開口一番、荻原総理の口から出たのはその言葉だった。

「神宮寺陸将、ご報告を」

深田美紅は発言を求めた。

「本気で爆破させる決心があったかどうかはわかりません。ただ、一部の人民解放軍と結託したグループが核兵器を盗み、戦術核を爆破させた、そして放射能汚染から東アジアを救うために人民解放軍が一帯をコントロールする。簡単に言えば、先島諸島を施政下において第１列島線に風穴を開ける――そのシナリオに沿って、宮古島に潜入していた者たちが命令を受けていたことは様々な情報により確認しています」

「誰からの命令だと？」

荻原総理が訊いた。

「わかりません」

神宮寺陸将が即答した。

「じゃあ、なぜそう判断できた？」

一瞬、躊躇ったが深田美紅は応じた。

「証言者を確保しています」

「なら国連に提出できる法的文書が作成できると？」

「いえ、〝縦書き〟（刑事手続きや公判廷に使えるもの）にできるものではありません」

「それはいったい――」

「総理はそれ以上、お聞きにならないでください」

そう言ったのは神宮寺だった。

しばらく黙って二人を見比べていた荻原総理が、虚空を見つめながら口を開いた。

「今回、確かなことってあるのか?」

深田美紅が応えた。

「総理、今回の一連の事態は、すべてがグレーです」

「グレー……」

荻原総理は戸惑った。

深田美紅がつづける。

「宮古島でテロを多発させたのは人民解放軍と関係の深い国策企業が保有する傭兵であり、もし宮古島の占拠がある程度上手くゆけば、日中中間線で待機している人民解放軍の正規軍によって強襲揚陸艦で上陸作戦を敢行する——そんな戦略があったとの情報がありますが、定かではありません」

「なにもかもがグレーか……」

荻原総理が溜息混じりに言った。

「ですので、これは終わりではありません。必ずやまた起きます。中国はまだ全力を出していないからです」

「なら、あれも、確かじゃないのか? つまり、宮古島にいた中国人観光客の殺害は、自衛隊員によるものではない、日本側に責任はない、とそれまでの主張を一変させ、それを中国外交部は公式に発表した。驚いたがね。あれの背景は?」

「さあ、そこまでは。少なくとも私はわかりません」

深田美紅は実際に首を捻ってみせた。

「つまり、中国がなにをもってエンドステートとするかわからない、つまり、何も終わっちゃいない。そういうことだね？」

荻原がそう言って苦笑した。

「エンドステートを決めるのは、国家主席ただ一人です。つまり、依然としてグレーなのです」

そう言った深田美紅は、「業務統制下」においていた「相馬」から受け取った三種類の報告書を脳裡に蘇らせた。その一つは中国外交官をセックススキャンダルで籠絡して、日本に有利な〝戦後処理〟に持ちこんだこと。二つ目は、中国外相と香港の元女性アナウンサーとの下半身にまつわる膨大な録音と動画に関する話だった。経緯は唾棄すべきもので結果だけに目を通した。

そして、もう一つは、アメリカ議会下院軍事委員会が国務省へ極秘に提出した提案書であり、今回の日本先島諸島におけるアメリカ軍の関与は、極めて抑制的であったにもかかわらず、紛争国の軍事力を発揮させたことで犠牲が最小限に抑えられたことを評価した上で、今後のアメリカ軍の他国との関わり合いを検証した絶好の機会となったと指摘し、「兵力の投射」（部隊の投入）についてもこう言及していた。

〈宮古島に潜伏していた敵と、防衛出動で戦っていた陸上自衛隊の損耗が激しくなった場合、ハイマースとＪＬＴＶを保有する「ＭＬＲ」（海兵沿岸連隊）は早期の段階で他の島へ「島嶼ホッピング戦略」で展開するため、「31ＭＥＵ《ミュー》」（第31海兵遠征部隊）で構成された「ＭＡＧＴＡＦ《マグタフ》」（海兵空地任務部隊）の一部が下地空港に投入され、陸上自衛隊とバンダレー（境界）を区切らず共同作戦を実施する――その当初から作成していた戦術の《プラン》「検証」は、想定した結果をもたらせなかった。それらの教訓を今後、生かすべきである〉

但し、当、下院軍事委員会の極秘の要請により、下地空港で作戦を行った31ＭＥＵは第３海兵師団各海兵連隊、第１海兵航空団、第３海兵兵站群および第３海兵管理課報通信群から抽出《ちゅうしゅつ》されたものであるが、被抽出部隊の主力は台湾防衛に当たることに戦略を変更したことから、兵力を削減されて隷下の全部隊を運用する「検証」もできなかったこともまた、今後の検証課題とすべきである〉

深田美紅は深い脱力感に襲われた。アメリカ政府と議会の安全保障への思惑を知り抜いていたはずだったが、結局、自衛隊、日本は、アメリカの「検証」の材料にされただけだったのだ。

しかし、と深田美紅は思い直した。

陸海空の自衛隊は自力で戦闘を行い、宮古島という領土を奪還したのである。

野党から結果論に過ぎないと言われても、それは揺るぎない事実なのだ。

神宮寺の副官が姿を見せた。

「皆様、お時間です」

力なく立ち上がった荻原総理はそれを思い出したように深田美紅を振り返った。

「政治としては弱い姿は見せられない。しかしね、お亡くなりになった余りにも多くの自衛官、さらには犠牲となった市民の方々、重症を負った子どもたちそしてご家族の方々のことを考えると正直、毎日、心が破れそうだ。だが、今日はしっかりと務めなくてはならない」

荻原は顔を歪めながらつづけた。

「特に、電柱に吊された、何人もの自衛官についてはまったくもって――」

荻原は目頭を押さえた。

「総理、この際、お知らせいたしますが、あれもグレーです」

深田美紅のその言葉に荻原は怪訝な表情を向けた。

「吊されたのはすべて敵です。自衛官に擬装させた特殊作戦群の工作でした」

「しかし、そのことで私は水陸機動団の出動を決心し……まさか……」

「特殊作戦群は水陸機動団の出動をしかけました。つまり作為したのです。しかし、それはあくまでも、総理が求められるエンドステートのためです」

苦笑した荻原だったが、すぐに真顔に戻った。

「しかしだ。神ノ島での陰謀の解明と制圧に大きな功労があった特殊作戦群の者たちもまた国として讃えるべき者たちだ。その名前は、これから行われる国葬では明かされないということだが、本当にそれでいいのか？」

「いいのか、とは？」

深田美紅が眉を寄せた。

「自衛隊最高司令官としていいのか、ということだ」

深田美紅は小さく微笑みながら神宮寺に頷いた。

姿勢を正しくした神宮寺が言った。

「彼等《かれら》がそれを望んでおります」

一瞬、考える風にした後、荻原総理は語気強く言った。

「いや、せめて、家族だけでもわかることだけはしてあげたい」

大きく息を吐き出して立ち上がった荻原総理の後を追うために身なりを正した深田美紅のもとに、防衛省から出向している官房長官秘書官が姿を見せた。秘書官は黙って頷くだけでＶＩＰルームへ誘った。

エプロンに出る手前で待っていた防衛省情報本部長の敦賀陸将が真っ先に謝った。

「あなた方の情報があれば、これだけ多くの隊員や住民を殺されずに済んだ」

深田美紅は厳しく責める口調で言い放った。

「インテリジェンスとは、国家、法律を超越いたします。正義や道義的に、という世界さえ枠外です。もし、通信情報から得た人民解放軍の動きを事前に叩いていたら、その情報ラインは二度と使えません」

深田美紅の表情は醜く歪んだ。

その時、若い男性自衛官が鹿児島空港ターミナルビルの方向から通路に駆け込んできた。自衛官はまず手にした小さなメモを敦賀の副官に手渡した。一読して驚く表情を作った副官は慌てて敦賀にメモをみせた。

敦賀は、一度、右眉を上げてから深田美紅を振り返った。

「緊急の報告があります。人民解放軍が、間もなく台湾の海上封鎖を開始します」

深田美紅は、その言葉に特別な反応はせず通路を急いだ。広大な滑走路を見通すエプロンへ出た時、タキシングをしてきたC２輸送機がちょうど停止するのが目に入った。

後部ランプドアがゆっくりと下がってゆく。

荻原総理と夫人の背後に立った深田美紅は、貨物室に並ぶ、日の丸で巻かれた余りにも多くの棺に向かって深く頭を垂れたまましばらく身動きをしなかった。

富山県《とやまけん》　ＪＲ雨晴駅《あまはらしえき》

二階建てのこぢんまりした駅の小さな待合室に朱音が飛び込んできた。

「ママ、来たよ、かわいい電車だよ」

山間《やまあい》を走ってきた一両の電車はホームの手前でゆっくりと速度を落とした。

改札口に駅員が立った。真っ先に朱音がキップを差し出すと駅員がスタンプを押してくれた。

乗客は朱音と母親の桜愛しかいなかった。

桜愛は思い出していた。一年前、満開の桜が舞っていた時――。夫と別れる決意をして住んでいた家を後にする時、バルコニーで見つけた桜の花びらを離婚届の用紙の脇に置いていったことを――。

ホームに足を踏み入れた時、朱音は桜風吹の中に包まれた。そして電車が完全に停まるまで、身を寄せている桜愛の実家近くの行政センターで最近、開校となったヒップホップダンス教室で習ったばかりのダンスを踊りはじめた。

「もう三年生なんだからもっと落ち着かなくっちゃね」

桜愛は微笑みながら朱音を見つめていた。

「ママ!」

朱音が呼ぶ声が聞こえた。

先に電車に乗った朱音を追いかけるように桜愛は電車に乗り込んだ。

「今日の海、キラキラしているね」

窓際の座席から朱音が言った。

小さな電車は、陽光に照らされた日本海に沿って静かに走り出した。

桜愛はスマートフォンを見つめた。

やはり返信は届いていなかった。

期待している方がバカなのね、と思った。一年前に思ったことをまた繰り返しているわね、とひとり苦笑した。

ただ、一年前とは違うことがあった。

空気が澄んだ実家で暮らしてから、朱音の喘息がすっかりなくなったことだった。

だから、あの人ともう一度、話してみたい、という気持ちになった。

それは自分でも驚くほどの強い気持ちだった。

しかも、宮古島で起こっていたことを考えると、どうしても会いたいと思った。

まさか、とは思う。だって、テレビでも新聞でも、特殊作戦群が出動したとはどこも報じていないからだ。

ただ、実際に会って、それを確かめたい――その思いが衝動的に自分を突き動かした。

朱音ももちろん楽しみにしていた。一年ぶりに会うのだ。だから、パパに見てもらうんだって、たくさんお洋服を買ってしまい、この数時間、取っ換え引っ換え選ぶのが大変だった。

桜愛は、新幹線の時間を確認しようと、ストラップで首から垂らしたスマートフォンを手にした。いつの間にか、NHKのニュースサイトが立ち上がっていた。さっき天気予報を見た後、そのままにしておき、どこかに触れてしまったのだろうと思った。

鹿児島空港のエプロンでの記者会見を伝えるインターネットと同時配信映像が流れていた。これから、もし、彼とやり直すのだったら、こういうこともちゃんと受け止めなくっちゃと思った桜愛はイヤホンを使ってライブ映像に目を凝らした。

画面では、荻原総理の顔がアップとなった。

「――今、申し上げましたその思いから、私は、今回、陸上自衛隊の特殊作戦群が特別な作戦に参加していたことをここに明らかにした上で、その中に戦死された自衛官がいらっしゃったことを、ここに慎んでご報告をさせて頂き、深くお悔やみ申し上げますとともに――」

いや、まさか、という言葉が桜愛の頭に浮かんだ。その部隊には数百人もいることだけは知っていたからだ。

桜愛は思わずスマートフォンを裏返しにした。

だがしばらくしてからもう一度目をやった。

「――そしてお二人目は、同じように、部隊の性格上、ご本名は申し上げられませんが、部隊内のネームが《フォックス》とおっしゃる方で――」

桜愛は息が止まった。

《フォックス》――どこかで聞いた気がした。

「――そして、もう一つだけご紹介させてください。《フォックス》さんには大切な家族がいらっしゃって、このようなアクセサリーを大事に持っておられました――」

桜愛は、アップになって映し出された、フェルトで作った人形のキーホルダーを見た瞬間、思わず隣に座る朱音の肩を抱き寄せた。

「ママ？」

朱音は不思議そうな表情で桜愛を見上げた。

口を手で押さえた桜愛の目から涙が溢れてゆく。最後には嗚咽となった。

二人を乗せた電車は、立山連峰《たてやまれんぽう》から吹き下ろす風によって桜が舞い踊る中を進んでいく。季節はもう終わりの頃なのに、たくさんの桜の花びらはどこまでも舞い上がる。まるで止めどもない涙さえも運んでゆくような美しさがあった。

本書は書き下ろしです。
また本書はフィクションであり、
実在の個人・団体等は一切関係ありません。

著者略歴

麻生 幾〈あそう・いく〉
大阪生まれ。1997年政府の危機管理システムをテーマにした小説『宣戦布告』で 小説家デビュー。主な作品にドラマ化、映画化され反響を呼んだ『宣戦布告』と『外事警察』、知られざる警察組織を描いた『ZERO』、陸上自衛隊特殊部隊を描いた『瀕死のライオン』をはじめ、『奪還』『トツ！』『観月』などの他、オウム事件を扱ったノンフィクション作品もある。

Kadokawa Haruki Corporation

麻生 幾

リアル 日本有事《にほんゆうじ》

*

2024年3月18日第一刷発行

発行者 角川春樹
発行所 株式会社 角川春樹事務所
〒102-0074 東京都千代田区九段南2-1-30 イタリア文化会館ビル
電話03-3263-5881（営業） 03-3263-5247（編集）
印刷・製本 中央精版印刷株式会社

ISBN978-4-7584-1459-3 C0093
http://www.kadokawaharuki.co.jp/